CUIHUO
JINGANG

淬火金刚

沙 鸥
林德和 | 著

时代出版传媒股份有限公司
安 徽 文 艺 出 版 社

图书在版编目(CIP)数据

淬火金刚/沙鸥,林德和著.—合肥:安徽文艺出版社,2016.4
ISBN 978-7-5396-5650-2

Ⅰ.①淬… Ⅱ.①沙… ②林…… Ⅲ.①长篇小说-中国-当代 Ⅳ.①I247.5

中国版本图书馆 CIP 数据核字(2015)第 306631 号

出 版 人:朱寒冬
责任编辑:姜婧婧　　装帧设计:张诚鑫

出版发行:时代出版传媒股份有限公司 www.press-mart.com
安徽文艺出版社 www.awpub.com
地　　址:合肥市翡翠路 1118 号 邮政编码:230071
营 销 部:(0551)63533889
印　　制:合肥创新印务有限公司 (0551)64456946

开本:710×1010 1/16 印张:18.5 字数:380 千字
版次:2016 年 4 月第 1 版 2016 年 4 月第 1 次印刷
定价:35.00 元

目录

contents

第一卷　铁火风雷

一

1941年,皖南事变后。

时值冬日,纷纷扬扬的雪花正从天空静静地飘落着,地面上的枯树、草房仿佛臃肿了许多。人们都尽可能地蜷缩在屋内,害怕被严寒冻坏。

此时,在江南靠近长江岸边的一户恶霸地主彭大才的庄园里,管家正在吆吆喝喝,七八个健壮的男女仆役正忙里忙外,预备着迎接一个新生命的到来。

恶霸地主彭大才,人称"彭扒皮",人过脱层皮,燕过也得拔三根毛。近来,靠着收矿区人头税,发了大财。

距这江岸不远的山里,蕴藏着丰富的优质褐铁矿。日本鬼子早就对这里的优质铁矿资源垂涎三尺。早在20世纪的二三十年代,就曾多次派遣地质勘探人员,对这里的矿藏做过详细的勘探。侵华以后,自然就不遗余力地对此地进行掠夺。他们开来万吨巨轮,顺着长江,把大量的矿石运回国内。

为了方便把矿石从矿区运到江边,他们还特地修了一条窄轨铁路,用小火车把矿石从矿区运到江边。

他们用低廉的价格,大量雇佣中国劳工装卸矿石。他们因嫌装运矿石回国内太费事,还在矿上动工兴建了数座小高炉,直接把矿石炼成铁,然后再运回国内。

这样一来,日本鬼子招募劳工的数量便大大增加,也就给这个彭大才带来了更加可观的收入,使得他的气焰越发显得不可一世了。

这个彭大才,除了帮助日本人招募劳工、收取人头税外,还经营他霸占的土地,收取租米。俗话说,饱暖思淫欲,这个彭大才,不但广收不义之财,而且十分好色。他已年过半百,娶了五房姨太太,还嫌不过瘾。在一次收租的时候,偶然瞥见一个佃户家的一个女儿,就动了心思。

后来,彭大才将那女孩讨来做了小,按着顺序,做了第六房姨太太。这会儿的这个新生命,便正是这个第六房姨太太所怀的孩子。

这个彭大才膝下并不缺子嗣。他的五房姨太太,各个都能生育,但多半生的是女孩。儿子呢,倒是有两个,老大已年近三十,却是一天到晚吃喝嫖赌,不曾称过他老子的心。

二儿子彭明，是四姨太生的，长得眉清目秀，也不怎么招摇，知书达理的，却偏偏不和彭大才走一条道。

这个彭明，年方十七，一天到晚地读些进步书籍，和学堂里的一些进步分子来往密切。

前不久，由于发生了皖南事变这档子大事，他得到他学校的一个名叫沈波的进步学生领袖的指令，在学堂的四周刷上大标语：

坚决反对国民党顽固派制造皖南事变，严惩亲日投敌派。

结果，彭明被国民党特务发现并盯上。后来，由于彭明是彭大才的二公子，当局没怎么为难他，他却被他爹给关在了家里。彭大才吩咐手下人对这个二公子严加看管，不准他和外界来往，也不准他出家门一步。

彭大才吩咐了管家对彭明严加看管后，便一门心思扑在迎接新生命一事上了。

彭大才甚至觉得这是他的最后一个孩子了。近来，他感觉自己的身子骨已大不如以前了，一场房事下来，他便累得气喘吁吁的。为了感谢上苍对自己最后的恩惠，彭大才决心要好好迎接这个新生命。

然而，天有不测风云，人有旦夕祸福，偏偏就在彭大才阖府上下准备好好庆祝一下的时候，意外竟偏偏发生了。

只见两个家丁，从外面急急忙忙地走到正忙碌的管家面前，垂头丧气地报告说："二少爷不见啦。"

管家听了这个报告，像是猛不丁地遇上了个晴天霹雳，惊了一会后，发狠般喝道："你们是干什么吃的？叫你们好好盯住，不许他走出家门一步，为什么就不见了呢?!"

"报告、报告爷，我们是好好盯着的，可、可是，六姨太屋里的小翠跑来喊我，说是姨太太肚子疼得受不了，她们几个女的按不住，求我帮她一下。我一看，二少爷这儿没事，心想不就一会儿嘛，就去了。"

此时，另一个被吓得瑟瑟发抖的家丁也不得不讲出了实情："他走了后，厨房里的人又来喊帮忙，说是帮忙送热水。原本我、我是不愿去的，可是厨房那边催得急，我又一想，反正也没一会工夫，就去了，谁知回来就找不见二少爷了……"

管家听了这两人的陈述，真是气不打一处来，正准备狠狠地训斥这两个人一番时，一转念，心想，事已至此，光训斥是不解决问题的，况且，眼下还是用得着这两个家丁的，还是先想办法，赶快补救才是。他便忍下火气，继续往下问道："家里都找遍了吗？发现他不见距离现在已经多少时辰了？有没有其他家丁到外面去找，尤其是狮子山一带?”

狮子山一带,是被日本鬼子所招募的劳工的聚集地,听说有共产党、新四军的人在这一带活动,由于二少爷对共产党、新四军的亲近态度,管家不得不特别地提醒一句。

听着管家继续往下问话而没有动雷霆之怒,先说话的一个家丁胆子变得大起来,说话也利索了许多:“从最初发现时算起已经过去有一个多时辰了。这不,来请示爷,看派哪几个去外面找,要不要带家伙?”

听罢家丁的回话,管家心里头有了主意。实际上,管家并不喜欢二少爷,主要是为保住自己的地位,不想让彭大才在这时候分心,管家不得不做出一些姿态:“立即通知所有护院家丁,带上家伙,沿途去仔细搜寻。在没有得到确实消息前,谁也不许报与老爷知道。”

为了执行管家的命令,七八个家丁带着家伙,像饿狼扑食般地沿着狮子山的道口搜索而去。

眼看着壮丁们搜索而去,管家一颗怦怦乱跳的心才得到了些许安慰。多年的管家生涯,他大小事务见识不少,可像今天这档子事,还是第一次碰到。为什么不及时报与彭大才知道?管家凭借他多年的经验,深知彭大才是最不喜别人在他心情好时坏了他心情的一个人。眼下,六姨太要生孩子,阖府喜庆,彭大才正美美地在他的小屋里享受着女佣的摸脚捏腿呢。要是现在就报与他知道,万一要是没把二少爷给找回来,不是自找不痛快吗?而让家丁们去找,先不报与彭大才知道,正好是个缓兵之计。这样,既可以进以得功,退有后路,万一还是找不回二少爷,那时再报与彭大才知道,不是也讲得过去吗?

想到这里,管家一边深藏不露地指挥着众人,一边不由得舒了口气。

时间一分一秒地向前奔跑。转眼间,又是半个时辰过去了。渐渐地,六姨太的房间里有了动静。

随着一声清脆的婴儿哭声响起,一个新的生命降临了。里面报出信来,是个男孩,母子平安。

管家这时方起身,走向堂屋,把喜报报与早已请到的测字先生。

“先生您好,小少爷已降生,依时来看,当在未时。请先生用课。”

管家恭恭敬敬地报知小少爷的生辰八字。测字先生于是抖开包袱,开始作课。少顷,他摊开一堆签,微笑着示意:“请管家抽签。”

只见管家搓着两只手,先是在外衣上擦了一把,以示净手。接着,他小心翼翼地抽出一支签来,只见上面写着判词:

造化如同三月花，
锦罗渐放遍天涯。
祥龙兆瑞欣闻喜，
螣蛇乘雾终非凡。

正当管家捧着判词，似懂非懂地揣测的当儿，测字先生解释道：

“这判词当是贵人所有：‘造化’‘锦罗’二句不用说，是很明确的。再看‘祥龙兆瑞’一句，按传统的说法，巳蛇，小龙也。况且第四句有‘螣蛇乘雾终非凡’的判词。再有，就是少公子、其母、其祖父，竟都同属一个属相。您想，这仅仅是巧合吗？所以，小少爷必是人中之龙也。”

“谢赐教。”

管家一面谦恭地答应着，一面按资费付与先生。

送走测字先生之后，外出寻找二少爷的家丁们也都返了回来。正如管家所希望的那样，所有家丁都耷拉着脑袋，个个都说找遍了所有的路口，却没见着二少爷的人影。

事已至此，管家想了想，还是决定立刻去见彭大才。老办法，先报喜，后报忧。

此刻，彭大才在自己的屋里已养足了精神，端坐在一把红木太师椅上，拿着旱烟袋，正吞云吐雾呢。

“老爷，恭喜了。”管家见了彭大才，双手一拱，“六太太生了，生了个小少爷。算命先生给测了八字，说是好着呢。这是算命先生那里抽得的判词。”

“啊，好啊。”彭大才乐得当即大笑起来，“来来来，快拿来我看。”

判词被递到彭大才的手中。这个彭大才读过几年私塾，见了判词，细细地一玩味，开口就道：“嗯，确实是好判词。它好就好在一个‘欣’字上，‘祥龙兆瑞欣闻喜’，万物复苏，欣欣向荣嘛！我看，小少爷的名字，就叫这个‘欣’字，彭欣，欣欣向荣。”

“老爷高明。咱们小少爷一出世就有了一个好名字，真是福大命大造化大啊。”管家巴结地说。紧接着，他眉头一皱，声调低缓，不失时机地来了一句：“老爷，二少爷他、他失踪了。”

“什么?!”彭大才不禁愣了一下，下意识地问道，“你们找了没有?”

管家于是将情况都如实地做了汇报，之后，又做无可奈何状说：“天要下雨，娘要嫁人，这也是没有办法的事，二少爷他要走，关也关不住，是迟早的事……”

听着管家的话，彭大才默默无语。

半晌，他像是对着管家，又像是自言自语地说：“没有办法，没有办法，难道就真的一点办法都没有了吗?”

……

二

1942 年春天,百年不遇的干旱正无情地疯狂肆虐在淮北平原的土地上。

在烈日的烤晒下,田地以往滋润的皮肤早已干裂得如同有人用刀划开了千道万道口子,枯死的庄稼低垂着无力的头颅。人、畜只能靠大一点的沟湖河坝里未干涸的残水来维持生命。农户家中的存粮早已被吃得干干净净。这一切,老天爷仿佛根本没有看见,依然狠心地几个月不落一滴雨。夏粮无收,秋禾也无法播种。百姓中开始有了卖儿卖女的现象,景象十分凄惨。

就在淮北的一个受灾较为严重的村庄里,住着贫农党吉祥一家。

党吉祥是个憨厚、淳朴、善良的农民。平时不多说一句话,可他心里头明白着呢。他对待他的妻子和唯一的女儿小英兰,像是对待自己的生命般呵护着。在这大灾之年,党吉祥自己吃着野菜和树皮,却把省下来的面糊糊端到妻子与女儿的面前。渐渐地,连野菜和树皮也不好找了,他便只能吃了上顿没下顿地一天天无望地苦熬着。

因生女儿小英兰而染上产后风的妻子,虽捡回一条命,却由于长期营养不良,身体羸弱得连喘口气都费劲。这天上午,她喘了半天气,对着正准备外出找树皮草根的党吉祥说:"她爹,干、干什么去?来,咱们商、商量一下,找条活路吧。"

党吉祥默默地坐在了妻子身边。其实,这个问题已经不止一次地在他的脑海里翻滚过。他想过,村庄上的人能走的早已外出逃荒,他也想举家外出,怎奈他妻子是个病身子,不得已,只能留在这里挨日子。

"孩子她、她爹,"妻子又一次地说话了,"英兰她、她舅,前天来看、看我,指了一条活路,说是他的一个远房亲、亲戚,叫王义勇的,在江南的狮子山给日本人挑铁块装、装船,好歹能混口饭。眼下,咱们这光、光景,我看不如就去那里吧。"

"是有这条活路,"党吉祥终于开口了,"我早就听人说过,没想到还有孩子她舅一个远方亲戚在那。可那是条什么路啊,给日本人挑铁块装船,那个饭是不好吃的。听人说,那里吃的是猪狗食,干的是牛马活。况且,眼下你又病成这样,怎么去江南?"

"没、没办法了。"妻子又叹了口气说,"眼下,这干旱得没、没法活人了,不走,我们一家三口就得活活饿死,去寻这、这个活路,总比等死强吧?"

"可是,要去江南,千里迢迢的,你这身子骨怎么能吃得消啊?"党吉祥坚决地说,"要死,咱们死在一块,不能丢下你不管。"

"傻子,有句老、老话,叫'树挪死,人挪活',哪有活人叫尿憋死的。放心吧,咱们,一块。”妻子有气无力地说了句，“走，为了活命，咱们什、什么苦都能吃。”

党吉祥于是不再言语，而是起身默默地准备行装去了。

在这大灾之年，家里穷得跟水洗似的，也根本没什么可收拾的，党吉祥只把几件破衣裳一卷，就算完事。

到了下午，党吉祥一家三口就上了路。

党吉祥一头挑着几件破衣裳和一些必要的日常用具，一头挑着才满五岁的女儿小英兰，扶着连路都走不稳的妻子，艰难地一步一步沿着无数灾民走过的路，蹒跚地行进着。

一个下午走下来，还不足十华里，天就黑了，他们便在一户主人逃荒外出的空屋里歇下了担子，准备过夜。党吉祥安顿好妻子和小英兰，自己便去外面寻找水和食物。

出去好一阵子，才好不容易弄了点水，党吉祥先让妻子和女儿小英兰喝好，最后自己才将剩下的一点残水喝了。就这样一直折腾到后半夜，党吉祥才勉强地闭上眼睛睡了会儿。妻子万分心疼地说：

“她爹，你也好生安、安歇一会吧，别把你给累垮了。唉，我这个样、样子，成了你的累赘了……”

“别瞎想了，睡吧。”党吉祥安慰妻子说，“一家人平平安安的，比什么都好。我一个大男人，这点苦，是能吃得的。等到了江南，安顿下来就好了。”

妻子不再作声，月光透过破烂的窗照在她的脸上，她似乎在想着什么。党吉祥怎能知道呢？他太疲倦了……

第二天，天还没亮，党吉祥就爬起来了。他挑着女儿，搀扶着病弱的妻子，继续往江南赶路。

一晃已是第五天了。

当他们一家三口走过一个庄子时，这里已是灾区的边缘了，雨水也多了些，庄稼虽长势不好，却也有些可盼的收成。

党吉祥拦住一个正往田地赶的中年汉子，拱手问道：“劳驾这位大哥，请问这庄子叫什么名？上哪里能弄口吃的啊？”

“叫刘庄。”中年汉子答道，“这位大哥，是奔江南的吧？”

“是。”党吉祥老实答道，“敢问这位大哥怎么知道啊？”

“唉，天作孽啊，”那中年汉子答道，“这阵子沿着这条道奔江南的有好些人了，都是家里遭了灾，没活路了举家逃难的。唉，咱们村子穷，也没什么可以帮你们的，你要吃的，上村东头那座大一点的宅子吧，兴许他们能看在你拉家带口的分上，赏你们一口两口的。不过，你们得小心他们家的狗，厉害着呢。”

中年汉子说完,就头也不回地下地去了。

党吉祥按着中年汉子的指引,牵着病弱的妻子,挑着小英兰,不一会便来到村东头的一户较大的宅子前。党吉祥按着中年汉子的嘱咐,手里紧攥着一根打狗棍,防备着恶狗的突然袭击。

在离宅子不远的地方,党吉祥把妻子安顿在一块大石头上,自己则攥着打狗棍,正准备去宅子里面讨点吃的。说时迟,那时快,嗖的一声,从宅子里箭一样地蹿出一只凶恶的大黑狗,直奔党吉祥的妻子而去,上前一口,就咬住了党吉祥妻子的大腿。

党吉祥的妻子顿时疼得晕了过去。

党吉祥一见妻子被咬,一边骂着"畜生",一边抡起打狗棍,上前驱赶恶狗。

那大黑狗见有人来追,便蹿回到了那座虚掩着门的宅子里,随即那扇虚掩着的门便被躲在里面的人给闩死了。

党吉祥转向妻子,只见妻子的大腿被恶狗咬得血肉模糊,鲜血正一滴一滴地往下滴,党吉祥也顾不得吓得大哭的小英兰了,撕下自己的破褂子,绑住了妻子的伤腿,死死地打了个结,算是暂时止住了血。

止住了血,党吉祥这才分出身来,提着打狗棍,走到那大户人家的门前,使劲地拍打着门。却见宅门里连一点儿声息都没有,很明显,宅子里的人是不肯出来问一问伤者的伤情了。

敲了半天的门,不见动静,党吉祥担心妻子的伤情,便又回到妻子的身边。妻子蜡黄的脸上冒出豆大的汗珠,看得出她正紧咬着牙关,忍着疼。

当党吉祥愤怒地转身准备再次冲向那恶狗的主人家讨个说法时,他的妻子用微弱的声音喊道:"娃儿她爹,你回来啊。你去找谁啊?咱们原不该来,这样的大、大户人家能不养几条恶狗吗?咱们惹不起,还是躲了吧……"

"她娘,他们怎能不讲理啊?"党吉祥怒道,"他家养的恶狗咬了人,还连个人都不见。不行,我得去找他们论理!"

"娃儿她爹,我求你。"

见党吉祥欲冲到那大户人家讲理,党妻更急了,拼尽力气喊着,又一次晕过去。

党吉祥急忙跑回来,扶着妻子,拼命地喊:"娃儿她娘,娃儿她娘——"

半晌,党吉祥的妻方才醒来,喃喃地说:"她爹,你、你就听我的话吧,咱们走吧——"

说着,党妻欲起身。党吉祥连忙扶起妻子,一家人坚强地一步一步地向村外走去。

走出村子不远,前方有一座小土地庙,党吉祥的妻子又说话了:"娃儿她、她爹,我想休息会儿。"

党吉祥见此只得一边应着，一边扶妻子躺下。他知道妻子病体虚弱，又被恶狗咬伤，也确实难为妻子了。

而此时的党吉祥的妻子却有着自己的打算，她为了支开党吉祥，躺下后就对党吉祥说："娃儿她爹，我歇会儿，你去村庄里面看看，看能不能找点儿吃的来。"

党吉祥只得答应，一边帮妻子掖好被子，一边对女儿小英兰说："爹去去就来，你好好看着娘。"

小英兰懂事地点点头。

没想到，党吉祥的妻子已下决心要离开这万恶的人世，她不想成为党吉祥的累赘。在党吉祥走后不到十分钟，她就挣扎着爬起来，用尽最后一点力气，对女儿小英兰说："英兰，好孩子，好好活着，以后要听爹的话。娘，走了，不想连累你爹了……"

说着，党吉祥的妻子就一步一步地走向小土地庙门口的小池塘。还剩半塘水的小池塘，顿时就吞没了她。

小英兰吓得大哭大喊："娘，娘，娘……"

却说党吉祥去了有一个多小时才回，回来时，身后还带了一个与他相同年纪的，也是去江南挑矿的汉子。才走到半路，他就听见女儿的哭声，慌得三步并作两步地赶来问英兰："英兰，怎么了？你娘呢？"

女儿英兰哭着说："娘投塘了！"

党吉祥一听，急了，顺着小英兰手指的方向，扑通一声就跳下了塘。此时，距离党吉祥妻子投水已过去有一个多小时，党吉祥一手托着妻子的尸体，放声大哭起来："娃儿她娘啊，你不该这样啊，你不是说什么苦都能吃吗？等到了江南就好了啊。"

这可急坏了跟来的汉子。这汉子叫洪海山，是邻县人，家里遭了灾，也是去江南找活路的，在党吉祥去找吃的时候遇上了。洪海山的老婆前年生了个孩子，却不幸夭折了。两人见了面，谈得投机，洪海山说出门在外，要多找几个朋友相互帮衬，于是，就跟了党吉祥来了。见了这情景，洪海山不由得也伤心得直流泪。

少时，党吉祥止住了哭声，抹了抹眼泪，对小英兰介绍说："英兰，这是你洪海山大伯，往后，他就是你的又一个家人。"

"洪伯伯。"小英兰乖巧地叫了一声。

"哎，好孩子。"

洪海山一边答应着一边说："党哥，嫂夫人既然已经逝去，咱们得找个地方把她安葬了。等完事了，咱们还得奔江南哪。"

党吉祥抬起满是泪痕的脸，像是麻木了一般，抱着妻子的尸体，机械地、一步一步地走向附近的一处坟地。

三

党吉祥简单地安葬了妻子之后，为求生存，他擦干眼泪，挑着小英兰，与同伴洪海山夫妇一起，向着江南继续前行。

他们前行的目的地就是数以万计的灾民投奔的长江岸边的狮子山。

江岸边的狮子山距离长江不过四五百米，山下依山搭建供这些挑夫们居住的大工棚。

日本鬼子顺着长江开来巨轮，停泊在岸边，挑夫们就每天踩着颤巍巍的“过山跳”，把数以万吨的铁块装进巨轮，看着日本人载满铁块开回日本。

挑夫们每天高强度地劳动，睡的是大工棚，吃的是猪狗食，不免就有人生了病。

但在日军的统治下，生了病是无法得到医治的。因此就有好些挑夫小病拖成大病，大病拖成不治之症，每天都有人就这样离开了人世。

挑夫们死了，还不如一条狗，被抛尸荒野，任苍鹰啄食。日子一长，这里便成了老鹰终日盘旋的一个去处，人称“老鹰窝”。

真是天下乌鸦一般黑啊，党吉祥没有想到的是，他们千辛万苦地赶来，可等待他们的，不过是这样的一种凄惨可怕的生活。

半个月后，历经了种种磨难后的党吉祥和洪海山，终于到了狮子山，经过打听，找到了王义勇。

此刻的王义勇，已是一名中国共产党的地下党员。他的任务是潜伏在日本人修的小高炉边，以淘粪、运粪为名，为游击队兵工厂运送着日本人炼的铁块。

党吉祥找到王义勇时，王义勇正在淘粪。

“你叫王义勇？”

王义勇停下手中的活计，上下左右打量了来人一番，见是一名穷苦人，便亲切地答道：“是啊，你是从淮北来的？”

“是。俺是你远房侄子的亲戚。”党吉祥自我介绍说，“淮北遭了大旱啦，老天爷几个月一滴雨星子都没有，家中活不下去了，你嫂子就劝俺投奔江南来啦。”

“那俺嫂子呢？”王义勇眼露不祥的目光问，“怎么没见俺嫂子呀？”

“唉，她原本就身子弱，在来江南的路上，经过一个叫刘庄的地方，她又被当地的一家大户的恶狗给咬伤了腿。她为了不拖累俺竟趁俺出去找吃的时候，投水自尽了。”党吉祥说着，泪水又一次模糊了双眼。

“哼，这又是一笔血泪账！”听完了党吉祥的叙述，王义勇伤心而又仇恨地攥紧了拳头。一会儿，他又问道："那你来江南后，打算怎么办？"

"这不，俺在来的路上还遇上了一个朋友。"党吉祥说着把洪海山夫妇及小英兰都喊了过来，说，"俺们在老家就听说这里有给日本人挑矿的营生，来了便打算去挑矿。"

"哼，什么挑矿的，简直就是拿命去换一天三顿的猪狗食。"王义勇愤怒地说，"不过，既然千里迢迢地来了，为了活命，就还得去干。不过你们要记住，天下的穷人要齐心，要抱团儿跟狗日的干。往后，有什么事，要多和一个叫大老刘的商议。不要怕那些狗日的，只要咱们大伙儿抱团，就不怕那些狗日的欺负咱们。"

党吉祥听了这话，顿时觉得心中暖暖的。

由于是初次见面，王义勇没再说别的什么，最后说："来，还没吃饭吧，我这里还有点玉米面窝头、一点剩饭和一点咸菜，先凑合着吃点吧。挑矿的地方俺熟悉，等吃完饭，俺送你们去。"

党吉祥愉快地答应了一声，招呼洪海山夫妇与小英兰一起吃了起来。

吃了饭后，王义勇把党吉祥与小英兰，及洪海山夫妇送到了狮子山挑矿石的人们中间，地下党积极分子大老刘等人也热情地接待了他们。

大老刘又领他们见过了监工张运通。第二天，把小英兰及洪妻安顿好后，党吉祥和洪海山便出工了。

就在党吉祥、洪海山上工后一个多月的一天，在日寇戒备森严的日华铁厂的大门前，上演了一出震惊天地的活剧。

在日寇占领下的日华铁厂的大门前，天空中飘扬的是侵略者的膏药旗，一片白色恐怖的景象。不远处的长江岸边，停泊着日寇运送铁块的万吨巨轮，耀武扬威的日本兵肆意欺辱着中国劳工。不仅干活的工人们有士兵和特务的监视，连出入码头的行人都要蒙受军警的蛮横搜查和敲诈。

这天，在人行通道的出入口，中共地下党员王义勇，驾着一辆用毛驴拉着的破旧的粪车，向卡子缓缓前进。

卡子的栏杆落下，一个日本兵用半生不熟的中国话问："站住，什么的干活？"

王义勇拉开车盖，一股难闻的粪臭熏得日本兵掩鼻而退。

王义勇又拿出一小撮烟叶，做出馈送的样子："太君！"

日本兵厌恶地呵斥道："滚开，快快地滚开！"

栏杆吊起，王义勇露出鄙夷的笑，大摇大摆地出了卡子。

这时，敌首山本大佐在翻译官的陪同下正各自驾着一辆军用摩托来此巡视。

突然，汉奸特务工头王德才慌慌张张地来见山本，迫不及待地递给翻译官一张纸条。

翻译官看罢,用日语叽里呱啦地对山本耳语了一通。山本顿时气得咬牙切齿:“八嘎! 新四军的兵工厂,消灭消灭的哟。”

随即,山本和翻译官的摩托分别发动起来。翻译官在前,山本在后,开着摩托车向着王义勇同志追去。

王义勇被日本兵押了回来。

山本的眼睛瞪得血红:“你的什么的姓名? 什么的干活?”

王义勇冷冷地回道:“王义勇! 淘粪!”

山本忽地从一个日本兵手中夺过一杆枪,用枪托啪的一声砸开了粪车,哗啦啦,从粪车里滚出来的却是亮闪闪的生铁碎块。

山本发疯似的抓起王义勇的衣领。

“你的,共产党,新四军! 你说,从兵工厂运出去多少的铁块? 说!”

王义勇只是怒目而视,沉默不语。

啪! 山本狠狠地打了王义勇一个耳光!

“你的,说不说!”

“呸!”被激怒了的王义勇用一口唾沫狠狠地啐到了山本的脸上,厉声骂道,“强盗,法西斯!”

山本发疯般地端起了步枪,扣动了扳机,王义勇倒在了血泊之中。

这时,翻译官调来了全副武装的日寇摩托车队和六七辆汽车的伪军。

山本举起指挥刀,歇斯底里地狂叫道:“新四军的兵工厂,消灭!”

一辆辆载满敌兵的摩托车和汽车,尘土飞扬地向着山里的游击队驻地飞驰而去。

四

当王义勇同志出事时,在距离出事地点不远处的一个山坡上,有一双眼睛隐蔽在一片葱绿的灌木丛中。他,就是我党在横山地区的地下交通员江海潮同志。

江海潮同志本是来接应王义勇的,可是,万万没有想到,情况竟然变化得如此出人意料。不过,当看到敌人的摩托车队向着兵工厂的方向开去时,理智告诉他不能轻举妄动。

他立刻擦掉了眼角的热泪,纵马飞驰,开始了他与敌人摩托车队的赛跑。他必须抄近路赶在敌人前面,把敌人要袭击兵工厂的消息告诉兵工厂的负责人——新四军横山游击纵队一排长秦大川同志。

敌人的摩托车在山路上飞奔。

江海潮不顾汗水如雨,加鞭再加鞭……

终于,江海潮赶在敌人的前面来到了兵工厂的所在地——落霞岭。

游击纵队的排长秦大川正在巡视岗哨,他一眼就发现了策马飞奔而来的江海潮。

与此同时,江海潮也望见了秦大川。

秦大川迎上江海潮,握着他的手:“海潮同志,发现什么情况了吗?”

江海潮气喘吁吁地说:“秦排长,敌人来了!他们要袭击兵工厂,足足有一个连的兵力!”

秦大川惊道:“哦?!怎么来得这样突然?”

此刻,已隐约可闻不远的山路上有飞驰的汽车和摩托车声了。

秦大川剑眉横竖,立即做出了紧急战斗部署:

“同志们,敌人来了,立即准备投入战斗!一班,拆迁埋藏机器,二班、三班跟我来!我们要人在阵地在,决不能让敌人把我们的兵工厂破坏掉!”

战士们齐声有力地回答:“是。”

苍翠浓郁的落霞岭,鸟语花香,流水淙淙,然而它的娇艳妩媚,战士们实在是顾不上欣赏和陶醉。眼下,一场敌我双方的战斗迫在眉睫。

山腰的掩体里、草丛中,秦大川领着战士们埋伏得宛如一道铜墙铁壁,机枪、步枪的子弹都推上了膛,乌黑的枪口对准了山下的那条敌人的来路。

不一会儿,敌人出现了,摩托车在前,汽车在后,黑压压、乌溜溜的一长串,如同一条褐色的蜈蚣,向兵工厂所在地爬压了过来。

伏在秦大川身边的二班长见来了这么多敌人,把心中担心的问题向秦大川提了出来:“排长,我们的子弹太少,会不会在节骨眼上熄火啊?”

秦大川略一沉思,道:“说得对,要告诉战士们,尽量节约子弹!不许放空枪!”

二班长对身边的战士说:“往下传,尽量注意节约子弹,不许放空枪!”

“打!”当敌人进入有效射程后,秦大川立即喊出了这一字千钧的声音。顿时,仇根的子弹就像长了眼睛,一枪一个,打得敌人前面的两辆摩托车底儿朝了天。

敌人开始了反击。当然,还是老阵势,日本士兵督战,伪军在前头打冲锋。

战斗打得很激烈,约莫一个小时,我军就打退了日军和伪军的七次冲锋。

但当击退敌人的第七次冲锋后,战局却发生了一次险恶的变化。开始是伪军连长想打退堂鼓,他哀求山本说:“太君,这已经是第七次冲锋了,伤亡实在太大,您看,能不能改日再战?”

打红了眼的山本根本就没有撤退的意思，反而是出人意料地抛出了他最后的疯狂："八格牙鲁！大大的饭桶！滚开！"一脚踢翻伪军连长，"让皇军的冲锋，不消灭兵工厂，我的，不收队！"

此时，游击队的弹药已经快打光了，面对敌人的疯狂进攻，秦大川不得不下达了以石头代替子弹的命令："同志们，敌人下了本钱，我们也不能不奉陪！我们的子弹没有了，从现在起，我们的武器是石头，是刺刀！"

战士们异口同声地回答："排长，放心吧，我们人在阵地在，坚决便宜不了狗日的！"

于是，当日寇的又一次冲锋开始的时候，滚滚而下的石雨就成了打击侵略者的子弹。

这么一来，没想到却让老奸巨猾的山本嗅到一点信息，他欣喜若狂地喊道："八格牙鲁！新四军的没子弹了，抓活的，冲，给我冲啊！"

终于，战局的形势由于条件的悬殊急转直下。

二班长恳切地说："排长，看来已经不能再恋战了，是不是您带战士们往下撤，我来掩护？"

秦大川沉思半晌："是应该撤退了！不过，向埋藏机器的相反方向撤退，迷惑敌人，防止敌人发现我们的兵工厂！"随即，他向身边的两个战士下命令道，"小王、老杨，你们俩留下随我负责掩护，其余的人由二班长领着撤退！"

二班长反对道："排长，你下去，我掩护！"

秦大川坚决地说："二班长，这是命令！"

二班长不能再说什么，领着战士们心头沉重地准备撤退。

突然，高高的落霞岭上，竟神话般地响起了嘹亮的冲锋号。

"冲啊！"

随着喊声，犹如神兵天降，好几百名新四军战士突然出现，直向着山下的敌人猛扑而去。

秦大川喜出望外："是谢政委！谢政委领着纵队主力到了！同志们，快，返回战斗，为王义勇同志报仇，冲啊！"

山下，敌首山本一听冲锋号，先是气得哇呀乱叫，之后只能无可奈何地下令撤退。

一阵发动机响，山本座车打头，敌军争相逃命。

没有来得及撤退的敌人被我军迅速地歼灭了。战局出乎意料地反转，最终我军大获全胜。

战斗结束了。在入夜的落霞岭上，战士们燃起了堆堆篝火。

围着篝火,游击纵队政委谢辉和秦大川边走边谈,他们的谈话很有针对性,其中有不少是关于对当前斗争的看法和工作的安排。

秦大川问:“政委,您是怎么知道兵工厂遭袭击的呀?说实在的,这一仗,要不是你们及时赶到呀,还说不定是个什么样呢!”

谢辉分析道:“不,大川同志,应当说,这一仗对于我们来讲是个沉痛的教训!它说明我们的战略指挥,我们的‘耳朵’和‘眼睛’,都是很不灵的!我仅仅是靠对敌情的判断发现了敌人突袭兵工厂的意图;而你,如果没有江海潮同志冒着生命危险给你送信,恐怕兵工厂已经被敌人给破坏掉了!”

秦大川又提出疑问:“政委,有个问题我总在想,我觉得王义勇同志的牺牲里面有文章,敌人怎么会知道我们的兵工厂呢?山本又怎么会发现了我们的王义勇同志呢?”

谢辉沉吟道:“我也是这么想。目前,抗日战争正处在艰苦的阶段,斗争肯定是会很复杂的。有可能是码头方面的工人内部出了叛徒。但是,我相信,王义勇同志的鲜血不会白流,王义勇同志是为人民的利益而牺牲的,他将永远活在人民心中!”

说到这里,谢辉、秦大川默然肃立,悼念牺牲烈士。

少时,秦大川关心地问:“政委,义勇同志的牺牲,是码头方面工人运动的重大损失,组织上还打算派人去吗?”

谢辉大声答道:“问得好!我正想听听你的意见呢!不瞒你说,在这个问题上,存在着严重的思想分歧。不少人认为,什么兵工厂啊,工人运动啊,总之,不是直接打仗的,抓不抓都无关大局。理由是抗战这么艰苦,我们的全部精力都应当放到打击敌人的有生力量上,而其他的工作,都只能等到战争结束以后再说。”

秦大川有些激动地说:“不做地方工作,不搞工人运动,就没有群众支持战争。没有原料,没有钢铁,兵工厂拿什么造枪支弹药?我们又指望什么来打胜仗呢?”

谢辉说:“他们说,从敌人手里夺,叫敌人当运输大队长!”

秦大川坚决地说:“我不同意!叫敌人当运输大队长这只是一种补给的方法,并不能解决根本问题,我们这些同志看问题的方法还不如敌人全面。”

谢辉接上说:“日寇是处心积虑、千方百计要消灭我们的兵工厂。”

秦大川又道:“而我们的这些同志却要放弃工人运动,这不等于是要把我们的战争胜利成果建筑在沙滩上吗?而更重要的一点是,还要想一想我们是共产党员!共产党员的奋斗目标是解放全人类。谁都知道,钢铁这个东西,是国计民生之中的宝中宝——”

谢辉激动地道:“眼下,我们少不了要用它来造武器弹药,将来,我们解放了全中国,它又是我们国家富强的基础和根本。”

秦大川也说:“这个地区,蕴藏着的是祖国江南的最大铁矿藏,日本鬼子天天都在不惜工本、不远万里地用万吨巨轮把铁块运回日本本土,作为共产党员,怎么能熟视无睹,而不去考虑我们中华民族的振兴、祖国未来的钢铁事业呢?”

谢辉激动地说:“大川同志,你说得太好了!经过组织研究,决定抽调战斗部队的同志去接替王义勇同志。现在,我代表游击纵队党委宣布:派你去接替王义勇同志。党相信你,一定能很好地完成党交给你的任务!”

秦大川先是微微一怔,接着便异常庄重地回答道:“坚决服从组织的安排!请政委放心,大川保证完成任务!”

谢辉与秦大川两只大手紧紧地相握。

随后,秦大川告别了新四军横山游击纵队的战斗生活,被派往党在狮子山地区的地下组织,去开展地下活动。

五

灰暗的天空,翻滚着团团浓重的乌云。

万里长江,波涛滚滚。鼓山,沿江巍然而立。

山坡上,那满坡满垄的麦子已开始露出金黄色。这美好的颜色,似乎是骄傲地向人们宣布:顶多再过半个月,成熟的庄稼啊,任你们开镰收割吧。

山脚下,有一个不大不小的村落,杂乱地排列着二十几个茅屋。大多数的茅屋墙上都贴着干牛粪,屋前屋后堆满了破破烂烂的家什杂物。

在一条通往穷山村的弯弯曲曲的羊肠小道上,两名轿夫正抬着恶霸地主彭大才,径直奔向这穷山村。轿子的后面,跟着挎着盒子枪的汉奸工头王德财,在王德财的身后,还跟着两名尖嘴猴腮的乡丁。

彭大才的到来,绝非是来“赐福”的,他带来的是一场灾祸。小小的穷山村已经嗅到了这种气息。

在山村的北隅一角,有一个内外两间的破茅屋,住着一个乳名叫苦生的孩子的一家三代人。

这时的苦生妈即将临盆,正躺在破棉絮铺垫着的床上痛苦地呻吟,额头上冒出豆粒般大的汗珠。

接生婆王妈一掀破门帘,进来瞅了瞅产妇脸上的气色,赶忙折回外间,着急地对正坐着发愣的苦生的父亲齐传亮喊道:“你是死人哪?还不赶快烧热水去,马上就要临盆了，冲点红糖水来！”

齐传亮一听，作难了：“王妈，热水倒是烧了，红糖水嘛，糖还没买呢。”

王妈埋怨道：“为什么不早预备啊？”

有道是贫贱夫妻百事艰，齐传亮老实地回答：“哎，穷人，过日子难啊，哪有钱买红糖啊。”

“爸爸，我有钱。”

忽然，一个清脆的童音响了起来。说话的是齐传亮的儿子苦生。只见他一双机灵的大眼睛炯炯有神，圆圆的脸庞，十分可爱，只是由于营养不良，头发不是黑色而是黄褐色。此刻，他边说边找出了一个毛竹筒儿，打开盖子，倒出了一大把铜钱，双手捧着，送到齐传亮跟前。

没想到齐传亮见此情景，并未喜出望外，反而怒火中烧，顺手抄起一根树枝，劈头盖脸就向着苦生抽打下来，并厉声喝道：“小畜生，你哪来的钱？咱们人穷可不能把志也给弄短了！你老老实实说，若有半句假话，看老子今天不打死你！”

站在一旁的王妈和苦生的爷爷——齐老爹，见状连忙来拦，却见苦生扑通一声跪在齐传亮面前，抽抽噎噎地哭诉道：“爸爸，钱是我挖荠菜卖赚的。你不让搞，我下次不敢了。”

齐老爹心酸了，一把搂住苦生，骂齐传亮：“好你个当爸爸的，孩子背着你挖荠菜，你还怪他！你还有脸吗？”

齐传亮这才放下手中的树枝，一把搂过在爷爷怀中的小苦生，难过地道：“孩子，是我不好，我对不起你。”

小苦生哭道：“爸爸，不怨你。是我想上学，怕家里没有钱，就挖荠菜卖，一点点儿攒的。你不是常跟爷爷说，财主们专会欺负我们穷人不识字吗？”

齐老爹抚摸着苦生的头：“多好的孩子啊。”

突然，从屋外传来急促的敲锣声，打断了屋内的对话，接着，就听见有人喊：“各家各户注意啰，都到庄子中间来聚齐啰，彭会长有重要的事要跟大伙讲啰。”原来彭大才已经是日伪维持会的会长。

齐传亮、齐老爹、王妈、小苦生等纷纷从柴门的门缝里朝外张望。

只见庄子中间的空地上，彭大才已走出轿外，正悠闲地坐在一张板凳上，吸着烟在等待。他的旁边，戴着墨镜、腰间别着大肚匣子枪的王德财正耀武扬威地叉着腰在来回踱着步。两个哈巴狗一般的乡丁，正在前前后后地围着彭大才和王德财，看着他们的眼色，嘴上还不干不净地骂着娘。

小小的山村，顿时就被一片白色的恐怖给笼罩了。不过，受尽了苦难的穷苦百姓们已经没有什么恐惧了,有的,只是对日伪军的不共戴天的仇恨。尽管狗腿子们扯破了嗓子嘶喊,却并不见有人走出来,人们用拖延的法子来以示抗争。

终于,彭大才等得有点不耐烦了,示意王德财让乡丁到各家各户催。两个乡丁不得不用起了他们的老法子,倒提着枪,到各家各户的门口来砸门了。

从门缝里看清了这一切,齐老爹把眉毛一竖,对齐传亮和王妈说:“传亮,你和王妈照应你的媳妇,我带苦生出去看看,即使有天大的事儿,咱们回来再说。”

当齐老爹出现在村中间的空地上时,不管是先到的还是后到的,人们都不约而同地朝他集聚而来,就像是他仿佛可以扫除人们的苦难似的。而事实上,齐老爹父子俩也确确实实是这个穷山村的主心骨,这是因为齐老爹父子为人正直,而且还有一副热心肠。

当空地被心中充满仇恨的人们站满了的时候,王德财直起脖子,装模作样地开了腔:“大伙儿听清楚了,今天彭会长亲自来,是为了传达皇军的一项命令:为了中日共荣,建立大东亚共荣圈,根据形势的需要,皇军决定要扩大现有炼铁厂的生产,要在这鼓山脚下再建几座小高炉。为此,限你们三天之内全部迁屋搬家。记住,三天！三天之内一定要搬得寸草不留！有敢违抗军令的,一律格杀勿论!”

这真是一个晴天霹雳!

虽说穷人的遭遇是本来就和血泪连着的,但这一次,灾祸来得太凶猛,时间未免太仓促,性质未免也太残酷了！人们愤怒已极,其中的一个中年汉子没等王德财话音落尽,就喊了起来:“这不是杀人不带刀吗?！三天之内搬家,那山上还没熟的庄稼也能搬得了吗？没有收成,叫我们一家老小喝西北风吗?”

跟着,就有许多人喊:“不搬！这是要咱们命啊!”“咱们豁出去拼了!”“要命有一条,要三天内搬家,咱们拼了!”……

王德财一见,假意换了副皮笑肉不笑的脸:“乡亲们,俗话说,天下哪有活人叫尿憋死的呢？庄稼地毁了,还可以想别的活命的法子嘛！皇军的铁矿公司里缺的就是干活的人,能下洞子的下洞子挖矿,不能下洞子的,上码头装轮船,怎么着也不会没有事干。将来等高炉造好了,说不定还要请大家上高炉当师傅呢！咱们一言为定,这事儿包在我王德财身上,怎么样,保管乡亲们不饿肚子!”

听到这里,齐老爹再也按捺不住了:“姓王的,你好狠毒啊,你要帮日本鬼子占我们的地,又逼我们给鬼子当劳工！告诉你,别把人当傻子,别逼人太甚了!”

听到齐老爹讲话,彭大才冷笑了一声,恶狠狠地说:“老骨头,你是要找死呢!”接着,他又不耐烦地转向众人,“大伙儿别吵了,我再说一遍,咱们招呼打在前头,三天之内谁敢不搬家,皇军可不是好惹的!"

说毕,彭大才骄横地一扬手,坐进轿子,扬长而去了。

人们啐着彭大才、王德才的背影,发出一片怒骂声……

六

小山村像是开了锅,人们都往齐老爹父子的小茅屋里聚。

在齐老爹的小茅屋里,齐传亮的妻子已产下了一个女婴,由于难产,孩子生下时已经断气,小脸憋得青一块紫一块的。生产以后的齐妻正虚弱地躺在堆着破衣服与烂棉絮的床上,齐传亮正在旁边端着红糖水,想给妻子喂下去,但他的妻子只是闭着眼睛休息。

外屋,庄子里的人们由于心急,一时也顾不得产后需要静养的齐妻,激动地在一块商议着。

上了年纪的,都把旱烟锅吸得嗞嗞作响;青壮年们,除了咬牙切齿,还把拳头攥得像一坨坨铁疙瘩。此时人们都把眼光投向齐老爹,等着他拿主意。

一个中年壮汉子开腔道:"老爹,您就说咋办吧,反正是到了这步田地了,咱们全村人都跟着您!"

齐老爹的双眼忽地变得炯炯有神起来,说:"好吧,乡亲们让我拿主意,我就来说两句。大伙儿知道,我这一辈子,受尽了苦,遭尽了难,上苏北、闯关东,什么样的事儿都经历了。谁不想找个能安生的地方呢?可是,走遍了天南地北,我才知道真是天下乌鸦一般黑,财主们的心都比蛇蝎还毒!"

另一位老汉这时发出同感,说:"对啊,老哥,过去,我总怨命不好,可现在,我不这么看了。我想乡亲们大概也听说了,咱中华地盘,现在到处在闹共产呢,可不就是咱们天下穷苦人的希望吗?"

齐老爹接着说:"共产党是救穷人的,可眼下我们上哪儿找共产党啊?我看咱们还是得自己想一条路。就说咱们这档子事吧,要是放在过去,我准怨咱们这地方晦气,偏偏埋藏着个什么鸟铁矿,惹得小鬼子看着眼馋,造什么鸟高炉,逼得咱穷人没活路!可是现在,这兄弟说得对,我也不这么想了。大伙儿想,天底下这么大,总得有地方埋铁矿,总得有穷人摊上这档子事,碰着了怎么办?我看,咱们就给它来个不搬。"

一个青年壮汉说:"对呀,他要咱们三天内搬家,反正咱们左右也是没活路,咱们就是不搬。要来硬的,咱们就和他说理,最少也得等收过了这一季庄稼,等咱们在别处开出荒地来再走。"

齐老爹略略沉思了会儿,又说道:“不过,狗日的心狠手辣,是什么事都能干出来的,咱们还是得防备点儿。各家可以先找个地方搭窝棚,把老小安顿好。”

齐老爹的这番话,句句说到了乡亲们的心里。屋子里哗然了,人们交头接耳,议论纷纷。几乎所有的人都说了话,绝大多数人的态度自然是赞同的,人们被逼到了底线,也平添了几分勇气。他们还对一些细节问题进行了仔细的推敲。

然而,墙里说话,墙外有耳。破茅屋旁,一个乡丁已经偷听到了屋里的谈话。突然,他似乎觉得有人发现了他,神经质地猫下了腰,一个转身,向远处逃去。暗夜顿时吞没了他那猥琐的身影……

七

三天之后。

风狂云低。

通往小山村的路上,彭大才、王德财气势汹汹地领着几个日寇和一个班的伪军,扛着机枪、步枪、汽油桶等武器,快速地向小山村行进着。走在彭大才、王德财身边的还有那天偷听齐老爹等人谈话的乡丁。

小山村里,各家的狗开始狂吠起来。

自动聚集起来的齐老爹等村民,怒视着汹汹而来的鬼子和伪军……

两边的人相遇后,王德财阴阳怪气地先开了腔:“啊,好哇,看样子是要敬酒不吃吃罚酒呀!齐老头,你可给我放明白点儿,你想聚众造反是吧?别当我们不知道!晓事的,赶快给我回去搬家,我们还可宽限一天,想死的,就站着别动!”

说罢,王德财与彭大才咬了一会儿耳朵,挥了挥手,他身后的鬼子和伪军便一字排开,端着武器,向群众逼近。

齐老爹镇静如常,巍然挺立,两眼喷火,以理抗辩道:“盘古开天地,天底下总得讲个理,我们住着我们中国人自己的房子,种着我们中国人自己的庄稼,凭什么二话不说就逼我们搬家?!”

彭大才、王德财被问得哑然语塞。

这时,一个日本兵怪叫起来:“八嘎!开枪开枪的有!”

敌人竟然向我们手无寸铁的无辜百姓下毒手了!齐老爹等一批村民应声倒地。

群众被激怒了,有人振臂高呼:“打倒小日本!”

愤怒的群众群起响应:“打倒小日本!打倒小日本!”

“快,快放火!”王德财高声喊道,“给我烧!烧光,烧尽!”

于是，敌人们拎着汽油桶扑向各茅屋，倒汽油、点火，整个小山村瞬间就成了一片火海……

当敌人枪杀村民的时候，齐传亮正把妻子和苦生往鼓山山腰的一个小山洞里藏。在他们刚刚踏进洞口时，山下杀人的枪声就传了过来。

小苦生立刻痛哭失声，喊着爷爷。

满脸肌肉都在抽搐的齐传亮什么也没说，只是找了块石头往腰里一别，转身就往山下跑。小苦生见了，也照着样子，捡了块石头，跟在爹爹的身后。

"孩子他爹！"极度虚弱的齐妻开口了，拼着她的最后一点力气，艰难地劝阻道，"你不能去送死啊！我、我怕是不行了，苦生还要靠你抚养成、成人啊……"

齐传亮泪如雨下："孩子他娘，我们怕是都活不成了！反正横竖是死，倒不如我去抓两个狗日的来当垫背。"

"孩子他爹，不能，不——能——"

本来就在弥留之际的齐妻，哪里还能禁得住额外的刺激呢，终于，连这最后一句话都没有说完，就头一歪，眼一闭，溘然长逝了。

"妈妈！妈妈！！"前后也不过仅仅十分钟，小苦生呼天抢地的哭喊，便从"爷爷"，换成了"妈妈"，"妈妈，妈妈……"

长江岸边，此刻，有一条载着两个人的小船靠了岸。原来，他们正是我们党派到鼓山来接替王义勇同志工作的秦大川和护送他前来的交通员江海潮。

江海潮很快就听到了小苦生的哭喊，对大川说："排长，你听，好像有孩子在山间哭！"

有着丰富斗争经验的秦大川立即判断出这是有群众在遭难。党的工作者的崇高责任感促使他果断地下了决心："快，上山看看，肯定是又有群众遭难了！"

秦大川和江海潮循着哭声来到了齐传亮一家藏身的山洞。借着山洞里暗淡的小油灯的灯光，江海潮看清了里面的情形，低声对大川说："排长，这一家我认识，是住在鼓山脚下的庄稼户齐传亮一家，不知怎么猫到这里来了。你看，我们是不是进去啊？"

大川点了点头，二人便进了山洞。

江海潮轻声叫道："传亮大哥！"

齐传亮猛不丁地听见一声喊，只当是乡丁，猛地举起石头："谁？"

江海潮忙说："怎么，不认识啦？我是横山那边渔村的江海潮呀。"

齐传亮这才放下石头，说："江海潮？你怎么来了？"忽又发现秦大川，他立刻警觉地指着大川问，“他是谁？”

江海潮笑笑说：“他叫秦大川，也是穷哥们，为混碗饭吃，上狮子山这边来找活儿干的。倒是你怎么啦？怎么一家大小猫在这山洞啊？”

齐传亮这才开口说道：“唉，三天前，日本人的狗腿子彭大才与王德财进了我们村子，说日本鬼子要在我们鼓山造高炉，限令我们三天内搬家！我和爹还有大伙儿商议，咱穷人反正是没活路了，就想学共产党的样，抱成团和狗日的们讲理，没想到日本鬼子竟对我们老百姓开了枪！枪一响，我想爹八成儿是归天了，就想抓两个狗日的来当垫背，可是，唉，没想到我刚刚生产的媳妇，拦我没拦住，一急一难，一口气没接上，竟也就下了世了——”

江海潮看了看洞内的情形，叹口气说：“齐大哥啊，不是我说你，这就是你的不是了！嫂子坐月子，你怎么能惹她心急啊？再说，你单枪匹马想抓人家有刀有枪的，不是硬要拿鸡蛋往石头上碰吗？”

“海潮兄弟，我并不是不懂这道理，可你知道，咱们穷人这气，可怎么咽啊？！单枪匹马不中，咱爹倒是学着共产党的样，抱成团儿，指望鬼子兵不犯众人怒呢，可到头来，竟叫鬼子开枪给杀了！你说我该怎么办啊？”齐传亮为难地说。

这时，秦大川丢给江海潮一个眼色，江海潮立刻会意地说：“传亮哥，那就想办法找共产党嘛！穷人要翻身，只有一条道，就是永远跟着共产党！”

齐传亮对于这一点，是打心眼里认同的，但是，上哪找共产党呢？他为难而坚定地说：“若是让我能找上共产党，就是上刀山下火海我都干。”

江海潮与秦大川相视而笑。

江海潮十分庄重与兴奋地说：“传亮哥，你要是下决心找共产党的话，告诉你，远在天边，近在眼前。”

齐传亮一听，双眼立刻闪出了异样的光彩：“什么，你们——”

秦大川微笑着点头。

“他就是共产党，是新四军派到鼓山来搞工人运动的秦排长。”江海潮手掌摊向秦大川介绍道。齐传亮听完介绍后，迫不及待地说：“秦排长，收下我吧！从今往后，我就是你的人！我要报仇，要杀尽狗杂种们，上刀山，下火海，只要党说句话，我齐传亮都不会皱一皱眉头！”

小苦生这时突然插进话：“爸爸，还有我！”

秦大川立即分开一双大手，一左一右握住齐传亮和小苦生：“党欢迎你们！让我们永远记着江海潮同志说的一句话吧：穷人要翻身，只有一条道，就是永远跟着共产党！”

接着，秦大川又仔细地问了齐传亮当前的处境，他们商议决定：迅速料理好齐传亮妻子与老爹的后事，而后，深入到狮子山的挑矿工人中间，首先，保证自己能生存下来，再在那里开始活动，团结工人群众，开展对敌斗争，为新四军提供群众基础、物质等各方面的保证。

八

却说秦大川与齐传亮父子来到狮子山，与王义勇同志牺牲前所联络的党的积极分子大老刘等接上关系后，并把小苦生也介绍给了大老刘。

大老刘领着秦大川、齐传亮、小苦生来找码头的监工张运通。

对每一个新来的苦力，张运通照例都要上下左右仔细地打量。然而，尽管张运通是个阴险狡猾的家伙，却根本不可能从训练有素的秦大川身上发现什么。仔细察看后，张运通取过工料，发给秦大川与齐传亮各一枚。

大老刘又领着秦大川与齐传亮、小苦生来到了苦力们的歇宿地。

从此，运石头的行列中，出现了秦大川和齐传亮的身影。他们也顺着一步一颤的“过山跳”往停泊在岸边喘着粗气的日寇“天皇丸号”万吨巨轮上运着铁矿石。

在这期间，秦大川迅速地深入到码头工人们中间开展活动，并首先发展齐传亮、大老刘等人入党。

与此同时，秦大川也布置了内查叛徒的工作。然而，却因种种原因，出卖王义勇同志的叛徒始终没有得到确认。

由于秦大川的活动，党的队伍人数越来越多，党吉祥等人也毅然决然地站到了他的一边，暗中为游击队准备着物资。

在这些斗争中，小苦生也孩子气地出现在为游击队运送物资的队伍中。

江岸挑夫们的生活是悲惨的。他们得到的不过是一日三餐的猪狗食，而付出的却是常人无法想象的劳累。如此的不平衡，血肉之躯当然是不堪忍受的，于是，便有人开始生了病，死人也越来越多。很快，这里便有了堆积无数工人尸骨的“万人坑”，老鹰啄食尸体，终日不散。这便是我们在前文中提及的“老鹰窝”的由来。

在死人被扔进“老鹰窝”之前，日伪统治者还想出了一个“绝招”，就是人一旦生病，他们就把人送进所谓的“隔离房”。

何谓“隔离房”呢？说白了，就是为了不使生病的工人传染给其他工人，而把生病的人另外圈起来的一个窝棚。人进了隔离房，等于是往“老鹰窝”又走近了一步，不但得不到任何治疗，还不许另外的人再走近他、照顾他，因此，进去的人很少有活着出来的。

在这里工作了三个月后的一天，齐传亮由于整日的劳累，加上还要四处去联络工友，就病倒了。为了避免被抬进隔离房，秦大川等人把他弄进一处山洞里。此刻他身上盖着几条破麻袋，正昏昏沉沉地躺着。

小苦生懂事地一会为齐传亮盖好麻袋片，一会儿又用破碗端一点水，喂给齐传亮喝，双颊还隐隐地挂着泪痕。

不一会，苦生见齐传亮微微睁开了眼睛，便颤声说道："爸爸，你好点了吗？秦伯伯说想法子搞点药送来。有了药，你、我、秦伯伯、刘伯伯，还有党叔叔，就不怕了。爸爸，你说是吗？"

齐传亮声音虚弱地说："你真是个好孩子，爸爸就会好的。"

话未落音，经常与苦生一块儿玩的小英兰与党吉祥进来了，他们为齐传亮带来了草药。小英兰还懂事地为齐传亮端来了一碗水，孩子气地叫着齐传亮道："齐伯伯，快吃药，吃了药就能好了，这是俺爹从十里多外的山上采来的呢，你快吃吧。"

齐传亮听了，激动地对党吉祥说："谢谢你，老党。"

"齐大哥别说了，这点小力气不算啥，还是你说得好，咱穷人不帮穷人，就没有指望了。"党吉祥露出和善的微笑说。

正在这当儿，反动工头张运通捂着个大口罩，凶狠地从洞口闯了进来。原来他一直跟踪着党吉祥父女俩，来到了齐传亮躲藏的山洞。一见这情景，张运通便破口大骂："好你个臭苦力，你他妈的真会躲，藏到这么个山洞来了！皇军养你白吃饭的吗？生病不上隔离房待着，倒跑到这儿来糟蹋粮食来了！给我滚起来，跟我上隔离房去！"

"什么隔离房，那是'送命房'！"党吉祥愤怒地说，"人进隔离房，等于进了鬼门关，小病变大病，大病等着喂老鹰！"

张运通自知理亏，顿时变哑巴了。但他却动手来扯齐传亮。党吉祥一见，便上前来拦，两人立即扭成一团。

机灵的小苦生一见此景，一转身溜出山洞，找秦大川去了。

小苦生领着秦大川、大老刘以及另外十几名工人往山洞赶来。

山洞前，张运通正在把齐传亮往外拖。

秦大川威严地喝道："张运通，你放下老齐！"

张运通色厉内荏："你、你们这是要干什么？他得了病，就得上隔离房！"

秦大川驳斥道："哼，说得好听，什么隔离房，实际是你们送工人命的'送命房'！把病人一扔，就再也不来过问，连一天三顿霉米饭也断了，这样的处置办法也能治好工人的病?”

张运通被逼到了绝处,狡猾地说:“那我可管不了,这是皇军定的规矩。”说完,又要去拖齐传亮。

众人齐声呐喊:“不许动病人!”一个个捏紧了拳头。

张运通见势终于胆怯了起来:“好,好,你们是想要造反哪? 咱们走着瞧!”边说边溜走了。

工人们用愤怒的眼神齐齐地瞪着远去的张运通。

日华矿铁公司的警备司令部。

山本少佐阴险骄横地坐在太师椅上,两个打扮妖艳的日本女人正在给他按摩。

这时,张运通进来敬礼道:“报告太君,小的查过了,那个齐传亮生了病,不肯上隔离房。有个叫秦大川的,纠集众人反抗皇军的命令,我看,他有共产党分子的嫌疑,对皇军大大的不利。”

山本怒斥道:“你的大大的浑蛋! 什么的共产党分子的嫌疑,闹事肯定是共产党煽动的! 要好好地查处共产党的地下组织!”

张运通磕头如捣蒜:“是,是。”

这时,传来敲门声。打开门,来人原来是王德财。他已经被山本亲自点名升为总监工了。

此刻,只见他带进一个人来,此人正是袁贵发。

俩人进来后,站立在山本的左边。山本对着张运通问道:“你的,知道齐传亮、党吉祥的是什么人吗?”

张运通讨好地回话道:“他们自己报是干农活的,家里的地没法种了,逃荒来的。”

袁贵发赶紧上前:“报告监工,小人认识那个齐传亮,他原先就住在鼓山脚下,他爹对抗皇军造高炉,半年前被皇军给处死了。”

张运通不满地责问道:“你为什么不早说?”

袁贵发慌忙解释:“报告监工,他爹的事,小人也是刚才听总监说的。”

王德财见此开口打圆场道:“好了好了,张监工,你先回去,记住,给皇军好好查查共产党!”

张运通走后,王德财跑到山本耳边嘀咕了一阵。山本细细地打量了一下袁贵发,突然问道:“你的,愿意为皇军效劳?”

袁贵发赶紧表忠心:“皇天在上,小人发誓,一辈子忠于皇军。”

山本哈哈大笑:“好,好,你的大大的好!”

王德财适时地递上一本卷宗,阴险地说:“这是袁贵发报告的情况。根据他的这个设想,我想给它来个一箭双雕——”王德财又附到山本耳边低语。

只见山本听完后,爆发出一阵大笑:“什么?祭炉?好,好,你的,中国人的俊杰!”

……

因为这次谈话,日本鬼子的一个新的阴谋便开始出现:祭炉,就是用一对童男童女活活送进炼铁炉祭奠炉神。名义上是祭炉,而实际上,是想借此来残酷镇压工人运动。他们选定的童男是小苦生,而童女,则是党吉祥的独生女小英兰。

第二天,当小苦生、小英兰奔跑在山野为齐传亮找草药时,突然,从路旁蹿出来几个彪形大汉,反剪起苦生与英兰的双手,又用两条毛巾分别塞住苦生与英兰的嘴,把他们装进两只大麻袋,背起就跑。

九

漆黑的夜。

几个聚在一起的旱烟枪燃起的火头,映照着秦大川等地下党员们严肃的脸。

这是在一个僻静的山坳里,为营救小苦生和小英兰,党的鼓山支部正在举行一次非常会议。

秦大川用低沉的声音对大家说:“同志们,今天我们开鼓山支部的一次秘密会议。大家知道,地下工作的纪律是没有重大的问题,一般是不会开会的。这个会议的召开,就说明我们碰到了一个重大的情况。为了这次会议,新四军横山游击纵队还派了排长李勇同志来参加。根据我们打入敌人内部的同志报告,敌人为了破坏我们的工人运动,确保其掠夺我们的钢铁宝藏的利益不受阻碍,并进一步地切断我们对新四军横山游击纵队的支援,策划了一个惨绝人寰的阴谋,它的名字叫‘祭炉’。日寇动工兴建的两座新高炉就要落成,他们想在新高炉点火之日,实施这个阴谋。”

游击队的李排长解释说:“什么叫祭炉呢?就是日寇宣称要每年一次,用一对童男童女,投到一千多度高温的炼铁炉中,说是什么祭炉神!他们放出谣言,说什么炉子不用童男童女来供祭,炉神会愤怒,炉子也就炼不出铁。”

秦大川气愤地说:“实际上,敌人的真正用意是想用祭炉来威胁我们,威胁我们的党员和积极分子,谁敢抗日,谁敢反对他们,不但你本人要遭暗算,还要提防自己的子女惨遭毒手。他们这一次选的童男童女就清楚地说明了这一点,他们的家长都是我们工人运动的骨干分子!”

李排长点明道:“童男,是我们齐传亮同志的独生儿子——小苦生,而童女,则就是我们的积极分子党吉祥的独生女小英兰。"

"狗杂种们,真狠毒啊!"这时人群中传来一名党员的声音。

"同志们,目前小苦生和小英兰已经被敌人抓去,要粉碎敌人的这个阴谋,还必须要靠我们党的力量,靠我们全体党员同志发动群众才能办得到。咱们大家谈谈吧,合计看我们究竟该怎么办?"秦大川启发大家说。

一席话,说得众党员心头沉甸甸的,就像有万斤重担压在肩头,个个都紧锁眉头,在想主意。

此时,一名党员激愤地说:"大川同志,对付日寇这样没有人性的法西斯,我看办法只有一条,就是以牙还牙,只能请谢政委他们派游击队来早早消灭他们,咱们再好好组织工友们配合,只有这样才行。"

另一个党员说:"不,有经验的猎人对付野兽,绝不会只讲武器加勇敢的。根据这个情况,我看还应该智取——"

这时,一直在猛吸着旱烟低头沉思的大老刘听了这些议论,不由得心头豁然一亮,一拍大腿说:"大川同志,你看这么办行不行?敌人大张旗鼓地搞祭炉,他们的工事、火力点的兵力又不能调动,现场必定兵力不足。我们就利用这个薄弱环节,来个将计就计,乘虚去劫他的祭炉场,趁乱救出小苦生和英兰。"

众人纷纷活跃起来,都说这个办法可行。

秦大川猛一击掌,补充说:"好,是个好办法!就这么定下来,还要借机来它一次宣传。崔老师,你们学校的同志要赶紧抓紧时间写一些标语出来,把这次行动搞得声势壮一点。"

"嗯,我们保证完成任务。"

被大川点名叫到的崔老师,是沈波与彭明他们那个学校的地下党员。沈波与彭明出走后,他便和大川接上了关系。

秦大川郑重说道:"我们再来把各个细节推敲推敲。"

新四军横山游击纵队司令部。

政委谢辉看完了齐传亮和李排长带来的信,正在和齐传亮亲切交谈。

齐传亮对政委谢辉说:"战斗结束后,鼓山那边暴露的党员和积极分子都得加入游击队。"

谢辉点了点头说:"很好。你也参加吗?"

齐传亮不假思索地回道:"当然参加。"

谢辉反问:"那苦生怎么办?游击队不能带孩子呀。"

齐传亮信心十足地说："大川同志要留下坚持斗争，他不准备暴露，就让苦生跟着大川同志。"

谢辉激动地握住齐传亮的手："好，好哇！欢迎，欢迎啊，齐传亮同志！"

刺眼的太阳当空而照。

祭炉场上，一座已建成的小高炉被布置得像一头怪兽，正张牙舞爪地盘踞在场中央。另一座即将完工的高炉紧挨在它的旁边。

铁丝网将前面的空地围了起来。场内，有日本兵端着明晃晃的刺刀荷枪实弹地站着岗。

一张祭桌上摆着香炉，袅袅青烟如蛇般曲曲弯弯地缭绕在四周。

王德财佩戴着袖章，摇摆着身子在场内来回张罗着。

小苦生和小英兰被绳索捆着，跪在香案的一边，嘴里塞着毛巾。

小苦生眼里满是仇恨的光芒。

这光芒是对敌人的满腔仇恨。他心里清楚，共产党不会见死不救的，他的父亲、秦伯伯，还有好多好多的叔叔伯伯们，一定会想办法救他们出这个火坑的。

小英兰有些害怕，想哭，但又动弹不得，小脸蛋上全是泪珠。

铁丝网外，站着黑压压的围观的人群。

这时，随着一声怪叫，一辆小汽车载着山本来了。

山本穿着祈祷服，一脸的横肉，眼里闪着凶光。他下车后，看了看表，又向四周巡视一遍，接着，便示意王德财开始宣礼。

王德财拖长声音怪叫："炉神在上，祭礼仪式开始。祈祷——"

随着这声音，所有的鬼子、伪军忽地来了个立正，然后，恭恭敬敬地面朝小高炉，头一律垂到了胸前。

只见山本口中念念有词，点起一炷香，插到了香炉中。烟雾缭绕，周边的一切不由得显得格外阴森起来。

铁丝网外人群骚动起来，却被伪军们用枪给逼静了下来。

人们焦急的眼神在等待着什么，空气紧张得几乎要爆炸。

小苦生、小英兰已被抱进高炉上料系统的卷扬机的料斗里，操作电门的鬼子兵已合上电闸，只等着山本剪开料斗前面拦着的彩带，两个孩子就将葬身炉腹。

山本拿起剪子了！在这千钧一发的时刻，突然，远处响起了嘹亮的火车汽笛声。

如山洪暴发，似大海的怒涛，顿时，人潮从四面八方拥来，新四军横山游击纵队的战士们冲过来了！

“同志们,冲啊!”谢辉的喊声。

“冲啊!”同志们应着,如山呼海啸。

此刻,各色标语牌打了出来,给这场斗争壮大了声势:

从前做牛马,现在要做人!

不许用活人祭炉!

打倒日本帝国主义!

这场面,是山本并未估计到的,这时,他已被完全惊呆了。然而,山本毕竟是只老狐狸,很快便恢复了镇静,立即指挥鬼子、伪军用武力镇压。

随着两声枪响,山本、王德财应声倒地。李勇带着游击队队员们冲进祭炉场。

李勇扑向卷扬机料斗,抱出小苦生、小英兰。

党吉祥冲过来,按计划接应小英兰。突然,一个伪军开枪打了两梭子弹过来,党吉祥中弹倒下。在倒下的一刹那,他对一块来接应小英兰的洪海山喊道:“海山,英兰就交给你了,你要把她养大啊——”

洪海山看了一眼党吉祥,抱着小英兰喊道:“大哥,你放心,我们快走——”

党吉祥一把推开洪海山:“我不行了,你快走。”

与此同时,小苦生被李勇救走。

祭炉场内的战斗在猛烈地进行。

游击队终于大获全胜。

战斗结束后,谢辉见到了被李勇解救出来的小苦生,并亲手为他松绑。

小苦生满含热泪,万分激动地喊道:“伯伯!”

战士们和齐传亮等人围了过来。

小苦生扑倒在齐传亮的怀里,委屈万分地哭道:“爸爸,快叫叔叔们把这个坏高炉给打掉吧,要不,它还要吃我们啊!”

齐传亮激动地说:“孩子,这海一样深的血和仇,你要永远记住,永远跟党走!今天,没有党和毛主席领导的游击队,你早就喂了炉子了!快叫,这是谢伯伯、谢政委!”

小苦生扑向谢政委,恳求道:“谢伯伯,快打坏这高炉吧,我恨死这高炉了!”

谢辉深情地说:“孩子,你还小啊,还不懂这里面的道理,让伯伯告诉你吧,小高炉是不吃人的,它还是个宝呢!将来,等革命胜利了,我们不但要造小高炉,还要造大高炉!真正吃人的,是鬼子、汉奸、反动派!”

小苦生说："那你带我走，我学会放枪，一定好好打鬼子。"

齐传亮万分痛爱地说："苦生，好孩子，说起打鬼子，爸爸还要跟你说呢，爸爸马上要去打鬼子，但你还太小，不能带你，从今往后，你就跟着秦伯伯，抓紧长力气，等长大了，爸爸再来接你去打鬼子，好吗？"

在血与火的考验中度过童年的小苦生，是早熟的，虽然他不愿意离开亲爱的爸爸，但为了消灭敌人，他答应了："嗯，爸爸，那你好好去打吧，狠狠地打，再不能叫他们来抓我祭炉了！"

齐传亮的热泪终于忍不住滚落下来。

小苦生依偎在秦大川的怀里，依依不舍地望着远去的游击队，不停地向他们挥着手……

十

任何一项伟大的群众运动，都不可避免地会被一些投机、谋取私利的分子混进队伍。他们也必然会随着运动的发展，不失时机地表现他们自己。

作为党的一分子的沈波就是这样的人。他原是抱着小资产阶级的狂热参加革命的。皖南事变发生之日，作为一所中学里的党的基层组织的负责人，原本没有接到党的指示，要求他行动，而他，却因热血沸腾，盲目地指挥当时的党的积极分子彭明与他一起刷写大标语，强烈地呼吁"打倒国民党反动派"，致使国民党特务分子对他进行监视，从而过早地暴露了他的共产党员的身份。事情发生后，为了保护他的安全，党组织指示他转移，沈波便与彭明一起，辗转来到了新四军活动的淮北地区，又从淮北地区，被送到延安去学习。

到了1946年初，经过八年艰苦抗战，抗日战争取得了彻底胜利，日本鬼子投降了。毛主席赴重庆谈判，并发表了《论联合政府》的重要文章，中国的政治形势似乎出现了一丝曙光。在这个形势下，沈波被派回鼓山地区，任务是指导国共合作，以求打开统战工作的新局面。

这天，上级发来了一个通知，通知大川同志晚上秘密到江边，去接一位首长来鼓山指导工作。初接到通知，大川的心情自然是兴奋的，可是，万万没有想到的是，自己亲手接来的这个人，与其说是首长，倒不如说是个货真价实的大灾星！

这天夜里，秦大川领着小苦生在岸边等待。

波涛汹涌的江面上，一只小船颠簸而来。苦生兴奋地说："秦伯伯，你看，来了！"

船上坐着的是一个戴眼镜的党的干部,他就是沈波。担任护送任务的是党的地下交通员江海潮。大约是遇着了风浪,只见沈波、江海潮浑身上下被江水弄得湿漉漉的。

秦大川低声问道:"海潮,这是怎么搞的?怎么湿成这个样子了呢?"

"都怨我事先没考虑好,沈波同志带的文件和书没用防水的东西包好,在江上又遇了大浪,沈波同志护书,还差点儿翻了船呢!"江海潮说罢,瞟了一眼正在整理书的沈波,关切地问,"怎么样,老沈同志,这会儿还怕吗?"

没想到,江海潮这普通的一句话却触动了沈波敏感的神经,觉得很伤了自己的面子。他心里带着刺,表面上却用大大咧咧的口气说:"嘿,都怪我没怎么坐过船,不知道如何掌握平衡。要说怕嘛,当初我从淮北千里迢迢去延安,还不知道要经过多少道敌人的封锁线呢。后来跟着部队打仗,枪林弹雨,不像你们当交通员,接接人,送送文件,大不了受些惊。我是出生入死惯了的,什么都不怕!"

说完,还爽声大笑起来,在这寂静的夜里显得特别刺耳。

这就是与眼下的斗争环境显得那么不和谐的沈波。当然,从来也没有哪个人说经过各种斗争的考验,从来都是正确的。这是没有问题的。但问题是,这位沈波没有经过实际斗争的锻炼,只是凭着自己的满腔热情、一厢情愿,把实际斗争看得太简单了。

他是读过几篇毛主席著作的,在这次被派到鼓山之前,他又靠着死记硬背把毛主席《论联合政府》一文背了下来,就自认为自己是正确路线的代表,糟就糟在这一点上。他越是想在鼓山做出点成绩来,就越是与现实格格不入,终于,他的一厢情愿被敌人利用了去,甚至差点儿连自己的命也给赔上了。这是后话。

听着这笑声,大川和海潮不由得眉头打起了结。小苦生也感到来人不是那么对劲,他瞪大了两只大眼睛远远地瞅着,并不上前去和沈波亲热。

沈波笑声未落,大川说话了:"沈波同志,轻一点,当心国民党的巡逻队。"

没想到沈波听完后,又是一阵大笑,不以为然地说:"你们哪,搞地下工作时间长了,神经质!交个底吧,这次我来这里以前,把毛主席的《论联合政府》读了多遍,根据我理解,中国革命现在到了一个新阶段,我们现在不要再对国民党存有戒心了,要积极主动地去影响他们,同他们谈判,搞联合政府,争取中国的光明前途!我来这里之前,就下了决心,一定要在鼓山做出点成绩来。从明天开始,地下工作不要再搞得那么神秘了,通知一下,所有的党员开会,研究与国民党的谈判问题!"

秦大川怀疑地问道:"沈波同志,这妥当吗?蒋介石是做梦都想着把我们给一网打尽呢!毛主席的书,我们大家都要读,但断章取义的读法,绝不是我们党所提倡的。何况,毛主席也没有说要我们去讨好国民党嘛!"

沈波坚决地说:"咱们不谈这个,现在是情况不同,不要老是翻旧皇历嘛!眼下,国民党即使要我们的党员登记表,也是可以给的嘛!”

秦大川极力反对:“沈波同志,请你三思吧,这可是我们党的命根子,万万使不得的啊,出几个代表同他们谈判就了不得了,党的组织秘密是绝不能暴露给敌人的!”

沈波也觉得话说得有些过头,想了想,方无可奈何地说道:“好吧,在这一条上,我听你的。”

昔日日寇山本少佐的警备司令部,现在成了国民党接收大员的公署了。

室内,国民党驻鼓山的矮胖子团长正与他的参谋长谈着话。

参谋长说道:“团座,看来这次共产党派到鼓山来的那个沈波是个废物,他基本上是按照我们的意图来办事的。”

矮胖子团长笑道:“唉,不容易啊,同共产党打了这么多年交道,这样的人还是头一回碰到。”

参谋长问:“团座,那您看,我们下一步该怎么办?”

矮胖子团长眯着眼睛阴险地说:“上头不是有命令吗?尽量多掌握一些共产党的材料,到时候,给他来个连锅端!共产党都是些危险分子,尤其那个秦大川,什么他妈的谈判代表,到时候,全部逮捕!”边说,边顺手用桌上的一个玻璃杯,把一大把花花绿绿的糖果给罩住了。

参谋长谄媚地说:“团座英明!”继而又阴险地献策道,“团座,您看沈波这个人是不是可以暂时不动?据卑职看,这个人大可以为我们所利用,即使将来共产党真得势,他也绝不可能为共产党办什么好事!”

矮胖子团长沉思了片刻,答道:“嗯,说得倒也是。不过,一定得把他控制在我们手里才行,不然,就没意思了。”

参谋长又献计道:“团座,卑职已经为您物色到了一个放线的人。那个从日本人手里转过来的袁贵发,是个八面玲珑的人,在共产党那里又没暴露,我看只要您吩咐一句话,破费几个小钱,这事儿没有办不成的。”

矮胖子团长稍一沉吟:“嗯,那好,就依你说的办去吧!”

一个昏天暗地的黄昏,国民党特务袁贵发闯进沈波的窝棚,二话不说,背起人就跑。

沈波在他背上拼命挣扎:“你是什么人?背我干什么?”

袁贵发喘着粗气回答:“我叫袁贵发,是和大川一起干活的工人,刚才我听了个消息,国民党马上要逮捕共产党人,我是特地来救你的。”

沈波一听,先是一惊,随后不相信地说:“这不可能,这不可能!”

“哎呀,我的沈首长,都什么时候了,还要书呆子气! 我是在酒馆里听两个黑狗子不小心说漏了嘴说出来的!”

沈波终于不动弹了,问道:“那你背我上哪里?”

袁贵发反问道:“你有没有地方逃?”

沈波立刻想起临到鼓山时江海潮对他的交代,万一有紧急情况要到江北,可以直接到江边找江海潮的渔船队,便慌忙答道:“那就上江边吧! 江边,找江海潮。”

江边,这天是少有的风平浪静,有不少条小船在张网捕鱼。

袁贵发、沈波通体流汗地来到这里。这时,沈波已不要袁贵发背在背上了。沈波招呼到一条小船,向船上的人打听江海潮。

那渔民听说是找江海潮的,连忙打了个呼哨。江海潮在江中听到,忙将小船撑过来了。

江海潮到岸,见是沈波,忙问:“出什么事了吗?”

沈波惊魂未定地喘息道:“国民党马上要大逮捕了!”

江海潮急切地问:“那,其他的同志们呢? 都通知转移了吗?”

沈波显得有些惭愧地说:“来、来不及通知了!”

江海潮一听,只觉得一股怒火直往上冲,但为了顾全大局,他最终还是忍住了:“那好吧,我先叫别人送你过江去,我到鼓山去看看!”

这时的鼓山,已是警笛嘶鸣,疯狂的大逮捕开始了。

江海潮赶到时,秦大川同志已被押上警车,警车从街上呼啸着驶去。街道的两旁站满了围观的群众。

小苦生在人堆里挤着,尾随着警车。江海潮环顾四周,见到了小苦生,忙追了过去。

江海潮追上小苦生,从背后一把拖住了他。小苦生回头见是江海潮,悲痛万分地喊道:“江叔叔!”

“孩子,快别跑,从今往后,你就跟着江叔叔吧!”

小苦生满含着热泪,委屈地点了点头,猛地一下子扑到江海潮的怀里。

滚滚东逝的万里长江,掀起阵阵滔天巨浪……

十一

小苦生被江海潮同志接走后,在江海潮的渔村里快乐地成长着。但他却时刻也没忘记他苦难的童年，时刻惦记着打倒反动派的理想。

终于，中国人民站起来了。胜利的1949年来到了！

随着人民解放战争取得决定性胜利，一切都将要回到人民手里了。然而，斗争却并没有因此而减弱，反而还变得更加激烈尖锐。

在鼓山，围绕着小高炉的存与毁，革命与反革命之间，又演出了一幕威武雄壮的活剧。

在万里长江北岸上，人民解放军的炮兵部队布置了威武的重炮群，炮口直指暂时盘踞在江南的国民党。

国民党驻鼓山警备司令部。

矮胖子团长正在接电话，放下电话后，他对参谋长说："南京来电，指示我们不给共产党留下一寸有用的铁。为了防止万一，我们必须做好准备，要保证在撤退之前能迅速地毁掉小高炉。你立刻去把炸药包安放好。"

参谋长答应后转身而去。

小高炉。

参谋长正带领着工兵队将一包包炸药安放好，并将导火索、引爆电源等也都引接就绪。

人民解放军某部驻地。

到处都贴着"打到南京去，解放全中国"的赫然醒目的标语。

齐传亮这时已成长为一名中国人民解放军某部的副营长，正英姿飒爽地在训练场上指挥练兵。

"齐副营长！"

随着一声清脆的呼喊，一个年轻英俊的通讯员骑马飞驰而来。

齐传亮精神抖擞地问道："什么事？"

"政委让你立刻去师部！"

"知道了，告诉政委，说我立刻就到！"

通讯员飞身上马而去。

解放军某部师部。

室内，哒哒作响的无线电发报机正在演奏世界上最优美动听的交响乐，工作人员出出进进，一派紧张忙碌的景象。

师政委谢辉正在阅读一份电讯稿。

齐传亮带着自己的通讯员满面春风地赶来了："报告政委，二团一营副营长齐传亮奉命向您报到。"

谢辉高兴地说："哦，传亮同志，这么快就来了，来来来，坐坐！"

政委把齐传亮领进外间的会客室。

坐定之后，齐传亮迫不及待地问道："政委，您叫我来，是不是渡江战役就要开始啦？"

谢辉："怎么？除了渡江战役，难道别的任务你就不考虑了吗？"

齐传亮委屈地说："政委，我不是这个意思，我是说——"

谢辉微笑道："好了，不用说了。给你，看看这个吧。"说毕，他递给齐传亮张白条。齐传亮接过，展开，只见上面清晰地写着：

十万火急，敌人要炸毁小高炉，请速派部队支援。

落款的署名是"秦大川"。

"秦大川？"齐传亮激动地问，"政委，大川他在哪儿？"

谢辉沉重地回答道："1946年被国民党逮捕后，大川同志就一直被关在鼓山监狱。但是，他没有忘记党的任务，即使在狱中，他仍然千方百计通过各种渠道坚持领导着工人运动。"

"政委，把武装支援的任务交给我吧，我对鼓山情况熟悉，又是大川同志的老部下，我保证完成任务！"

"组织上已经决定，由你带一个武装排，配合大川同志，把小高炉保护下来。为我们战争胜利以后建设社会主义、共产主义，尽可能地保全一点工业底子。"谢辉命令道。

"是，政委。"齐传亮坚定地回答。

谢辉转而一笑："噢，对了，还应该告诉你一个好消息呢，你到鼓山的接头人是江海潮同志。你的小苦生，自1946年后，就一直在他身边。希望你们见面后，共同成为保卫小高炉的英雄。"

齐传亮十分激动地说："政委，我一定记住您的话！"

江海潮同志所住的渔村。

离江海潮同志的茅屋不远处有一块空地，小苦生正在用桐油刷着渔船及纺线车、梭子等织网工具。他干得是那样专心致志，又是那样娴熟，俨然是个小行家。

“苦生哥,苦生哥——”

随着这清脆的喊声,江海潮的独生女江玉妹气喘吁吁地跑过来。此刻,江玉妹已是十三四岁的大姑娘了。

“玉妹!”苦生兴奋地问道,“什么事?”

江玉妹生得明眸皓齿,一根粗大的辫子乌黑发亮,红润的脸庞上一笑还有两个浅浅的酒窝。只见她含笑递给苦生一本书:“喏,给你。”

原来是一本识字课本。苦生贪婪地接在手中翻着,念着:“中——国——人——民——解——放——军——打——过——长——江——去——”

“玉妹,书是哪里来的?”

“爸爸刚才带回来的。”

“太好了,玉妹! 有了它,咱俩就有老师了,咱们一天认它一百个字,好吗?”

江玉妹温顺地点了一下头,忽又十分郑重地说:“苦生哥,我要问你一件事呢,你能回答我不?”

“什么事? 你只管问好了。”

“你喜欢我们家吗?”

“当然喜欢。”

“以后呢?”

“不管什么时候都喜欢。”

“那,咱们永远在一块,好吗? 将来长大了,你打鱼,我织网,晚上,咱俩就一块玩。”

“这我不干,爸爸跟我说,等我长大了,还要接我去打反动派呢!”

“那,我就不告诉你好消息。”

“什么好消息? 好玉妹,告诉我嘛。”苦生苦苦哀求她,“将来不管干什么,咱们总在一块还不成吗? 我打反动派,你也打反动派嘛!”

江玉妹扑哧一声笑了:“那咱们拉钩起誓。”

苦生立即伸出弯起的小指,玉妹忙用手指来钩住了,俩人异口同声地说:“打钩起誓,老天做证,哪个变心,死了喂狗。”

苦生渴望地望着玉妹:“玉妹,这下该告诉我了吧?”

玉妹瞪大眼睛故弄玄虚地说:“你猜,是天底下最好的消息。”

苦生说:“我猜不出。”

玉妹用手指按了一下苦生的额头:“笨蛋。我问你,想爸爸不?”

苦生激动地回答:“想,太想了! 怎么,你看见我爸爸了?”

玉妹笑着说:“爹让我来告诉你,说你爸爸要到鼓山来保卫小高炉,今晚要到咱家呢!”

苦生惊喜万分地叫了起来:“真的? 爸爸!”

夜,波涛汹涌的长江。

齐传亮率领武装排泅水向南岸偷渡。

一艘敌人的巡逻艇驶来,探照灯的光柱在江面上来回地横扫着。探照灯的光柱扫过来时,战士们就潜入水中,江面上只剩下几块似乎是顺水漂来的木板。敌艇什么没能发现,便向前开去了。战士们终于到达南岸。

江海潮用一条白毛巾做标记,挥动着迎接战士们。

战士们和江海潮握手。

齐传亮紧握着江海潮的手:“海潮,这么多年没见,你好吗?”

江海潮激动地说:“齐大哥,你看,那是谁来啦?”说罢,用手指了指不远处的小苦生。

小苦生扑上前:“爸爸!”他悲喜交加地伏在齐传亮的怀里,热泪直流,久久不肯抬起头。

齐传亮万分痛爱地摸着苦生的头,深情地说:“孩子,这些年你都好吧? 是爸爸让你受委屈了。”

苦生忽地抬起头:“不,爸爸,祭炉的事我永远忘不了。爸爸,您说过,等我长大了,接我去打反动派,您看,我现在可以去打反动派了吧?”

江海潮说道:“齐大哥,这么些年,反动派到底也没动得了孩子一根毫毛。现在我把孩子还给你,你呀,是应该带他去打反动派了。”

齐传亮激动地说:“海潮同志,谢谢你!”

齐传亮、江海潮紧紧握手。

少时,齐传亮对苦生说:“孩子,爸爸这就带你去打反动派,你知道爸爸这次是来做什么的吗?”

苦生说:“江叔叔告诉我你是来保卫小高炉的。”

齐传亮轻声对小苦生说:“对啊,孩子,爸爸还有句话要对你说,爸爸知道你没忘了祭炉的事,可是现在,你更要记着谢伯伯曾经说过的话:‘小高炉是不吃人的,它还是个宝呢! 将来革命胜利了,我们不仅要造小高炉,还要造大高炉! 真正吃人的是鬼子、汉奸、反动派。’现在,是到了革命即将胜利的时候了,小高炉马上就要回到人民的手中,成为人民的宝贝了。谢伯伯希望我们父子见面后,共同保卫我们的小高炉,让小高炉完完全全地回到人民的手中。”

苦生坚决地回答:“爸爸,我记下了。”

齐传亮爱抚着苦生:“嗯,这才是我的好孩子。”

多么好的父亲,多么好的儿子,望着这一对英雄的父子,在场的人不禁眼睛都湿润了。

江海潮边抹热泪边感动地说:“齐大哥,你们可真是一对英雄的父子啊。有你们在,这个小高炉一定能够保护好。”说罢,他又指着旁边的两个人说,“老齐,这是大川同志在监狱里争取的狱卒老杨哥,洪海山同志你是认识的,他们都还有情况要向你汇报呢。”

齐传亮和老杨、洪海山一一握手:“辛苦了,老杨!辛苦,海山同志!”

洪海山说:“副营长,敌人已经在小高炉布置了炸药包,我们按大川同志的指示已经组织了工人纠察队正在日夜监视,可我们没有枪,万一发生情况不好应付。大川同志指示,你们一来,就立刻接你们上高炉。”

狱卒老杨接着说:“副营长,您也听我说两句,关押大川同志的监狱这两天又增加了岗哨、兵丁,我怕大川同志出意外,来求您也派点人去保护大川。大川同志不让我来,可副营长,您知道,我不放心哪。”

齐传亮略一沉思,对战士们命令道:“同志们,情况紧急,看来已经是一分钟都不允许我们休息了。现在我命令:你们立刻兵分两路,一班跟这位老杨哥去监视监狱,其余的跟我去保卫高炉。出发!”

立刻,战士们矫健的身影像一支支离弦的箭,一个跟着一个地向着目标飞跃而去……

日历一页页地掀过,1949 年 4 月 21 日来到了。

“钟山风雨起苍黄,百万雄师过大江”,长江岸边,人民解放军的阵地上万炮齐鸣、震天撼地。

百万英雄健儿,强渡长江天险……

国民党驻鼓山警备司令部里,矮胖子团长和他的姨太太还在睡梦中。桌子上的电话铃声大作,矮胖子团长光着身子跑来接电话,听筒里传来清晰的命令声:“江防失守,立刻炸毁小高炉——”

“是,是!”矮胖子团长翻身下床,披衣提枪便准备出门,他的姨太太一把拖住他的一只胳膊不让他去,被他一脚踹翻在床上……

小高炉旁。

佩戴着鲜红的工人纠察队袖章的工人们雄赳赳地在小高炉旁巡逻。

在异样的动静中,一群群黑影出现了,他们是来执行炸毁小高炉任务的国民党匪兵。当他们将要到达小高炉近旁时,忽然把队伍分成了两股。其中的一股像恶狼一样扑向小高炉,立即和工人纠察队遭遇上了,双方展开了激烈的搏斗。

匪军的另一股是奔高炉旁边的一个小火车头去的。

因为他们知道,小火车汽笛是工人纠察队应急用的信号,匪兵们要控制住这个要害。

小火车头上两名值班的司机已被敌人打倒,英勇地牺牲了。两股敌人眼看着将要得手,就在这万分危急的时刻,正来到小高炉旁巡视的齐传亮及小苦生,以及齐传亮的通讯员小张发现了敌情。

齐传亮全身的血液立刻沸腾起来。

情况异常清楚地摆在他面前,他必须立即拉响火车头汽笛,召唤工人们、战士们迅速进入战斗。

齐传亮果断地命令小张:“快,你掩护,我上火车头拉汽笛。”

小张着急地阻挡道:“不,副营长,火车头上危险,你打掩护,我上去。”

“爸爸,你们都别去,我人小,匪兵们可能不会注意的,我去。”小苦生也插进来请求。

“不行,这是命令!”齐传亮威严地命令着。

齐传亮翻身跃起,朝火车头冲去。

敌人发现了齐传亮,一齐朝他开火。火力几乎都被他吸引了过来。一梭梭子弹打来,压得齐传亮动弹不得。

小苦生一见这情景,一个鹞子翻身,猛地蹿起,直冲小火车头奔去。敌人看他是个孩子,似乎没在意。

齐传亮又爬起,正准备前进,突然一颗子弹打中了他的左胳膊,鲜血顺着外衣往下淌。齐传亮扯下一块衣服条,包住了伤口。

呜——

一声长鸣,小苦生此时已拉响了汽笛。工人和战士们闻声而来,纷纷投入战斗。

齐传亮猛地一惊,见是小苦生拉响的汽笛,不由得露出了微笑。

“不好!”突然,齐传亮发现一个匪兵正在不远处向苦生瞄准,他大叫了一声,猛地跃起,用身体挡住了子弹射击的方向。子弹正中齐传亮的心窝。齐传亮踉跄了一下,终于支撑不住,倒在地上,但又立即挣扎起来,用尽最后的力气,回枪打死了那个瞄准小苦生的敌人。齐传亮倒下了,我们的小苦生又一次得救了。

呜,呜,呜——

汽笛继续响着,它那悲壮的长鸣,像是在为我们的英雄送行。

工人纠察队队员纷纷过来,战士们也奔了过来,向着警笛响处,向着小高炉,奔过来,奔过来——

齐传亮静静地躺在高炉旁,鲜血染红了他的前胸。

“爸爸!”小苦生从火车头上跑下来,扑向齐传亮。

通讯员小张用颤抖的手从烈士身上摘下公文包,含着泪给小苦生背上,然后,与小苦生一起肃立,垂手,向保卫小高炉牺牲的烈士致哀。

工人纠察队、武装排的战士们消灭了前来炸毁小高炉的国民党匪兵。

小高炉巍然挺立着。

在隆隆的炮声中,鼓山终于解放了。

监狱的门被打开,被敌人折磨得奄奄一息的秦大川被迎出监狱。

群众欢声雷动。

欢呼声中,谢辉来看望被战士们扶着出狱的秦大川。小苦生紧紧依偎在秦大川的身旁。

小苦生将齐传亮的公文包交给谢辉,泣不成声地说:“谢伯伯,我爸爸,他、他牺牲了。”

谢辉将公文包挂回小苦生的身上,紧握住小苦生的手说:“孩子,接过父亲的班吧!不要难过,你英雄的爸爸用鲜血和生命保住了人民的小高炉,他的死比泰山还要重,人民将永远纪念他,烈士的鲜血不会白流!”

秦大川自责地说道:“政委,是我没有很好地完成党交给的任务,都怪我工作做得不好啊!”

谢辉高瞻远瞩地说:“不,大川同志,作为一名党的地下工作者,你的任务完成得很好。从现在开始,我们的工作将由地下转向公开,要完成好建设社会主义、共产主义的任务。不但是你,对于我们全党来说,都还只是开始,我们要好好地学习。”

秦大川听了,心中为之一亮,感到肩上的担子反而更重了。

十二

1953年。

小苦生已经到了十六岁的年纪,他被解放后担任鼓山地区的党政领导的谢辉、秦大川安排上了学，从工农识字班一直读到小学毕业。小学毕业后，他于这年上半年进入了中学，但由于国家的经济建设进入到全面恢复时期，小苦生被形势所鼓舞，便再也耐不住小性子安心上学了，积极要求参加工作。

终于，拗不过小苦生的软磨硬泡，负责照顾小苦生的秦大川也同意了小苦生去当工人。

然而，当时工业战线的斗争并不轻松，虽然作为一名普通工人的小苦生，这时还不能进入斗争，但是，这个斗争影响了我们主人公的整整一生。

解放后的鼓山铁厂。

高耸的小高炉已被参差的脚手架所包围，四周红旗飘扬，笑语欢歌，到处是扬眉吐气的劳动者……

秦大川头戴安全帽，正在和工人们一起往高炉旁搬耐火砖。

老工人洪海山拿出一条白毛巾，自己顾不得擦，先递给大川："大川同志，给！"

大川感激地接过毛巾擦汗。

洪海山问道："大川同志，咱们这高炉计划到什么时候出铁啊？"

秦大川一边干活，一边答道："党委的初步打算是争取在半年内。"

学生模样的青年工人王伟听了这话，立即着急地道："怎么？还得半年啊？唉，那还不得把人急死啊？现在到处都在搞建设，都等着要钢铁，我们还要等半年，这不是要拖整个国家建设的后腿吗？我那在外地的同学昨天还来信问我这里什么时候开炉呢！"

洪海山深有同感地说："大川同志，小王说得对啊。新中国刚成立，到处都在搞建设，都等着用钢铁啊！我们哪怕是早一天出铁，都是对国家的贡献。你是铁厂的党委副书记，这事可不能不慎重考虑啊。"

秦大川沉重地说："我何尝不是这样想啊，老洪啊，实话对你说吧，争取半年内出铁，还是我和谢政委力争下来的。要按沈总工程师和苏联专家的意见，最起码还得等三年呢。"

谢政委即谢辉，是解放后铁厂的第一任党委书记兼厂长，而那位沈总工程师，即是1946年逃走的那位沈波。

王伟惊讶地问："怎么？还要等三年？"

秦大川说："嗯，不过，具体的设计方案还没有最后定下来，准备在最近开会专门讨论这个问题，到时候我再根据情况尽量争取提前吧。"

大川的话音刚落，一辆自行车飞驰而来，厂部的通讯员气喘吁吁地来通知说："秦副书记,沈总让我来通知您,马上开设计方案审查会,请您立刻去参加。”

秦大川立即说:“好的,我立刻就去。”

小李调转车头道:“那我先走了,我还得通知谢书记呢。”

秦大川点了点头,小李跨上自行车飞驰而去。

秦大川望着远去的自行车,看着洪海山和王伟:“走,咱们一块儿去听听。”

王伟有些担心:“秦副书记,这合适吗?”

洪海山却大手一挥道:“我看可以,审查方案嘛,多几个人听不比少几个人听强吗? 走。”

于是,秦大川、洪海山、王伟快步向厂办公室走去。

……

昔日的日华钢铁公司、国民党驻鼓山警备司令部的办公大楼,已被整修得焕然一新,鲜亮的招牌上写着的是“鼓山铁厂”几个光彩夺目的苍劲大字。

二楼的会议厅,雪白的墙面上钉挂着巨幅设计图,赫然在目的文字是:鼓山铁厂三、四号高炉恢复、扩建工程设计总图。

设计方案审查会议正在这里举行。

只见总工程师沈波手持一根木棍,指着墙上的巨幅设计图,正在志得意满地为方案做着讲解:“……日本鬼子之所以看中我们这个地方,舍得花工本建造小高炉,就是因为我们这里有着发展钢铁工业的优越条件。今天,我们要建设我们自己的国家,要创社会主义、共产主义的千秋大业,我们当然就应当珍视我们的这个优越条件,花力气,下决心,好好干一番事业。

“小日本建的四座小高炉中,两座还在生产,而后建的两座,已经很不适应今天的世界潮流,我们打算报废,代之以目前世界上最先进水平的现代化高炉。新高炉的上料系统,热风系统,水、电及运输、通信网络等采用的都是目前世界上最先进的技术。当然啰,我肚子里究竟有多少墨水,在座的同志们是清楚的,主要的还是苏联专家的功劳,他们整整几个月废寝忘食,熬红了眼睛,才设计出了高炉的设计图,这种无私的国际主义的援助精神,是值得我们永远钦佩的。”

说着,沈波先向坐在会场显要位置的两名苏联专家投以谄媚的微笑,接着他把目光投向谢辉,例行公事地一笑:“谢书记,我的话暂时就说到这儿吧,下面是不是就请大家表表态?”

谢辉一直在注意地倾听、沉思,这时,只见他把眉毛一扬,声音很洪亮地说:“态,当然要表,不过说了半天,还有最重要的一点你没说,实施你这个方案,需要多长工期?”

沈波脸上掠过一丝阴影,但立刻就强装起笑脸:“新中国刚成立,各方面都需要钢铁,当然要尽量争取高速度。原来打算三年,经过我们反复改进,估计有两年多就可以基本完工了。”

听完沈波的话,谢辉目光犀利地扫视了一下会场,他相信是会有人站出来说话的。因为需要大家的表态,他便故意提高了嗓门说:“有不同的意见,现在可以提了。”

老工人洪海山终于忍不住了,他霍地站起身,激动地问:“谢书记,我们当工人的,可以在这里说说心里话吗?”

“可以。”谢辉点头支持说,“兼听则明,偏听则暗嘛,多听点意见总是好事。”

洪海山便声音洪亮地说道:“我是个工人,不懂得什么太深的道理,可能说得不对,但是,沈总工程师要把大川同志领导我们用鲜血从敌人手里夺回来的小高炉报废,我头一个有意见!咱们国家刚刚解放,还很穷,就这么大手大脚地废掉我们用鲜血和生命保卫下来的小高炉,我想不通。”

这时,王伟站起来接着洪海山的意思说:“国家到处都在搞建设,哪一处不是火烧眉毛似的急等着要钢铁啊,为什么我们要扔掉现成的小高炉,另外再劳民伤财,去追什么世界潮流呢?另外,秦副书记说党委方案是争取半年内小高炉出铁,为什么沈总工程师的方案还是要等两年多以后才能出铁呢?”

会场这时突然爆发出一阵表示赞同的掌声。掌声中,年轻的副厂长、党委成员梁峰站起来说:“说得好!我支持他们说的意见,支持党委原来的决议。沈总的方案,我不能同意。”

“洪海山!”沈波气得涨红了脸,最后终于找到了发泄怒气的地方,“难道你不知道这是领导在开方案设计审查会吗?你还懂不懂组织纪律?是谁叫你到这里来的!”

“我!”秦大川应声而起,“既然是审查设计方案,为什么连多个人旁听都不行了呢?另外,洪海山师傅刚才的发言,也是经过了谢书记允许的嘛。”

“秦大川,我们都是党的老同志了,希望你做事要考虑后果!我们今天是正正规规搞建设,还能再把过去战争年代的八路作风、游击习气搬来用吗?群众意见当然要听,但是不能做群众的尾巴嘛!更不能感情用事,尤其不要忘了今天还有我们的老大哥苏联专家在座,这个设计方案实际上是苏联专家的方案!”

沈波以威逼的口吻说:“党委的初步意见我也不是不想坚持,但是,总得要苏联专家点头吧?我问你,没有他们物质和技术上的无私的国际主义援助,你拿什么叫小高炉半年出铁啊?”

“因地制宜,群策群力,大家动脑筋想办法,就一定能使小高炉半年内出铁!”秦大川胸有成竹地答道,“当然,我们是要学习苏联建设社会主义的先进经验,但是,绝不允许掺杂私念，怀着满脑子的名利思想来搞教条。毛主席历来就讲要实事求是，一切从实际出发，我们搞经济建设，肯定也是不能例外的。”

王伟勇敢地接上来补充道：“秦副书记说得对，我也曾经算过一笔账，如果不把现在的小高炉报废，而是进行改建和扩建，我看经过努力，是完全能够做到半年出铁的。”

“秦大川，我要警告你，在你身上有一股危险的情绪，要是再反对苏联专家，难道你就不怕戴上一顶反苏联的帽子吗？”沈波终于再忍不住了，不得不打出他的最后的一张王牌。

“不，真正反苏联的应当是那些表面上高喊尊重苏联经验，而在实际上却抽掉它活的灵魂的人。”这时，党委书记谢辉接上了话，“如果有什么人硬要往大川同志的头上扣反苏联的帽子的话，请先给我戴上好了。我相信，即使是苏联的同志，如果他真正理解苏联经验的话，也都是绝对认这个账的。”

“那好，那就当着在座的人的面，问问苏联专家吧！”沈波的心里是有数的，苏联专家肯定是不会支持与他们的意见相反的愿望的，他存心要制造难堪，便转身对翻译说，“请你问问专家的意见。”

翻译便用俄语问苏联专家：“专家先生，沈总请你们发表意见。”

苏联专家用俄语向翻译说了一通，然后，神色愤然地起身离座出会场而去。

翻译大声地对会场里的人说：“专家同志说，嗯，对今天出现的不友好的事情表示遗憾。”说完，也转身出会场追苏联专家而去。

见此情景，沈波索性对谢辉使出了最后一手：“谢辉同志，你都看见了。也好，我本只是个做行政工作的，没能耐兼这种工程师的职，干脆，这个总工程师的职务以及小高炉的工程设计，我现在就全部交给你。各位，失陪了，我还要去安慰苏联专家去。”

说毕，沈波带着满脸的怒气，匆匆出会场而去。

“政委，这不像话！这简直是对我国主权的粗暴干涉。”秦大川激愤地说，“我看我们应当向中央反映。”

谢辉沉思片刻，深沉地对大川说：“大川同志，请冷静下来吧。这两个苏联专家的表现目前还只能代表他们个人，我们当然要向上级反映，但现在最重要的，还是要保证小高炉半年内出铁。他沈波可以撂挑子，我们却不能看着党的事业受损失而不管。这小高炉的工程设计的担子，我看，你就把它担起来吧。”

秦大川依然像当年在游击队接受任务时那样坚定地回答：“是，政委。”

雪白的粉墙上的巨幅设计图，在秦大川的长条桌上变成了铅笔画的草图。秦大川正在雪白的电灯光下，坐在桌前聚精会神地画着。桌子上放着三角板、直尺、圆规、橡皮等绘图用具。

此刻,苦生用微微发抖的手将叠得整整齐齐的一套印有"鼓山铁厂"字样的工作服,以及齐传亮牺牲后留下来的公文包捧到了秦大川的眼前。

这是在工人新村秦大川的住宅里。

解放后,随着国家的安定,工人的生活条件有了根本的改善,国家拨款把破旧的鼓山街整修一新,还兴建了清洁整齐、宽敞明亮的工人住宅区。为了能更好地让大川同志全身心地投入到工作中去,组织上把大川同志的爱人从异省农村迁来了鼓山,专门照顾大川同志的身体。而苦生,自齐传亮牺牲后,就一直跟在大川同志的身边。

大川同志的妻子,是个贤惠的乡村女性。来鼓山后,大川忙工作,苦生在上学,大川的妻子除了照顾他们的生活外,还有一个她和大川自己的孩子要照顾,小日子过得和和睦睦的。当恢复国民经济的春风吹遍祖国大地时,已经长大成人的小苦生便再也耐不住清静的学习生活了。前不久,苦生终于经大川同意,报名参加了工作。他要求分在炉前当一名真正的炼铁工人,却做梦也没想到分配的结果竟是让他去高炉卷扬机房当一名卷扬机操作工。

他越想越不是滋味,最后终于决定离职,再另寻门路。正好他听说地质勘探队正在招工,他便给师傅洪海山递交了一份离职申请,和一个同班的小伙子魏云一起,打算明天就去地质勘探队应招。

此时,他是来向大川辞行的,但又藏着一肚子的话不好说,只是久久地捧着衣物站在大川的面前。

大川终于发现了他:"哦,苦生? 你这是怎么啦?"

苦生眼里含着泪,一个劲儿地咬着嘴唇,一句话也不说。

大川这才意识到苦生遇着什么事了,便放下了手中的笔,认真地盘问起来:"你究竟是怎么啦? 是打算去哪里吗? 怎么不说话啊?"

大川妻也闻讯从厨房里赶来,见此情景,还只当是小苦生生了她的气,说:"孩子,你是不是生你婶婶的气了呀?"

苦生终于含泪开口了:"伯伯、婶婶,你们对我苦生的恩情天高地厚,我这一辈子都报答不完,只怪我、我对不起你们——"苦生边说,边把衣物放在桌上,"伯伯,分配我干卷扬机操作工,我、我不干了。"

秦大川似乎明白了什么,问道:"为什么?"

苦生欲言又止。

秦大川佯作生气地说:"那好吧! 不说,我也没法猜你的心思。不过,这东西还是你自己收着,秦伯伯不要。你呢,也就在这待着好了,秦伯伯养你到老。"

苦生委屈的泪水再也忍不住了，至此，才终于打开了话匣子：“秦伯伯，我一辈子都舍不得离开您。没有党，我苦生哪里还会活到今天啊？这遭遇，但凡是个人，都是立志要报答的。前些日子，我好不容易才说服您让我参加工作了，可没想到只分配我给干了一个卷扬机操作工。这个工种，整天除了扳扳开关外，还能有啥事儿啊，我、我不干了——”

“那么，你想干什么？”

“炉前工，真正的炼铁工人。”苦生激动地说，“要实在不让我干，我就和魏云一块到地质勘探队去应招。”

“魏云？是不是那个国家征用了他家的土地后被抽上来的那个小伙子啊？”

“正是他。”苦生答道，“他和我的身世正好是正反两相对比，所以都想把劲往刀刃上使。不让我们干炉前工，我们就为炉子找矿去，反正我们要为祖国的钢铁工业多出点力气。”

至此，秦大川才完全听明白了。只见他霍地站起身，来回在屋子里踱着步，片刻，才一字一句地说：“那好吧，你要当炼铁岗位上的逃兵，我也拦不住你。不过，这个公文包，是你烈士的父亲留下来的，你秦伯伯收不起，更不应该收。你把它交给党，就说，齐传亮的儿子不配当烈士的后代，没有资格留它，现在仍然还给党吧。”

这完全出乎苦生的意料，他急切地说：“秦伯伯，您、您说什么？逃兵？不配当烈士的后代？秦伯伯，您把我意思搞错了吧？我是想为祖国的钢铁事业出大力呀！”

秦大川以极其严肃认真的态度说：“我一点儿也没有搞错，我完全懂你的意思。但是，你想过没有？高炉少了卷扬机操作工能不能出铁？你想到地质队去，要按你的想法，地质队再分配你当炊事员怎么办？你说你是真正的苦水里生的孩子，难道党救下的孩子只有你一个吗？你睁开眼睛看看，全中国又有哪一个人不是党从苦海里救出来的呢？”

大川妻这时激动地插嘴道：“孩子，你秦伯伯说得对呀，天底下的穷苦人都是党救下来的。你大概还不晓得你秦伯伯的过去吧？那一年，我们家乡闹灾荒，庄稼是一粒收成也没有，可狠心的地主老财还照样像虎狼样逼租。他们打死了你秦伯伯的父亲、哥哥，你秦伯伯一气之下，放火烧了地主家的房子，地主抓你秦伯伯蹲大牢，如果不是后来共产党到了我们家乡，你秦伯伯哪里还能活到今天啊。”

沉默片刻，秦大川又接着说：“党救下来的人就不能干你认为是没出息的工作，那么，少了没出息的工种，高炉能不能出铁？而更重要的是，你的思想从根本上就错了，在我们革命的队伍里，只有革命的分工不同，根本没有高低贵贱之分，每一个岗位都是重要的，都是有出息的，有前途的，问题是看你是不是真正用心去干好它。”

大川妻接着说道:“是啊,俗话还讲三百六十行,行行出状元呢。”

秦大川更进一步地针对苦生的错误思想循循诱导:“高炉出铁,头一道关就是卷扬机上料,它对炼好每一炉铁关系重大。你师傅洪海山一直干到今天,还说有好多东西没学到呢!更不要说今后还会有新的技术了。你可倒好,刚刚才参加工作,就这山望见那山高,在这高炉急着要出铁的时候,不好好学技术、练本领,反而随便撂挑子,这在战场上不是逃兵又是什么?”

苦生瞪大了眼睛,开始认真地思索了。屋子里出现了暂时的沉默。

忽然,只见小苦生霍地站起来说道:“大婶、秦伯伯,是我错了。伯伯、婶婶,你们看我的行动吧。”

说完,他转身就走,开了屋门,朝外跑去。

大川妻跟在后面追出去:“孩子,你这是上哪里去呀?都这么晚了,明天去不行吗?”

苦生边跑边答:“找魏云去,通知他明天不去勘探队了。另外,再找师傅要回我们的报告去。”

大川点头笑道:“嗯,孩子大概是想通了。”

门被重新关起来后,大川又回到桌边,继续刚才的工作。贤惠的大川妻拿起针线,在一旁一声不响地缝补衣服。

一切重又安静下来,只有座钟在不停地发出嘀嗒嘀嗒的声响。

时间一分一秒地过去,夜,已经很深了。

笃,笃,笃——

这时,传来了敲门声,大川妻只当是苦生回来了,没想到开门一看,却是满脸笑容的谢辉。

谢辉笑着说:“我就知道你们还没睡。大川在哪个屋呀?”

“是政委。”大川妻又惊又喜地叫道,“大川,政委来了!”

大川闻声忙出来迎道:“政委,这么晚了您还没睡啊?”

“有个事要来和你说一说,不说不放心啊!”

说罢,谢辉和大川同到长条桌前坐下。贤惠的大川妻在替谢辉沏好茶后便悄悄退了出去。

谢辉喝了一口茶,边看着桌上的设计图边说:“方案设计审查会后我找沈波谈了一次话。这个沈波,反而认为我们是不相互通气就搞突然袭击,是搞残酷斗争,无情打击。其实,怎么是突然袭击呢,党委也没准备预先的意见,会议就开成那个样子了嘛。不过,我看这个沈波要改也难,今后怕是会出现新的斗争的。”

大川点头表示同意:“我看也是。”

谢辉又看设计图,说:“怎么样,设计都搞得差不多了吧? 咳,我们大川同志还真了不起,进部队才学习的底子,今天还居然真把小高炉给设计出来了呢。”

秦大川有些不好意思地说:“政委,您看您,主要还是靠设计组,大家一起动手的嘛,我不过是起个头,再做个汇总。就连这点工作,没有党的领导,我怕都完成不好呢。政委,您就说吧,是什么事这么晚了还劳您往我这里跑呀?”

谢辉顿了一下,慢慢地打开了话头:“自然是炉子的事。今天在风机房碰见了张运通,他提了个很重要的意见。嗯,这儿——”

说着,谢辉用手指了指设计图上通风管处:“他说要加一个啥的,哦,对了,叫什么膨胀套的东西。他讲小日本占领时期风机房曾发生过因风管受热膨胀而引起停产的事,为了杜绝这类事故的发生,我们应该加。”

秦大川猛然想起了什么:“政委,你不说我倒忘了,是有过这么一次。嗯,看来张运通这次还真是用了脑子了。这种人能改造过来,为我们出点力,这说明我们党的政策真是太伟大了。”

谢辉说:“张运通的历史你自然是清楚的,当然,他今天不为我们出力也没有其他的路。不过,不管什么人,只要愿意悔过自新,和我们一道共建大业,党的政策还是既往不咎的,这正是我们无产阶级政党最伟大的地方。”

大川像忽然想起了什么似的说:“政委,说是这么说,可我看,在我们的队伍里,还偏偏就有那么些人,喜欢以极‘左’的面貌出现,成事不足,败事有余,这种人我们应该提防着一点。”

谢辉:“嗯。对了,张运通还告诉我一件事,他说袁贵发救过沈波的命,他说他还亲眼看到过袁贵发到过日本人的警备司令部,只是到底去干什么,他说不清楚。”

“政委,看来,斗争不简单啊!”

“没有什么了不起的,真正的共产党人是不怕任何狂风暴雨的。我相信,经过一代又一代人的努力,我们伟大的共产主义理想是一定能够实现的。”

谢、秦二人沉浸在庄严的感情里。

接着,谢辉忽然发现苦生没在家,便问:“哎,怎么没见苦生啊?”

秦大川微笑着回答:“哦,人家是烈士的儿子嘛,要为革命多出力气,分配干卷扬机操作工不乐意,要当逃兵呢。”

谢辉笑道:“那么,你们肯定又是苦口婆心地劝他了吧?”

秦大川笑道:“谁说不是呢。说了他一通,这会子说是找他师傅洪海山去了,估计可能是缠住洪海山要学技术呢。”

谢辉夸奖道："我的好大川同志，可真够你累的，真想不到你白天忙了一天，回来还有这么多事等着你来处理呢。"

大川谦虚地笑道："政委，您说到哪里去啦，这不正是我们这一代共产党人的光荣嘛。瞧您，不也这时候还在我这里忙着吗？"

"咳咳，可真有你的，哈哈哈！"谢辉开怀大笑起来。

秦大川也随着笑了起来。这笑声，是那样振奋人心，飞出屋子，飞向夜空，山鸣谷应。

此刻，座钟已敲响了十二下……

十三

晨风拂露，朝霞万里。

小高炉扩建工地上，各种待用的建筑材料、设备已全部运到，吊装设备的绞车、塔吊等也已矗立在岗位上，长长的巨臂正伸向飘着彩旗的小高炉的顶端。

经过了一系列的准备工作，小高炉恢复扩建工程将按秦大川的方案施工，今天就正式吊装。

秦大川头戴安全帽，身穿一身崭新的工作服，手持一把尖角榔头，正在检查起吊前的机械工作情况。

王伟满面春风地跑来："秦总，一切准备就绪。您看，是不是就开始起吊吧？"

秦大川不答，仍然在一丝不苟地检查着每一个细节。当检查到起吊钢丝绳时，大川觉得有点细，便问道："王伟，这钢丝绳是不是有点细？"

王伟满不在乎地答："秦总，这准备工作已经够细了，钢丝绳是刚换的，新的，绝对没问题。"

秦大川耐心地说："王伟同志，这是我们小高炉扩建工程的首战，意义非常重大，在主要的环节上，我们应当保证绝对没有问题。我提议，为了确保成功，还是应当再加一道保险绳。"

王伟答应道："好吧。"

于是，根据秦大川的提议，临时又新加了一道保险绳。

加好保险绳后，大川笑着对一同前来的党委书记兼厂长谢辉说："政委，可以起吊了，您下命令吧。"

"哎，你是总指挥。"谢辉认真地说，"你就指挥嘛！"

"那好，我就来指挥。起吊！"

秦大川抄起红绿小旗，吹起哨子，指挥着推绞磨的工人们开始工作，将一大段大口径的高炉热风管吊起，往高炉的炉身上对接。

一名电焊工拿起焊钳进行焊接。焊花闪起，飞起了无数流星般的火花……

由于各项准备工作充分，在充分利用旧有条件的基础上，因陋就简，群策群力，整个小高炉的扩建工作进展很快。

在小高炉的卷扬机旁，此刻我们的苦生正精神抖擞地在练着基本功呢。

齐苦生喊道："魏云！"

魏云应着："有。"

齐苦生说："你在干什么呢？帮我去看住电源总闸，我要练基本功。"

魏云回答："你就放心地练吧，高炉还没开始生产呢，不会有人动电闸的。"

齐苦生不放心地说："不行，安全是第一，电闸得看好，不然我就不练。"

魏云只好说："那好吧。"说罢，魏云走出屋外去看电闸。

苦生于是开始练基本功。只见他手扶操纵杆，脚踏刹车板，不停地扳动，刹住，又扳动，再刹住……

忽然，长成大姑娘的江玉妹进来了，含情脉脉地叫了声："苦生哥！"

苦生抬头，见是江玉妹，也报以甜甜的一笑。

玉妹说："我买了两张戏票，你能请个假，陪我一块去看戏吗？"

苦生抱歉地说："玉妹，你看，眼下炉子就快建好了，我得抓紧练基本功呢。等以后得空，咱们再好好地看戏，好吗？"

玉妹叹气道："唉，总是说没空。"说罢，她噘着小嘴，赌气似的跑了。

魏云从外面进来，发现江玉妹赌气走远了，半开玩笑半认真地说："哎，可真有你的啊，人家姑娘大老远跑来，你怎么欺负她啦？"

苦生见魏云进来，说："不是让你看电闸吗？你怎么跑来了？"

魏云笑答："放心吧，我已经挂上牌子了，严禁合闸。倒是你，欺负人家江玉妹了？"

苦生坦白地说："谁欺负她啦？眼下不是练基本功要紧嘛，她来约我看戏，我说以后得了空再去。"

魏云用拳头轻轻捶了一下苦生："哼，你呀，一点儿也不懂人家姑娘的心，一根筋，钻进去就拔不出来。"

苦生只是笑笑，算是回答，又专心致志地练起了他的基本功。

小高炉恢复扩建工程开工的第一晚，在沈波的家。

一架20世纪50年代最时髦的留声机正在运转，沈波的妻子正和着舞曲的旋律，在那摇头扭腰地用高跟鞋的脚后跟儿在地板上轻轻地打着拍子。

另一边，沈波和袁贵发正分坐在沙发的两边。左侧，沈波在聚精会神地翻看着一沓文稿；右侧，满脸堆笑的袁贵发在小心翼翼地察言观色。

忽然，沈波像是想起了什么，走向书柜，拉开了柜门，在其中搜寻着。

应当说，书柜里的书在那个年代来说还算是很多的，不但有马、恩、列、斯、毛的著作，国际共运的一些重要文献，此外，亚里士多德、柏拉图、孟德斯鸠、伏尔泰、卢梭、康德、黑格尔的哲学著作也一应俱全。除了洋的，更多的还是《论语》《春秋》《左传》《战国策》《资治通鉴》，以及“二十四史”，从精装到线装，形形色色，林林总总。

“贵发啊，你的这份材料很详细，很好地说明了如何解决当前我们在建设上所用的材料问题。我看你帮着解决材料问题倒是块料呢。”沈波边翻书柜边说，“怎么样，有兴趣吗？”

“全靠沈总栽培。”袁贵发讨好地说，“如果是这样的话，我倒是可以在适当时候起一点作用的。”

“哦，那就这么定了。”沈波轻松地一挥手说。

沈波在书堆里来回翻着，最后，抽出一堆明显是自己辑录与手抄的《世界名人发迹史》来。正打开来翻着的时候，他的妻子把留声机的音量扭大了，顿时，一阵发狂的音乐溢满了整个房间。

沈波大声地责备道：“我说维莎，你不能轻一点吗？吵得人头都发昏，你这是干什么啊？”

只见沈波的妻子，那个叫维莎的女人用尖酸的口气揶揄道：“哟，好大的架子啊，整天摆弄你那些破书与破纸，到今天也没见你摆弄出啥子名堂来。”

沈波气愤地说：“你、你怎么能这么说话？”

沈妻讥笑说：“怎么？触到你痛处了吧？不服气有什么用？我就不相信靠几本破书还能把整个天给吞了。”

沈波反唇相讥道：“你懂个屁，你也太小瞧人了。我告诉你，古今中外，且不论文治武功，就光靠嘴皮子成大事的人，也并不罕见。世上无难事，只怕有心人。”

沈妻毫不示弱，继续揶揄道：“那我就等这一天了。”说罢，她啪嗒一声关了留声机，踩着高跟鞋，咯噔咯噔地往卧室去了。

客厅里就剩下沈波和袁贵发两人。

沈波将《世界名人发迹史》带到沙发边坐下，用红、蓝铅笔将文中一些重点部分勾画了一遍，然后，用拳头轻轻地捶打着自己宽阔的前额，沉思着。

袁贵发讨好地问沈波:"沈总,你在想什么?"

沈波发自内心地说:"我在想,1946年一次,今年一次,这两次我都输给秦大川了。1946年那次不说了,这一次,我是想既然要搞建设,就该好好地谋划谋划,就和苏联专家一起,搞了个高起点的方案。没想到,秦大川竟然以国家一穷二白为理由,不同意毁掉旧的小高炉,重新建设新的。有了这两次,上面会对我沈波怎么看呢?我真恨不得这小高炉会突然爆炸,让谢辉和秦大川他们吃不了兜着走。"

袁贵发试探地问:"沈总,胜负还没分呢,你整天看书研究政治上的事,难道没看出一点门道?"

沈波说:"你放开胆子说好了,你我之间的关系发展到今天,已经可以说是不分你我的了。"

袁贵发受宠若惊地说:"沈总,既然这样,那我就敢把自己的一些想法直说了。依我看,正像你说的,如果真把书给读透了,说不定什么样的高位都能攀。现在党的政策,从总的方面来说,似乎奖惩并不分明。无论过去、现在和将来,如果这个政策不变,它根本就不能保证真正干事业的人能斗得过挑毛病的。"袁贵发用手指了指茶几上的沈波正在阅读的《世界名人发迹史》和几本马列主义的著作,"应当说,'左'的东西历来就比较吃香,谁能保证将来不会再来一次'左'倾路线统治呢?到那时,您的关于小锅炉设计的思想不就一字千金了吗?"

沈波说:"这么说,你也认为我是属于'左'字一派的人啰?"

袁贵发毫不隐瞒地回答:"坦白地说,是的,沈总,也只有'左'才和您更合适。张运通这样的一号人都叫谢辉、秦大川他们给利用了去,您想,您搞事业能干得过他们吗?但是,就这件事来说,如果换个方式,从路线斗争的高度,告他一个阶级阵线不清,不也是一本万利的事吗?"

沈波掷给袁贵发一根香烟,叹了口气说:"唉,难哪。就算你说得很有道理,可目前还是一点也看不出希望的。人家小高炉马上都快出铁了,可我们有什么呢?"

袁贵发叫了声:"沈总——"便俯到沈波的耳边去低语。

只见沈波阴郁的脸上渐渐地露出一丝微笑,说:"事到如今,看来也只有逼着我走这一条路了!"

语毕,沈波赌徒似的从口中喷出一串烟雾,瞪着血红的双眼,盯着它飘向空中,直到消失。

"哈哈哈。"

沈波与袁贵发又一次相视而笑。

十四

1953年的9月28日，这是鼓山铁厂历史上一个值得骄傲的日子。这一天，经过工人们几个月来的奋战，终于要提前迎来小高炉出铁了。

这天，苦生起得特别早，一边洗漱，一边哼着《咱们工人有力量》，显得特别兴奋。而后他又用毛笔在一张纸上写下了他自己创作的一首诗。只见他写道：

风烟祸患起鼓山，
碧血战旗烈士染。
宏图钢铁建大业，
共产自有后来人。

落款的名字，他写的是"齐宏图"。

写毕，他拿起来端详了一会，把它郑重地贴在床头，又走至穿衣镜前整整衣冠。《咱们工人有力量》的歌声哼得更有力了。

"苦生，吃早饭啰。"这时，大川妻端着一大碟子热腾腾的馒头走进来，见苦生满面春风，便笑着问，"哎哟，今天我们苦生碰着什么喜事啦，怎么这么高兴啊？"

苦生笑着说："大婶，喜事多着呢。这第一，你看——"说罢，用手指了指床头的那张诗稿。

大川妻说道："你这孩子，不知道大婶不识字吗？你说我听听不就得了。"

苦生解释道："大婶，是这么回事，过去分配我干卷扬机操作工，我还闹情绪，经过秦伯伯和您的教育呀，我才安心地干了。干了一阵子后呀，果然觉得这里头有学问呢。三百六十行，行行出状元，行行都能干成宏图大业，我就琢磨着根据这意思改个名，秦伯伯他呀，也同意啦！"

大川妻问道："那往后叫你什么名字呢？"

苦生指着床头的诗作说："您看，这是我为改名学写的一首诗。从今往后啊，您就叫我齐宏图吧。就是为着祖国的钢铁事业，发奋图强，树雄心，起宏图，努力地干的意思。"

大川妻笑着说："嗯，这名字改得倒也真有点意思，你大婶赞成了！那第二件喜事呢？"

宏图有点不好意思地低下头："大婶，第二件，您看——"说毕，从枕头底下抽出一双鞋子递给大川妻。

大川妻说:“你看看,怎么又让你大婶猜啊?”

宏图羞涩地说:“是玉妹给我做的。”

大川妻笑了:“嘿,还不好意思呢。”边说边把鞋子接到手中端详。

齐宏图又说:“大婶,还有第三件事呢。这第三件事啊,最是大喜讯啦,我们的小高炉,马上就要点火炼铁啦。政委说了,到时候还要给我们照相登报呢。”

大川妻高兴地:“怪不得你秦伯伯这几天忙得连家都回不来啦。来,苦生,哦,对对对,宏图,吃饭,吃得饱饱的,迎接高炉出铁。”

“哎!”宏图一边应着,一边伸手抓起一个雪白的大馒头塞进嘴里……

一辆吉普车飞驰而来,在到达鼓山铁厂的办公楼前的时候,嘎的一声刹住了车。由袁贵发陪同,从车上跳下来一个戴着宽边眼镜的记者模样的年轻人。1953 年的时候,小轿车还十分少见,整个华东地区,只有少数的重点单位配备有从战场上缴获的小吉普。鼓山铁厂配备有小吉普,足可以说明它在整个华东地区的重要。而从吉普车上下来的人,也一般都是些负有重要任务的干部。

从车上下来的两个人,没做任何停留,就直奔铁厂的办公室而来。

厂部办公室里,袁贵发把沈波介绍给记者:“这是我们的沈总工程师,在这儿等你好久了。”

记者介绍道:“我叫步云青,是中央报刊记者。到这儿来采访你们的高炉投产新闻,希望你们多协助。”

沈波寒暄道:“请坐,请坐。”

步云青又说:“沈波同志,根据有关方面介绍,你们的三、四号高炉这么迅速地投产,它所将产生的经济效益,不但对华东地区,就是在全国,都是不可低估的。您看,我们应当怎样来搞好这次宣传?”

沈波颇为持重地说:“步云青同志,当然,对于搞好这次宣传我们都是负有重要责任的。为此,我们党委还专门召开了会议,研究了这次宣传。但我个人认为,目前的问题,不仅在于报道这次高炉迅速投产的重要意义上,更重要的是,应当注意宣传维护伟大的中苏友谊。因为在我们扩建高炉的过程中,自始至终,都存在着一股危险的反苏倾向。”

“啊?!”作为记者的步云青吃了一惊,“沈波同志,这可是个高压线啊,弄不好会犯错误的。”

沈波装得很有诚意地微笑着说:“所以嘛,我才特别予以关照。其实呢,小步同志,你也不用怕，我们实际上已经安排好了，只要你不盲目地发稿就行了。”

步云青严肃地说：“沈波同志，我一定照你说的办。”

嘟——

一声汽笛长鸣，铁水色的火车飘着彩旗，带着“热烈庆祝高炉提前出铁”的标语牌，轰隆轰隆地驶进了轨道。

齐宏图扳动操纵杆，停止了卷扬机的上料。在震天动地的欢呼声中，谢辉剪开了拦在出铁口的彩带。炉前工人们立即用长长的钢钎捅开了出铁口，顷刻，炽热通红的铁水便从出铁口飞泻出来。

人们欢呼声更大了。

“同志们，快，报上要照片，来照相啊。”欢呼声中，沈波领着步云青来到现场拍照片。

步云青先是照了几张外景。

接着，为谢辉、秦大川等领导照相。

王伟、洪海山、齐宏图、魏云等主要工作人员也照了相。

炉前工手拿钢钎捅炉口拍照。

最后，沈波和苏联专家在一起拍了照。

不久，沈波和苏联专家的照片被刊登在中央报刊的显著位置上，旁边还配有一篇评论文章，作者署名为“沈波”。评论文章的标题是：伟大的中苏友谊不容破坏。

秦大川手持这份报纸，气得瞪大了双眼。他立即向正在炉台边往炉膛里看火的谢辉走去。

秦大川将报纸递给谢辉，问道：“政委，这是怎么搞的？”

谢辉不明就里，问道：“怎么了？”他接过报纸，浏览了一遍，顿时气得脸都变了色，只见他握起拳头，愤怒地大声骂道：“真卑鄙。”

接着，谢辉快步地向一部电话机走去，他拿起听筒，拨动着电话号盘，大声地说道：“喂，是北京报社吗？接北京报社！”

……

十五

春回大地，万马奔腾，1958 年的春天来到了。

齐宏图满怀信心地迎接着“大跃进”，没想到的是，这一年的遭遇，竟然是他的一个永远也不能忘却的伤痛。

从1953年到1958年，经过了五年的建设和发展，尤其是第一个五年计划的实施，我们的鼓山也已开始走上现代化的中型钢铁联合企业的发展道路。就在去年，中央已批准鼓山单独建市，改称“江南市”。鼓山铁厂也更名为江南铁厂，拟划属江南钢铁公司领导，谢辉担任了江南钢铁公司的经理兼书记。与之相配套的炼焦、炼钢、轧钢、机修、动力等一大批厂矿也相继成立，江南钢铁公司开始形成钢铁联合企业的雏形。

与江南市的其他一批企业一样，江南铁厂本身也迈出了几大步，原先的小高炉，不但更新改造，而且其旁边还耸立起了一个崭新气象的中型高炉群。齐宏图与他的师傅洪海山一起，被调往新的中型高炉上班。当然，仍然还是当他们的高炉卷扬机操作工。不过，齐宏图已不是1953年时的新工人了，而是变成了一个技术熟练的卷扬机操作工了。

这天，一个惊喜闯进齐宏图的生活，从而改变了他的人生。

这天是齐宏图上白班的日子。下班后，齐宏图还在高炉料仓下的一个放料口前清理放料时散落的矿石、焦炭等散料。

由于这天散落的矿石、焦炭等散料较多，只见齐宏图干得满头大汗，外衣也脱了，铁锹在矿石、焦炭中飞舞。这是那个年代高炉设备上的一个机械缺陷，由于放料口机械窑口不紧密，放料时总难免洒落一些原料。自高炉投产以来，齐宏图每天下班后总要利用业余时间将散落的矿石、焦炭回收到料斗内。这些都是义务的，并没有什么人规定他必须这样做。而他，却认为是找到了一个新的发挥作用的地方，一直不声不响，默默地做着。

七时多，正当齐宏图一个人在挥汗如雨地挥舞铁锹铲送矿石、焦炭时，没注意，一个人从后面悄悄地来到他的面前。

来人是从东北鞍钢新调来任铁厂副厂长的彭明。

这个彭明，就是那个开头我们便介绍过的从家里逃走的恶霸地主彭大才的二少爷。自1941年从家里逃走后，彭明与沈波一起，在淮北地区跟着新四军部队辗转了几个月，接着，便被介绍到延安的抗日军政大学学习。1946年，被派往东北地区。后来，东北全境解放以后，他又被派往鞍钢与工人们一起搞恢复生产与建设。到1958年时，沈波向组织上提出要求，要他来江南铁厂任副厂长的。

彭明在鞍钢的恢复与建设中，与工人们在一起，曾经做出了一些颇为人称道的业绩。来鼓山后，他放下背包，连一口饭也没顾得上吃，就一头扎到基层来了解情况，熟悉工人们。

他来到齐宏图面前,礼貌地问:“这位同志,你叫什么名字啊? 上夜班啊?”

“我叫齐宏图。”齐宏图挥动着铁锹,边铲边回答道,“不是上夜班,上的白班,早下班了,是因为今天这堆散料落得太多,才干晚了。这不,就快干完了,干完再下班。”

“什么,你说你叫齐宏图?”彭明不禁瞪大了双眼,因为伟大领袖毛主席在武汉写的一首词中,有这样的句子:“风樯动,龟蛇静,起宏图。一桥飞架南北,天堑变通途”。他不由得追问道:“是不是毛主席在武汉写的那首词中的‘起宏图’?”

“我姓齐,齐心协力的齐。”齐宏图谦虚地答道,“我起这个名字的时候,主席还没写这首词呢。我当时想着好好干革命,没想到竟与主席的这首词合上了,也是巧了。不过既然是巧了,我就一定遵照主席的指示,在日常的革命工作中起宏图,好好干革命大业。”

“说得好。”彭明高声地赞扬道。说着,他拿起一把铁锹,一边与齐宏图一起把散落的矿石、焦炭铲回料斗,一边说:“我叫彭明,是新调到这个厂来工作的,咱们今后就是一个厂里的人了。你说你要起宏图,咱们新中国的工人,就是要敢于起宏图,用革命精神来做好工作。你看你今天做的这个工作,本来是不该出现的,哪有高炉上料上到地上的呢?”

“什么,你是说这是机械本身的问题,是不该出现的?”轮到齐宏图感到惊愕了,他瞪大双眼问,“那你的意思是说,这高炉设计本身有毛病?”

这时,最后一点散落的矿石、焦炭也已清完,彭明将铁锹放回原处,一边拉齐宏图坐下,一边说:“来来来,宏图同志,咱们坐下休息会儿,说会话。说到这高炉设计,设计人员本身也是跟着时代脚步前进的,不可能超越时代搞设计嘛,你说是不是? 所以,这里面就有技术革新和技术革命的课题,要有创新精神,许多问题还要靠我们这些在一线的工人们解决呢。”

“靠我们这些在一线的工人们解决问题。”齐宏图喃喃地重复着这句话。忽然他眼睛一亮,说:“我好像懂你这话的意思了,你是说,这高炉本身还有许多需要解决的技术难题,需要靠我们这些在一线的工人去解决。可我们这些工人,还不懂这里面的技术呢。”

“这个不怕,不懂就学嘛。”彭明继续着他的话题,“要相信我们自己,我们中国工人阶级一定有能力去赶超世界先进水平,要树立这个信心。你知道中国首位铁路工程师詹天佑的故事吗? 那时候,咱们国家一寸铁轨也没有,可詹天佑硬是凭着中国人的志气,不但建成了中国人的第一条铁路,还发明了火车自动挂钩装置,他的英名至今还激励着我们这些中华民族的子孙。”

齐宏图听呆了,在心里边默默地想着。

聊了一会儿，彭明觉得时间不早了，就主动和齐宏图告别。临走时，他笑嘻嘻地说："你以后就叫我老彭吧，今后咱们在一块工作，为国家好好炼铁。"

"嗯。"齐宏图一边应着，一边想着这位老彭刚才说的话。

几天以后，江南铁厂召开生产"大跃进"动员大会。

参加会议的是全厂职工，黑压压的一片，坐满了一个开会和就餐两用的大厅。

主席台是用两张餐桌拼凑而成的，上面放有扩音器，用黑体字书写的横幅"江南铁厂1958年生产'大跃进'动员大会"高高地挂在会场正中间，扩音器正播放着《咱们工人有力量》的歌曲。主持会议的是沈波。谢辉调任江南钢铁公司经理后，他担任着铁厂的党委书记。厂长是秦大川，跟在他们身后进来的是新调来的副厂长彭明。

这时，齐宏图发现了彭明，见他是在厂领导的行列里，不由得有些吃惊，不由自主地轻轻喊了声："老彭！"

洪海山师傅正注视着主席台，听见宏图嘴里轻轻喊了声"老彭"，不由得轻声问道："哪个老彭？怎么，你认识他？"

齐宏图不好意思地点头承认："嗯，前两天下班后我清理上料口散落的矿石、焦炭时见过他，就是跟在沈书记和秦厂长身后的那个人。他说是新调来的，叫彭明。我也没问他是干什么的。他还给我讲了一大段鼓励的话，这几天我都一直在想着呢，没想到他竟在这儿出现了。"

洪海山点点头说："嗯，看起来是我们的领导呢。"

正在这时，只听沈波清了清嗓子，对着麦克风开始讲话了："喂，喂，大家静一静。下面我们开会。"

于是，大会正式开始。接着，沈波与秦大川都做了重要讲话，对生产"大跃进"的形式、任务等都做了介绍和动员，听得齐宏图心里热乎乎的。

随着沈波的介绍，彭明成了全厂注视的中心。

沈波尽量大着嗓子介绍道："下面请新调来担任我们厂副厂长的彭明同志讲话。彭明同志是老革命，是从东北鞍钢调来的，他也是我们鼓山人，对钢铁生产很熟悉，大家欢迎他讲话。"

台下响起一片热烈的掌声。

"同志们，我是钢铁战线的一名老兵。"在掌声中，彭明谦虚地站起来，开始了他就任后的第一次讲话，"大家对我的情况了解得不是很多，沈书记要我讲话，也是借此机会让我和大家见个面，认识一下。另外，我也顺便说两句题外话。来到厂里后，我发现了个人，一个什么样的人呢，他的名字叫齐宏图，是一个高炉卷扬机的操作工。"

人们都瞪大了眼睛看着，台下静得连掉根针的声音都能听得到。台上的沈波与秦大川也都屏着呼吸听着，他们也都不知道彭明会讲出什么来。

“我认为这个高炉卷扬机的操作工身上有一种精神是值得我们每一个钢铁战线上的人学习的。我们每个工人都有业余时间，业余时间是我们工人休息、学习和娱乐的时间。工厂实行的是三班倒的工作制，白班、小夜班、大夜班。白班的下班时间是四点半，而我们的这个齐宏图白班下班了，直到晚上七点半还在清理高炉上料口掉下来的散料。那天晚上我刚到，跑到厂里面想看一看情况，没想到，就碰见了我们的齐宏图同志在清理上料口掉下的矿石、焦炭。后来，我了解了，并没有什么人安排他去干这事，他这么做完全是出于一种对国家工业生产的高度责任心。这种精神，正是我们搞‘大跃进’所需要提倡的，我要号召全厂的职工同志向齐宏图同志学习！”

“向齐宏图同志学习！”

“向齐宏图同志致敬！”

顿时，台下响起了一片热烈的欢呼声。

这突如其来的巨大震撼，极其深刻地触动了齐宏图，一个巨大的心愿由此产生。只见齐宏图满含着热泪，从座位上站起来，他顾不得去回应台下数千人的欢呼，而是激动地跑上讲台，去向他心中敬爱的领导诉说。

齐宏图用无比坚定的声音说：“彭厂长，我感谢您对我的鼓励，我也想向您表明我的想法：您说过，要相信我们自己，中国工人阶级有能力赶超世界先进水平。在高炉炼铁上，目前，我们的水平距离世界先进水平还很远。如果说，现在我的工作有什么值得表扬的话，我想，那是不值一提的。从今天起，我要把全部精力献给技术革新事业，我要搞高炉上料系统的技术革新，到我成功的时候，您再来祝贺我吧。”

短短的一席话，说出的是齐宏图经过数天的思考而得出的坚定的心声，他感到自己肩上的担子是如此沉重而神圣。

“好，好啊！”彭明激动地握住齐宏图的手道，“祝贺你，我们的齐宏图同志！你立下雄心壮志，要搞高炉上料系统的技术革新，很好，很好啊！等你成功实现高炉上料系统技术革新的那一天，我再来为你庆功。”

“是。”齐宏图激动地答道。

整个会场沸腾了，全厂的工人都站起来，纷纷为齐宏图鼓掌、欢呼。

十六

几天后的一个晚上，齐宏图应约去彭明家里做客。

彭明的家是日本鬼子侵占中国时留下的带有木质地板的日式平房。当时,条件还很艰苦,厂里没有钱盖新的家属宿舍,只得用日伪时期留下的旧建筑来安排带家属的同志。但彭明的夫人很会收拾,搬来才几天,一间普普通通的平房就收拾得有模有样,很是干净。

笃,笃,笃——

简短的敲门声后,彭明夫人开了门。一见客人,彭夫人赶紧让座,连声说着:

"啊,是来找老彭的吧? 来,快请进。彭明还没下班,你等他一会儿吧,估计他就该回来了。"

齐宏图一听彭明到现在还没回来,犹豫了一会儿,说:"那我等会再来吧。"

"哎,既然是说好了的,那他一定马上就回来了。"彭夫人是个深知彭明同志工作作风的伴侣,她赶忙给齐宏图让座,"快,进屋,喝杯热茶吧,等他一会儿。"

齐宏图见彭夫人如此热情,心底涌出一股暖流,不再说什么,进了屋子。

屋子不大,用木板隔成两间,里面一间放有一张桌子,一把椅子,旁边还有一个大书架,看来这里便是彭明的书房了。

齐宏图进了书房,看见书架上放有许多书,就贪婪地看了起来。

看了一会儿,忽听门外传来彭明的声音:"夫人哪,有客人来了吗?"

"有,有,"夫人笑着答,"在屋里看书呢!"

"彭厂长,您好。"说着,齐宏图从里屋走出来,笑着向彭明问好。

"宏图哇,你好。"彭明一边走进里屋,一边指着跟在后面的一个人介绍说,"这是我的同父异母的弟弟,叫彭欣,今年虚岁十八了。来,见过齐师傅。"

一听这话,齐宏图方才注意到,原来,彭明的身后还跟着一个大小伙子。

这个叫彭欣的小伙子性格很腼腆,说话声音小得可怜,像个蚊子似的喊了声"齐师傅",便躲到角落里去了。

彭明落座后,首先与齐宏图寒暄了几句,当听说齐宏图吃过晚饭了,彭明嗔怪地问他为什么不到家里来一块吃点,还笑着说:"我夫人挺和善的,很懂得疼人,我工作这么多年,多亏了她。"

"是,嫂夫人看起来是很贤惠。"齐宏图说。

"那好,彭欣也已吃过,那我就不客气,先吃饭了。"彭明边说边和夫人一起吃饭了。晚饭很简单,两个素菜,一碟子小鱼。不一会儿,两人就吃完了。

彭明落座,和齐宏图继续刚才的谈话。

"宏图啊,今天约你来,是有件事有求于你。另外,我还为你准备了几本你搞技术革新的参考书。"

彭明很清楚地说出了今天请齐宏图来的目的。他是有求于齐宏图的,这就是他的同父异母的弟弟彭欣，就是书的开头写到的那个彭大才的最后一个儿子，如今已十八岁了。鼓山解放后，彭大才被人民政府镇压，这个彭欣就一直戴着“历史反革命分子子女”的帽子战战兢兢地活着。彭欣读书读到高中，由于家庭历史问题，想着今后也不会被大学录取，就不想再读了。正好这时，彭明来到鼓山，彭欣就来找彭明要求参加工作。经过铁厂的招工考试后，彭欣被录取了。彭明就想着给他找一个好师傅，以便好好改造鼓欣的世界观，让他成长为一个对革命有用的人。经过认真考虑，彭明决定找齐宏图，请他收下这个徒弟。

“彭厂长，您说，您有什么事要求我啊？”齐宏图很直率地反问。

“是这样，”彭明直截了当地说，“我的家庭历史很不好，父亲是个恶贯满盈的历史反革命。但是，现在党的政策是‘有成分论，不唯成分论，重在政治表现’，个人将来的出路还要看个人。我已经走了二十年的革命道路了，我这个同父异母的弟弟今天参加工作，我想把他分给你，你好好带带他，让他在革命大熔炉里尽快地成长起来。”

“怎么？您？怎么会是这样呢？”齐宏图瞪着惊讶的眼睛，脑间突然想到彭大才，他犹豫着问，“这么说，彭大才是您的父亲了？”

“我的父亲的确是鼓山地区的头号地主恶霸彭大才。”彭明语气有些沉重地说，“他对人民犯了罪，解放后被人民政府给镇压了。”

“啊。”

齐宏图闻听，顿时想起爷爷的死，妈妈的死，他恨死这个彭大才了。眼前的这个自己敬爱的彭厂长，竟然是彭大才的亲生儿子，真是不可思议，太不可思议了。他望着这个彭明，一个奇怪的念头竟然涌上脑海：“为什么您是彭大才的儿子啊？您，唉，您要不是彭大才的儿子该多好啊。这个叫彭欣的小伙子，看他的样子，还挺可怜的。”

“彭欣，来，你就分在他的班。”彭明这时郑重地说，“认一认齐师傅吧，希望你好好改造世界观，在工作中锻炼自己，尽快地成长起来。”

“齐师傅。”彭欣这时又一次像蚊子叫似的叫出了“齐师傅”。

“不，不。”齐宏图一时不知所措，本能地拒绝着。

“齐宏图同志，”彭明见状似乎看出他的思想苗头，委婉地说，“难道历史反革命分子就不能改造好吗？难道党的‘有成分论，不唯成分论，重在政治表现’的政策是不能兑现的吗？”

“彭厂长，我、我……”齐宏图结巴了，严肃的现实摆在面前，终于，他下决心了，“我不是这个意思，我欢迎彭欣同志，欢迎他加入工人阶级队伍。”

“哎，这不就对了嘛。”彭明发出一阵爽朗的笑声，“来，拿上你的参考书，早点回去休息吧。”

十七

1958 年春，工厂里的生活是火红的，每天都会有许多激动人心的事情发生。

自从公开说出搞技术革新的想法后，齐宏图以及他身边的洪海山、魏云和他带的徒弟彭欣等人，就开始天天琢磨着这个事。

不久，一张中型高炉上料系统技术革新的方案图就绘制出来了。

这天，秦大川来到了齐宏图所在的卷扬机房，齐宏图、洪海山、魏云上前去把图纸摊开，讲解着中型高炉上料系统技术革新的内容给大川听。

只见秦大川认真地听，一个细节一个细节地推敲，最后他表态说："很好，你们的设想太好了！如果能搞成，将是长了我们中国工人阶级的志气。我支持你们，尽全力把它给搞成功。"

众人拍手，笑得嘴巴像一朵朵绽开的花。

……

这时，一个年轻的姑娘正走在厂办公楼的走廊上。

只见她身背着行李卷，手持着一封介绍信，正在逐一地查看各办公室门上的标志牌。她便是已经长大成人的小英兰，现已取了大名，叫作党久霞，谐音是"党救下"。

这时，秦大川正风尘仆仆地上楼而来。他刚从炉前回来，满脸的汗水，安全帽还扣在头上，手里握着的是齐宏图的技术革新方案。大川见党久霞在东张西望，便主动上前问道："姑娘，你找谁？"

党久霞猛回头，觉得这声音好熟，这面容似曾相识，不由得愣住了，一双水汪汪的大眼睛紧盯着秦大川看，一时竟忘记了答话。

大川这时也感到面前的姑娘好像在哪儿见过，就问："我们好像是在哪儿见过面，你大概是本地人吧？"

党久霞回答说："也算也不算。我听家里人说过我是从江北逃荒到这儿来的。后来鬼子抓我祭炉，是新四军游击队把我给救下来的。"

秦大川又惊又喜："这么说，你是那个被日本鬼子抓去祭炉的小英兰啦？"

党久霞点了点头，兴奋地说："嗯。那次祭炉后，我爹牺牲了，我跟洪海山伯伯过了一阵后，老家的一位表叔叔来把我接走了。再后来，党送我上了学。我才从学校毕业，是老师给我取名叫党久霞。您好像是秦伯伯，秦大川吧？"

秦大川也兴奋地说："嗯，一点儿也没说错。怎么？这会儿是来报到的？"

党久霞忍住笑来了个立正:“秦伯伯,我是来向您报到的。”

秦大川高兴地说:“哦,好好好,来来来,快进屋里坐。”

江南铁厂的厂长办公室。

秦大川与党久霞相对而坐。

秦大川问道:“党久霞,嗯,这名字有点意思,与‘党救下’是谐音,是不是取这个意思啊?”

党久霞瞪着美丽的大眼睛点头:“嗯。”

秦大川又拿起党久霞的介绍信看了一遍,微笑道:“久霞同志,你来得正好,我们眼下正缺一个像你这样的中专毕业的技术人员。噢,对了,你来看,天下的巧事多着呢。”

说着,秦大川摊开了刚从现场带回来的那张图纸。

秦大川指着图纸说:“和你一道被日本鬼子抓去祭炉的那个叫苦生的男孩,如今已成为我们厂的高炉卷扬机操作工了,并改名叫齐宏图。这是齐宏图和他的小组的同志们提出的技术革新的方案。喃,他们的雄心可大着呢。这是我们现有的中型高炉的上料系统,皮带机、卷扬机、称重车,全是人工操作,他们嫌既费时又费力,还影响钢铁产量,他们想要在这‘大跃进’的年代里,把这一套落后的上料方法改革掉,让钢铁产量插上翅膀,为‘钢铁元帅’的升帐出力呢。”

党久霞高兴地说:“太好了。”

秦大川接着介绍:“这是他们设想的改造以后的上料系统,高位料斗、自动放料、称重、运输、送料、卷扬,全部电气自动化,操作人员只要揿按钮就行。根据测算,如果这个技术革新方案搞成并投入生产使用,最起码可以提高高炉产量的百分之二十,这确实是一个了不起的事业呢。”

党久霞关切地问:“秦伯伯,照这样说,我看这个技术革新目前在世界上恐怕也都算是先进的呢。这电气方面的控制技术,不想法钻研点新东西出来,恐怕到时候技术革新会完成不了呢,齐宏图同志他们有打算了吗?”

秦大川说:“嗯,现在还仅仅是在方案的初定阶段,许多具体的东西尚有待在实践中去摸索、解决呢。所以呀,还要靠你这个电气技术专业的同志去帮大忙呢。”

党久霞一听,怕自己会力不胜任,有些担心地说:“秦伯伯,我刚出校门,还要向工人师傅学习,我怕自己胜任不了,您还是让我干点无关紧要的事吧。”

没想到秦大川不以为然地说道:“哎,不懂就学呗,世界上没有人天生就什么都会的。现在我们这些人里,还就数你是学电气专业的,你应当鼓起勇气,勇敢地挑起这副担子。怎么样,有信心吗?”

党久霞终于鼓起勇气,点头答应道:“那我就试试吧。”

秦大川复又笑道:“久霞同志啊,你放心,你到了他们中间,即便是一块冰,也会被融化的。希望你在工作中多和他们互相帮助,总的一句话,多为钢铁事业贡献一分力量。”

党久霞坚定地点点头。

接下来,秦大川按了一下办公桌上的电铃开关,隔了一会儿,技术科的年轻科长王伟来了。

王伟问道:“秦厂长,什么事?”

秦大川笑着对党久霞介绍:“这技术科科长王伟同志。”

他又对王伟说:“这是新分配来的电气专业的学生党久霞。请你把她送到齐宏图那里,帮助他们去搞技术革新。”

王伟应道:“哎。”

中型高炉卷扬机房。

洪海山、魏云、齐宏图、彭欣等正用各种废旧弹子盘等物件在做技术革新模拟实验。

王伟领着党久霞进来,把党久霞介绍给他们。

党久霞和大家握手。

机房的墙上贴着高炉上料系统革新设计图,党久霞与大伙儿一起兴奋地观看,亲切地交谈。

……

在距离耸立的高炉旁两百多米的一处宽阔平坦的地方,有几幢库房正在兴建。在这“大跃进”的年代里,这几幢库房的建筑面积虽不大,但工地上的宣传气氛却丝毫不比任何地方的大工程逊色。“全党动手,大办钢铁”之类的标语牌比比皆是,彩旗、画廊、竞赛台、卫星图表、高音喇叭、广播室等应有尽有。工地上是一派热火朝天的景象……

一辆吉普车由远及近,飞驰而来,在一处印着“供应科仓库工地”的标志牌前停下,沈波和袁贵发风度翩翩地推车门而出。

他们视察了一下工地四周,然后在一处能鸟瞰工地全景的高坡上昂然而立。

沈波说:“贵发同志,怎么样?基本上还满意吗?”

袁贵发赶紧谄媚地道:“沈总,我这次能当上这供应科科长,还不是您提拔的嘛。

一个小小铁厂的供应科库房能有现在这样的规模,若不是‘大跃进’帮忙,怕是做梦也想不到啊,我还能不满意?”

沈波得意地说:“嗯,话可不能这么说,这供应科科长虽小,可在厂里也是个实权派人物呢!往后,有我高升的日子,还能短得了你?眼下这一跃进,形式还不知要怎么变呢,中央已经决定,江南钢铁公司要在现在的基础上再扩大,办成一个规模可观的新型钢铁联合企业。根据可靠消息,马上要对钢铁公司的领导班子进行调整。你想,这样一来,还会少了你我的好戏吗?”

袁贵发试探地问:“那沈总,那谢辉这一次去省里,到底是开什么会啊?会不会就在省里把新领导班子的人选给内定下来啊?”

沈波自信地回答:“不会的。通知上讲是开计划会议,主要是讨论跃进规划,怎么会是定领导班子人选呢?要是决定领导班子人选的话,怎么着我也得想法走一遭啊。”

接着,他又关切地询问道:“哎,我说贵发啊,最近秦大川他们有没有什么重大行动啊?”

袁贵发正要寻机会禀告,见问,便赶紧献媚地说:“沈总,我正要告诉你呢,听说齐宏图瞎折腾什么技术革新,还搞了一个规划。”

沈波不以为然地说:“哎,我是问你有什么重大行动嘛,这么个小事告诉我有什么用。”

袁贵发胆大地提示说:“沈总,您说错了,这并非是什么小事一桩,而是关系你我政治前途的一件大事呢。1953 年的那一次方案之争您忘记了吗?”

沈波不解地问:“当然记得,可是,这与那事儿又有什么关系呢?”

袁贵发接着说:“沈总,我记得您当时驳秦大川方案的主要理由是他的方案技术落后。有了这一条,尽管后来发生了新闻宣传分歧事件,可我们总算还占了几分理。而现在齐宏图的技术革新,正是要甩掉旧高炉的落后的上料技术,倘若让他们成功了,我们在这个问题上就彻底输了,那上面会对我们怎么看呢?”

沈波听了,这才如梦初醒,他沉吟半晌,一挥拳头,对袁贵发说:“嗯,这次就算你说对了。这样吧,这事儿就干脆由你管到底算了。”

袁贵发不解地问:“沈总,我怎么个管法啊?”

沈波说:“我说你怎么聪明一世,糊涂一时啊。你想,他们搞技术革新,没有材料是不行的,你不是供应科科长嘛,给他来个一毛不拔不就成了。”

袁贵发兴奋地大声道:“沈总,您真是英明,太英明了!佩服,佩服……”

党久霞正与齐宏图上上下下在高炉上料系统实地测量原始资料。

过称量车时,党久霞因为力气小,爬上又掉下,齐宏图伸出一只手拉她,党久霞欣然地拽住齐宏图的手,一跃而过。

党久霞对齐宏图莞尔一笑,没话找话地说:“你是怎么想到要搞上料系统的技术革新的啊?”

齐宏图低头想了一下说:“我名字不是叫齐宏图嘛,工作上就得起宏图呗。”

党久霞拍手道:“妙极了。”又脱口念道,“……风樯动,龟蛇静,起宏图,一桥飞架南北,天堑变通途……太好了,太好了!”

过了一会,党久霞又忽闪着明亮的大眼睛温情地问:“哎,我说,你是什么学校毕业的?”

齐宏图听问,感叹地说:“唉,还什么学校毕业,真是书到用时方恨少,当初为参加工作硬是吵着闹着不肯上学,只读了工农速成班。”

党久霞一惊,随即变得有些害羞地说:“这,你——”

齐宏图发觉党久霞有些异样,便问:“你怎么啦?”

此刻的党久霞,一股爱慕之情已在心底油然而生,于是,她不由自主地红了脸,害羞地说:“我是说,可真难为你想到呢……”

十八

秦大川的办公室。

秦大川正在一张全厂生产情况的统计图表前填写着数字,王伟领着齐宏图、洪海山、魏云等人进来了。

“秦厂长,宏图他们给您报喜事了。这是他们技术革新图纸的最后定稿,您审阅批准后,他们就可以正式领料动手干了。”王伟带头汇报道。

秦大川笑着望了一眼众人,诙谐地对洪海山说:“嗬嗬,今天洪师傅也亲自出马了,看来是要大干一场了。待会儿我也去参加,怎么样,欢迎吗?”

洪海山笑道:“您就忙您的吧,一厂之长,事儿够多的了。从开始到现在,哪一步没有您的支持能行啊? 忙到现在,剩一点力气活,难道我们还不应当自己干吗?”

王伟也说:“秦厂长,洪师傅说得对,等您忙的事儿多着呢,您就快把这图纸审批好就行。谢经理已经打电话回来了,说他今天中午就赶回来,待会儿,咱们还得去接经理呢。”

大川兴奋地说:“谢经理? 那好,快把图纸给我吧。”

秦大川接过图纸,审查了一会,少顷,提起毛笔,在厂长签名栏里,签上了自己的名字:秦大川。

已初步建成的供应科仓库。

齐宏图、彭欣、党久霞、洪海山、魏云等人推着领料平板车走来。齐宏图持领料单走进供应科办公室,与袁贵发相遇。袁贵发假装热情地询问:"哦,是宏图啊,怎么,要领料啊?"

齐宏图拿出秦大川签约的图纸:"嗯,这是厂长的批示。"

袁贵发装模作样地接过看了看,随即沉着脸说:"宏图,抱歉得很,实话对你说吧,你们这个用料,不符合材料供应制度,我们不能发,厂长批了也没用。"

齐宏图惊愕地瞪大了眼睛,问:"为什么?"

袁贵发冷冷地说:"现在是'大跃进',新建项目还来不及供应呢,哪有材料给你们搞什么实验啊。"

齐宏图不解地问:"技术革新也是厂长批的,怎么不能发料?"

袁贵发不耐烦地敷衍:"我知道。你不用说了,老实告诉你,什么料都可以发,就是你们这个料不能发,说什么也没有用。"

齐宏图狠狠地哼了一声,气愤地走出办公室。

室外,洪海山等迎着齐宏图,见宏图一脸的怒气,忙问:"宏图,你这是怎么了?"

齐宏图气恼地说:"人家说,什么料都可以发,就是我们这个料不发。"

党久霞听了,觉得委屈极了,含着泪问宏图:"宏图,那我们怎么办?"

齐宏图握紧了拳头,气愤地说:"你们在这儿等着,我找秦伯伯去,一定要拔掉这个钉子。"说完,转身要走。

洪海山忽然大吼道:"回来。"

齐宏图不解地问师傅:"为什么?"

洪海山沉稳地回答:"记住,不要再麻烦你秦伯伯了,让他多休息一会也是好的。没有材料,我们捡废料去,他袁贵发难不倒我们。"

齐宏图激动地说:"嗯,咱们走。"

沈、袁的刁难,在这"大跃进"的年代里,不能不说是一件令人痛心的事,然而,更令人震惊的,还是谢辉即将要带回的消息。

火车站里,客运料车正点到达江南市,正停在月台边喘着粗气。

出口处,谢辉夹在人流中往外走,他的身后不远处,跟着神色黯然的江玉妹。

秦大川与王伟迎上去:“政委。”

谢辉与秦大川、王伟亲切握手:“家里一切都还好吗?”

秦大川回答:“家里一切都很好。怎么样,政委,这次从省里带回什么好消息了吗?”

谢辉见问,顿时心情沉重了起来,摇了摇头,指了指身后不远处的江玉妹:“唉,还好消息呢,这次是喜事一条也没有,坏消息倒是成双成对地带回来不少。这不,你们看,那是谁来了?”

秦大川一看来人,惊奇地叫道:“玉妹?”

江玉妹含泪跑了过来:“秦伯伯!”

秦大川问道:“你怎么来了?”

江玉妹颤声说:“爹被他们插、插白旗了,我到省城上访,半路上碰到谢伯伯,谢伯伯带我来的。”

秦大川不解地问:“哦?海潮同志被插白旗了?为什么?”

江玉妹委屈地说:“为大办钢铁呗。大办钢铁,大办钢铁,我就是搞不明白,一不问个什么地方,二也不管行还是不行,一律要硬办。我们是渔民,一没有矿石,二没有炉子,可县里就硬逼着老百姓拿锅碗瓢勺当废铁炼。没有焦炭,就用树来烧木炭,烧土焦。他们地也不让种,鱼也不让打,全部劳力都拉去炼铁,一天二十四小时连轴转,觉也不让人睡。爹只说了一句话,‘这么折腾是不把老百姓当人看’,他们就说爹是反党反社会主义,硬是给爹插上了什么反革命的白旗。”

秦大川气愤极了:“哦?这太不像话了!政委,这‘大跃进’也不能这么个搞法嘛,谁不希望国家富强呢?谁又不想国家的钢产量赶超英美呢?但总还得讲点实事求是,按客观规律办事吧?”

谢辉安抚秦大川道:“大川同志,你先别激动,岂止是海潮同志那里是这样,眼下的形势已经超出我们的预料有数百倍了。党内有一股风,许多人都在跟风。这一次省里的计划会议,就对我们的‘大跃进’规划很不满意,说是我们右倾保守,追求‘大洋全’,小脚女人走路,勒令我回来上‘双两百’,并说在一年内达不到‘双两百’的话,就要重新考虑我们每个人的政治生命问题。”

秦大川不解地问道:“政委,啥叫‘双两百’啊?”

“就是年产两百万吨铁,两百万吨钢。”

“什么?!年产两百万吨铁,两百万吨钢?就凭眼下的这几座高炉,就是光往里倒矿石,也难以实现啊!”秦大川感叹地说。

“上头说了,钢铁公司的产量达不到,可以把周边的高炉产的铁也算上。这样一来，我们就更有责任把真实情况给反映上去了。"

秦大川像是被谁当头击了一棒，一下子就沉默了，片刻，他又激愤地说："政委，这难道是真的吗？说我们追求'大洋全'，我们是在创建社会主义、共产主义千秋大业，难道不应该把目光放长远一点，尽量采用国际上最先进的工业技术，以追求最佳的经济效益吗？人吃饭总要一口口吃嘛，走路也要一步步来嘛，想一步登天，实际上只会反过来糟蹋'大跃进'。"

"现在的问题还不仅仅是糟蹋，而是有一股风，到处都在搞极端。令人痛心的是，过去在党的长期革命斗争中形成的一整套正确的方针、政策、工作方法，甚至一些口号都通通遭到了歪曲。原先的群众运动、群众路线，现在竟被糟蹋成了一哄而起，提倡小资产阶级的狂热。我从省里回来，沿途一个种庄稼的人也看不见了，不知道来年人民群众靠什么活下去。形势严峻得很啊。"谢辉解释道。

"政委，那是不是党内又将要出现大的斗争了啊？"

谢辉沉重地说："现在还很难说。"

"政委，那我们怎么办？难道你答应省里的'双两百'方案了吗？"秦大川急切地问。

谢辉摇了摇头："没有。"随即，他带头拎起行李，说，"走吧，这里也不是说话的地方，咱们回去再细谈。"

谢辉的办公室。

谢辉与秦大川促膝而谈，江玉妹、王伟在旁聆听。

秦大川难过地说："政委，我想过了，目前的这个局面应该是'极'左思潮干扰的问题。真没想到，海潮同志为党出生入死这么多年，到了今天，反而还被人给插上了什么反革命的白旗。"

谢辉说："我也一直在想这个问题。"

"政委，那我们怎么办呢？不管是省里要我们上'双两百'也好，江海潮同志的冤案也好，党的纪律是下级服从上级，硬顶肯定是不行的，咱们能不能把实际情况以及我们的看法系统地写份报告呈送中央，请求中央来刹住这股风呢？"秦大川提议道。

"我也是这么想。"谢辉说，"不过，大川同志，你我是多年的老战友了，有些话我不得不说在前面。上书中央可不是一件闹着玩的事啊。眼下的形势摆得很清楚，海潮同志只是说了一句话，就被插上了反革命的白旗，我们要是系统地向中央阐述我们的意见，谁能保证不会有更大的灾祸呢？"

秦大川坚定地说："为了党的事业不受损失，个人的得失算不了什么，我不怕！"谢辉激动地说："其实，我又何尝不了解你啊，只是这次的事情实在是太重大了。海潮同志的上访书，实际上已经基本包括了我们的意见，不过，海潮同志不是搞工业的，有很多关于钢铁生产的技术问题没有说清楚，所以我在半道上把玉妹给拦回来了。我原先打算亲自去海潮同志那里一趟，搞点调查，以便更有力地把情况反映给中央。现在既然你也有这个意思，那咱们就一块儿去吧。"

"谢伯伯你们不能去，我们那里对外面封锁消息，你们去搞调查，弄不好要出事情的。"江玉妹将那边的现状说了出来。

谢辉的倔脾气又来了："哦？还有这等事？那好嘛，越是这样，我才越是要去呢。我就不信，共产党的天下还能把共产党的干部给吞吃下去。"

王伟提醒并自告奋勇道："政委，玉妹说得对，不管怎么样，得提防一点。干脆你们都别去，我年轻，腿脚利索，这调查的事交给我，我保证完成任务还不行吗？"

秦大川建议道："不，王伟，咱俩一块儿去，让政委留下，我们互相还有个商量。"

谢辉决定道："都别争了，在重大的是非问题前面，我更有责任去亲自调查清楚。明天一早，我和大川同志一道出发。"

王伟没有办法，只得说："政委，那是不是让玉妹陪你们一块儿去？"

秦大川："不用，玉妹就留在齐宏图那里当操作工，宏图他们技术革新正少人呢。不过，伯伯希望你记住一句话：为了祖国的钢铁事业，我们都要舍得贡献出自己的一切。"

江玉妹："嗯。"

十九

第二天，是个晴朗的日子。谢辉和秦大川趁天还未亮，就轻装疾进，来访江海潮了。

海潮居住的渔村，位于横山矿区，靠近落霞岭与鼓山，中间隔着一条属长江水系的青山河。在行政区划上，历代不一，与鼓山是分分合合。日军占领时期，鼓山、横山都属太平县，鼓山还属横山乡。

解放后，由于钢铁工业的崛起，鼓山单独成立了市，而横山，却仍然还归太平县管辖。

别看它们山水相连，但要真正走起路来，却还是相当费周折的。先是乘汽车，后是换民船，最后还要靠两条腿跋涉十余里。

谢辉和秦大川虽是年过半百，但却不失当年雄风，步履生风，当他们赶到江海潮的渔村时，太阳才刚刚升了一竿高。

不过，当他们开始敲门寻人时，却见江海潮的家早已是屋门紧锁了。

再举目四顾，他们这才发现，偌大一个渔村，空空荡荡，竟连一个可以问事的人都寻不见。

转了一会，谢辉没找到人，两个便顺着来路往村外走，想出村去寻个人来问问。

约莫在他们走出村子还不到一里路时，就听见背后响起一个公鸭般的声音。

“喂喂，你们二位是从什么地方来的呀？转来转去的，到底要干什么啊？”

原来，这个人已经跟踪谢、秦二人多时了。

只见这个人斜叼着一支烟卷，敞衣露怀，脚踏一双拖鞋，倒背着一把半新不旧的三八大盖枪。这形象神情，一看就知道他是个民兵干事之类的人。不过看他这副外表，确实不能不使人疑心他过去是地痞无赖外加二流子。

谢辉一见，强压着火气反问：“你是什么人？难道你们这里不是共产党领导吗？”

“不，首长，别误会，我姓钱，是民兵大队副营长，专门维持治安的。我怕您找不到人，特来问问。”

这人一见谢辉的威势，心里就断定了这两个人肯定是干部，甚至来头还不小，立刻改成了笑脸：“你们要找谁？我这就领你们去。”

谢辉淡淡地说：“江海潮。”

“江海潮？首长，你们大概还不知道吧？他反党反社会主义，插白旗了，你们找他，这合适吗？”

谢辉不耐烦地说：“有什么不合适的。走，领我们去。”

“首长，那你们到底是干什么的呀？”钱某某一面说，一面又重新打量起谢、秦二人。

他那阵势，分明是搞不清楚谢、秦二人的身份就绝不会挪动脚步的。

秦大川在一旁看得很清楚，他从口袋里掏出自己的证件和一张介绍信，说：“好吧，就让你看看，省得你磨蹭。”

钱某某看完证件，皱了皱眉，但终于还是赔着笑脸领谢、秦二人来见江海潮了。

在一处烟熏火燎的小土焦炉旁，江海潮穿着一身黑衣，背插着一面白旗，脸也被墨汁涂得漆黑的，正一勺一勺地把淌得满地的煤焦油舀进一个大缸里。钱某某领着谢、秦二人来时，江海潮还一点儿没发觉。

钱某某对江海潮喊道：“江海潮，有人找。”

江海潮这才抬起头来看来人，一见是谢辉和秦大川，禁不住立刻热泪交流，一下子就扑到了两个人的怀里：“政委、大川！”

谢辉拍着他的背，安慰道：“海潮同志，你受苦了。”

不一会，江海潮抬起头问：“政委，你们这是干什么来了？”

“我在省里开会，半道上碰见玉妹了，情况我们都已清楚，我们是来搞调查的，打算同你一起向中央反映情况。”谢辉说明来意。

江海潮激动地说：“政委，那就请你们看吧。别的不好说，先就看看这里群众的穿戴吧。我这一身，黑衣白旗，说我是黑帮。你们再看看这些人，说什么男的要当武松，妇女赛过穆桂英。唉，个个搞得像唱戏的。首先，这形式主义就害苦了我们的老百姓。”

顺着江海潮的手指看去，谢辉和江海潮看到男男女女的打扮果然是像唱古装戏似的。

谢辉指挥道：“真是乱弹琴！大川，把照相机打开，拍下来。”

秦大川打开照相机，对镜头。钱某某一见，立刻上前阻拦：“哎哎，首长，我们这里县委工作组有交代，任何人不准照相。”

秦大川推开钱某某：“你少废话，不关你的事。”

钱某某生气地说：“那好，那好，恕不奉陪了。”说毕，一溜烟跑了。很显然，他是向他的工作组汇报去了。

谢辉询问道：“海潮，这个人，过去干什么的？”

江海潮怒气冲冲地说：“专吃运动饭的懒汉、二流子！这种人运动一来，比谁都神气，等叫他们搞生产、干一点实事了，比谁都熊。”

谢辉生气地说：“哼，要是让这种人神气了，那我们就得喝西北风去了。”

钱某某跑到江边一个芦苇棚里，棚里一间间的隔间门上贴有各种各样的标志牌：大炼钢铁指挥部、民兵值班室、宣传站、广播室、县委工作组……

钱某某气喘吁吁地来到挂有“县委工作组”牌子的房间。

一个戴眼镜的工作组人员问：“怎么，发生什么事了？”

钱某某报告道：“有个叫谢辉和秦大川的，介绍信上写着他们是江南钢铁公司的书记和江南铁厂厂长，他们在这里到处照相，不知道要干什么。”

戴眼镜的工作人员赶紧说：“快，赶快打电话同江南市联系，问问他们究竟想干什么？”

钱某某奔向电话机，拨动了转盘，对着话筒大声呼叫：“喂，接江南铁厂……”

江海潮指着满地满坡的煤和煤焦油说：“政委，您看，这是为大炼钢铁花大量的钱千方百计搞来的。说是炼土焦，这满地满坡不知道埋了多少下去了，也没炼出什么好焦来,倒淌了一地的煤焦油……”

秦大川咔嚓一声,拍下一张照片后,叹道:“政委,这煤焦油在工业上可是个宝呀,可……唉,这个样子搞法,全国每天还不知道要糟蹋多少国家财富呢……”

江海潮又带他们来到小土高炉边,在一堆铁疙瘩中捡起一块,递给谢辉:“政委,您看,这就是我们费了九牛二虎之力才炼出的一炉铁。我看,也不够几板车拉的,可县委工作组却对上面报了几万吨。”

谢辉猛然醒悟:“唔,怪不得县委工作组要对外封锁消息了,还有这一套啊。”

秦大川接过铁疙瘩仔细看了看,从随身带来的工具包里拿出一把榔头,只敲了几下,便把它敲成了碎渣,原来是一块根本不能算作是铁的金属混合物。

秦大川拿起一个碎块:“政委,这哪里是铁啊,比饼干还脆呢。工业上根本不能用,拿它去炼钢,比直接用矿石炼钢还费劲。”

谢辉痛心地说:“劳民伤财,得不偿失。这历史的教训,我们永远都不要忘记,极‘左’思潮,害国害民啊。”

秦大川手持照相机,在对“铁疙瘩”进行各个角度的拍照。

谢、秦、江三人围着小高炉巡看,在一处比较隐蔽的地方,横七竖八地躺着一些累得实在坚持不了的群众。

他们一见干部模样的人走来,赶忙抄起工具去干活,江海潮喊住其中的一个人说:“老梁哥,你们不用怕,他们两个不是上面派下来的工作组,而是当年在咱们这一带打游击的谢政委和秦排长。他们是来看望大伙的,大伙儿有什么心里话,可以对他们说。”

“谢政委,秦排长,你们看,我们老百姓苦着呢,你们可要为我们老百姓把真话告诉毛主席啊。”老梁哥说罢,眼泪唰唰地直流。

群众此时都围了过来,一片声地说道:“政委、排长,拜托你们了。”

谢辉、秦大川激动地和群众握手。

夕阳西下,天开始黑了下来。

……

沈波的办公室。

一名值班人员守在电话机旁边。

沈波推门而入。

值班员说："沈书记，您这一天上哪儿去了？太平县大炼钢铁工作组来电话找您，说有急事，要您一回来就打电话过去呢。"

沈波漫不经心地回答："啊，知道了。"

不一会，沈波拿起电话听筒说道："喂，太平县大炼钢铁组。嗯，啊？什么？谢辉、秦大川？啊，嗯，一切由你们处理，我们对他们的行为并不知晓。嗯。对，好，好。"

沈波放下听筒，点燃了一支烟，倒在沙发里，沉思道：谢辉、秦大川到江海潮那里搞调查，他们要干什么？

青山河岸。

江海潮用一条小船送做完调查的谢辉、秦大川回江南市。当江海潮正要撑竿离岸时，突然，从背后追来那个自称是民兵副营长的钱某某，他还带着两个民兵。

"站住，不许开船！"

钱某某喊道："谢、秦两位首长，我们工作组有话，请你们暂时不要回江南市，我们工作组还有事要和两位相商。"

谢辉大声回应："告诉你们组长，我们以后再见面。海潮，开船。"

钱某某持枪威胁："不许开船，两位今天下船也得下船，不下船也得下船！"

"兔崽子，你敢！"江海潮突然猛地举起手中的竹篙，摆出一副要拼命的架势，怒吼道，"今天老子拼一个够本，拼两个赚一个，我看你们哪个敢拦？"

钱某某一看江海潮真的要拼命，立刻就怂了，色厉内荏地说："好好好，反正你们跑得了和尚跑不了庙。姓江的，有你好果子吃，等着瞧吧。"

说毕，钱某某带着两个民兵随从灰溜溜地跑了。

船到江南市江岸，江海潮送谢、秦上岸。

海潮从船舱里拿出两串鱼，送给谢、秦各一串，垂泪道："政委，排长，这是海潮最后一次给你们送鱼了，你们多保重。"

谢、秦、江三人紧紧握手。

谢辉激动地说："海潮同志，不要难过，这肯定不会是我们最后的离别。请你相信，我们的党是伟大的，她一定能够克服自己的错误，继续带领我们走向胜利。"

这声音，如惊雷，如海啸，盖住了风吼，压过了江涛，久久地在夜空里回荡……

二十

卷扬机操作室里，一大排配电盘前，党久霞正领着江玉妹在检视组接电器线路。

党久霞指示道:“HBSO 端子负极!”

江玉妹顺着一大排端子接线头寻找 HBSO 号标带,由于江玉妹是新手,又由于她心情忧伤,便免不了显得有些笨手笨脚,忙乱了好半天才接通 HBSO 的接头。立刻,表示线路畅通的校线器小电珠发出亮光,小喇叭也呜呜地叫个不停。

党久霞望着终于发出了亮光的小电珠,舒心地笑了笑。她对于动作迟缓的江玉珠并没感到不耐烦,相反地,倒是充满了同情。因为宏图已经对她讲了玉妹的爹被错打成了反革命的事。这样的事,谁遇上不揪心呢?久霞深知,这种时候一个人最需要的就是别人的同情和安慰,她是多么想为玉妹分一点忧啊。她耐心地等着玉妹把校线器的卡头从 HBSO 号端子上取下后,才轻轻地喊道:“下一个,CD52 端子负极!”

江玉妹手持校线卡头重又在纵横交错的线路网中寻找起来。突然,一个线头上的小白旗模样的标带进入了她的眼帘,这使她立刻想起了她爹江海潮背插着小白旗的情景,不由得一阵心酸,泪水立刻就模糊了她的双眼,校线器的卡头在她的手中松了下来。

“玉妹,你是怎么搞的?”这时,风风火火地走来了汗流满面的齐宏图,“这整个革新都在开始调试,你怎么倒有闲工夫在那里发呆呀?”

党久霞见此情景,埋怨齐宏图道:“宏图,再着急也不差这一会儿嘛!海潮叔这会儿还不知道怎么样了呢,玉妹能不心酸吗?你呀,就知道工作急,一点儿也不知道体谅人。”

其实,宏图又何尝不惦念他的海潮叔啊,只是他把感情埋在心底,想以技术革新的成绩去安慰他的海潮叔。这时,被久霞的几句话一说,齐宏图由不得眼圈儿也红了,低声地说:“那,还有多少线没校?我来吧。”

党久霞亲昵地回答:“你去吧,这里有我和玉妹呢!洪师傅找料到现在还没回来,这盘上还缺一些接线端子和开关,你帮洪师傅去吧。”

齐宏图答应道:“嗯,那我就去了。”说毕,出了操作室。

党久霞亲热地安慰江玉妹:“玉妹,别难过了。你爹的事,谢伯伯和秦伯伯他们不是在管吗?有他们的关心,你还不放心啊?来,你会唱歌吗?咱们一块儿唱支歌好不好?”

江玉妹紧咬嘴唇,更伤起心来。

党久霞没法,只得重新找话题:“那,玉妹,咱俩谈谈个人问题好吗?好妹妹,告诉我,有对象了吗?”

江玉妹终于被久霞火一般的热情所感动,开始用低低的声音和久霞对话了:“久霞姐,你真好。你的心,我懂,不过,这种事,你让我怎么说呢?”

党久霞笑道:“傻妹妹,这有啥不好说的,有就有,没有就没有呗。”

由于长期的封建观念的束缚,一般来说,50 年代的渔村姑娘都是没有勇气正面回答这个问题的,江玉妹自然也不例外,红着脸,摇了摇头。

久霞见玉妹终于开了口,更来了兴趣:“那,说实话,心里面也没有相中谁吗?”

江玉妹羞得更狠了,把头几乎垂到了前胸。

党久霞笑着说:“啊,对了,大概是不好意思说吧?我就不信,都二十多岁的大姑娘了,还能不想这事儿?”

江玉妹此刻已恢复常态,见久霞大大方方地说出这些话,便有意地反问道:“那,久霞姐,你先告诉我,你有对象了吗?心里面相中谁了?”

久霞见问,含情脉脉地说:“嗯。你看你宏图哥这个人怎么样?”

没想到这句话一出口,立刻就搅起了玉妹心中的滔天波涛:怎么?久霞姐也相中了宏图哥了?天哪,这可怎么办啊?宏图哥本是我自小儿就亲亲热热在一起的对象啊。

她惊得几乎不敢相信自己的耳朵了:“久霞姐,你说什么?你相中宏图哥了?相中宏图哥了吗?”

党久霞并没有注意到玉妹的表情,仍陶醉在对幸福爱情的憧憬里,点点头道:“嗯。怎么?难道你宏图哥不值得我全身心地去爱吗?”

江玉妹忽然觉得自己有些失言,急忙极力克制自己的感情:“值得,值得。久霞姐,咱们还是来校线吧。”

党久霞愉快地答应道:“哎。”

党久霞和江玉妹又校起了线。

尽管江玉妹竭力想控制住自己的感情,但精力怎么也集中不起来,一会儿是自己和少年时代的苦生钩手起誓的情景涌上脑海,一会儿又是自己约苦生看戏的情景闪在脑际,她的心里乱极了。

一个接一个的问号在她的心头出现:怎么办?这事儿究竟怎么办啊?久霞姐是好人,她应当和宏图哥配对儿,而且是天生的一对,要不日本鬼子祭炉怎么就抓了他们俩呢?

但是,又一个念头立刻就推翻了前面的想法:不,人家都说我和宏图哥是青梅竹马,宏图哥应当是我的,久霞姐再好,这事还是不能让的。

但紧接着,又一个声音异常洪亮地响起来,那是秦伯伯的话:

“……伯伯希望你要记住一句话,为了祖国的钢铁事业,我们都要舍得贡献出自己的一切。”

……

不难想象，我们的玉妹是多么痛苦啊。在爱情这个似乎是不能相让的领域里，在那个纯真而又高尚的年代里，最后，秦伯伯的声音越来越响亮，促使她下了决心：

为了祖国的钢铁事业，在重大的爱情问题上，可以舍得牺牲自己的感情。

不过，这已经是后话。在这之前，由于玉妹的精神不集中，在校线的过程中，竟误将一个C064号端子的接头接到了CD52号的端子接头上。而这恰恰给齐宏图的技术革新埋下了一个失败的隐患……

齐宏图和洪海山、彭欣一起开着料车在厂废料堆里搜寻着。

他们先是搬了几个废旧的角铁、槽钢等废料放在车上，接着又开始寻找电器设备废料。

洪海山发现了一块堆在高处的旧配电盘上有接线端子和开关，准备上去拆卸。

齐宏图一把按住洪海山："师傅，危险，我去！"

齐宏图爬上废料堆，敏捷地拆卸零件。

齐宏图刚跃下来，那块配电盘上堆着的铁块、角钢由于受到震动，哗啦啦地塌下来，埋住了齐宏图刚才拆卸零件的地方。

洪海山、彭欣都不约而同地叫道："真险哪。"

齐宏图只是不甚介意地笑了笑。

找齐了实验所需材料，洪海山、彭欣、齐宏图开着料车驰向高炉卷扬机房……

齐宏图给配电盘装上刚捡回来的接线端子、开关。

党久霞、江玉妹接线、校线。

王伟走过来，问齐宏图："怎么样，宏图，可以开始实验了吧？"

齐宏图征求了一下洪海山、彭欣、魏云、江玉妹等人的意见后，点头同意："可以，开始实验，各就各位。"

袁贵发此时跑来观察动静。

齐宏图合上电闸。

洪海山按下磁力启动器按钮。

料场外皮带机开动，原料被送上了高位料斗。

洪海山再按另一个按钮。

漏斗阀门开启，称量车过来接料。

原料被倒入卷扬机料斗。

魏云手持操纵杆，卷扬机料斗开始上升。

配电盘上指示红绿灯不时地亮灭。

突然，当红灯亮到江玉妹接错线头的CD52号位时，事故信号喇叭开始鸣叫，电线短路，配电盘上出现一片火光。

与此同时，缓缓上升的卷扬机料斗也撞上了高炉斜桥，顿时，烟尘四起，机停人乱。

洪海山叫道："宏图，赶快拉总闸。"

齐宏图奔跑过去，拉下了电源总闸。

电源被切断，风机房停运，高炉烟尘四起，浓烟烈火滚滚四溢。

袁贵发叫嚣道："乱弹琴！简直是胡闹！齐宏图，从今往后，不许你再搞什么技术革新了！你造成高炉停产，这是破坏'大跃进'，我要建议党委处分你！"

齐宏图一见是袁贵发，气顿时不打一处来，愤怒地说道："你不用幸灾乐祸，也不用你请求处分，我自己会去！"

……

这天晚上，秦大川正伏案疾书，一摞稿纸整齐地堆叠在桌子的一角，首页的标题是：关于对目前形势与钢铁生产问题的几点意见，署名是：谢辉、江海潮、秦大川。

笔头在白纸上飞舞，秦大川的面部表情显得异常沉重。江海潮所在渔村的调查情景一幕一幕地在他脑海里重现。

这时，那老梁哥的话一遍遍响起："谢政委、秦排长……我们老百姓苦着呢，你们可要为我们老百姓把真话告诉毛主席啊……"

想起这些，大川的表情更凝重和肃穆。

笔头继续在白纸上飞舞……

齐宏图步履沉重地手持一份请求处分的报告，向正在伏案疾书的秦大川走来。

齐宏图极其难过地说："秦伯伯，您、您处分我吧！"

大川停止了挥毫，亲切地问道："是宏图啊，怎么啦？实验失败的原因找出来了吗？为什么要处分你呢？告诉你，那乱扣政治帽子的人想让我们上当，可以肯定地说，他们办不到。你秦伯伯现在还有更重要的任务，要把一些真实情况上报给党中央，你也要努力地自己去解决问题，我们都有责任把自己的事办好。技术革新本身就要在失败中前进，现在要紧的问题是，必须找出原因，然后对症下药。只要坚定不移，百折不挠，善于从失败中总结经验，技术革新就一定能搞成功。"

齐宏图原本是做着被处分的准备来的，这时，他的眼睛湿润了，说："伯伯，我们一定记住您的话，好好地查找失败的原因。”

忽然，秦大川认真地问：“会不会是电气材料的问题引起的事故啊？”

齐宏图见秦大川提到材料的事，气不打一处来地说：“哼，我就不信，没有张屠夫，我们就非得吃带毛猪。他袁贵发不发我们料，我们就是砸锅卖铁，也要把技术革新搞下去。”

秦大川纳闷地问：“哦，袁贵发为什么不发你们技术革新的材料？你们为什么不早点告诉我？”

齐宏图解释道：“洪师傅怕我给您添麻烦，一直不肯让我告诉您。”

秦大川责怪道：“哎，这就是你们的不是了，往后要记住，不管有什么事，都不要瞒着你秦伯伯。袁贵发的事，你不要再操心了，我会去办。失败的原因，相信你们不久也会找出来的。为了党的事业，即使前面有千难万险，我们都要坚定地向前。”

秦大川的话像是一股温暖的春风，更坚定了齐宏图的信心，他颤声答应道：

“秦伯伯，请您放心，我们一定会完成技术革新的使命。”

二十一

沈波的办公室。

沈波躺在沙发里，吞吐着烟雾，时不时地喝上几口热腾腾的香茶，正手持一份油印稿在阅读。这正是秦大川起草的，由谢辉、江海潮、秦大川三人共同署名的那份《关于对目前形势与钢铁生产问题的几点意见》。

沈波念着稿上的句子：

> ……实事求是，历来是我们党的作风，也是我们的传家宝。然而，这个传家宝现在却被盛行起来的浮夸风痛心地取代了。办工业是门科学，钢铁工业也不例外。一哄而起，不讲实效，不但将浪费掉我们大量的人力、物力，使我们得不到钢铁工业应有的发展速度，而且还将大大危害我们的国计民生。我们必须清醒地认识这些问题，立刻刹住目前的这股歪风。当然，我们要大办钢铁，也还是要‘大跃进’的，但是，绝对再不能像目前这个样子搞了，而必须老老实实地按客观规律办事，在各方面条件许可的情况下，尽可能发挥人的主观能动性，以求得钢铁工业发展的高速度。我们认为，这才是真正体现‘大跃进’意义的发展……

“沈总，你好。”这时，随着一声令人作呕的打招呼声，袁贵发笑容可掬地推门而入，

"您叫我来,有什么事啊?"

沈波放下手中的打字稿,满脸堆笑地招呼道:"贵发啊,来来来,先请坐,请坐。"

袁贵发在对面的椅子上坐了下来。

沈波问道:"你难道一点也没感觉出来我叫你来的目的吗?"

袁贵发为难地汇报道:"沈总,看来,齐宏图的技术革新不彻底想办法怕是真的挡不住了呢。秦、谢不但没有给他们处分,还硬给我下了死命令,要保证他们的技术革新用料呢。"

沈波哈哈大笑起来:"贵发同志,我们在对待齐宏图的技术革新上,采取的方法是彻底错了!从现在起,我们必须改压为保,全力保障齐宏图他们的技术革新上马。"

袁贵发这一下给搞糊涂了,不解地问:"为什么?"

沈波把谢、秦、江的意见书扔给袁贵发,兴奋地说:"你不懂,做领导的就应该根据实际情况来适时地调整策略。对于齐宏图的技术革新,我们正好可以利用它的成功来反驳谢、秦、江的意见书,给他们扣一个攻击党和社会主义的罪名。"

沈波的话听得袁贵发两眼直放光,只见他眨巴着眼,不解地问:"沈总,我没听懂你的意思,怎么支持齐宏图把技术革新搞成功反而会变成打倒谢、秦、江、的棍子了呢?"

沈波自鸣得意地笑了笑,说:"好吧,那你就好好听着。谢辉他们不是说省里的'双两百'规划是不切实际的,办不到吗?我们就给他来个以假乱真、无限上纲。我们可以利用齐宏图的技术革新广做宣传,甚至捧上天也不要紧。我们可以说,群众里面蕴藏着巨大的社会主义积极性,有着无穷的潜力,而反党反社会主义的右倾机会主义分子是不会看到的,不信,就请看齐宏图的技术革新嘛。反正这种大话一时是谁也驳不了的,只要能把秦、谢打倒,不就什么事都好办了吗?"

话说到这步田地上,袁贵发才彻底明白了,顿时,他就精神百倍起来:"沈总,这回我算彻底明白了,您实在是太英明了!我们该怎么办,您就吩咐吧。"

沈波说:"谢、秦他们还要开党委会,讨论他们的公司跃进规划和意见书……"

袁贵发迫不及待地问:"那您怎么表态呢?"

沈波阴险地说:"保留意见,就是说,不提任何反对意见。"

袁贵发不解地问道:"为什么?"

沈波得意道:"这叫引蛇出洞嘛。要是在事先就讲明要打倒他们,不就太傻了吗?你立刻替我给省里发一封信,请省里派工作组来。然后,你就全力以赴地去保障齐宏图的技术革新去。"

袁贵发一个敬礼:"是。"

党委会议室。

长长的会议桌上，铺着谢辉和秦大川制订的《江南钢铁公司跃进规划》，参加会议的党委委员们每个人的面前还放着一份《关于对目前形势与钢铁问题的几点意见》。

谢辉正在发言："……我已经决定，散会后就动身去省委反映意见，请大家都抓好自己负责的工作，同意我的意见的同志请举手。"

委员们一个个都举起了手。

出手谢、秦的意料，沈波居然什么不同意见也没有表示……

高炉卷扬机操作室。

齐宏图和党久霞正在配电盘前拆卸被电烧坏了的电气设备零件。

袁贵发带供应科的一些干部前来送料。

齐宏图讥讽道："袁科长，你不是说我们破坏'大跃进'了吗？怎么这会儿劳您的大驾给我们送料了啊？"

"宏图，瞧你说的，那是我过去的认识嘛。只怪我们是具体搞业务的人，目光短浅，沈书记已经批评我了，你要允许我们这些人改正错误啊。"

袁贵发边说边向外面退去。

党久霞冲着袁贵发的背影说："哼，黄鼠狼给鸡拜年，没安好心。"

齐宏图则陷入了沉思。

此刻，高炉的卷扬机操作室里，只剩下齐宏图和党久霞两个人，这是个难得的青年人表露爱情的机会。

党久霞此刻的心田已是春波荡漾，她下决心要向齐宏图表白内心的爱慕之情。

她先是数次以深情的目光向齐宏图频送秋波，但齐宏图似乎没有感觉，只是把头低着一门心思地在梳理那些乱如麻的电线头。

久霞忍不住走过去，一把抓住齐宏图的手，颤声说："宏图哥，我想问你一件事。"

齐宏图见状，似乎察觉到了什么，有些心慌地问："什么事？"

党久霞勇敢地问："你看出来了吗？我、我爱你。"

齐宏图一惊，连忙向外跑去："不，久霞同志，不——"

党久霞一惊，忙跟了出去。

当党久霞勇敢告白时，江玉妹正手提一只万用摇表往屋里进，一见这情景便连忙停住了脚步。

这时，江玉妹的思想起了激烈斗争：久霞姐和宏图哥是多么好的一对啊！他们一定能互相帮助,应该让他们相爱。应当像秦伯伯说的,为了祖国的钢铁事业,我玉妹应当舍得贡献出自己的一切。

多么好的姑娘啊,在那个能贡献出个人一切的火热年代里,我们的江玉妹毅然地做出了割舍个人情感的决定。

正当江玉妹下定决心之时,齐宏图从屋里出来了。原来,齐宏图正是来找江玉妹的,见了玉妹后,他不由得红了眼眶,用变得比平时笨多了的舌头对玉妹说:“玉妹,你、你好啊,你知道,我们自小就在一块,我是喜欢你的,我早就答应过你……咱们晚上抽空去看戏去,好吗?”

“宏图哥,你说些什么呀?久霞姐是多好的人啊,你应该是她的。我们之间本来就没有什么,以后你再也不要说别的了。”

说着,江玉妹把手中的万用摇表递给齐宏图,转身准备离开。

这一切,恰被追出屋来的党久霞给看了个清清楚楚,她激动地追着江玉妹,喊道:“玉妹,玉妹——”

党久霞追上江玉妹,一把抱住了她:“我的好妹妹,宏图哥应当是你的,你原谅我吧,我不知道你们的事啊!”

江玉妹:“不,久霞姐,你什么也不要说了,宏图哥只能属于你……”

二十二

在高炉的卷扬机斜桥下的不远处,有一个用芦席临时搭成的棚子,棚子的外面贴有一张红纸,上面用毛笔写的字是:齐宏图高炉上料系统技术革新小组。

这是在袁贵发送来料后,齐宏图等人用芦席临时搭成的一个既能堆放材料,又能进行实验的场所。眼下,齐宏图、彭欣正在堆放从废料堆里捡来的电气箱盘。

齐宏图与彭欣一起将废电气箱盘堆放好后,开始做寻找技术革新失败原因的实验,断电,合闸,再断电,再合闸,用电桥等仪表进行测试,不停地做着。齐宏图拿毛巾擦了擦汗,然后将毛巾递给彭欣,对彭欣说:“来,擦擦汗,休息会儿。”

“嗯。”彭欣轻轻答应一声,就接过毛巾擦汗。

这时,齐宏图突然像想起了什么似的,又去翻腾其他的电气元件,上面密密麻麻地布满了电线。

彭欣一边擦汗,脑子一边在不停地思索,究竟是什么原因造成了技术革新的失败?

一会是料口放料,一会是卷扬机上升,突然,卷扬机倾翻,烟尘弥漫,电闸被切断……

"唉——"彭欣叹着气，干脆在地上蹲下来，认真地思考起来。

这边，齐宏图在翻腾电气元件，半天不见彭欣的动静，便喊道："彭欣，彭欣。"

彭欣正在呆呆地想着什么，齐宏图半天听不到回音，不由得又大声喊道："彭欣，彭欣！"

"嗯。"这时，彭欣才从思考中清醒过来，答应道，"什么事，师傅？"

"我看这里有个烧坏的端子，你拿工具来，我们把它拆下来。"齐宏图道，"说不定能派上用场。"

彭欣于是递过去工具，只见一只烧坏的端子残破不全，彭欣心一动，但随即欲言又止。

齐宏图看着彭欣说："你想说什么？"

"师傅，我想——"彭欣结结巴巴地说，"这烧坏的端子，这、这，没什么……"

彭欣欲言又止的态度没引起齐宏图的注意，他已经习惯了彭欣这种拿不准主意欲言又止的样子，只是笑笑说："你看你，想说又不敢说，那就想好了再说。"

说着，齐宏图拿起工具动手拆起端子来。

第二天清晨，同一宿舍的人还在梦乡中，一阵噩梦把彭欣惊醒了。

"接错了，接错了。"他大喊着惊醒，呆坐片刻，然后披衣起床。

他做了一个噩梦，梦中一只柔软的手随意地把C064号端子接头接到了CD52号接头上，接着，便出现了放料口堵塞，卷扬机倾翻，烟尘弥漫，电闸被切断的情景。

他披衣起床后，定了定神，回想了梦中的情景，自言自语道："有可能，说不定这次失败就是这个原因。"

由于是大清早，他不想打扰同一宿舍的其他青工们，便灯也没开，轻手轻脚地洗漱完毕后，穿起工作服，就来上班了。

他站在芦席棚的外边，徘徊着，思索着，越想越觉得这个梦做得蹊跷，他于是想试一试，但一想，又觉得还是得等师傅来一道试。于是，他到食堂吃了早饭，就在芦席棚前等着齐宏图的到来。

终于，报时钟敲过了七点，齐宏图和党久霞一前一后来到了芦席棚前。

"彭欣，你怎么这么早就来上班啊？"齐宏图见到彭欣，见他一副有话要说的样子，便说道，"是什么事啊，这么迫不及待呀？"

"师傅，我，"彭欣还是像往常一样结结巴巴，"我被一个梦惊醒了，我、我想，它可能能帮我们找到技术革新失败的原因。"

"梦？"齐宏图有点不以为然，"梦有什么值得你小题大做的，是怎么回事？"

“我梦见我们的实验,端子线被接错了。所以,引起事故,造成了失败。”

“好哇。”党久霞这时接上话道,“我想起来了,日有所思,夜有所梦,或许这梦境就真的抓住了问题的关键。在学校里,我就听说过有俄国的门捷列夫做梦发现元素周期表的故事,还有美国发明缝纫机的发明大王,也是做梦得到了启示,从而解决了穿针的问题,说不定从咱们彭欣的这个梦境,就真的能找到实验失败的原因呢。”

“是,日有所思,夜有所梦。”彭欣赞同地说,“技术革新失败的这些天,我就一直在思考这件事,总觉得电气线路可能有问题。昨天和师傅一起去拉废料时看到端子线,我就想,会不会是我们把端子线接错了。可是,我一想,不会的,线接好后要校线的,党姐和江姐她们不会错,所以就没说。后来,夜里就做上这个梦了。”

齐宏图陷入了沉思:“那好,我们就好好查一查,试试看是不是接错了线头就会发生事故。”

芦席棚里,实验在进行。

齐宏图、党久霞、彭欣、江玉妹与魏云,双眼都盯着彭欣手上的 C064 号端子接头。只见当端子接头接到 C052 号端子后,发生有火花冒出的现象,而当 C064 号端子接头离开时,一切又归于平静。而当又一次将 C064 号端子接头逼近 C052 号端子时,同样的现象又出现了。一连几次,都是这样的现象。

“好了,问题就出在这儿。”齐宏图十分有力地肯定道,“怎么会出现这样的现象呢?久霞、玉妹,你们是怎么校的线啊?”

一句话,点醒了江玉妹,她一下子想起了自己在校 C064 号端子线时心不在焉的情形,记起了她匆匆接线的一刹那。难道是自己错接了电线,而导致了如此严重的后果?如今,事实就是这样清清楚楚地摆在面前,这让玉妹恨不得有条地缝钻进去。她悔恨地道:“别说了,都是我,是我接错了线头,才导致了技术革新的失败呀!我、我……”说着说着,她一下子捂着脸,蹲在一旁呜呜地哭了起来。

“玉妹,你、你不必太难过了。”党久霞走过去抚摸着江玉妹,安慰她说,“问题找到了,咱们应该高兴才是啊,技术革新嘛,哪有一帆风顺的呢。好了,别难过了,起来,咱们再接着干就是。”

江玉妹终于抬起头,说:“宏图同志,都是我不好,我去请求秦伯伯处分我去。”

“不必了,”齐宏图说,“事情都由我担着,怎么能处分你呢。咱们还是重新振作精神,争取把上料系统的技术革新给搞成功。来,咱们各就各位,还是按照咱们的分工,接着干。”

“是。”众人齐声答应了一声,重新又投入到了技术革新的实验中去了。

二十三

一长溜乌黑锃亮的小轿车驶到了江南钢铁公司的办公大楼前。

从轿车内跳下来六七个穿干部制服的人,这是省委派下来的工作组。

由于书记谢辉在省委反映情况未回,省委根据斗争形势的发展,增补了沈波为副书记。此时沈波正带队欢迎工作组,只见他迎上前去握住一个戴眼镜的人的手:"王组长,你们辛苦了,请上楼休息。"

沈波领着省委工作组走上办公楼……

江南钢铁公司会议室。

一次不同寻常的党委扩大会议开始了。会场里人头攒动,气氛严肃而紧张。副书记沈波成了会议的主持人。

沈波开始发言:"同志们,现在开会。今天的会议是党委扩大会议,很重要,同志们等会儿就会明白的。同志们,相信大家都知道,谢辉、秦大川、江海潮三个人联名给中央上了一份'万言书'。另外,由谢、秦带头,我们的单位也搞了一个与省委唱反调的《江南钢铁公司跃进规划》。省委对这个问题很重视,今天还特别派来了工作组来参加我们的会。今天的会主要是想对我们上一次的规划进行复议,大家可以畅所欲言,更欢迎有不同意见发表。下面,哪位同志发言?"

会场静得连掉根针都能听见,人们面面相觑,许久都没有人要求发言。

沈波接着说道:"怎么?都不讲话?那好吧,还是我来讲吧。我认为,谢辉、秦大川、江海潮的问题,是反党集团性质的问题。谢、秦、江早年混入革命队伍,身为共产党员,但是,他们根本就不想为党的事业而奋斗,而是抱着个人目的,结成反党集团,猖狂地向党进攻。他们联名给中央上'万言书',就已经清楚地说明了问题。党号召我们'大跃进',省计划会议要求我们向'双两百'进军,谢、秦二人出于他们的反动本性,不但一方面拼命反对、污蔑中央和省委的有关指示和方针是不切实际的,是瞎指挥、蛮干和浮夸,另一方面,还顽固地坚持他们自己的'大洋全'的修正主义、右倾机会主义的所谓跃进规划。"

说到这里,沈波干咳了一声,清了清嗓子,然后以更高的声音继续说:"同志们,究竟是不是瞎指挥、蛮干和浮夸呢?就来让我们看一看我们的一个普通工人齐宏图同志努力进行技术革新这样一个铁的事实吧。它说明,在我们群众中,蕴藏了一股巨大的社会主义积极性,我们有着巨大的潜力,我们可以持续跃进,连续跃进,不但'双两百'

是可以达到的,我们还要把卫星放到月亮上去,我们的一天就是要等于二十年。”

这时,会场上发出一片唏嘘声,对于沈波的危言耸听,人群中爆发出各种各样的议论。沈波不得不挥手示意大家安静,他继续说:“大家静一静。另外,我们还可以举出一个例子,早在1953年,谢、秦两人也曾一度坚持过大搞群众运动,因陋就简、土法上马的一整套的正确方针。可是今天,他们却污蔑我们这一套是极‘左’思潮,这就完全暴露了他们的狼子野心。我建议省委要严肃处理他们的问题,并且声明,我坚决拥护省委的‘双两百’跃进方案。”

对沈波的挑战,秦大川霍地站起,义愤填膺地说:“沈波同志,我要正告你,这是党的会议,要以理服人,请你不要乱扣政治帽子,哗众取宠。请问:党章上明明有规定,党员有权利直接向中央、向主席反映问题,你说党员遵照党章规定,通过组织手续,向中央反映情况就是反党,那么,你究竟把党章置于何处了呢?至于说到1953年的方案之争、群众运动、齐宏图搞技术革新之类的问题,究竟是谁歪曲党的群众路线等一整套正确的路线和方针政策,把它推向物极必反的极端?又究竟是谁怀抱个人目的,置党和国家的利益于不顾,拖国民经济恢复的后腿?又是谁在背后支持供应科的袁贵发,千方百计压制齐宏图同志搞技术革新?而到现在,你却一反常态,转了一个一百八十度的大弯,企图利用齐宏图同志的技术革新问题来打击报复人!”

沈波求援似的望着工作组:“王组长,您看,这——”

“放肆!”省委工作组组长对秦大川威严地喝了一声。接着,用他那似乎没有表情的面孔,平静地站起来向全场机械式地宣布道:“现在,我代表省委工作组宣布省委的决定,任命沈波为江南钢铁公司党委副书记,并代理江南铁厂的党委书记。定谢辉、秦大川、江海潮三人为反党集团。谢、秦、江全部定为右倾机会主义分子。谢辉因在省里未回,就留在省城停职反省,秦大川、江海潮就地隔离审查。”

如同平地响起了惊雷,顿时,整个会场混乱了,人们的眼睛里纷纷闪出激愤的光芒。室外,一道闪电划过长空,滚滚惊雷接踵而至。

随着省委工作组组长的宣布,两名看守人员走来,将秦大川押向反省室。

秦大川显出极度痛苦的表情,拖着异常沉重的步伐,向着反省室而去。

只一夜工夫,整个江南铁厂就变得面目全非了:“坚决击退右倾机会主义分子的猖狂进攻!”“打倒谢辉!打倒秦大川!打倒江海潮!”“彻底粉碎谢、秦、江反党集团!”之类的标语铺天盖地,用各种各样的字体书写着贴满了全厂的各个角落。

一幢低矮破旧的小平房,墙上贴满了大标语,房前的空地上还有佩戴民兵红袖章的看守人员在巡逻。

秦大川就被关在这里进行所谓的审查。

屋子里空空荡荡,只有一张破办公桌、一张破木椅被放置在屋子的中央,桌子上放着一些笔墨纸张之类的东西。

秦大川的衣衫已被人撕扯得破烂不堪,脸颊、脖颈、胳膊、手腕上都有被人殴打过的道道血痕。

此刻,他的心潮是再也不能平静了。他激愤、哀伤、忧国忧民、思绪万千。

他变得烦躁不安起来。

他在屋子里来回踱着步,愤怒地握紧了双拳。

他使劲地抓住窗子上的铁栏杆摇晃,向铁窗外的广阔蓝天大声喊:"毛主席啊毛主席,这究竟是为了什么啊?我要革命,我要工作,我要见您老人家啊——"

外面的值班看守听了,一个个都忍不住泪湿眼帘,却只能偷偷地扭过身去擦拭……

秦大川终于困倦地躺在破办公桌上睡着了。

门忽然被打开了,齐宏图抱着一堆秦大川的衣物进来了。

齐宏图双腿跪下,颤声叫道:"秦伯伯!"

秦大川被喊醒,看到宏图忍不住泪如雨下:"宏图,别这样,快起来,起来。"

齐宏图抽泣着说:"秦伯伯,您受苦了!"

秦大川询问道:"你是怎么进来的啊?他们不是不准任何人来看我吗?"

齐宏图说起缘由:"伯伯,我听说他们让我搞成技术革新是为了来打倒您,我就硬吵着非要来看您,不然,技术革新我就不搞。他们没法,只好答应我来了。"

秦大川沉吟道:"哦,原来是这样。"

"伯伯,他们还说搞成技术革新后,要送我上大学去。哼,真狠毒啊!伯伯,您相信我吧,即使金山银海,也休想买动我齐宏图去搞什么技术革新来为他们卑鄙的政治目的服务。"

"什么,宏图,你说什么?"

没想到齐宏图的这句话一出口,倒搅起了大川心底的万顷波涛。多少年来出生入死的一幕幕场景不由得一起涌进他的脑海。

保卫兵工厂,接受工运任务时,自己对谢辉保证:"请政委放心,大川保证完成任务。"

鼓山的山洞里,自己对齐传亮说:"穷人要翻身,只有一条道,就是永远跟着共产党。"

日寇的祭炉场上,谢辉对小苦生说:"小高炉是不吃人的,它还是个宝呢!将来,等革命胜利了,我们不但要造小高炉,还要造大高炉!"

鼓山解放后,谢辉对自己说:"要完成好建设社会主义、共产主义的任务,不但是你,对于我们的全体党员来说,都还只是开始,我们要好好地学习。"

1953 年方案之争时,谢辉对自己说:"他沈波可以撂挑子,我们却不能看着党的事业受损失而不管。"

江海潮渔村之行时,谢辉对江海潮说:"我们的党是伟大的,她一定能够克服自己的错误,继续带领我们走向胜利。"

……

想起这一切,大川激动得热泪交流,共产党员的崇高职责、共产主义的伟大理想鼓舞着他,他用斩钉截铁的声音说:"不,宏图,我们无数的革命先烈的牺牲,我们自己这么多年来的出生入死、艰苦奋斗,为了什么?难道不是为了我们祖国的强大吗?难道不是为了共产主义的伟大理想吗?搞技术革新,不是为哪个人,而是为了祖国的钢铁事业啊!不管出现了什么样的事,也不管是遇到什么样的困难、挫折和失败,一定不能半途而废,要百折不挠、坚定不移地夺取最后的胜利。至于上大学,是好事嘛,可以更好地学习文化知识,将来更好地为祖国建设出力。"

齐宏图泣不成声地说:"秦伯伯,我听您的。上一次实验的失败原因已经找出,是玉妹把线头接错而导致了失败。这一次,我们一定总结经验,努力攻关,相信一定会成功的。"

秦大川想起什么似的说:"噢,对了,说起玉妹,还有你们的个人问题我倒忘了问了。玉妹告诉我,久霞是爱你的,我看这样也很好,可能会对你们工作更有利。"

齐宏图含泪答应道:"秦伯伯,您放心吧。"

齐宏图望着秦大川,心里充满了尊敬,多么好的秦伯伯啊,他对党的一颗心永远是那么赤诚,即使在自己受到不公平的待遇时,他的脑子里首先想到的还是党的利益。

齐宏图的心里一热,泪水不由得夺眶而出……

二十四

齐宏图的技术革新的实验终于又开始了。

在高炉卷扬机房的操作室里,齐宏图牢记秦大川对自己说的话,紧紧握着操纵杆,在进行着高炉技术革新的又一次关键性的实验。

嘟——

一声长鸣,铁水色的火车头飘着彩旗,带着标语,轰隆隆地驶进了轨道。

洪海山合上电源总闸。

党久霞、江玉妹、魏云等分别按下了按钮。

皮带机开动了。

高位料仓放料了。

称量车倒料了。

卷扬机料斗也缓缓前进了。

各种信号指示灯工作正常,技术革新成功了。

工人们挥动花束彩带,热烈庆祝高炉上料系统技术革新的成功……

厂广播站用高音喇叭一遍又一遍地播送新闻:

“鼓山铁厂广播站,现在播送新闻:齐宏图同志的技术革新小组胜利实现高炉上料系统技术革新……”

齐宏图含着热泪继续握紧操纵杆在为高炉加料。

洪海山问道:“宏图,在想什么?”

齐宏图回答道:“我在想,我们的先烈战胜了无数的艰难险阻,我们自己也克服了许多的困难,这才取得了今天的一点小小的成绩。可是,还不知道那些想利用这些事来伤害秦伯伯的人将会做怎样的宣传呢——”

洪海山安慰他道:“唉,谁说不是啊。不过,我看你也不用难过,不管现在他们怎么宣传,人民的眼睛总是雪亮的,历史最终还是会做出公正的结论的。”

齐宏图满含热泪地点了点头……

突然间,各种各样报纸的显要位置上都登有这样的新闻:《对右倾机会主义分子无耻谏言的有力回击——江南铁厂普通工人齐宏图同志顺利实现了高炉上料系统技术革新》。

消息的旁边,还配有图片和评论文章。

齐宏图无可奈何地看着这些报纸,热泪奔涌而出……

火车站。

大雪纷纷扬扬。

一列客班列车驶进站台。

党久霞来为去上大学的齐宏图送行。

“宏图哥,你好好上大学去吧,我等着你,不管是三年、四年,等你大学毕业后,咱们再结婚。”

“不,久霞,我们等的是秦伯伯他们错划右倾的纠正,不然的话,我就一辈子不结婚!”

“瞧你,又说傻话。”

“不,久霞,我说的是真心话。”

党久霞满怀信心地说:“秦伯伯他们错划右倾一定会被纠正的。”接着,她把头紧紧地贴在齐宏图的怀里。

列车开动了。

齐宏图从车窗里向外挥手。

党久霞站在月台边向齐宏图挥手。

稍远一点的地方,还站着热泪盈眶的江玉妹,也正在向着远去的齐宏图深情地挥着手……

列车冒着风雪,轰鸣着,向着前方,向着广阔的原野,奔驰而去……

第二卷　宏图春秋

一

1962年，经历了三年困难时期和“反右倾”后的齐宏图，变得深沉了许多。

在“反右倾”的政治风波中，他亲眼看到了他崇拜的、救下他生命的谢辉、秦大川被打成了右倾机会主义分子，他心底的疑惑和不解是可想而知的。好在组织在对谢辉、秦大川的处理上采取了从宽的政策，两人被定性为有严重右倾思想的干部，职务被重新安排，变成了有职无权的空壳子。

而齐宏图，则在“反右倾”运动后，由于沈波等主政人员的安排，被公费保送上了大学。

就在齐宏图上大学的数年时间里，国家经历了巨大的考验。三年困难时期，从国家主席到每一个普通群众都被粮食及生活用品的严重短缺所困扰，巨大的阴影笼罩着每一个人，缺乏粮食所带来的浮肿病在各地蔓延。

陈云同志紧急从东北调来黄豆发给那些患上浮肿病的人，从而帮助人们走出困境，体现了党中央对全国人民的关心。

与此同时，中央调整了一系列的政策，刘少奇同志总结各地经验所提出的“三自一包”的政策，在困难时期走出了一条恢复经济的新路子。

在1962年的年初，中央还召开了“七千人大会”，毛主席亲自向全国人民道了歉，提出要对党前一时期所出现的错误进行纠偏，要对一些被错误批判的干部改正错划右倾，形势出现了一派大好的局面。

这怎么能不令人高兴呢？齐宏图上大学归来后，一直在这种气氛中愉快地生活着。今晚，在铁厂分给他们的小屋内，他和妻子党久霞正沉浸在这种气氛中。

齐宏图他坐在炉边以极其愉快的心情在看着一本书，不时又丢下书在想着什么。突然他发现妻子在为自己的茶杯添水，他脑海里油然而生“红袖添香夜读书”的情景，不由自主地吟诵起陆游的那首《钗头凤》：“红酥手，黄縢酒，满城春色宫墙柳……”

“什么，什么呀？”正在添水的党久霞一听，忽地停住手中的动作，故作气愤而娇嗔地说，“我可不是你的唐婉，为你夜读书而红袖添香。”

“瞧你，”齐宏图一见党久霞似乎生了气，便起身走过来搂住她哄道，“我不过随口而吟，你反应还真快，你就不想听听我齐宏图在想些什么吗？”

党久霞见齐宏图欲吐露他此时的所思所想，便也不再生气："你随便吟，可心里面想的是什么？是宋诗里陆游所向往的场景，是'红袖添香夜读书'之类的美事！告诉你，我们是党救下来的孩子，我们是革命的夫妻，可不兴有一丁点儿歪七歪八的思想。"

"嗬，瞧你说的，多严重。"齐宏图笑着说，"革命夫妻是不假，可也不能没一丁点儿生活情趣呀。'红袖添香夜读书'，瞧瞧我老婆，多俊哪。"

"去去去，别跟我扯淡。"党久霞词穷了，她不想和丈夫继续这个话题，便说，"说说吧，想什么呢？"

"想得很多，也很远。"齐宏图咂巴了一下嘴，不紧不慢地开口了，"我在想，我们的中国共产党，她的伟大，是世界上所有的政党都不能比拟的。自从读了一些书，我了解了她的光辉历程，比如国共合作、五次反围剿、人民民主政府，没有一个不是伟大的创造。"

"完了？"党久霞屏住气息，不知道齐宏图要讲些什么，听到齐宏图只是讲了一通党的光荣历史，不由得有些失望，她补充着说道，"这些不用你说，任何一个稍微读过点书的人都可以讲出来。谁都知道，中国共产党是光荣、伟大、正确的，伟大领袖毛主席是我们各族人民的红太阳。"

"是啊，但是更重要的是，"齐宏图接过党久霞的话头，深有感触地道，"我觉得，最让我敬仰的是我们伟大的党知错就改的伟大胸襟。正是这一点，恰恰是无坚不摧的，也赢得了广大人民群众的真心拥护。谁都知道，由于建设社会主义缺乏历史经验，我们的党在过去几年的工作中犯了急躁冒进的错误。在总结了正反两方面的经验后，我们党召开了'七千人大会'，对过去所犯错误进行了自我批评，正在对批判错了的干部改正错误批判呢。"

"嘘……"党久霞连忙制止道，"这可是个原则问题，目前还不能乱说。"

"看把你吓的。"齐宏图笑笑说，"你放心，在外面我不会乱说，这不是在自己家里嘛。别人不放心，还能不放心自己老婆？我想清楚了，过去我一直以为自己条件还不够，一直还没向组织提交过入党申请，现在，我通过这么长时间的观察学习，懂得了我们就是要在大风大浪中成长，有缺点、有错误不怕，改了就是好同志。你说，我现在提出入党申请，行吗？"

"这——"党久霞被齐宏图这一问给问住了，好长时间回答不上来，支支吾吾地说，"我也说不上。与你一样，我也是这想法，觉得自己比起那些英雄人物来还是差远了，也没做出什么贡献，所以就一直没有提出入党申请。你问我你现在提出申请行不行，我也说不上。"

"我下定决心了。"齐宏图满怀深情地说，"其实我俩这辈子早就是党的人了，只是在组织上还没入党。我想，老这么下去也不行，总得向党表一表自己的决心哪。我们要求加入中国共产党，把自己的一切都交给党来安排！”

一席话说得党久霞也激动了，说：“那就把我也带上，我也跟你一道，把自己的一切交给党安排。”

“好。”齐宏图激动地答应道。

于是，两人当场铺开纸笔，各写了一份入党申请书。

这一夜，两颗滚烫的心在跳跃，在写好入党申请书后，齐宏图与党久霞双双郑重地签上了自己的名字。

写完入党申请书后，党久霞望着齐宏图，瞪着美丽的大眼睛，思考着说：“宏图，我琢磨着咱不能光在纸上写，总得有点实际行动吧？你说，我们拿什么实际行动来向党表决心呢？”

“问得好。”齐宏图深有同感地说，“其实我老早就在想这个问题。还在上大学的时候，我就一遍一遍地问自己，党为什么要送我上大学？我就想，我一定不辜负党的期望，要把我们的技术革新搞到底。这不，如今我也毕业了，可高炉上料系统的技术还在原来的水平上一点也没提高。我想，我们一定要跟上时代前进的步伐，把高炉上料系统的技术革新搞下去，用最新的科技成果，比如可控硅技术，来搞我们的技术革新，进一步地来实现我们的自动化。”

“太好了，这就是说，高炉上料系统技术革新的前头，要加上‘自动化’三个字了。”党久霞拍着手说，“看来，党没有白送你去上大学。来，咱们就先合计合计，看看怎么搞这个自动化技术革新。”

二

齐宏图与党久霞满怀豪情地向党组织递交了入党申请书，等待着党组织的考察与培养。

递交入党申请书后，齐宏图把全部精力都放在了中型高炉上料系统自动化的技术革新中，常常忙得废寝忘食。党久霞则除了搞好自身工作外，还把全部家庭生活的重担都挑了起来。这期间，他们的宝贝儿子齐建国出世了，齐宏图和党久霞夫妻俩也先后被批准入党。或许是因为生孩子和承担全部家务的原因吧，党久霞被正式批准入党的时间，比齐宏图整整晚了大半年。

20 世纪 60 年代初，各种英雄模范人物层出不穷。雷锋、王杰、欧阳海、王进喜、陈永贵、焦裕禄，这些模范人物的事迹都给了齐宏图以无穷的力量。他忘我地工作着，中型高炉上料系统自动化的技术革新也在大踏步地前进。齐宏图与他的徒弟彭欣以及魏云等人在一起夜以继日地研究着、探索着，开始有了一个比较清晰的革新蓝图。

然而，恰在这时，政治上的斗争却再次开始了。江南钢铁公司开始搞“三清、五不漏、一条线”的文明生产运动，出现了“屁股坐在哪一边”的斗争格局。接着，“文化大革命”开始，几乎没有时间来搞生产与技术革新了。而铁厂供应科里一名叫作梁杰的装卸工，竟拉开了这场斗争的序幕。

江南钢铁公司党委当时正轰轰烈烈地领导着整个江南钢铁公司进行文明生产运动，为了整饬以往钢铁生产中“脏、乱、差”的痼疾，公司党委提出了“三清、五不漏、一条线”的口号。所谓“三清”，即“场地清、设备清、环境清”；“五不漏”，即水、电、风、气、油都不漏；“一条线”，则是指生产原料物资的码放要成一条线，要“五五”码放，横、竖都成一条线。

在轰轰烈烈的“三清、五不漏、一条线”的文明生产运动中，钢铁生产的面貌大为改观，整个公司上下的文明生产搞得热火朝天，各种消耗也大幅度下降，整个公司呈现出了一派欣欣向荣的景象。江南钢铁公司，被当时的媒体和有关领导同志赞誉为“江南一枝花”。

然而，在如此红火的文明生产运动中，在江南铁厂的供应料仓库里，却传出了一个不和谐的声音——一个对这个运动抱有怨言的人，竟脱口而出，说这个运动是搞形式主义。

那是一个下午，已经过了上班时间有一刻钟了，一个名叫梁杰的装卸工还不见影子。全体供应科的人员都在等着，他们计划着要码好仓库东头的一批货。终于，一个叫锁封厚的人等得不耐烦了，向他们的头武世勋说：“武科长，我们不能再等了，梁杰这小子一贯就没有组织纪律性，这会儿还不知钻到哪里睡觉去了，咱们下午还有一大堆活呢。”

武世勋瞥了一眼墙上的大挂钟，见时间已经快指向两点半了，终于气不打一处来地说：“好吧，你领大伙儿先去干。我非得要找到他，狠狠地训他一顿，看他还有没有点组织纪律性。”

于是，锁封厚带着众人去了。锁封厚走后，武世勋越想越气，就抬起腿往库房外走去，寻找梁杰去了。

我们这里必须予以补充说明的是，这个铁厂的第二任供应科长武世勋，他的履历可并不简单。他原先在袁贵发手下担任计划员一职，工作性质使他对袁贵发的活动十分了解，袁贵发克扣齐宏图的技术革新用料一事，令他对袁贵发的为人产生了深深的怀疑。后来，武世勋又见袁贵发很大方地发给齐宏图技术革新用料，从而保证了齐宏图技术革新获得了圆满成功，他就对袁贵发的政治权术开始了质疑，并对袁贵发保持了警惕。他不动声色地和袁贵发过去和现在的一些熟人建立了广泛的联系，以从中搜集袁贵发不轨行为的蛛丝马迹。

功夫不负有心人，终于他得知了一条线索，就是小苦生与小英兰被抓去祭炉之前，袁贵发作为日本鬼子的线人曾来到过山本司令部。这个线索是张运通在袁贵发担任了供应科科长之后，出于嫉妒而随口说出的："哼，他袁贵发也能有今天？他算什么东西，当年日本人的司令部里也有他的影子。"

可是，说完之后，张运通也觉得失口了，吓得慌忙改了口。不想这句话恰好被一个与武世勋有联系的人听见，告知了武世勋。

解放后，在"镇反""肃反"等运动中，恶霸地主彭大才被人民政府镇压，王德财被判二十年徒刑，最后死在了监狱里。张运通因没有什么特殊罪行，在后来的岁月中又有悔过自新的表现，因而没有被处分。如今，他的这句随口说出的话被武世勋等人揭发，他也只好坦白："不是我以前不坦白，我确实没有想起。现在突然想起，确实是有这么回事。那是在小苦生与小英兰被抓之前，有一回，山本召见我，我看见袁贵发被王德财领着，一起上山本那里去了。"

"都说什么了？搞什么阴谋？"武世勋厉声喝问。

"没、没搞什么阴谋，日本人当时、当时正在发我的火，袁贵发他们进来，我、我就走了。"张运通满脸是汗水，结结巴巴地说出了实情。

这倒是一个新发现，袁贵发在小苦生祭炉之前到日本人的司令部去过。于是，组织决定对袁贵发予以控制，开始审讯。结果，在党的强大攻势面前，袁贵发不得不败下阵来，坦白了他给日本人出谋划策，而导致祭炉惨剧发生的全部事实真相。结果是可想而知的，袁贵发供应科科长的职务被撤，他移送司法机关，经审理后被判刑五年。

袁贵发被判刑后，武世勋便接替他当了科长，成为江南铁厂的第二任供应科科长。

对于武世勋的这段传奇式的履历，所有的人感到很佩服，佩服他高度的警惕性和他对敌斗争的艺术，而唯独这个叫作梁杰的懒散家伙不但不表示佩服，还时常冷冷地甩出一句话："我不管，反正我心里有数，有什么了不起的。"

却说武世勋并不与他一般见识，心里面甚至有帮扶他的念头。今天，武世勋之所以执意要等他，也是不想他落下的意思。结果，越等越不来，武世勋才终于动了气，说出要锁封厚等人先去的话。

武世勋把库房里里外外都找了一遍，终于，他想到了一个地方，即库房外面一处不显眼的背风处。于是，武世勋就来到库房外面巡视着，在那个背风处，果然见一个人铺着芦席，睡得正香呢。走近一看，不是别人，正是他要找的梁杰。

武世勋走过去，轻轻推了他一把，说："哎哎，梁杰，都睡过点了，快起来吧，还上不上班啦？"

那梁杰揉了揉惺忪的睡眼，终于醒过来了，愣了一下神，见是武世勋。照说，像这个场面，一般人还不赶紧赔不是，说些什么"啊呀，我怎么这么能睡"之类的歉意话，赶紧起来上班才是，可是这个梁杰，见到武世勋来亲自叫他去上班，心里面的不满一下子翻腾了上来，说了句不酸不甜的话："啊哟，好一个觉啊，看我舒服得直比吃个糖馒头还爽。怎么着，还是要搞'三清、五不漏、一条线'呀，烦死人了，能不能消停点儿啊？"

这武世勋原本是想找到梁杰，和他好好谈谈应该严格要求自己，遵守厂里的各种规章制度。没想到话还没出口，这梁杰居然提到"三清、五不漏、一条线"的问题上来了，他便耐住性子，慢慢地说道："哎，你有这思想可不对啊，'三清、五不漏、一条线'运动，是搞文明生产的一个运动，我们每一个人都应该积极地投身到运动中去，怎么能有这种思想呢？"

梁杰被武世勋耐心的劝说所激怒，非但没有表示赞同，还索性一股脑儿地把脑袋瓜里所想的都给倒出来了。

"哼，什么文明生产运动，我看是瞎折腾，反正拿我们工人的劳动力不当回事，什么'五五'成行，那些材料不'五五'成行地摆放就不能用了吗？这是典型的形式主义！"

"梁杰同志，"武世勋感到问题的严重了，在梁杰的身上，不光是劳动纪律问题，思想上还存在着对文明生产运动的一些反感的看法，他耐心地说，"我可告诉你，你这个想法是绝对不能存在的。文明生产运动怎么啦，就说你睡觉的这个地方，没有文明生产运动，没有整洁的生产环境，你能找到这个地方舒舒服服地睡觉？"

"反正搞大规模的文明生产运动，我看是劳民伤财。"梁杰这时也没刚才那么理直气壮了，但他还是坚持已见，"搞这种形式主义害死人。"

"梁杰同志，"武世勋这时缓和了口气，话语中充满了关怀，"这个问题我看可以讨论，但是，厂纪厂规你必须得遵守。起来，上班去，现在已经迟到快一个小时，下次可不许这么懒散，这么无组织无纪律。"

梁杰抓起手中的衣服，头一扭，上班去了。

武世勋看着他的背影，犯起了难：怎么办呢？像梁杰这样的思想，抓个典型可以说是应当的事。可是，他并不愿意这么做。但怎么才能达到教育梁杰的目的呢？

武世勋想来想去，觉得还是要重视梁杰这种不端正的思想，当作一个典型来处理，但在方式方法上，还是得以帮助教育为主。他于是决定对文明生产运动究竟是不是搞形式主义，在供应科展开讨论。

本来，关于形式主义的讨论在供应科开展后，武世勋没打算往上报，只想在供应科的范围内搞清楚这个问题就算拉倒。没有想到,在一天中午吃饭的时候,被纠正错划右倾后担任副厂长的秦大川与锁封厚遇上了。吃饭时,锁封厚讲起了他们供应科发生的梁杰的事。正巧,文明生产运动正归秦大川管,秦大川于是就记在了心上。

第二天,秦大川来到了供应科,找梁杰谈谈心。

秦大川亲切地说:“小梁,咱们一块干活,顺便唠唠,你看行吗?”

梁杰抵触地说:“我知道,你是为形式主义的事专门来找我谈的。我不怕,反正我敢说就敢当,怎么的,是不是要搞个批判会?”

“小梁,”秦大川笑着说,“你这就说错了,我们党是不允许‘打棍子’的。况且,你讲文明生产运动是形式主义这事也不是武科长汇报给厂部的,我是同别的同志闲唠了解到这事的。你要说,‘形式主义’这个事,我们倒可以辩一辩,不过我是真心来听你的真实想法的,你能跟我谈谈心吗?”

“你一个厂长,我一个工人,”梁杰怀疑地说,“能谈什么心?我没啥说的。”

“小梁,”秦大川以情动人地说,“你思想活跃是好事,不管怎么说,能够想到文明生产运动是形式主义,说明你是有自己的思想认识的。不过,话说回来,文明生产运动不是搞形式主义,形式和内容是一对辩证概念,任何内容总要以形式来表现的嘛,搞文明生产也是一样,没有一定的形式,怎么能够体现‘文明生产’这个内容呢?”

梁杰瞪大了眼睛,他没想到这个秦大川还真有点水平,他也弄不透形式和内容这一对辩证概念,于是,他只好就此打住,讲了一句模棱两可的话:

“秦副厂长,我也不懂啥形式和内容辩证概念的问题,之前说文明生产是形式主义不过是一时说顺了嘴。反正我服了你了,你以后常来,可一定要多帮助我哟。”

“好说,好说。”秦大川笑着说。

三

却说这个梁杰可不是个省油的灯。正是此人,在“文化大革命”运动中,率先起来造反,成了一方赫赫有名的造反派头头。对于秦大川多次来找他谈心做思想工作,梁杰心生反感,写了一份署名的小字报给铁厂党委。小字报以骇人听闻的“千万不要忘记阶级斗争”为基调,以“屁股究竟坐在哪一边”为立论,提出了对所谓的右倾机会主义分子的批判,其矛头直指生产副厂长秦大川。

事情的经过是这样的:

在第一次与梁杰交谈的基础上,秦大川总结了两点:第一,他认为,梁杰本质上是个思维活跃的青年工人,只是他的出发点有问题。根据个人经验,他认为梁杰的论调可能是出自于他的不安于现状的所谓“上进心”，其本质还是出人头地的心理在作怪；第二，基于这种认识，他认为，必须给梁杰以长时期的政治思想教育，这个人思想上很有点韧劲，是不会轻易改变的。在有了这个分析以后，秦大川又先后数次特地到供应科参加劳动，以寻找机会接近梁杰。

而这个梁杰，正如秦大川所分析的那样，是个不安于本分的人，他于1958年进厂就被分配在供应科，做了一名装卸工。几年工作下来，他便产生了整日搬搬扛扛，这辈子没有出息的思想，不再努力工作，而是整日盯住时局的变化。他出身于普通工人家庭，上学时就是个小痞子。在学校里学习不好，这会儿却用心地读起了关于时事政治的文章。在20世纪60年代“千万不要忘记阶级斗争”的环境里，他发现政治环境的变幻莫测是个晋升之道，但苦于没有人发现他。

于是，他便闷头思考自己的个人出路，他觉得，在当前的“三清、五不漏、一条线”的文明生产运动中，自己应该找个机会来表现一下。

事有凑巧，正在这时，恰好碰上了武世勋来找他去上班这件事。而令梁杰没有想到的是，事情接下来的发展还牵扯了历史上曾被划为右倾机会主义分子的副厂长秦大川。

说完了梁杰，再来讲秦大川。

秦大川对梁杰这个青年工人，心中充满了恨铁不成钢的爱怜，几次来找梁杰谈心，企图以党的政治思想工作的巨大威力把他给拉回到正确的道路上来，让他安下心来，踏踏实实地搞好本职工作。但经过几次谈心，并未见成效。在最后一次谈话中，梁杰干脆就挑明了说：“秦副厂长，我看你也不用在我身上费那么大劲了，有时间还是去和齐宏图那一班人坐一条板凳去吧。”

秦大川听罢不禁惊呆了。齐宏图是个烈士的子女，是秦大川把他从日本鬼子的祭炉场救了下来，并抚养多年。他们之间的感情绝非一般人所能比。在秦大川被纠正错划右派后，齐宏图也从大学毕业回来了，他们之间还像之前一样亲热。在秦大川与梁杰第一次谈话后，齐宏图抽空去看望了一回秦大川。齐宏图对秦大川苦口婆心地做梁杰的工作表示不以为然，曾说：“梁杰？就是那个供应科的装卸工？我看他八成儿不会变。任您磨破嘴皮子，他还是照样上班不像上班，一有空就找个地方睡他的大觉。”

“哎，你别拿老眼光看人，”秦大川不服气地道，“我看不见得，今天我们的谈话就没有谈崩嘛，我还给他说明了形式和内容是一对辩证的概念。”

“老眼光？”没想到齐宏图犀利地回答了他一句，“那也得看对什么人，要说他梁杰，还不知他脑子里怎么想的呢。不信，您就等着瞧。”

“还是不要把人看死嘛，”秦大川笑笑道，“俗话说，只要功夫深，铁杵也能磨成针嘛。”

“我看哪，您还是别浪费时间了，小心您的好心被人当成驴肝肺。”齐宏图最后说。

这个情况也只有他和齐宏图清楚，怎么梁杰会提起齐宏图的事呢，难道他在盯自己的梢？

秦大川不敢相信自己的耳朵，以疑惑的口气进一步试探道：“怎么，齐宏图去一趟我家不行吗？他去一趟我家就叫‘屁股坐一条板凳’吗？再说，就是坐一条板凳，有什么不对吗？”

“我没说齐宏图不该去你家。”梁杰狡黠地说，“我这里已写好一张小字报，准备送给党委，送给沈波书记，咱们到时候再说。”

说完，梁杰丢下秦大川一人站在风里，自顾自地走了。

于是，便出现了前文所说的一张小字报，以“千万不要忘记阶级斗争”为基调，提出我们的同志，包括像齐宏图这样的人“屁股该坐哪一边”的问题。

此刻铁厂的党委书记是沈波，彭明任厂长。沈波接到这个小字报后，神色凝重地考虑了一番，将这份小字报拿给了秦大川，说：“老秦哪，看看，群众中有那么一点反映，从这份小字报上看，群众对我们干部还是很注意的，特别是你，历史上有犯过右倾机会主义这么一节。你看看吧，不过呢，也不要往心里去，知道就行了。”

沈波走后，秦大川对着这份小字报沉思了良久，他不禁担心起他的老上司，被纠正错划右倾后担任江南钢铁公司副经理和江南市委副书记的谢辉来了。“是啊，‘右倾机会主义’这顶帽子压在头上不好受啊，”秦大川叹了口气道，“看来，谢政委的工作处境也好不了啊。”

却说沈波在接到梁杰这份小字报后，不禁喜不自胜。他心里想，这梁杰还真是个人才。但苦于一时又不好用，因他经过一系列的了解后，发现梁杰的口碑并不好。他盘算再三，决定还是予以培养，先把舆论造出去再说。

于是，沈波就在全厂的职工大会上，以“千万不要忘记阶级斗争”为题，做了一番激动人心的讲话，提出“我们工人阶级的眼睛是雪亮的，最近，我们铁厂就发生了一件事，供应科的一个装卸工，他心怀天下，时时刻刻不忘绷紧阶级斗争这根弦，对身边的人和事，不忘以阶级分析的方法来对待，提出‘屁股坐在哪一边’的问题，这个人就是梁杰”。一下子，梁杰的名声就响了起来，成了一个人们热议的话题。而梁杰本人，在巨大的政治舆论的影响下，也慢慢地变得像个工人了，上班也不再迟到了。

这就是“千万不要忘记阶级斗争”事件的全过程。

在这之后，齐宏图又一次去探望秦大川。大川感到很有些不忍，对齐宏图说道：“宏图啊，你以后还是尽量少跑到我这里来吧，有顶‘右倾机会主义’的帽子在头上扣着,我怕连累了你哟。"

齐宏图也禁不住眼泪汪汪,半晌,他才深深地叹着气道:"秦伯伯,您别这么说,我知道您,您是爱党的,再怎么着,我还是您和谢伯伯从敌人的炉口里救下的孩子。您老这么说,我心里难受啊。"

秦大川听罢,如万箭穿心,他颤抖着手,泣道:"宏图啊,你秦伯伯明白你的心。可是,正因为这样,我才不能连累你啊。你有这份情,等秦伯伯头上的这顶右倾的帽子被彻底拿掉再说吧。"

"会的,秦伯伯。"齐宏图坚定地说,"一定会有这一天的。他梁杰算什么东西,怎么能够骑在您头上摆个人样。"

"宏图啊,我怕的不是他一个梁杰,"秦大川沉重地叹口气,说出了他的担心,"我是怕党内有股思潮支持像梁杰这样的人啊。你想,他不是不能改的,现在他不是变得像个工人了吗?可究竟是什么原因,使得他敢于做出写小字报这样的举动呢?还是大环境所致啊。'千万不要忘记阶级斗争',这是毛主席说的,可传达到下面来,就走了样了。也不知道中央是不是知道,下面的'左'的一套又有所抬头啊。"

"秦伯伯,您别多想了,"齐宏图说,"还是相信党,相信毛主席吧。像梁杰这种人,不理他就是了。"

"唉,难哪,"秦大川叹了口气说,"这不是我们说了算的问题,你不理他,有人理啊,他沈波就是一个。"

"反正我是不理他。"齐宏图坚决地说。

四

1966年,史无前例的"无产阶级文化大革命"开始了。

江南城里,梁杰等人早已按捺不住,纠集了一些人,打着一面红旗,以"井冈山"的名字,以一张《十问党为什么》的大字报为开端,开始了对市委、公司党委和厂党委的造反。

这时的市委、公司党委和厂党委已基本瘫痪了,市政府和各级政府、企业的办事机构也已名存实亡。各级造反派组织纷纷打出旗帜,在各个单位、部门的门前,在进行着煽动性的宣传。

这天,江南铁厂的办公楼前一派热闹的景象,高音喇叭里播放着熟悉的革命歌曲《大海航行靠舵手》,一些带着造反派红袖章的人在办公楼里进进出出。

在一间门上写有"井冈山工人革命造反队"字样的屋子里,梁杰正踱着步,手上点着一根香烟,焦急地等待着什么。

门被推开了,从外面急匆匆地走进一个人来,向梁杰报告说:“梁司令,情况不是很好。”

“怎么,有人敢公开拒绝?”梁杰有些吃惊地反问道。

“那倒没有,”只听见那人汇报说,“是党委第一把手沈波失踪了。其他的几位成员,像彭明、秦大川倒还在。批判大会的时候,把这几个人拉出来就成。”

沈波这时被扣上了“刘少奇修正路线代表人物”的帽子,是批判大会的重点对象,沈波失踪,这还了得。

“什么? 沈波失踪?”只见梁杰眉头一皱,略作沉思后说道,“孟虎同志,这可不是个小问题。你想想,在这个重要时刻,怎么能够让沈波失踪呢?”

被梁杰叫作孟虎的人郑重地说道:“司令,我已经意识到这个问题的严重性了。我想了一个对策,准备马上派人去学校联系,您看行吗?”

“什么?”梁杰问,“学校? 学校能搜查到沈波? ”

“那倒不是,我——”那孟虎不敢说谎,在梁杰的耳朵边小声地嘀咕着。

“好,跑得了和尚跑不了庙。”梁杰听后十分满意地说,“就这么办,咱们在他儿子身上做文章。”

孟虎清脆地应了声“是”,转身出门而去。

话说这梁杰在“文革”前,因那篇小字报,曾受到过沈波的吹捧,按说对沈波应该感激才是,可是,这梁杰却嫌沈波提拔他太慢,两三年还没有什么动静,“文化大革命”运动一来,他就率先把矛头直指沈波,造起反来。

他们原定在后天举行全厂的第一次批判资产阶级反动路线大会。于是,按照计划,他们预先对厂党委的主要成员进行了通知。没想到,轮到沈波家时,却发现他“失踪”了。

“失踪?”孟虎满脸狐疑地望着沈波的妻子,“你会不知道沈波的行踪? 他到哪儿去,会不和你说?”

“我怎么会知道。”沈波的妻子维莎扭着屁股,虽说是心虚,可依然装得正常的样子,“他是做书记的,平时在家里的时候就是这样,三天两头不在家,也不打个招呼,我已经习惯了这种日子了。”

“那好,既然这样,”孟虎说着,抬了一下手,两个跟随他的造反队员应召而至,“你们两个马上去学校,将沈波的儿子带到队部来。”

“是。”两个造反队员应声答道。

沈波的妻子维莎一听要去找儿子的麻烦,吓得哭得像个泪人,马上把沈波的去向说了出来。原来沈波是去龙山开会，说是市委三天前通知的，在龙山乡的茅岭村召开紧急会议，还说这个通知是不准外传的。

孟虎马上把消息向梁司令汇报，梁杰把面前的桌子一拍，站起身子说："好，咱们就顺着这个线索，到龙山，去茅岭村，把沈波给我揪出来。"

龙山乡是这个城市距离市区最远的一个偏僻的乡。要去龙山乡，就意味着要走几十里山路，翻越数座大山。市委之所以选择在这个地方开紧急会议，也是因"文化大革命"的骤起，城里面已经没有一个安静的地方可供市委开会，研究一些决策部署了。市委的领导人就想了一个办法，利用龙山乡偏僻闭塞的特点，在这里开会，没想到，这个想法最终也泡了汤。

"保证完成任务。"这时，孟虎立即精神起来，以响亮的声音说，"我去布置。"

于是，孟虎立即派了汽车，又派了七八个造反队员，一路以迅雷不及掩耳之势，向着龙山乡茅岭村扑去。

事有凑巧，在孟虎领着七八个造反队员扑向茅岭村的时候，市委的主要领导人已经得知了有其他的造反派组织也正向茅岭村进发，于是，立即取消了原先的会议，一些已经赶来的参会的成员也立即进行了疏散。沈波闻听，吓得脸都变了色，他立刻拿出他当年躲避国民党追捕的那股劲头，悄悄地从后山撤出来，一个人落荒而逃。

然而，不幸的是，谢辉却被造反队员给抓了个正着。

事情是这样的。

谢辉被错误地划为有右倾机会主义错误倾向的领导干部后，被停了职。后来，在1961年被纠正了错划右倾后，虽然得到了重新启用，但毕竟还留着历史问题，只是被安排了一个副职，任市委副书记和江南钢铁公司副书记。这只不过是个有职无权的空壳子而已。但空壳子也好，有职无权也罢，却挡不住这位铁骨铮铮的、一心为党的好干部的工作热情。他利用一切可能尽责尽心地做着工作。"文化大革命"开始后，他预感到这是一场很大的政治风暴，正在想着怎样才能跟上毛主席的战略部署，以过好这一关。无奈，因多年的政治风雨与工作上的不顺，他的身体垮了下来。接到市委的通知后，他的胃病又发作了，只好歇了一会儿，等疼痛好了点再出发。然而，没想到就是这半天的工夫，却使他与迎面而来的孟虎相遇了。

孟虎威风凛凛地大手一扦腰，用生硬的、命令式的语气说道："我当是谁呢，原来是个死不悔改的老牌右倾机会主义分子。你说，干什么来了？是来开什么秘密会议的吧？策划对伟大的'无产阶级文化大革命'，进行破坏的吧？"

谢辉被眼前的一幕激怒了，大义凛然地道："别乱扣帽子，什么破坏'无产阶级文化大革命'，你们这是无中生有。整个江南市已经被你们这些人闹得没有一块安宁的地方了，市委找个地方来开会，难道就是什么破坏‘无产阶级文化大革命’的秘密会议？这是哪家的逻辑，哪家的王法？你们让开，决不允许你们胡来。”

太天真了，谢辉想的真是太天真了。

只见孟虎把手一挥，几个如狼似虎的造反队员们一拥而上，把谢辉反剪着双手，推搡着押到了他们的汽车上。

于是，谢辉被带回了江南铁厂。

对于孟虎来说，这叫作有得有失，他们原本是去揪沈波的，没想到揪回了谢辉。当然，孟虎没有放弃剩下的机会，企图把市委的其他领导干部也一块儿揪回，所以留下四个造反队员等候，可惜的是，终究没有能够得逞。

孟虎押着谢辉，像意外缴获的战利品，自茅岭村回到了鼓山铁厂。

梁杰对孟虎的意外收获也很满意，大吹大擂，说是取得了对资产阶级反动路线的一个重大胜利，并且决定，接下来的一周里，将召开一次重大的批判资产阶级反动路线的批判大会。

五

“哼，简直是把党的脸面给丢尽了！”齐宏图在听到沈波为逃避批斗而独自逃跑时，分外气愤地说，“这哪里像个共产党的干部啊，简直就是一个贪生怕死的国民党兵嘛。”

这是在齐宏图他们搞技术革新的一间小平房里。过去这里是炉台边的一个芦席棚，而经过这么多年的变化，这里已经用砖砌起了小平房，专供齐宏图的技术革新小组搞技术革新用。此时，屋内有魏云、党久霞、江玉妹等人，正默默地在准备着中型高炉上料系统自动化所用的一些部件。

魏云望着愤怒的齐宏图，悄悄说：“哎，宏图啊，还是算了吧，什么也别说了，咱们还是一心搞咱的革新，搞革新总不会有错吧，‘文化大革命’嘛，让他们闹去。”

齐宏图只好叹口气说：“哼，我就是闹不明白，照现在的这个搞法，到什么时候才是个头。”

正说着，只见彭欣急匆匆地从外面跑来，气喘吁吁地说：“师傅，不好啦，孟虎的小分队去龙山抓沈波，沈波没抓着，倒把市委的谢副书记给抓来啦。”

“谢政委？”齐宏图问道，“怎么，谢政委怎么会在龙山？”

“是这样，”彭欣结结巴巴地连话也说不连贯了，“听、听人说、说是市委要在龙、龙山开会，谢副书记去了，结果，就被人给抓、抓回来了。”

“什么？”齐宏图如梦初醒，他沉吟一会，似乎一下子明白了，说，“肯定是市委被闹得没办法了，想在龙山找个安静的地方开会。看来，这个‘文化大革命’真的是史无前例了。”

顿了顿，他剑眉一挑，对在场的所有人说：“我看，咱们也别再按部就班地搞革新了，为了防备万一，咱们还是先收起图纸，把一些关键的零部件藏好。这会儿形势乱，咱们得等时机成熟了再说。”

魏云说：“说得是，那咱们就行动吧。”

随着魏云的话音落地，彭欣、党久霞、江玉妹等人也都觉得齐宏图说得是，便都纷纷开始收拾图纸，整理零部件。

大家都几乎是含着泪在收拾，心里头别是一番滋味。

少顷，齐宏图走到江玉妹面前，关切地问道：“玉妹，怎么样，你家老孔有什么动静？”

江玉妹在齐宏图与党久霞成家后，便草草找了个炉前工孔友德结了婚。这个孔友德，虽说只有小学文化，但对江玉妹还是很在乎的。结婚以后，凡事总是让着江玉妹，江玉妹说东，孔友德决不说西，日子倒也过得舒心。只是从“文化大革命”开始后，老孔变得越来越不听话了，最近，他还和造反派越来越亲近了，只是碍于江玉妹，他才没有参加造反队。

见齐宏图关切地问起孔友德，江玉妹一下子止不住伤心的泪水，带着哭声说：“哎，别提了，他最近我的话也不听了，一天到晚就是闹革命，还说那帮造反派的大方向是正确的。”

“别哭了，”齐宏图劝江玉妹说，“一个人想什么别人一时半会儿改变不了的，哪怕是最亲近的人。不是讲‘文化大革命’是触及灵魂的吗？我看某种程度上的确是触及灵魂了，就随他去吧。关键是咱们自己，千万不要在斗争中迷失方向，还是那句话，咱们一家子什么派都不要参加。”

“嗯。”江玉妹点点头，算是牢牢记住了。

却说两天以后，江南铁厂便召开了声势浩大的批判资产阶级反动路线大会。

这天，会场内外都挤满了人。由于此前还没有召开过这样大规模的批判资产阶级反动路线的大会，有许多群众是抱着看热闹的心情来参加会议的。

会址设在过去的体育场。

主席台上摆有扩音器等设施，“打倒谢辉！打倒彭明！打倒秦大川！彻底批判资产阶级反动路线！”之类的大标语贴得到处都是，铺天盖地的红，有点血腥的味道。

齐宏图、魏云、彭欣、党久霞、江玉妹等人也都来了，他们是抱着保护三位领导的动机来的。他们怕出意外，所以，在选择座位时，都有意识地往前头挤，在紧挨着主席台的位置坐下了。

大会在一片吵嚷声中开始了。

主持会议的孟虎清了清嗓子，说道："同志们，江南铁厂革命造反兵团批判资产阶级反动路线大会现在开始。资产阶级反动路线的代表人物至今不肯承认错误，他们还准备策划新的阴谋，对我们广大革命造反派实行围剿，其罪行实在是罄竹难书。"

"打倒资产阶级反动路线！"

"打倒资产阶级反动路线的代表人物！"

这时，台下有人适时地呼起口号，立即便有人呼应，其声震耳欲聋。

这时，台上的孟虎的声音猛一突变，矛头直指这次会议的中心："同志们，革命造反派的战友们，我们现在要现场批斗至今还死不悔改的执行资产阶级反动路线的市委副书记谢辉、江南铁厂的厂长彭明和副厂长秦大川。现在，把这些资产阶级的老爷们押上台。"

台下人群骚动，不少人感觉新鲜，这些被称为"资产阶级老爷"的人，不久前还都是革命领导干部，如今却沦为广大群众的批斗对象，实在是闻所未闻。

被强行带上纸糊的高帽的谢辉、彭明、秦大川相继被带上主席台。阵阵口号声此起彼伏，淹没了会场，淹没了骚动的群众。

谢辉走在三个人的前面，被两个造反队员押着，虽然被推搡着，但一股威武之气仍在，不屈的头仍在昂着，似乎在维持着他的尊严。在他的影响下，彭明、秦大川也不屈地走向大会主席台。

"谢辉，你放老实些！"孟虎大声地在喇叭里吼，"你承认不承认，你有罪？"

"我没有罪。"谢辉大声地辩白着，他的声音虽然没有扩音器放大，却响亮地回响在会场的上空，"市委是执行党中央的指示的。毛主席的思想可能我们没有跟上，但我绝没有反对党中央、毛主席。"

"狡辩！"孟虎在扩音器里大喊道，"他明明反对毛主席，却说他没有反对毛主席，真是顽固不化。"

"叫你不老实，叫你不老实！"这时，突然蹿上来两个所谓的造反队员，他们用拳头对准谢辉，挥打这位革命了几十年、现已满鬓白发的老人。

"住手！"说时迟，那时快，只听得一声猛吼，秦大川奋不顾身地扑到谢辉前面，用自己的身体挡住挥向谢辉的拳头，大声说道，"要文斗，不要武斗，难道你们都没有学习！"

一时间，两双罪恶的手被这正义的喊声给镇住了。

"啊，我当是谁呢，"片刻之后，其中的一名造反队员像是醒了过来，他往手心里吐了两口唾沫，将拳头对准了秦大川，边打边喊道，"我叫你尝尝革命的味道，革命不是请客吃饭,它是一个阶级推翻另一个阶级的风暴!"

"住手。"突然,台下大喊一声,齐宏图此时一跃而起,直奔主席台。跟着的,还有魏云、彭欣、党久霞、江玉妹等人:"要文斗、不要武斗,不许打人!"

台下的群众也跟着骚动起来,"要文斗、不要武斗",台下起伏着这样的喊声。

孟虎一看这情况,慌忙急令"散会、散会",一边狼狈地喊着"怎么搞的,撤,撤",把谢辉、彭明、秦大川三人留给了上来护卫的广大群众。

"谢政委,"齐宏图一迭声地喊着,"彭厂长、秦伯伯。"

谢辉与秦大川都受了严重的伤,齐宏图等人扶起谢辉,搀扶着秦大川,彭明跟着,众人艰难地离开了批判会场。

却说经历了这场批斗会风波之后,梁杰对孟虎这场行动的失策非常气愤。他指责孟虎,没有考虑资反路线的反扑,竟然出现了后来的狼狈而撤的被动局面,是对革命造反运动的一个极大的反动。

而孟虎则辩解说他当时也没考虑到有人会冲上主席台,只好下令草草收兵,怕酿成流血事件。一句话,使梁杰隐隐感到斗争的复杂,他经过一番深思熟虑之后,对孟虎说:"必须做好舆论宣传工作,以应付今后更大的斗争,特别要注意资产阶级反动路线的新反扑。"

"嗯。"孟虎对梁杰的"指示"深深感到"英明",心服口服地应道,"保证做好反击资反路线新反扑的工作。"

然而,口头上说是轻松的,真正的实际斗争就不是那么一厢情愿的了。

本来,造反派的行动就被一些群众看不惯,只不过慑于"文化大革命"的猛烈来势,一般群众还来不及阻止。经过这场批判资反路线的短兵相接后,一股组织自己的组织来和造反派对抗的暗流在江南铁厂里逐渐浮出水面。

其中的代表人物是一个叫黎轩的人。他是个科级干部,是搞政工的,对"文化大革命"的兴起,他不无困惑。在经历了最初的风暴之后,他开始了秘密串联。当时,社会上正酝酿着组织"赤卫队"。这代表了一种力量,基本是些所谓出身好,对党有感情的人组织的。他们组织起来的目的,就是准备在今后的斗争中,保卫党、保卫那些被造反派们乱揪斗的老干部们。

"赤卫队"一经成立,立刻风靡大江南北和江南铁厂。一开始,他们还是在暗处,一律在"地下涌动"。后来,当他们的势力大到足以和造反派相抗衡后,便公开打起了大旗,起来参与"文化大革命",并公开宣传"要文斗、不要武斗"等一些倾向于保护老干部的政治主张。

于是,一边是造反派,一边是"赤卫队",两军对垒,阵线分明。

一天，江南铁厂造反派这边忽然传来工人革命造反司令部的通知，说“赤卫队”在这个市的临湖车站集结，预备拦火车，强行到北京去告状，要求铁厂尽快组织力量去拦截。

梁杰和孟虎在接到的通知后不敢怠慢，立即组织人马往临湖车站赶。

在快到临湖车站时，就见沿途已有三五成群的人在集中。梁杰指使孟虎说：“赶快，派人过去拦截，并组织宣传攻势，一定要把‘赤卫队’的人给挡下来。”

接到任务，孟虎便将队员分散成数支宣传队，用铁质的大喇叭展开宣传攻势。

“革命的‘赤卫队’兄弟们，请你们认清革命的大方向，不要听信一小撮坏人的挑唆，赶快回去，不要聚集拦车，这是一个大阴谋，是用人海战术给党中央施压，企图破坏‘文化大革命’。”

“革命的‘赤卫队’兄弟们……”

大喇叭开始一遍又一遍地喊，然而，“赤卫队”队员们却根本不听这一套，他们依然在有序地集结，并摆好架势，准备与拦截他们的造反派们进行一场生死决斗。

然而，就在这时，广播大喇叭里传出毛主席、党中央的声音：

“现在播送党中央、国务院、中央军委、中央‘文革’小组给上海工人革命造反总司令部的贺电。”

真是一个晴天霹雳啊，这等于党中央、毛主席肯定了工人革命造反总司令部的所作所为，明白无误地传送了中央支持工人革命造反的运动。这声音，通过广播喇叭的传送，立即产生了无穷无尽的力量。

伴随着中央贺电的广播，“赤卫队”开始瓦解了。“赤卫队”队员们开始溃散，大批的“赤卫队”队员们纷纷取下他们佩戴的“赤卫队”标识，开始灰溜溜地取道往回走。

造反派的斗志则更旺了，他们一遍又一遍地用大喇叭狂喊：“‘赤卫队’的兄弟们，革命不分先后，反戈一击有功，欢迎你们站到革命队伍里来。”

然而，在当时的两派冲突现场却没有多少人管这些，自顾自地四散而去。

齐宏图在铁厂也收听了中央的广播，他变得有些困惑，叹了一口气，自言自语地道：“毛主席啊毛主席，不知您老人家怎么了？照这么样乱下去，还不得天下大乱呀？”

六

革命形势的发展，终于使得孔友德再也按捺不住怦怦狂跳的心，而与江玉妹彻底摊牌了：“不行，你得同意我参加造反派！你看外面，中央都给上海工人革命造反总司令部发贺电了，再不革命，可就晚了。”

“晚什么晚，”江玉妹正在一边收拾着饭桌，一边慢条斯理地答话，“宏图前些天还特意叮嘱，说眼下什么派也不要参加。”

“又是你那个宏图，”今天，孔友德是豁出去了。在他的心里，其实一直都明白江玉妹对齐宏图的那份不了情，只不过一直都没有明说，今天是第一次明说，也等于是明明白白摆好了要豁出去的决心了：“我早就知道你对齐宏图那小子余情未了，你干脆说，究竟要怎么办？”

“你！”江玉妹气得眼眶都红了，大声说，“好你个小心眼，原来你心里一直就在琢磨这个事。好，你滚，你给我滚，我再也不想见到你！”

“姓江的，”孔友德这回是动了真格的了，他抱起一床被子，拿了牙膏、牙刷和脸盆、毛巾什么的，甩出一句话来，“这可是你说的。好，我滚，我这就滚，我他妈的正好光身一个人参加造反派去，‘文化大革命’不胜利，我就不回来！”

这个孔友德当真甩门出去，撇下江玉妹一个人，气得江玉妹大喊了一句：“好，你有本事，就别回来！”

没想到的是，孔友德这一去，当真一去不回。江玉妹还曾几次到造反派那里去劝说孔友德回来，然而，这时的孔友德已是铁了心要造反，对妻子的劝说根本不予理睬，而执意地留在造反派的队伍里了。

却说孔友德加入的造反派的队伍，就是梁杰和孟虎的那个队伍，取名为“井冈山革命造反兵团”，是最早在江南铁厂造反的造反派。

这个队伍，是孔友德心仪已久的一支队伍，在孔友德的心中，这才是叫真正的造反派呢。但由于妻子江玉妹的极力反对，他之前才不得不暂时忍住了参加的愿望。

终于，党中央、毛主席明确了态度，发贺电支持上海工人革命造反总司令部了，这说明，革命造反的大方向是完全正确的，在这个形势下，孔友德心想，还能不站出来革命吗？

这个孔友德，天生就是不安分的人，他没有对妻子有过多的留恋，倒是江玉妹反而让他产生了嫌弃的念头。对于江玉妹一次又一次的劝说，他竟然一点回旋的余地都不留地加以回绝了：“你别再说了，我的心意已决，坚决革命。你想叫我回去，告诉你，没门！我一回到那个家，就是我的牢笼，不准我干这，不准我干那，现在这样，我觉得我好像是解放了！有没有老婆不重要，重要的是，咱的革命精神不能丢，坚决跟着毛主席，革命无罪，造反有理。”

这些时髦的套话一说，江玉妹终于不再说什么，而是气得走了人。临走，她撂下一句话：“革你的命去吧，从今往后，我江玉妹再来找你，我就不是人。”

这个孔友德少了江玉妹这个“笼头”，顿时就像是一匹脱缰的野马。形势很快发展到造反派起来夺党委的权，1967 年 1 月 29 日，作为井冈山革命造反兵团派到市工人革命造反司令部的联络员，孔友德参加了江南市工人革命造反司令部策划的所谓的夺权行动。而在夺权的过程中，孔友德在武斗时意外身亡，彻底为他的“革命理想”献了身。

七

“文化大革命”初期，解放干部的工作虽说在中央媒体屡屡见诸报端，可实际的成效确实少之又少。

偌大的一个江南铁厂，仅干部就有几百人，可造反派夺权之后，却只结合了个指挥部成员，这就是彭明。

因为有出身问题的牵连，彭明为人比较谨慎，重大的政治问题一般不肯轻易表态，各派对于他的印象还都说得过去，便选择了他，把他给结合了进来。

说是结合革命领导干部，但是只用他来抓生产。并且，在职务上，也仅安排了个副组长的职位，就是在联合指挥部的名义下，成立“抓革命、促生产”小组，由彭明担任副组长。

这个彭明，还就真的兢兢业业地上任了。他利用一切可以争取到的条件，抓革命，促生产，从而保证了“文化大革命”期间，铁厂得以正常生产。彭明在极端艰难的条件下，尽一切可能保证了高炉不停产，作为一个干部，尽了他的一份努力，为人民立了功。

然而，对于大多数干部来说，却不是这样了。尤其是头上有着“右倾机会主义错误路线”帽子的谢辉、秦大川，其境遇就惨多了。

谢辉在批判资产阶级反动路线的大会上遭遇武力，秦大川奋起护卫，齐宏图等人冲上大会主席台，在混乱中保卫了谢辉、秦大川等人的人身安全。

然而，厄运随后一直伴随着谢辉、秦大川。

谢辉本来就有胃病，在遭受武力打击后，病情更加沉重。经过一系列的治疗后，勉强保住了生命，然而，却已经是伤筋动骨，情况一天比一天差，已经到了生命的最后时刻。

再说秦大川。他虽然比谢辉年轻，然而，由于受到右倾机会主义错误的不公正关押，身体也已垮了下来。恢复职务后，他每天吃着药仍坚持奔波于文明生产的群众运动中。“文化大革命”开始后，他处于基层，更多地遭受了批斗的折磨。然而，真正令秦大川遭受致命伤的还是在这次批判资产阶级反动路线批斗会上，他挺身而出，保护谢辉时受的伤。

秦大川被齐宏图等人护卫着，拖着被打得阵阵疼痛的病体，回到了自己的家。

"老秦,你可回来了。"秦嫂子,一个善良的农村女性,自从秦大川把她接到城里后,就一直在家做着家务,服侍着丈夫。她经历了政治上的风雨起落,却始终对丈夫有着一股朴素的感情。此刻,她看着自己的丈夫,心疼地说:"你、你这是怎么了,他们把你怎么了?"

秦大川此时忍着疼痛,摆摆手说:"别、别提了,快、给宏、宏图他们倒水——"

应着秦大川的呼喊,秦大川的女儿、才十一二岁的秦玉莲倒了一杯杯热水,送给齐宏图等人喝。

齐宏图含着泪说:"秦伯伯,你都疼成这样了,就别先管我们了。"

秦玉莲十分懂事,她倒完热水后,就转过脸去,在一旁暗自擦泪了。这里需要交代的是,秦玉莲是秦大川的唯一的女儿。在生完这个孩子后,秦大川竟然让自己的妻子做了两次人流。那时,计划生育的政策还没有实施,但秦大川觉得,孩子有一个就行了,多了怕影响工作。善良的秦嫂子是事事都依着丈夫的,于是,两人至今也就玉莲这么一个女儿。

这一天,在众人的照顾下,秦大川终于渐渐地安然睡着了。

然而,短暂的安睡,却酝酿着更为猛烈的爆发。没睡多久,秦大川终于再也忍不住身体内部的疼痛,苍白着脸,跌倒在了床下。

在"文革"初期,因为医疗机构多被造反派控制,像秦大川这样犯了右倾机会主义错误的人,有了病是难以得到有效的治疗的,秦大川患的是肺癌,他只能开到止疼片之类的药品缓解疼痛,拖了没半个月,便溘然长逝了。

秦大川逝世后,齐宏图帮着安葬了他。但安葬的情景是凄凉的,没有音乐,没有追悼会,送葬的人也仅有秦嫂子和他们的女儿,以及齐宏图等几个人。在骨灰盒上,仅仅保留了逝者的姓名:秦大川。

这是怎样的一个黑白颠倒的岁月啊,然而,更残酷的事接踵而来。

在批斗会上受伤的谢辉的处境也非常艰难。谢辉的两个孩子此时都被造反派们扣留在他们所就读的大学里;谢辉的老伴姓徐,原本是江南市委的妇女干部,此时也是自身难保;谢辉患有严重的胃病,却只能拖着羸弱的身子艰难地支撑着。

在资产阶级反动路线批判大会后,被批的谢辉得知自己的战友秦大川为了保护他而身受重创,最后去世的消息后,十分悲痛,伤心地说:"大川啊大川,你不该为了我而不顾惜自己啊!我们的生命都是党给的,不能就这么轻易为了我而牺牲啊!"

却说谢辉在得知秦大川不治而亡的消息后,日夜悲伤,更加重了他的病情,在得不到有效治疗的情况下,最后也撒手人寰了。

谢辉逝世后,当时负责谢辉日常起居的人员对之很不恭敬,像是对待一个得了瘟疫的病人一样，他们在骨灰盒上连“谢辉”两个字都不愿写，而是改成“谢资反”，骨灰盒编号为“零壹伍”，将骨灰盒放到了一个角落里置之不管。

当消息传到齐宏图的耳朵里时，事情已经过了半个多月。齐宏图闻听如万箭穿心，他愤怒地说：“怎么这样没有人性?！难道谢政委革命了一辈子，就是为了一个死无葬身之地的结局吗?!”

当时，时势正呈现复杂艰难的局面，一方面是造反派如日中天，一方面是“屁派”势力获得长足发展。两派只顾着打派战，而将所有的一切都撂在了脑后。

1967 年的 9 月 25 日，铁厂的“好派”和“屁派”终于握手联合，成立了鼓山铁厂“九·二五”兵团，以纪念这个有着重要意义的日子。

革命大联合的高潮以后，在人民解放军的支持下，新的政权开始酝酿。按照毛主席关于“革命委员会好”的指示，江南铁厂的革命委员会开始成立，行使红色政权的权力。

在成立革命委员会的日子里，有一出闹剧，是关于解放干部的一出闹剧，在江南铁厂乃至江南钢铁公司的舞台上上演了。

这就是名噪一时的有关沈波的“斗私，批修”的故事。

当时，遵照毛主席关于“要斗私，批修”的指示，解放干部必须要通过群众性的“斗私，批修”讲用会，要得到广大群众的认可才行。

在这个形势下，要取得人民群众的认可，才能进入新生的红色政权，怎么样才能出奇制胜呢？沈波于是别出心裁，他制作了一个长二米、宽一米的，类似于今天的广告牌的大牌子，上面书写有沈波亲笔题写的“斗私，批修”四个大字。他扛着这个大牌子，四处奔走，后来甚至到钢铁公司举办的“斗私，批修”大会上，大肆宣扬他的“斗私，批修”的新鲜成果。由于当时打广告这样的举动还比较少见，因此给群众留下了深刻的印象，都纷纷表示认可沈波的“斗私，批修”。

因此，沈波就被顺利地选为江南铁厂革命委员会的主任。后来，他又被选为江南钢铁公司的革委会主任，也就是顺理成章的事了。

就这样，沈波又成功地二次出山，成为权倾一时的江南钢铁公司的新领导。而彭明，则还是扮演他的老角色，“抓革命，促生产”，担任革委会的第一副主任。

不久，清理阶级队伍的工作席卷整个华夏大地，铁厂上下也刮起了一股清队的旋风。

所谓“清队”，即把“文化大革命”中混在革命队伍中的“地、富、反、坏、右”分子清理出来，而使“文化大革命”的阶级队伍更加纯洁与革命化。

由于革命大联合，几乎百分之百的人都变成了革命群众，因此，号称“清队”，就是要把混在革命队伍里的阶级异己分子给清理出去。在工厂，由于不存在地主、富农这样的有着农村色彩的人员，清队实际上变成了清理一些历史上有一些问题的人及“文化大革命”中新冒出来的一些坏分子，这其中，就有包括在武斗中那些有血债的人员。

在江南铁厂，在武斗中有问题的人都被提了出来，其中还包括在武斗中不幸伤亡的孔友德。

“孔友德是属于武斗中的不幸伤亡人员。”齐宏图说，“我认为，不能按对待阶级敌人的框框去套，定什么武斗策划分子。对待这样的受害人员，还是应该讲点事实情况的。”

“噢，”在革委会的会议上，沈波接过齐宏图的话，不置可否地说，“这么说齐宏图同志是不同意定孔友德为武斗策划者啰？那么，就问一下广大的革命群众吧，他们是不是同意？”

这里，沈波表面上将球踢到了人民群众的这边。齐宏图是新生的革命委员会的成员，本来，革委会讨论的事，一般是不对外公开的，沈波之所以这样做，是因为他认为齐宏图的立场有问题，而且，他听说孔友德的妻子江玉妹与齐宏图有着藕断丝连的关系，他是想借此事在群众中煽动对齐宏图的不满。

“没有什么可说的，”是时，齐宏图根本没有想到事情后来的发展，只是出于公正与正义，而无所顾忌地说，“拿给群众讨论就群众讨论，只要我们加以正确的引导，不怕没有正确的结论。”

齐宏图做梦也没有想到的是，当时在铁厂委员会政工组任组长的正是过去曾经参加过“赤卫队”，在“赤卫队”解散后就一直在观潮蛰伏的黎轩。

却说黎轩此人十分精干，政治上嗅觉也很灵，因此在“文革”前就受到沈波的赏识，被提拔为党委秘书科科长。成立革委会后，秘书科等一批原来的旧科室合并成了政工组，黎轩便成了政工组组长。

“政工政工，鼻子特灵”。这是“文化大革命”中群众对一些像黎轩这样的政工干部的评价。这黎轩也确实做到了“凡事得想一想，看看究竟是不是站在革命立场上说话”，他对于工作中遇到的一切，都是带着阶级斗争的观点去看问题的。

这黎轩对于齐宏图帮助武斗分子孔友德说话一事，很是不以为然。他佩服沈波，竟然滴水不漏，对于齐宏图的意见，只轻轻一拨，就把球踢到群众那边。

黎轩想，很显然，沈波的态度是倾向于定孔友德为武斗策划分子的。他本来就从思想意识深处倾向于沈波，于是就更坚定地在行动上支持沈波。

他想要在这个岗位上做出一些成绩来，给那些反对革委会的人一点颜色看。

这就是黎轩为自己定下的目标，他要在这个岗位上发挥自己的聪明才智，力争有所作为。

他不动声色地揣摩着沈波的话，认为沈波的心中肯定对齐宏图是大为不满的。于是，他有意地在布置工作和检查工作时，仔细留心群众中对齐宏图的一些意见，而且还有意识地加以引导。

终于，功夫不负有心人，黎轩找寻到了一个他需要的人，这人便是身强力壮，又十分机敏的吴文灿。

那天，黎轩到基层去参加二号炉炉前工的学习会。会上，吴文灿见黎轩来参加学习会，便表现得十分热情，一脸谄笑着说："今天，黎组长来参加我们的学习会，是对我们二号高炉炉前工的关怀，我们一定要深入讨论孔友德的问题，以实际行动回答领导对我们的关怀。"

吴文灿的话刚落，便响起了一片掌声。

当然，这掌声，主要还是出自对黎轩这位厂部政工组组长的礼节性欢迎，黎轩心里自然清楚，但对这位身体壮实的青年工人的发言，心里还是颇为受用的。他客气地打断了大家的掌声，问："这位同志叫什么名字啊？"

"吴文灿。"吴文灿清脆地答道。

"啊，很好。"黎轩笑着问道，"刚才你说要好好讨论孔友德的问题，怎么个讨论法啊？"

"报告黎组长，"吴文灿转着一双机灵的眼睛，认真地回答说，"孔友德策划武斗，是一个混进革命队伍的阶级异己分子。对于这样的人，我们认为就是要打击，要清理出革命队伍。"

"啊，"黎轩故意反着腔调说，"这可是要负责任的，不能人家说一句我们说一句，既然发动大家讨论，我们就要说真话哟。"

"这，"吴文灿有点打顿，但很快，他就从黎轩的话音里得到启发，反而更坚定地说，"我说的就是真话嘛，他孔友德本来就不是个好工人，策划武斗，搞'打、砸、抢'，什么坏事都少不了他，咱们革命队伍怎么能留这样的人呢？"

"好。"黎轩笑着表扬道，"小伙子革命立场还蛮坚定。怎么样，愿不愿意到政工组工作？"

吴文灿一听，兴奋地道："愿意为黎组长效劳，到政工组工作。"

就这样，吴文灿便到了政工组，成了黎轩手下的一名工作人员。从此后，这个吴文灿便跟着黎轩冲锋陷阵，成了黎轩手下一名得力的助手。

自从吴文灿成了政工组干部，浑身就像有了使不完的劲，终日在厂子里面转悠，四处打探，只为有新发现，再从中顺藤摸瓜，来打击所谓的阶级敌人。

却说这吴文灿四处打探,终于让他发现了一点情况。这就是关于齐宏图和江玉妹的一点生活小事。

按说,这事要放在今天,实在是一桩再平常不过的事了,只是当时的情况是,阶级斗争的弦高度绷紧,什么都要从政治上分析问题。于是,这桩小事从它被发现,就变味了,从为孔友德说情出发,变成了齐宏图的一桩风流逸事。

那是在一个普通的学习会上,一个四五十岁的老工人讲了几年前的一天晚上,他曾在上小夜班的路上遇见齐宏图和江玉妹的事。

这个老工人叫温贵和,是个高炉取样工。据他讲,在几年前的一个晚上,在他上夜班的路上,他曾发现江玉妹和齐宏图像是情人般在互相安慰,由于当时忙着要上班,就没有说什么,匆匆忙忙地走了。

"老温师傅,你说的情况很重要。"吴文灿像是获得了一件至宝,对揭发人温贵和说,"你好好回忆回忆,究竟是怎么回事?"

"我当时确实就看见这么点情况,"温贵和说,"大家都在分析孔友德的事,我觉得我知道这个事不说出来怕不好,所以就说了,别的,我就不知道了。"

温贵和说的这个情况,事实的真相是,当时是处在文明生产的运动中,齐宏图技术革新小组正在研究中型高炉自动化技术革新的方案,他们日夜奋战着,不管大夜班、白班还是小夜班,只要有时间,他们就聚在一起对新的方案和技术难题进行研究,总是要到深夜才回家。那天,大家研究完方案各自回家时已是临近大夜班的上班时间了,正好齐宏图与江玉妹不轮班,于是齐宏图就用自行车带着江玉妹回家。车行至途中,有一段坑坑洼洼的路面,正巧,对面又过来一辆汽车,齐宏图眼睛一花,被一个横在路上的石头给绊倒了,江玉妹从后座摔了下来,摔在地上,捂着肚子难受地叫起来。齐宏图赶忙起身去扶江玉妹,并询问她有没有受伤。

这就是当时的情况。恰好这一幕被前去上班的温贵和看到了。温贵和当时也没说话,就匆匆地赶去上班了。

"嗯,你再想想,"吴文灿发挥他丰富的想象力,进一步诱导说,"有没有可能,深更半夜,两人正在干什么见不得人的事情?"

"不知道,不知道,"温贵和坚决地说,"我就看见这么多。"

"好了好了,"吴文灿说,"这个问题很重要,希望大家都能把它当作一个立场问题来对待。当然啦,我们革委会还得要研究究竟该怎么办。"

吴文灿的发言等于为齐宏图、江玉妹的绯闻事件定了调子,从此,这件事成了铁厂的一大新闻,并且生发出来了一系列新的事件。

八

吴文灿在温贵和所在的班组参加完学习会后，便急匆匆地奔向他的革委会政工组，喜滋滋地向他的顶头上司黎轩汇报了他的最新发现。他邀功似的对黎轩说：

“黎组长，我看这件事太重要了，说不定可以挖出个混进革委会内部的、新的革命异己分子来。我们应该继续深挖，看看有没有新的收获。”

没想到，这个黎轩仔细听了吴文灿的汇报后，并没有露出对吴文灿的赞赏，而是深谋远虑地叹了口气，说了句让吴文灿泄气的话：“哎，谈何容易啊，齐宏图与江玉妹毕竟有过革命的过去，他们的问题还只是个同情武斗策划分子的问题，还不能划成革命异己分子，如果要那么搞的话，人家可能会说我们不注意政策，弄不好还会陷入被动。”

“那，齐宏图的事就不搞了？”吴文灿瞪着他的那双迷惘的眼睛，有点不甘心地说，“这是个难得的好机会啊，就这么轻易地放过去？”

“还得从长计议，”黎轩皱了皱眉头，老谋深算地说，“齐宏图是咱们沈波书记心里最憎恨的一个人，对于他，当然要整。不过，眼下还不是时候，再说，男女关系问题也不能一下子就定性，顶多是个生活作风问题，要想扳倒齐宏图，还得要有过硬的材料。”

“我就不信，他齐宏图再革命，也不能同时拥有两个女人。”吴文灿不以为然地说，“男女关系我看是个很重要的问题，有好多大人物就是因为男女关系问题而栽跟头的。”

“当然，男女关系是个重要的方面，”黎轩用了坚定的语气，缓和了与吴文灿持有不同意见的气氛，“这是最能毁坏人的名誉的话题，用它来毁掉一个人的前途，也不失为一着狠棋。但是，要真正地解决问题，还得靠政治方面的过硬材料才成。”

“好，有你这句话就成。”吴文灿下决心似的说，“我非得搞出个水落石出。”

于是，吴文灿便开始了对“齐江”绯闻的专项调查。

俗话说，挖树挖根，自然，事件的揭发者就成了此次绯闻事件的最先受害者。

先是温贵和几次被找去调查，要他再回忆回忆是不是齐、江两人干了不该去的地方。

结论是明确的，温贵和只是一个劲地回答说“不知道”。

面对这样的局面，吴文灿使出了最毒辣的一手：对温贵和实行隔离审查，几天几夜不给回家，在政工组专门预备的房间里闭门面壁。

当温贵和被审查的时候，消息传了出来，有关齐宏图与江玉妹有暧昧关系的新闻沸沸扬扬地传遍了全铁厂。

“这是哪里来的谣言?”齐宏图愤怒地质问道。在听到这个消息时,他还不知道此时的政工组已对这个问题进行了多次调查。

“你们想干什么？清队清到我的生活作风上来了！你们这是转移斗争大方向！请问,还有没有政工界限,有没有敌我之分?”

“齐宏图同志,用不着发这么大火嘛,”面对齐宏图的质问,吴文灿皮笑肉不笑,来了个反唇相讥,“俗话说,心中没鬼,不怕夜半鬼敲门。有人提出了问题,落实一下总有好处吧？群众有看法,我们政工组总不能不管,你说是吧?”

“怎么管法?”齐宏图一时被吴文灿的话噎住了,他说,“难道你们就不能向群众解释一下,需要这么大惊小怪的吗？还把人给关起来,搞‘逼、供、信’,你们这么搞,符合党的政策吗?”

“符合不符合党的政策,这要看实际的结论。”吴文灿依旧不温不火、阴阳怪气地道,“如果调查结论确实证明是有这么回事,那就说明是符合的嘛。”

“你,好,好,我不跟你辩,”齐宏图强忍住心头的怒火说,“我想起来了,是有这么回事,几年前的一个晚上,我是用自行车带过江玉妹,可是,这能说明什么问题呢？带到半路,碰见一辆汽车迎面开过来,我当时眼被车灯的灯光刺花了,结果被一个横在路上的石头给绊倒了,江玉妹也被甩了下来。她当时喊疼,我看不清路安慰了她一下。请问,这有什么值得你们调查的?”

“事情就这么简单吗?”吴文灿闪着狡黠的眼神说,“深更半夜,四周无人,一对孤男寡女在路上搂搂抱抱会有什么结果?”

“什么搂搂抱抱？无耻!”齐宏图愤怒地骂道。他突然记起来了,当时好像还碰见过一个上大夜班的青年工人,那个青年工人还好心地问江玉妹伤得如何。齐宏图记得江玉妹说过“已经好啦,谢谢关心”后,那位青年工人还帮助他扶起江玉妹,让江玉妹继续坐在他的自行车上,看着他推着她回家去了。如今,这个看似简单的问题,政工组竟当作一个正儿八经的事来处理了,实在令人觉得有些荒唐可笑。他清了清嗓子道:“你也不用麻烦什么其他人了,当时就有人看见我推着江玉妹回家去了,只是过了这么长时间,当时我也没问他的名字,只要能找着这么个人,就什么都清楚了。”

这可是个新情况,竟然有人看见了齐宏图推江玉妹回家？不行,得赶紧封死这条路,要不然,还不前功尽弃？想到这里,吴文灿轻轻地一笑,用一种找不到证据的无奈表情说:“说得轻巧,原来是一个无头的影子。请问,谁看见江玉妹受伤了？谁能证明你齐宏图那天夜里是推着江玉妹回家去了？算了吧,”吴文灿挤着一副牛眼,甩出一句话来,“我也不指望你说实话,咱们拿证据来说明问题。”

“哼,什么东西!”齐宏图也气愤地骂了一句,出门而去。

与吴文灿的对话出现了僵局,齐宏图一时也没有了办法,只能静观事态的发展。

吴文灿这里,却变本加厉,加强了对温贵和的逼迫,想逼他供出齐、江两人的所谓“奸情”。

然而,这个温贵和就是一根筋的倔强,经过几天几夜的逼供,却还是一个“不知道”。

这可难坏了吴文灿,再往下逼,可就要动刑了。就为这么个事情要动刑,这毕竟不合政策,并且也没有黎组长的指示。他只得沮丧地向黎轩汇报了事情的进展,并希望黎轩能给他想出个办法来。他说:

“那个温贵和就是不肯说,一口一个不知道,您说,该怎么办哪?我估摸着,不动点厉害的,可能是榨不出我们所需要的口供了。”

黎轩听了吴文灿的话后,深深地吸了口气,说:“斗争是不简单的,所以,不能轻易地就指望着取得什么胜利。我早就说过,这事儿不是说声‘搞个水落石出’就能轻易办到的。怎么,搞不下去就想动点厉害的,你是要动什么厉害的,是用刑?你也不想想,就这么个事,也值得动刑?真要动起刑来,还不得问你个‘逼、供、信’?这是不行的,我的吴文灿同志。”

“那就没办法了吗?”吴文灿像个蔫了的茄子,把头低了下去,“就这么半死不活地拖着?”

“不能拖。”黎轩说,“得赶快放人,大不了向齐宏图道个歉。”

“怎么,还要向齐宏图道歉?”吴文灿一听急了,甚是不满地说,“那不等于说是我们错了?这怎么行呢?”

“那好吧,”黎轩沉吟了一下说,“道歉就先不用搞了,但必须把温贵和放了。”

吴文灿于是不再坚持,放了温贵和,但仍对温贵和实行放后的监管。

却说就在这时,一个让所有人都始料不及的局面出现了,这就是那天晚上路过齐宏图和江玉妹跌倒现场的那位青年工人出现了。

“什么?”一开始听说这个消息的时候,吴文灿简直不敢相信自己的耳朵,“真的有这回事?我说这个叫孙吉延的人真是胆大包天,换了别人躲还来不及呢,他竟然自己跑到政工组来说亲眼看见齐宏图的确是扶起跌倒的江玉妹,并把她送回家了?我倒要见识见识,这个人究竟是个什么样。”

吴文灿是在别处听说了这件事的,他在听了汇报后,很惊奇地来见这个叫孙吉延的青年工人。

“你就是孙吉延?”吴文灿瞪着双惊奇的眼睛,认真地看着这个青年工人,“你说你亲眼见了齐宏图扶起跌倒的江玉妹?”

“嗯,是的。”

这个名叫孙吉延的青年工人,是五号高炉的炉前工,是个喜欢宁静生活的人,公众场合一般不怎么轻易露面。但人却是正直、性情刚烈的。他在听说了齐宏图和江玉妹的冤情之后,一下子记起了那天晚上的情形,便下定了决心,一定要把这个他亲眼所看见的事向政工组说清楚,做个证人,别冤枉了齐宏图与江玉妹。当然,他也清楚,他的证词,是革委会政工组根本不需要的,但为了证明事实的真相,他竟然什么都不顾了:

“我是五号高炉的炉前工。原本这个事我已忘了,可是,大概就在昨天吧,我们班的小甘告诉了我,并说,这个事真冤枉,要是有个人能证明齐宏图和江玉妹是清白的就好了。我一想,那晚不正是我碰到这事的吗?我当时还问了句‘怎么样,伤得重不重’。那男的,到现在我才知道,就是齐宏图。江玉妹还说‘已经没事了,谢谢关心’。我是看着他们走的,齐宏图后来就没有骑车,而是推着她走的。”

“你知道你说的是什么吗?”吴文灿听完,鼻子都气歪了,他以政治的名义相威胁道,“要知道,做假证可是要负责任的,这个责任可不是一般意义上的责任,而是牵涉到对待新生的红色政权的态度问题。”

“笑话,既然敢说,我就敢担保。”没想到这个孙吉延大义凛然地道,“我想好了,任你怎么说,事实就是事实,我敢用人格担保,绝对错不了。”

“好好好,你别说了!”吴文灿气急败坏地道,“你给我回去,到需要的时候,我们会再来找你。”

至此,事情终于弄清楚了,然而,这却不是吴文灿所希望得到的结果。吴文灿不能相信,世上竟有这样的人,眼睛睁着,硬是要往刺蓬草里钻。

齐宏图与江玉妹的绯闻终于弄清了,原来是一场子虚乌有的乱猜疑。但这一点,作为仍在革委会政工组工作的吴文灿,却是不愿承认的,事情只得以不了了之而悄悄收了场。

九

由于政治风波的相对平静,齐宏图与江玉妹的绯闻事件也有了一个清晰的落幕,对于技术革新小组来说是个难得的机遇,齐宏图于是重新恢复了技术革新小组的工作。原来在“文化大革命”中被藏起来的仪器与图纸,又重新回到了小组成员的面前,他们继续开始了技术革新的艰难历程。

“师傅,你看,这可控硅的电流电压的变化我似乎摸到了一点门道。”齐宏图的徒弟彭欣兴奋地指着他面前的一堆实验仪器对齐宏图说,“这个指示器的灯泡亮了一下,说明在接通电路后，可控硅的电流与电压都有了改变。顺着这个思路，我想，我们的上料系统技术革新就有实现的可能了。”

齐宏图听说，也认真地来察看了彭欣的线路。对彭欣按自己的想法设计的新线路使可控硅的电压、电流指示有了明确的变化，齐宏图不由得产生了浓厚的兴趣。他又重新做了一次实验，当确信此线路的效果后，兴奋地说：“嗯，是个新思路，很有突破的意义。不过，我想，能不能在这个线路的后面加上料仓放料阀的自动控制，这就有可能改变我们卡在放料阀上的难题。”

“师傅，我也是这么想，”彭欣顺着齐宏图的思路做出回答，“不过，这还需要攻克放料阀自动开启的难关，我想，还要做多次的实验才行。”

“你说得有理，”齐宏图说，“就让我们来共同攻下它。”

当时的彭欣与齐宏图所说的技术难题，以今天的科学技术水平来看，实在不过是个普通的常识而已。但请别忘记20世纪60年代后期，可控硅技术还刚刚在世界范围里出现，当时的日本在这项新技术的研究应用上在世界处于遥遥领先的地位，而在我国还只是初步的学习和实验的阶段。

就在彭欣沿着齐宏图所指明的方向前进的时候，1969年11月13日，发生了一件震惊整个江南钢铁公司的大事，对齐宏图技术革新小组的工作也产生了重大的影响。

在靠近铁厂厂区的地方，有个工人会堂，这一天晚上十点多钟的时候，由于电气线路老化而发生大火。霎时间，大火燃红了半边天。

这座工人会堂是江南钢铁公司的职工会堂，拥有近两千个座位，是江南钢铁公司的一座标志性建筑。

当年，文明生产运动掀起时，钢铁公司就曾在这里召开动员大会。平时，不开会时，就用它来做演戏、放电影的场所，成了职工们业余文化生活的一个好去处。

“文化大革命”中，八个样板戏与电影《地道战》《南征北战》已演了多次，早已没有了观众，因此，会堂的门是锁着的。平时仅有一个名叫莫家才的老头看管会堂，他已年近退休，平时也没人管他，落得个自在，这会子早钻进被窝里睡觉去了。

火起时，彭欣恰巧路过这里。他是在与师傅一起上白班后，又留在技术革新小组搞实验搞到这个时分才回来，在回宿舍的路上经过这里的。他一见会堂里有火烧起，并有浓烟冒出，知道是失火了，便把骑着的自行车一撂，冲上前去喊门：

“喂，喂喂，有人吗？怎么里面起火了？快救火！”

然而，无论他怎么喊，也没有一个人答应。

彭欣见无人答应，急得四处查看，想找个地方翻墙进去把火先灭了再说。

然而，任凭彭欣怎么折腾，就是找不到通向失火现场的道路。这时，火势已迅速地蔓延开来,只见浓烟卷着火舌,已烧到了房顶。

这火来得很怪,不像是一处着火,倒像是有人放火似的,一烧就是一大片,竟刹时间就烧着了整个会堂。其实这正是因电气线路老化导致失火的一大特征。

正在这时,看门的莫家才老人出现了,他是被人从睡梦中喊醒的,说是会堂失火了,还不快去,他一惊,连忙带了钥匙,跌跌撞撞地奔了来。

这时,彭欣见有人来了,忙喊:"是会堂里管钥匙的师傅吗?还不赶快把门打开!看,火都快烧到房顶了。快快,打开门,看看电话是不是还通,赶快给消防队打电话,让他们来救火!"

莫家才老人迅速地打开了门,见火已烧至前厅,电话肯定打不了,便赶紧向附近跑去,去看看哪里有电话,好赶紧通知消防队。

电话终于在附近的工人俱乐部被找到了。莫家才老人结结巴巴地对工人俱乐部的值班人员说:"师傅,快、快给消防队打电、电话,请他们来救火!"

那个工人俱乐部的值班人员也已睡觉,这时听说附近的工人会堂失火,赶忙拨通了火警电话。电话那头的人员说,他们已经发现了火情,已经安排了消防人员赶赴现场。

这时,莫家才赶紧跑回现场,一看,已有不少人在商量着如何救火,估计大部分是赶去上夜班的铁厂工人。他们见莫家才老人赶来,都关切地问:"怎么样,电话打通了没有?"

"通了,通了。"莫家才老人结结巴巴地说,"他们马上就、就到。"

正说着,数辆消防车呼啸着警笛来了。消防队员迅速放下卷着的水带,开动机器,把水喷向已经烧红了半个天空的大火。

在消防人员的奋力扑救下,火势终于渐渐小了下去。此时彭欣正站在路旁与一个人说话,此人不是别人,正是齐宏图、江玉妹绯闻中出面澄清事实真相的孙吉延。

原来孙吉延上大夜班,路过这里时看见工人会堂失火了。他看见彭欣站在人群中,便停下来问彭欣怎么回事,彭欣便如实地告诉他了:"我正下班回宿舍,走到这里发现会堂失火了。当时还没一个人,好半天看会堂的那个老师傅才把门打开。打开门一看,会堂已经进不去人了,没办法,那老师傅跑到附近的工人俱乐部才找到电话通知消防队来救火。"

"啊,真是,"孙吉延听了情况,感慨地说,"这看会堂的老师傅也太不负责任了,大会堂这一烧,看他怎么交代。"

"哎,谁说不是呢。"彭欣也应了一句。孙吉延因要上班,便匆忙走了。彭欣则留在现场帮助灭火,一直到火被完全扑灭。只见整个大会堂已被烧成焦土。

没想到的是，这场火灾，却在几个月以后，被时任铁厂“一打三反”运动领导小组组长的黎轩盯上，变成了一个有组织有目的的反革命现行大案。

那是在1970年的一天，有着高度阶级斗争思想观念的黎轩被沈波任命为铁厂“一打三反”运动领导小组组长。

“一一·一三”失火事件被消防队定性为尚未查清原因的一场事故，而黎轩对此一直心存怀疑。走马上任之后，他把“一一·一三”失火事件作为他政治生涯的第一桩大事，立即着手开始了调查。

他通过对当时现场情况的调查，自认为找到了一个别人没有注意的“疑点”：为什么在火灾初起时现场只有彭欣一个人？而等了数分钟后看门的老头才匆匆而至？

黎轩陷入了思考，他朝也想，暮也琢磨，忽然，一个灵感在心头一闪，他忽然觉得有了希望。定了定神，他把刚才闪现的灵感给梳理了一下，觉得有那么点意思了。

他想到他过去任党委秘书科科长时发生的一件事。他觉得可以与当前的“一一·一三”失火事件挂上钩。

那是一个文工团员的事。

1961年以后，由于整个国家处于“调整、巩固、充实、提高”的阶段，当时，有一批文工团员要下放到厂矿，铁厂就来了两个文工团员。一男一女，男的叫李玉涛，女的叫王丽珍。两个文工团员并不是夫妻。搞文艺的，你说下到厂里来能干啥？没办法，最后给安排在工会当干事，编个节目，也能活跃一下群众的文艺生活。

过了没两年，那女的文工团员与丈夫一起调到省城里去了。剩下李玉涛一人，他在厂里又没有其他朋友，便觉得十分苦闷。这天，李玉涛接到了一封过去在文工团里要好的朋友的发自新疆的信。信中他的朋友叙述了被下放到新疆的生活，也叙了叙分别以后的想念之情。李玉涛一边读着信，一边回忆着他们过去在一起的那些快乐时光，就连香烟烧了自己的手指也不觉得疼。

忽然，一个念头，从李玉涛心头掠过，他重又拾起香烟屁股，将它摁灭，然后，写了封回信，将香烟屁股给塞到了信中。他还欣喜地写道：

“今寄上香烟头一个，以表思念之情。就是这个可恶的烟头，在我读你信的时候，竟烧了我手两个大泡。哈哈，见笑。”

当时，李玉涛也没考虑别的，就贴上八分邮票把信发了。没想到的是，这却犯了当年的一个大忌：邮局以为有什么敌特联系的嫌疑，在接到这个信以后，左检查右检查，结果，信给退回铁厂来了。

“嗯，说不定这李玉涛真是敌特分子，哼，这下子和‘一一·一三’失火事件挂上钩了。”黎轩转动着狡黠的眼珠，发挥着他无比丰富的想象力，推测道，“这个李玉涛，‘文革'中就不安分,很可能是个潜伏的敌特分子。'一一·一三'失火事件说不定就是他们一系列破坏活动的预演。他们这个敌特组织肯定还会有其他的联络方式和接头暗号。"

有了这个基本思路以后,他又反复考虑了几天,在对一些细节做了进一步地推敲之后,他开始将他的想法付诸实施了。

十二

"你到底说不说!"

在"一打办"的刑讯室里,黎轩和吴文灿一起,正在审讯隔离审查对象李玉涛。

黎轩和吴文灿面前放着一张桌子,桌子上面铺好了记录纸,吴文灿手握钢笔,一脸严肃的样子。李玉涛坐在桌子对面的凳子上,头垂落着接受两人的审讯。

这已经是第三天了,李玉涛不眠不休、滴水未进地被审问,已经经不起这样的折磨,头垂着像死了一般。

"好,我让你装死。"吴文灿边说边用一盆凉水兜头泼去,吼道,"你说不说?!"

一盆凉水浇过去,使得李玉涛恢复了点神智,用微弱的声音说了声:"我交代——"

黎轩适时地制止了吴文灿,追问了一句:"你交代?"

"我交、交代——"李玉涛苍白着面孔,又补充了一句。

"你怎么个交代法"?吴文灿问道。

"你们让我,怎么交、交代……"李玉涛绝望地道,"我,就怎么交代……"

于是,事情就开始按黎轩预想的那样取得了重大的"突破"。

按照黎轩事先编好的口供,吴文灿威逼与恐吓等手段并用,李玉涛做出了这样的交代:

本人李玉涛于20世纪60年代前开始组织反革命集团,网罗了一大批现行反革命集团的成员。

为逃避打击,该组织利用一些书信和暗号接头,如看看手表,或点一支香烟为暗号。

1969年11月13日,该组织为进行一次反革命破坏行动的预演,决定对江南钢铁公司的工人会堂实施纵火烧毁。

这次行动的实施人员有彭欣、孙吉延等人。其中彭欣担任纵火任务,实施后即从墙头跳出,孙吉延则在外围观察是否得手。

……

以上只是摘录一些关键的词句,具体的审讯、交代材料差不多堆满了一屋子。

黎轩在得到了他想要的“证据”之后,就把黑手伸向了还浑然不知的彭欣、孙吉延等人。

当黎轩带人对彭欣实施抓捕时,彭欣正与他的师傅齐宏图一起在技术革新小组的简易砖房里做着可控硅的实验。

突然,门被推开了,两个身强力壮的汉子走进来,向着齐宏图走过去。

“你是齐宏图吗?”来人的其中一个问道,然后说,“我们是‘一打三反’办公室的,现在来通知你一个事,你的徒弟彭欣涉嫌参与‘一一·一三’纵火案,要请他去核实情况。”

说这话时,另一名壮汉已走向彭欣,他粗暴地挽起彭欣的一只胳膊,用粗野的声音下命令似的道:“走吧,彭欣,别再装样儿了,放下你的技术革新,跟我们走一趟吧。”

“师傅,我去,”彭欣平静地对齐宏图说,“工人会堂失火跟我没关系,只不过我那天晚上确实亲眼看到火起的。我去他们那里说清楚情况就回来继续做我的实验。”

“怎么,不就是亲眼看到起火吗?”齐宏图此时已隐隐感觉到事态不妙,他并没有马上同意,而是说,“就在这里说!我以一个共产党员的名义向你们保证,彭欣绝对没有问题。总该可以了吧?”

“哼哼,说得轻巧。”来人轻蔑地说道,“你以共产党员的名义保他没问题,好大的口气!少废话,究竟有没有问题,跟我们到‘一打三反’办公室去说。”

于是,来人不由分说地将彭欣给带到了审讯室。

这一去,便再也没有盼到彭欣回来的日子。

审讯室,实际上就是关押彭欣等人的囚室。彭欣进了囚室后,他们先是逼他承认参与“一一·一三”反革命集团案。彭欣这才知道这次审讯的真正目的。他们还企图从他这里再进一步扩大战果,把齐宏图也给圈进来:“说,你是究竟怎么样策划‘一一·一三’纵火案的?与你师傅齐宏图有什么关系?”

“哼,你、你们休想,”几天不间断的审讯已经使彭欣筋疲力尽,精神崩溃,他狂怒地说,“我师傅,绝、绝对不是什么反、反革命,不是——”

“你还挺顽固,你这样下去,只能落个死有余辜的下场!”审讯的人威吓道。

“死有余辜”,这个在审讯人员口中说惯了的词此时一说出来,顿时给了彭欣以一种新的希望:是啊,死,这是最后的结局了。如今,什么其他的希望都没有了,也许死能给自己清白。于是,死,变成了彭欣最后的选择。

彭欣抱定了以死来证明自己清白的决心后，便开始找机会了。

一天，当审讯人员拿着几张纸和一支笔来逼彭欣写交代材料时，彭欣便利用了这个机会，在纸上留下“师傅，我不是反革命”的临终遗言后，便纵身一跃，从位于五楼的审讯室跳了下去关押他的五楼。

再说孙吉延。

黎轩对这个年轻人在关键时刻站出来为齐宏图说话的行为大为不满，就一直想置他于死地。于是，就利用这次机会，将他也给圈了进去。怎奈这个铁骨铮铮的山东大汉与彭欣一样不肯屈服，到最后，也选择了一个机会跳楼自杀。好在他跳楼的窗口附近正好有一堆软土，是这堆软土救了他一命。

十三

“一一·一三”专案组的审讯活动正在紧锣密鼓地推进中，突然接二连三地出现调查对象坠楼的事件。这是个警报，说明“一打三反”的路线有问题的，是对广大的人民群众的迫害。

然而，当时处在运动领导位置的沈波却不这么想。对于彭欣的死亡，沈波说：

“这没有什么了不起，运动中发生嫌疑人为逃避打击而坠楼，正好说明了阶级斗争是激烈的。它是好事而不是坏事，说明我们的无产阶级专政是巩固的，一小撮阶级敌人被揭露，他们感到绝望了，才选择坠楼的嘛，我们搞运动的同志不要因此而手软。不过，我们倒应该加强防范，防止此类事件再次发生。是不是应该变更一下我们审讯室的位置？过去为保密起见，我们一般将审讯室选择在我们办公楼的最高层，这样呢，保密是保住了，可也带来了嫌疑人跳楼的高风险性，我看，是不是可以考虑调到二层？”

“嗯，是个问题，我们马上研究落实。”

黎轩十分满意沈波的表态，这等于在最关键的时候给了他最大的支持和肯定。对于沈波的话，黎轩只顾一个劲地点头称是。

于是，就这样，黎轩、沈波等人错失了一个改正错误的机会，在错误的道路上越走越远了。

当然，广大的人民群众对待“一一·一三”失火事件，也有一个认识、消化的过程。他们最初是惊愕，有些不相信这天方夜谭似的反革命事件竟真的会在建设社会主义的道路上发生。然而，有关的编造竟越来越自圆其说，越来越离奇，有些人开始信以为真。

但是，随着彭欣等人坠楼事件的发生，人们提出了一个疑问：所有这些铁一般的

“事实”，为什么一到关键的时刻，就会被一些“当事人”以血的代价给否定？

于是，有越来越多的人民来信寄到了上级乃至中央有关各部门。

然而，由于当时的历史条件，上级乃至中央各有关部门的信访渠道并不畅通，有大量的人民来信被退回到寄信人的单位。这样一来，反而导致了寄信人的政治处境的艰难。

对于所有这一切，齐宏图都密切地关注着。他在想，他该怎么办？怎样才能做到既把实情汇报给中央，又能不被黎轩等人察觉呢？

他不能不考虑他将采取的行动暴露后所带来的危机，左思右想，也没想出个办法来。这中间，一幕幕的往事在他脑子里翻过，使他痛苦得不能自已。

他想到了谢辉，想到了秦大川，想到了彭欣和孙吉延等人，他们究竟有什么罪啊？

彭欣，多么可爱的一个年轻人啊，由于出身的问题而从小就背上了巨大的思想包袱，但在他哥哥彭明的影响下，参加了工作，并在此后的技术革新中发挥了重要作用。齐宏图想到了彭欣关于梦的一系列事情，那亲切的身影，那笑容是那么甜。还有在最近的实验中，彭欣关于可控硅应用的发现。是啊，多么好的年轻人啊，而如今这一切都随着彭欣的离去而永远消失了，他带走的关于可控硅的实验前景，又是怎样的令人惋惜啊。

还有孙吉延。正是这个正直的青年在关键时刻敢于说真话，才使自己和江玉妹免于遭受绯闻的攻击，他有什么错呢？

想到这些，他再也坐不住了，他拿起纸笔，唰唰地写起来。他要把这些写成材料，尽一切可能把它送达中央领导之手。

于是，他开始考虑怎样发送信件的问题了。突然，他的眼睛一亮，一个念头使他兴奋起来：对，多抄写几分，同时分别寄往省里和中央的有关部门，总有一份会起到作用吧?！不是有句话叫“东方不亮西方亮”吗？而且，我还要不停地寄，直到它发生效用了为止。

齐宏图进一步地想到要做好最坏的打算，如果黎轩之流给自己按上“反革命集团人员”的帽子，给关起来怎么办？那我也绝不自杀。为此，必须事先把技术革新的事交代给魏云、党久霞、江玉妹等人，让他们把我没有完成的技术革新之事给进行下去，直到取得成功。

对了，就这么办！齐宏图下定了决心。

于是，一份份带着齐宏图体温的信件自铁厂发出，收信人地址下至省城上至北京，而且，每隔一个星期就有同样的一批信件发出，成了对“一一·一三”冤案进行斗争的亮丽的一笔。

转机终于来临了,它来自于齐宏图一封封连续不断寄出的人民来信,但更主要的还是由于一场声势浩大的地方公、检、法对于“一一·一三”纵火案的判决。

很可能是黎轩一伙自认为案件的结果有几分经不住检验,所以,数月以后,为了取得社会对“一一·一三”案件结果的认同,黎轩和沈波等人会同地方公、检、法,联合召开万人大会,对“一一·一三”案件的案犯莫家才进行宣判。

选择莫家才作为“一一·一三”案件的首判,黎轩是有着他的深远的考虑的:其一,莫家才因为是会堂的看护人,无论从哪个角度讲,他都是有着直接的责任的。从这个原因上说,选择他作为首判,对于那些对“一一·一三”案件还持疑议的人来说,是有说服作用的,也利于造成一种震慑的声势。其二,莫家才老人是个快退休的老工人,在群众中也没有什么声望,用他来开这首判之例,要比选择其他的人更容易成功。对于怎么宣判莫家才,黎轩做了两方面的准备:一是比较保守的,先不提反革命集团的事,只对莫家才的失职之责判刑;二是在宣判词的末尾加上反革命分子利用莫家才的失职,对会堂实施破坏,以摸摸舆论,看看社会上对“一一·一三”案件的反应。

宣判的结果是:判处莫家才有期徒刑十五年,立即执行。

当这个结果被报至最高人民法院核准时,终于,“一一·一三”冤案获得转机的日子来临了。

中央组织部收到地方来信的汇总后,一位副部长把高院的负责同志找去,拿出齐宏图的信件,还有一些其他的信件,对高院的负责同志说:“我们收到了很多人民来信,其中有个叫齐宏图的来信很说明问题。你们收到一个叫莫家才的材料了吗?我们已经研究决定,成立一个中央联合调查组,下到江南市去,直接面见齐宏图同志,面见普通群众,全面彻底地将事件了解清楚,彻底地解决问题。”

“好。”高院的负责同志说,“需要我们派人不?我们全力协助,全面彻底地遏制住这样的一股违反党的政策的逆流。”

接下来,以毛主席为首的党中央十分重视“一打三反”运动中所冒出来的对广大人民群众形成巨大伤害的问题,中央组织部奉命派出中央联合调查组,开始了对江南市“一一·一三”纵火案的调查处理。

中央联合调查组下到江南市的那一天,齐宏图就被请到了联合调查组的驻地。接待他的是一位头发已经有些花白的和蔼的老者。

“你是齐宏图同志吗?你不要怕,你寄给中央的关于‘一一·一三’纵火案的信件我们已收到。今天请你来,就是想当面听一听你的意见。”

那位领导同志亲切的表态令齐宏图激动不已,他望着中央领导同志亲切的面容,分外激动地说:“首长,我可等到这一天了,我、我有好多好多的话要跟您说啊。”

“嗯。”领导同志笑着看着齐宏图说，“我知道，知道。你可以讲，但是，这一次，我们主要还是解决‘一一·一三’纵火案的问题，其余的，留着以后再说吧。”

于是，在中央领导面前，齐宏图尽情倾诉了心中的郁结，详细地叙述了彭欣、孙吉延所受的迫害，并把谢辉与秦大川的事也一一提出。虽然他知道此次解决的问题还不能顾及谢辉与秦大川，但他还是忍不住把问题给陈述了一遍。

“太不像话了！”领导同志花白的头发都似乎因愤怒而根根炸开，他愤然地指出，“这就是口头上高喊革命口号，而实际上对人民群众大动干戈的行为！不知这些同志对人民群众的感情到哪里去了？我看，对这些同志应该考虑做组织上的调动，最起码，不能再让这些同志担任领导职务了。”

于是，在中央联合调查组的干预下，江南钢铁公司的领导班子做了调整：沈波被停职，而改由彭明同志担任江南钢铁公司的书记兼经理；齐宏图同志因为在这次斗争中表现突出，而被升任江南钢铁公司的副经理；江南铁厂的正、副革委会主任，则由魏云、王伟同志担任。

在中央联合调查组的干预下，“一一·一三”失火事件终于有了一个科学的、实实求是的结论。调查组通过对火灾现场仔细地勘察和模拟，得出了由于会堂年久失修，导致电气线路老化而引起火灾的结论。

黎轩在铁的事实面前终于无话可说，以一篇检讨结束了他的政治生涯，并在中央联合调查组为“一一·一三”冤案举行的万人大会上声泪俱下地为自己请罪，请求人民群众对他进行批判，进行处理。而中央联合调查组对待犯了错误的干部，还是以教育为主，最终只是免了他的职务。考虑他的处境和工作环境，中央联合调查组与其老家的一家单位协商，最终将他调离了江南市。

齐宏图与中央调查组的领导谈话后，心情轻松了不少，想起技术革新，想起彭欣，他不由得想起了江玉妹，想起了孙吉延。

对，把这个好消息告诉玉妹！齐宏图不由得心急如焚，恨不得马上见到江玉妹，把这个好消息告诉她。终于等到这一天了，齐宏图想着江玉妹得知后，说不定会高兴成什么样呢。

齐宏图一边想象着江玉妹在听到这个好消息后的样子，一边快步地向高炉卷扬机房走去。

“玉妹！”齐宏图兴冲冲地跑回卷扬机房，对着正在操作卷扬机的江玉妹说，“可等到这一天了！你猜，中央联合调查组的中央首长都说什么了？”

“说什么了？”江玉妹平静地问道，“不会是要纠正‘一一·一三’案件的错误吧？”

“正是！”齐宏图兴奋地说，“中央的同志说，‘一一·一三’冤案是一些口头上高喊革命口号的人对人民群众大动干戈呢。”

“真的?”江玉妹不敢相信地问道。

“真的!”齐宏图激动地问,“玉妹,你不高兴吗?”

却不想,江玉妹听了这句话竟半天说不出话来,激动得哭了起来。

齐宏图反而有些慌了,说:“玉妹,别哭了,是好事儿,哭什么呀?”

隔了一会儿,江玉妹平复了情绪,说:“彭欣死了,没机会看到这一天了,我们现在应该去看看还在关着的孙吉延。是他们保护了我们,否则说不定黎轩这些人还要编出什么瞎话来呢。”

“对,对啊!”齐宏图于是决定去探望孙吉延。

江玉妹与齐宏图一起去探望孙吉延的时候,孙吉延被解除了关押。

只见孙吉延已被折磨得面目全非了,一条腿被摔坏,整个人已经憔悴得变形。

“吉延,你受苦了。”江玉妹见了孙吉延的样子,顿时女性的柔软的心灵被激发,大放悲声地说。

“没什么。”孙吉延倒显得很是平静。

而孙吉延越是平静,江玉妹越是心疼。终于,在不久之后的日子里,两人越走越近,最终结为连理。此是后话了。

十四

关于“一一·一三”冤案的斗争,终于在中央联合调查组的干预下,取得了令人鼓舞的胜利。在以后的日子里,整个局势大踏步地向着正确的方向发展。毛泽东主席审时度势,做出了改善中美关系的英明决策,实现了周恩来与尼克松北京会见,从而改变了世界历史格局。邓小平也在不久之后恢复了党的组织生活,成了党的重要领导人。

所有这些,都为齐宏图的中型高炉上料系统自动化技术革新取得彻底胜利准备了最好的政治条件。

彭欣的死给齐宏图的技术革新带来了极其严重的损失和无法弥补的缺憾。彭欣死后,齐宏图擦干眼泪,以极其悲痛的心情重新开始了可控硅实验,以多次的失败为代价,终于找回了彭欣所达到的高度。他与魏云、党久霞、江玉妹一起,完成了中型高炉上系统自动化技术革新,大幅提高了我国在这一领域的技术水平赶超了世界先进水平。

在终于实现中型高炉上料系统自动化以后,齐宏图只同意有关的新闻媒体对此做些低调的报道,一些有影响的报纸只在二、三版的角落里发了一条短短的消息。这比起第一次实现中型高炉上料系统技术革新时报刊上对齐宏图的大吹大擂来,实在是相形见绌。但尽管如此,一些国内的钢铁企业及一些日本的钢铁企业,对此却都予以了高度的重视,称其为“迄今为止,在有关钢铁冶金方面最了不起的发明,大大增强了高炉现有设备的增产能力……赢回了百分之二十的增产空间”。

在技术革新成功以后,齐宏图、魏云等人新的任职决定也正式公布了。这说明党和人民肯定了他们的工作成绩,在工作上赋予了他们新的、更大的责任。

事实也的确如此。

就在齐宏图上任钢铁公司副经理之时,一场新的考验来临了。

由于齐宏图在技术革新方面的贡献,彭明就他的工作安排问题与他做了这样的谈话:“齐宏图同志,我看你的工作侧重点应该放在全公司的技术革新方面。因为你有丰富的科学技术革新方面的实践经验,这一点,将有利于你工作的开展,也为提升江南钢铁公司的技术水平开了一个好头。”

“彭经理,”齐宏图有些不好意思,“我这点儿底子你还不知道吗?是你培养了我,把我从一个只知道下死力苦干的工人培养成了一个搞技术革新的战士。如今你让我侧重技术革新工作,我服从党的安排,相信在党的领导下,能做好我的工作。”

于是,齐宏图以公司副经理的身份,分管全钢铁公司的技术工作。

就在齐宏图准备在工作中大展拳脚的时候,一个特大的难题摆到了他的面前。

这个难题就是姑娘山铁矿的扩充开采受到了地下流沙层的阻挠,目前正需要上级部门和江南钢铁公司领导同志的拍板解决。

说起姑娘山铁矿的流沙层,还得从头说起。

这个姑娘山,地处长江中下游的铁矿储藏带,有着储量丰富的铁矿资源。

一直以来,江南钢铁公司的生产,主要靠临近江南钢铁公司的、从日本人占领时期就开始开采的东、西笔架山铁矿维持。

由于东、西笔架山铁矿开采日久,加之钢铁生产的需要量日渐增加,便需要寻找新的铁矿的开采点。姑娘山铁矿,与东、西笔架山铁矿虽然不是属于一处发育的铁矿床,但却是与东、西笔架山铁矿有着同样性质的一处好矿,且储量丰富,能足够江南钢铁公司“吃”上半个多世纪的。说到其储量的丰富程度,据说连探测铁矿储量的飞机上的磁盘仪表都一度失了灵。

从去年起,国务院批准地质部钻井队在姑娘山先期打出一眼井,然后,再根据地质探查的情况,做出打井开采的部署。

却不料井打至地下一百多米深时,便发现流沙层。流沙层的成因是长江的水流导致了与之相通的沙砾成了流动的层体,覆盖了其下的铁矿本体。而这个流沙层,根据报上来的材料说，其流动性很强，而且有着不竭的源流。这里刚刚把沙子掏空，不到两天的工夫，便被一层新的流沙填满。真是个掏不尽舀不完的沙窝。碰到这样的流沙层，就是再好的铁矿在那里摆着，也只能望“沙”兴叹了。

究竟如何面对这个世界级的难题，是放弃、撤回打井队还是请专家来破解？钻井队只等上级有关部门及领导做出批示。

齐宏图把材料仔细地看了一遍，一个念头在脑海中忽然闪现了出来：“没有调查就没有发言权”，这是毛主席说的。是啊，一切结论都来自于调查研究。

“走，英奇，”齐宏图一拍桌子，站起来对司机乔英奇说，“开车，去姑娘山铁矿。”

“齐副经理，”司机小乔不由得皱了眉头，说，“你看几点了，咱们吃完饭再去吧？”

“哎，上车再吃嘛。”齐宏图说，“带上两个白面馍馍，不就解决了吗？”

“哎，真拗不过你。”司机小乔撇着嘴说，“连吃顿饭的工夫也不给。”

齐宏图笑了，他知道，这是司机小乔在为自己打抱不平呢。这会儿，也顾不上多说了，他催着小乔开了车，一溜烟地向着姑娘山铁矿驶去。

经过一个多小时的行驶，姑娘山终于到了。齐宏图抬头望望，嗬，一片翠绿的青山中，耸立着一个钻井队的井架，一湾碧水从它脚下缓缓流过，这就是当地有名的青山河。那情景，就如同一幅江南山水画，美得无与伦比。

“嗬，风景不错呀。”齐宏图笑着开口说道，“这矿区的风景可真美，比咱们在城市里看见的景物可强多了。”

“可不是嘛，青山绿水、鸟语花香。”司机小乔接过话茬说，“您还是头一次到这里来吧？我可是第三次来这里了。要是让我选择今后退休生活的地点的话，我真希望选择在这里。”

“嗯，什么时候我们炼钢、炼铁的单位能不冒那些‘黄龙’就好啰。”

“黄龙”是指那是炼钢、炼铁时排出的黄色烟雾。齐宏图对此也深有感触，随口接道，却不想他们无意中聊起了当时还处在起步阶段的话题——环境保护，大气污染。说话间，汽车已开到了山脚下，抬头望望，上山没有路了，只能靠步行。司机小乔请示齐宏图道：“齐副经理，咱们怎么上山啊？”

“别一口一个齐副经理，”齐宏图听不惯司机小乔对自己的称呼，严肃地说，“咱们马上就要到钻井现场去了，这么叫，一来显得生分，二来也不利于工作啊。还是叫老齐吧。”

“老齐？这怎么行？”司机小乔提出异议，“要不，就叫齐师傅吧，工人一般都叫师傅的。”

“嗯，好，就叫齐师傅。”齐宏图兴高采烈地同意了。对于关于怎么上山的问题，他不假思索地说："至于怎么上山嘛，那还要问吗？自然是步行啰。咱们找个地方把车停下来，徒步登上。"

于是，在姑娘山的一个略为宽阔的地方将车给停下来后，齐宏图便与司机小乔一起，徒步登山了。

突然，齐宏图由于一心只想着快一点登上山顶，一不小心，滑了个大跟头。由于天刚下过雨，泥水溅了他一身，他成了个大泥人。齐宏图一边笑着，一边自嘲道："真没想到，还没上姑娘山，倒先给'姑娘'磕头了。"

"齐副……啊，齐师傅，"司机小乔赶紧赶上一步，扶起齐宏图，"您慢点儿啊，再急，也不急这一会半会嘛。"

齐宏图摆摆手，示意自己不用搀扶。他看着自己被溅成泥人的模样，得意地说："哈，这一溅，反倒好了，更像个路人了。到山上，人们或许会把我们当成来登山的人，这样，更有利于我们掌握第一手资料，你说是吧？"

"哎，您呀。"面对这场景，司机小乔也说不出什么了。两人一路，说说笑笑，不一会儿，就上了山顶。

山顶上三三两两地散落着一些没什么事儿干的工人们。但也有几个人在忙碌，其中一个年纪稍大的老师傅正在收拾吊具，给吊具上机油保养。

"老师傅，怎么，还在干活儿啊？"齐宏图凑到老师傅身边问道，"听说钻井遇见流沙了？是不是停工待命了啊？"

"哎，瞧你这位同志说的，"老师傅接过话头说，"虽说遇见流沙层停工了，但总还有开工的日子。这不，我们的钻井报告打上去了，上级总会解决的。"

"解决个屁，"突然，传过来个年轻的声音，"那么好解决，何必打报告上去？"

这年轻的声音是在旁边坐着的一个青年工人发出来的，顶得老师傅脸上红一阵白一阵的。

隔了会儿，老师傅自我解嘲道："唉，年轻人，说话就那个样，也没个轻重。怎么，两位是闲着没事来钓鱼的吧？"

听着老师傅的问话，是把齐宏图与小乔当成闲人了。也不怪，自从钻井队到这里钻井以来，确实有一些附近采砂点的人休息天没事前来钓鱼调剂生活。齐宏图一听，干脆将错就错，笑着说："老师傅，贵姓啊？这附近的鱼塘有不少鱼吧，我是准备来钓鱼的，今天闲着没事，先来探探路。刚才那位青年贵姓？还挺有意思，说话直得很，也不管轻重，得罪您老了吧？"

"他呀，叫王翔。"见问，老师傅打开话匣，说了起来，"我姓石，叫石万春。哎，说起这个王翔啊，从小就是听着《铁道游击队》的故事长大的，对那个王强特别崇拜，后来上了学,非要改名叫王强不行。后来说是同名同姓怕不好分别,才同意用‘翔’它换了‘强’字。我这么一说,两位相信了吧?其实,他就是这么个人,说话也不懂分时间地点,大炮筒子一个,我也不与他计较。怎么,你们对他好像挺有兴趣?他可不爱钓鱼,是个只会吃鱼的二杠子。"

"瞧您老说的。"齐宏图礼貌地回答着石万春,"石师傅,我倒蛮喜欢性格直率的人,我找他聊聊去,您老忙着,咱们下次再见。"

"好吧,当心他冲你。"石万春好意地叮嘱道。

"放心吧,石师傅。"齐宏图笑着挥手,"我不会生他气的。"

于是,齐宏图与司机小乔两人便追王翔去了。

见齐宏图与小乔尾随自己而来,而且两人都身穿工作服,王翔估摸着一定是两个来调查流沙层情况的干部。齐宏图追上王翔,说自己是为钓鱼而来的,想和他交个朋友。交个朋友就交个朋友吧,反正王翔已隐约觉得来人似乎有点讲究,但齐宏图不说,王翔就索性装成什么都不知的模样。在齐宏图问及有关流沙层的情况时,王翔把知道的情况像竹筒倒豆子,全部都说了出来。

"那你们没有想办法吗?"齐宏图问,"就这么停工算了?往上一报,说是遇见流沙层就完了?"

"唉,难哪。"王翔说,"办法倒是想了,比如用槽钢做成一排挡沙墙给打下去。可是没过两天,又出来流沙了,而且还把槽钢给冲弯了。所以,队里打报告时,曾征求过大家的意见,也没个吱声的。"

"难道就没有其他办法了吗?"齐宏图问,"活人还能叫尿憋死?我就不信,治不了这流沙。"

王翔动起气来,但接着,他又叹气道:"难啊,就眼下咱这体制、机制,也不允许我们有啥办法。咱们是打井的,归地质队管,巷道归井巷公司管,矿山生产归钢铁公司管,谁也管不了谁。各家的人、财、物都有限,谁肯出头来管这个闲事呢?不过,只要上级领导有决心,我相信还是有办法的。"

两人的谈话至此结束,齐宏图觉得已经受到了启发。他挥着手与王翔、石万春告别,已在心里初步有了主意:毛主席说"群众中蕴藏了极大的社会主义积极性",我们的工作必须依靠群众,充分发动群众,那么,就没有克服不了的困难,就没有什么不能完成的任务。当然,在技术攻关的时候,也必须发挥专家的积极性。

是啊,有毛主席的英明领导,有党的方针政策的保驾护航,我们一定能找出办法来的。

在回程的路上,一路上,齐宏图满脑子想的就是这些。

“齐副经理,到家了,还在想什么呢?”忽然,司机小乔喊道,原来车已到了齐宏图家楼下。

“啊,这么快就到了,”齐宏图如做梦一般,“我就像是做了一场梦。这一次下去,收获还是蛮大的。”

十五

“久霞,你辛苦了。真是不好意思,这次又要出去一阵子。丢下你和孩子,实在有点过意不去,可又没有别的法子,谁让我主管这个工作呢。”

这是在齐宏图的家里,在齐宏图决定下到钻井队参加劳动和蹲点的前夜,面对着妻子党久霞和一大一小两个孩子,齐宏图不由得显得有些愧疚:“我也请示了彭经理,他支持我下去。你看,我这一走,准又得十天半个月回不了家,真的让你受累了。”

“算了吧,反正我这一辈子算交给你了。”党久霞故意娇嗔地说。她瞅了瞅齐宏图,一丝惜别之情不由得夹带了几分担忧。说实在的,自从与齐宏图结婚以后,日子虽过得并不富裕,但精神上是甜蜜的。夫妻之间你敬我爱,相敬如宾,从来没红过脸,感情一直很好。工作上,久霞也一直全力支持齐宏图。在她脑海里,只要丈夫能一门心思地干革命,她在后面把家里的事给一手包下来,那是天经地义的事。所以,从中型高炉上料系统自动化成功后,她就承担下了家里所有的事务,还为齐宏图生下了两个可爱的孩子。大的叫建国,是个男孩子,已经快要上初中了;小的才刚刚五岁,是个女孩,宏图起名叫瑞芬。这些,都没有让党久霞觉得受累,只是最近她发现建国似乎越来越不听她话了,学校里老师还告过状,说他已经逃过两次学了。想到这里,党久霞不放心地说:“你就是在家,也没让你操过心哪。不过,说正经的,我倒是有些担心齐建国,这孩子也不知像你还是像我,反正有点管不了啦。”

齐宏图不吱声了。隔了一会儿,他去孩子们睡觉的房间看了看,见小瑞芬老老实实地睡在被窝里,而齐建国叉开着腿,伸开两只胳膊,把被子也给蹬了一半。

齐宏图轻轻地把儿子的被子盖好,慈爱地轻声骂了句:“小兔崽子,睡觉也不老实。”

齐宏图在做完这些回到自己的屋里后,对党久霞说:“儿子都长这么大了,还是头一回看见他睡觉的样子呢。久霞,真难为你了。唉,怪我,工作上的事太多,心思也就没放在孩子们身上。等忙完了这阵子,我一定好好关心关心他们。”

“瞧你这当爹的,”党久霞嗔怪道,“好像孩子是就我一个人的似的。别忘了,孩子姓齐。”

"唉,没办法了,"齐宏图对妻子撒娇道,"孩子只能交给你管了,工作上的事就够我烦心的了。"

"这回下去估计得多长时间?"党久霞收起笑容,认真地关心起齐宏图工作的事来。

"不好说,"齐宏图道,"这是个新课题,咱们国家在这个领域也没积累多少经验,目前治理流沙还仅是个美好的愿望。为了这个,这两天,我也了解了有关的情况,矿山研究院有个矿山研究室,在流沙层的治理上可能有些经验。可是,'文革'一来,就把有关的人员给下放到东、西笔架山去锻炼了,院里找不到人。这次下去,很可能没有成果,但我想,即使没有成果,能给今后治流沙积累点经验也是好的。"

望着丈夫那忧虑的面容,党久霞心底对丈夫的爱和关心不由得萌发了,这对革命夫妻的相互鼓励变成了一道美丽的风景线。她对齐宏图说:

"我相信你,只要你抱着对事业必胜的信念,一定会克服所有困难的。过去我们一起搞中型高炉上料系统自动化的技术革新,不就是这么走过来的吗?你放心去吧,家里的事不用操心,有我呢。好了,天也不早了,咱们关灯睡觉吧,明天你还要赶路呢。"

"久霞,谢谢你!"齐宏图激动地一把抱住党久霞,说,"我的好妻子。"

于是,灯灭了,齐宏图与妻子度过了一个难忘的、激情的夜晚。

第二天天一亮,齐宏图便早早起了床。他睡不着,脑海里有着太多关于治流沙的想法。

司机小乔将齐宏图的行李搬上车,对齐宏图说:"齐副经理,上车吧。"

车子一路风驰电掣地驶到了姑娘山。这回不像上次了,那次他们是来考察,将车停在了姑娘山下的一处空地上,这一次他们是要在此地参加工人们的劳动,探讨治理流沙的问题,他们便把车开到了钻井队办公室门前。

停了车后,小乔便与齐宏图一起把行李背上,到办公室里,与钻井队的领导见面。

由于已经得到齐宏图要来蹲点劳动的通知,钻井队的领导们早就在等了。一见齐宏图,钻井队队长萧万长热情地道:"欢迎,欢迎,齐副经理,您的到来,一定能解决困扰我们的流沙问题。"

"不必客气,流沙问题还要我们齐心协力,共同来解决。"齐宏图说,"我们还是下去吧,和群众在一起共同探讨这个问题。"

于是,齐宏图和小乔就和钻井队的领导一起到了工人群众中。

"齐副经理,您前一次来我们这里时我就估摸着您不是一般人。"再次见到齐宏图,王翔笑着大声说,"怎么着,是为了流沙问题来的吧?"

"正是。"齐宏图爽快地回答道,"咱们大伙儿一起攻关,看看能不能啃动这根硬骨头。”

“我们早就盼着这一天了。这回好了，有齐副经理挑头，咱们就有盼头了。”王翔表面大大咧咧，实则是用心在说，“到咱们的工地上好好唠唠去。”

“好。”齐宏图说着，挽着王翔的胳膊来到工人的劳动现场。

齐宏图来到钻井队参加劳动蹲点后，广泛发动群众，开“诸葛亮会”，鼓励大家献计献策找到制服流沙的方法。

发动广大群众来参与治流沙，也确实收到了一定的效果，如群众想到用双层槽钢打下去，以加强抗压的强度，再如群众想到利用人海战术，把经槽钢截留后漏到矿井中的流沙给清走，但这些建议操作上都有一定的不确定性，因此也就没有实施。

面对所有的发言，王翔没有吱声，他脑子一直在盘旋着一个问题，只要能人工做成个巨大的圆筒，使筒壁不漏流沙，不就可以解决流沙的问题了吗？可是，这个巨大的圆筒又该如何做呢？用水泥浇铸，只怕还没等到圆筒成型，就给流沙冲毁了。

怎么想也想不出办法，一连几天，王翔连洗脸洗脚的工夫都在琢磨。

这天，是个风和日丽的好天气，齐宏图想抓紧这难得的机会洗衣服。但司机小乔不让，抢着要洗。齐宏图说：“不行，你是来工作的，又不是来服侍我的。”正在这时候，王翔趁机提议说：“齐副经理，今天是个难得的好天气，你衣服也别洗了，我带你去山里逛逛去，这里还有一处冰姑娘庙呢，如何？”

在下到钻井队后，齐宏图曾听石万青说起过附近修有冰姑娘庙，便想，来了趟姑娘山，连冰姑娘庙都没逛过也是个遗憾，就同意了。三人一起往冰姑娘庙而去。

姑娘山上层峦叠嶂、山明水秀、春色盎然。在一片春光中，只见前方立着个破败的小庙，显得那么不协调。

“唉，这都是‘文化大革命’造成的，”王翔轻轻叹了口气说，“至今也没恢复起来，真可惜啊。”

望着眼前的这一切，齐宏图不由得感叹道：“就是，这个绝佳的江南山水画中，却立了这么个破败的庙宇。要是这庙宇完好地立在这里，不也是一处风景吗？”

“唉，何止是风景，”王翔听了不禁叹息道，“简直就是一处名胜啊。”

“哦，难道还有什么故事？”齐宏图一听不禁来了兴趣，进一步问道，“能不能说来听听？也让我这个外乡人开开眼界嘛。”

原来，这个王翔是个闲不住的人，走到哪里，都要了解一下当地的名俗，游览一些名胜古迹，听一听当地动人的民间传说。这姑娘山也有个美丽的传说，王翔前几次来踏青时曾听当地人说过，此时他便娓娓道来：“传说古时候这里住着一家农户，一家人辛勤劳作，过着春种秋收的生活。由于江南这里地理位置好，虽然有地主的剥削，可日子还算过得下去。一年的夏天,当地的一个地主到乡下来收租,经过这家田地时,被这家正在劳作的女儿的美貌给迷住了。地主便派家丁来这家寻衅,要霸占这家的女儿。"

"又是一个穷人受剥削和压迫的故事,"齐宏图感慨道,"那会是什么结局呢?"

"令人想象不到,有点神话了。"王翔咽了口唾沫继续说,"而这家的女儿却是个性格刚强的人,拼死也不肯答应地主的逼嫁。这天,两个恶家丁又来逼嫁,为躲避两个恶家丁,这家姑娘就逃出了家。就在这个建庙的地方,姑娘口渴了,停下来,用双手捧起了溪水喝了几口,却见两个恶家丁已追了上来。正在这紧要关头,奇迹出现了。只见她眼前闪现万道银光,溪水上了冻,一条由冰铺成的大路出现在她眼前。传说是观音菩萨现身,引领着姑娘飞了起来。那两个恶家丁一见慌了,立刻下跪,磕头如捣蒜,看着姑娘升天而去。后人们为了纪念这位升天的姑娘,便在姑娘升天的地方修了冰姑娘庙。姑娘升天的这座山,也改名为姑娘山。"

啊,齐宏图听得有点入了迷。他不由得赞叹起民间传说的美妙和神奇来了。放眼望去,这大好的河山,还藏着多少这样迷人的民间传说啊,他不由得陶醉了。

正在齐宏图美美地想着这一切的时候,突然传来王翔的一声狂喊,把齐宏图给吓了一跳。"冰、冰姑娘!齐副经理,我想出办法了,好一个冰姑娘啊!"

"你怎么了?"齐宏图不禁一愣,摸不清头脑地问,"什么办法?什么冰姑娘?"

"齐副经理,"王翔兴奋地大声说道,"我想出制服流沙的办法了!"

"真的!说说看。"齐宏图大感意外,不由得问道,"什么办法?"

原来,王翔的脑海里始终盘旋着如何制服流沙的问题,当说到"冰姑娘"一词时,他忽然灵光一闪:冰,为何不用冷冻的法子来制服流沙呢?他说:"是这样,齐副经理,我的脑子一直在想如何破解这个流沙的难题,没想到,这个冰姑娘的传说启发了我。你看,能不能够这样呢,运用现在的科学技术,把一圈流沙给冻起来,造成一个坚固的冰墙,挡住后面的流沙,来一招'以沙治沙'?"

听完王翔的思路后,齐宏图并没有马上表态,他在想着这个计划实施的可能性,等到他认为此建议确实可行后,高兴地一下子抱住了王翔,忘情地说:"这可真是个好办法啊。王翔,可真有你的,作为制服流沙的先锋,你的功劳数第一!"

"什么第一不第一的,"王翔谦虚地笑道,"我只想制服流沙。"

"好,太好了!"齐宏图笑着说,"来来来,咱们再好好合计合计,看怎么个操作法。"

司机小乔看着齐宏图与王翔忘情地商讨着,心里边乐开了花,他知道,治理流沙的春天来到了。

十六

齐宏图自冰姑娘庙回到钻井队后,便开始了治理流沙的实际操作。

他首先做的是提出钻井队领导班子改组的建议。他认为,要想制服流沙,关键是人才。为此,他找道钻井队队长兼党支部书记萧万长谈心。

“老萧哇,”齐宏图推心置腹地对萧万长说,“你做钻井队队长也有年头了,你对自己的工作应该有一个总结吧?”

“齐副经理,”萧万长不明白齐宏图的用意,直接用疑问的方式开始了他们的谈话,“不知你今天突然提这个问题是什么意思?说实话,对于我个人的工作我还真没考虑呢,只是组织指向哪里,我就带着队伍冲向哪里。不敢说工作有成绩,但是也从没耽误过任务。就是这一次,碰到了流沙层,导致了停工。我想,这是个科技新课题,我们也及时地给上级和有关部门打了报告,请求决定,还不能算是错误吧?”

“老萧,你误会了。”齐宏图诚恳地敞开了心扉,对萧万长说,“我不是那个意思,而是诚恳地与你探讨一下工作。你说,你这十多年来就没有感到工作上缺点什么?比如说人才的缺乏。就像今天这样,碰到流沙层问题了,队里该怎么办呀?”

“怎么办?”萧万长说,“还能怎么办,按组织系统汇报呗。”

“我的萧队长啊,按组织系统汇报没错,”齐宏图耐心地说,“难道就没有别的办法了吗?比如发动群众,共同来想办法嘛。当然啰,这里面还有个如何集中群众智慧的问题。但是,最起码,我们可以集思广益呀。”

“这个,我承认,我们工作上有欠缺。”萧万长坦诚地承认道,“但是,究竟群众能想出什么办法,我还是有保留看法的。群众嘛,最多能想出点皮毛的点子,比如什么‘双层槽钢打下去’之类,但是要真正解决问题,还得指望上级部门和领导派来专家才行呢。”

“这个我们不要再争了,”齐宏图说,“或许你是对的,但世界上任何事物都不是绝对的。就说眼下咱们治流沙吧,你知道王翔同志想出什么办法了吗?”

“什么办法?”萧万长问。

“一个惊人的办法。他说,用低温冷冻来解决问题。”齐宏图说,“王翔同志提出把流沙给冻起一个井样的圆圈,挡住后面的流沙,从而解决治理流沙的问题。”

“嗯,倒是个好点子。”萧万长不由得赞叹了一句,说,“值得试一试。”

“所以,我想建议你把王翔同志给提拔起来,”齐宏图说,“做你的副手,担任钻井队副队长,以利于整个实验的开展。”

没想到此言一出，却引得萧万长一阵沉默，半天他才慢慢地吐出一句话："我的齐副经理啊，要说提拔王翔同志作为我的副手，这可是个关于领导权的问题了。我知道，你齐副经理下来后跟王翔同志接触得多，对他的印象好，这倒也罢了，但是提拔一个队里的领导事关钻井队今后能不能打胜仗的问题，说实话，我不能同意。首先，他王翔是不是党员？连个党员都不是，政治上怎么能过硬？齐副经理啊，至于工作能力的问题，我也没看出他有什么优秀的地方。"

一番话，引起了齐宏图的深思，他还没有考虑到这么深的问题，只是凭着直觉感到提拔王翔为副队长有利于整个实验的开展。如今萧万长把问题提到这样的高度，令他不能不做更深一步的考虑。传统的观念里提拔干部的第一关就是政治关，而王翔连党员都不是。但是，王翔那时时刻刻都不忘思考治沙问题的精神，又向齐宏图表明了他积极投身于治沙的态度。何况，他已递交了入党申请，只是由于发展党员的速度有限，至今还没有发展他入党，但这不正好说明了他政治是可靠的吗？至于工作能力，他工作上并没有什么失误，只是由于思想上的一些问题而导致他并不是表现得那么出色罢了，怎么能说他的工作能力看不出优秀呢？

想到这里，齐宏图慎重地说道："我不认为王翔同志政治上不合格，也不认为他工作能力不优秀。首先，他是一个一直要求入党的积极分子，思想上的入党正是他组织上入党的前奏，我们应该积极培养的正是他这样的人。"

"齐副经理，"只见萧万长站起身，不悦地甩出一句话，"你的意见我不能左右，但要问我的意见，一句话，不同意。"

说完，他手一摆，扬长而去。

这一次的无情拒绝，使得齐宏图深深感到传统观念的强大力量，深深感到人才培养工作的艰巨性。

齐宏图在受到萧万长的拒绝后，并没有放弃他的主张和努力，而是把工作的重点转向了基层。在与王翔的师傅石万春的谈话中，石万春的表现让他看到了希望。

"石师傅，忙着哪？"齐宏图笑着同正在忙着给钻井设备做保养工作的石万春打招呼说，"你总是给井队的设备做保养，真是辛苦了。王翔呢，他怎么也不来帮把手啊？"

"哎，他啊，不知是哪根筋又搭错了，"石万春笑着说，"正在忙着找管子呢。"

原来，王翔是在为即将开展的冷冻实验找一些钢管之类的零件。

齐宏图一听就笑了，他明白王翔的真实用意，故意卖着关子笑问石万春："您老真的不知道王翔在干什么？他是要做件大事呢。"

"什么大事啊？眼下除了治流沙，"石万春答，"其他还有什么大事？"

"正是治流沙。"齐宏图不由得笑了，他告诉石万春，"他呀，是想用冷冻的法子来解决流沙问题呢。”

“什么？冷冻的法子？”石万春惊道，“怎么个冷冻法？他什么时候想的这法子？”

“他没和你说吗？”齐宏图用双手做成一个井筒状，说，“他想用冷冻的办法来人工冻住流沙，解决这个问题。”

“好嘛，小兔崽子，别看他一天到晚闷声不响的，脑子里尽是治流沙的事呢。”石万春闻听齐宏图讲了王翔的设想后，禁不住赞扬起了他的爱徒来，“他呀，闷棍一根，讲起话来有时还很刺人，可我了解他，是个好小伙子。”

“这么说，你是理解他的。”齐宏图进一步说，“要选他做钻井队的副队长呢？”

“什么？要选他做钻井队的副队长？”石万春不由得惊讶起来，他万万没有想到，齐副经理竟会想要拔猛将于行伍，选一个普通的工人为井队副队长，“这是你的主意？啊呀，你可算选对人了。好，好，这回呀，咱们这个‘闷棍子’可该好好施展施展了，他一肚子的鬼主意呢。”

“您老不觉得他不够资格吗？”齐宏图进一步问，“比如，他连个党员都不是呢。”

“嘿，资格是啥，”石万春说，“资格也是锻炼出来的嘛。其实呀，他老早就想入党了，他名字叫王翔，不就是最好的证明？”

“好。”齐宏图说，“就凭您老这一番话，我算是投定他一票了。”

于是，经过石万春做工作，选拔王翔为钻井队副队长的舆论开始在基层广泛传开了。一时间，在井队成为一个佳话。

终于，提拔王翔为钻井队副队长的提议在井队召开的一次全队会议上被正式提了出来。出乎意料的是，经过了多天的思想斗争和认真选择，萧万长投了赞成票，他激动地说：“在齐副经理第一次找我谈这件事时，我是说了不赞成的话的，但经过这段时间的观察与思索，我认为我的看法是有错误的。错在哪里呢？主要还是对党培养接班人的战略缺乏清醒的、紧迫的认识，更在对人的看法上犯了主观主义的错误。说实话，我总认为领导权的问题可不能马虎，不能随便就交给别人，而没有看到人是在实际工作中锻炼成长的。就拿王翔同志来说，我总是拿一成不变的老眼光来看待他，却看不到他积极的一面。一味地强调什么高标准，差点把王翔这样的同志给耽误了。现在我要说的是，不能再用我这样的思想方法看问题了，要欢迎像王翔这样有思想、有作为的同志进入我们的领导班子。在这里，我要向王翔同志致歉。”

伴随着萧万长的话音落地，全场爆发出一片掌声。就这样，钻井队选定了一个新当家人，钻井队新的第一副队长。

王翔当了钻井队的第一副队长后，立即开始组织实施与齐宏图商定的“冻沙围井”计划。为此，齐宏图从钢铁公司调来两台宝贝似的冷冻机，供王翔“冻沙围井”计划使用。可冷冻机的冷却循环系统的管路不够长,必须实施改造。

怎么改造呢？王翔想出了一个办法,即把冷却机的冷冻循环系统的铜管接长,顺着井管伸到地下,接到原有的冷冻机冷却循环系统上,形成一个回路,以此来达到冷却的目的。为此,就必须把铜管的接口处用法兰盘封住,以达到接长铜管的目的。

接长铜管的操作在王翔的组织安排下顺利地进行着,在最后的安装开始实施的时候,青工小赵拿着扳手下到坑里,在进行了一番操作后,王翔问青工小赵:"怎么样,好了吗?"

"嗯,快了,快。"青工小赵突然间有点支吾,"好了,可以用了。"

原来,青工小赵在紧法兰盘的四个螺丝时,由于怕紧不紧,就加了力道,一下子把四个螺丝中的一个给紧滑丝了。可是螺丝都用完了,这滑丝的螺丝也还有余力,小赵一试,觉得还好,就没有说出来。

一听小赵支吾,王翔不放心了。他接过小赵手中的扳手,自己下到坑里去检查设备的情况,一检查,便查出了其中的毛病。

于是,王翔当即停下了手中的工作,专门派人去采购了备用螺丝来换上,以消除隐患。

这件事发生以后,青工小赵也深刻地认识到了可能发生的危害的严重性,反省了自己不严谨的工作作风。

然而,此事却令萧万长深刻地认识到马虎侥幸的作风害死人,必须培养队员一丝不苟的工作作风,于是,一场轰轰烈烈的自查、严查活动在全队展开。

十七

"冻沙围井"的实验不久便开始了,由于齐宏图与王翔等人进行的周密准备,实验开始后,一切还算顺利。但是,由于实验的先天不足,齐宏图面临着的是一场新的考验。

实验进行不久,它带来的第一道难关便开始显现,这就是体制和机制所带来的最大的难关。

由于条条和块块的划分,齐宏图所属的江南钢铁公司,是属于钢铁冶炼的生产企业,而王翔所属的钻井队,则是地质部下属的专门从事钻井勘探的一个部门。

为着流沙所牵涉的地质问题,报告同时送达了江南钢铁公司,但那意思很明确,不过是告知兄弟单位,以寻求横向方面的支援和协调而已。

接到报告后,本着对国家钢铁事业的高度责任心,齐宏图来到了姑娘山。由于钻井队的直接领导乃是地质部，所以，齐宏图的关于提拔王翔为副队长的建议便只能算作是事主部门的一个建议，必须要得到钻井队的认可，并上报得到批准以后才能算数。关于调动设备来支持王翔搞“冻沙围井”的实验，也仅仅只是算作一个横向方面的支援而已。

所有这些，对于齐宏图来说，是个无形的压力。在调配冷冻机来支援王翔的“冻沙围井”的计划时，他遭遇了来自自己公司的一种隐隐的抵制。

作为江南钢铁公司的副经理，齐宏图当然有权在全公司范围内调配冷冻机。然而，当时的冷冻机还是个稀罕之物。不像今天，每家每户都用上了空调，那时，偌大一个江南钢铁公司，还只有少数几个单位拥有冷冻机，而数量最多的要数江南钢铁公司行政处的冰厂了。

行政处担负着全江南钢铁公司的防暑降温任务，那些处在炼钢、炼铁一线的职工在高温酷暑下挥汗工作的情形自然不能不牵动着齐宏图的心。当时，正值春季，距离炎热的夏季还有一段日子，齐宏图想利用这几个月的时间，把“冻沙围井”的实验给搞成，于是，便来到了冰厂，想要调配两台冷冻机给钻井队。他希望先将冷冻机调配上山，他再赶紧与厂家联系，争取在夏季之前把新的冷冻机给运来，以解实验之急。

没想到行政处的处长张承颜却并不认可齐宏图的决定。对于齐宏图的这项决定，没有明确说不行，但那话里却明显地含着婉拒：“齐副经理，您要调两台冷冻机去搞实验，按说，我们应该支持，可是，眼下我们的冷冻机也不够用，还有两台正在检修。我们早报了计划给公司，申请再购置几台新的，公司一直没有给我们批复。您看，您再抽调两台冷冻机去搞实验，万一新的冷冻机到时来不了，我这个行政处处长不就抓瞎了吗？”

面对着行政处处长的表态，齐宏图陷入了沉思：作为行政处处长，他的表态可以说是无可非议的。他要面对全公司的防暑降温工作，为自己的工作考虑是理所当然的。从实验的方面说，它代表着公司的未来利益，是必须保障的，但抽调冷冻机的决定又牵涉着全公司职工的防暑降温工作，万一实验失败了，他又怎样去面对全公司的广大职工？从公司的经费上说，目前还不宽裕，生产的扩大、项目的新建、技术改造等等，哪一项都需要有经费，正是由于这个原因，所以才没有能够给行政处的冷冻机项目拨款。而给自己的关于科技工作的拨款，是期望他能有所成就，能给公司带来效益的，那么，万一实验失败了，他又该怎么去面对领导殷切的期望呢？

面对着所有这一切，齐宏图想：当初搞中型高炉上料系统自动化技术革新时还没有碰到这样复杂的情况，真是不当领导不知道，当了领导才知实际工作的难处。然而，他深知技术革新道路艰难曲折，因而需要他有克服万难的决心，必须做出调配两台冷冻机以保证实验顺利进行的决定。他想,哪有不经过失败就能轻松取得成功的道理呢? 在技术革新道路上只要认定的方向正确,就不允许自己去考虑什么个人得失。

想到这里,齐宏图便对张承颜说:“张承颜同志,冷冻机还是调配两台给钻井队,至于责任问题,完全不用你来负责,由我来全部承担好了。到夏季来临的时候,如果新的冷冻机不能按时到位,由我来负责向公司的广大职工说明情况。就这样,你看还有什么要说的吗?”

“齐副经理,我不是这个意思。”一听齐宏图表态了,张承颜尴尬地说,“这不是什么责任不责任的问题,说责任嘛,顶多夏季来临的时候新的冷冻机来不了,公司的职工每人少喝点冷饮罢了。关键是我想多争取点经费,多置办些冷冻机。”

“好你个张处长,”齐宏图兴奋地对张承颜道,“真是个好当家的。那就这么定了?”

“好吧,”张承颜笑着答道,“就这么定了。”

第一道难关被齐宏图坚定的意志与信念所克服了,接下来的便是实验本身所带来的考验。

一切都准备好以后,实验便开始进行了。

没想到的是,由于冷冻机的冷却效果有限,第一根伸到地下的壁管冷冻效果只是让流沙微微地冻上了一层。

当效果出来以后,齐宏图、王翔急得直冒冷汗。齐宏图仔细地询问了有关的记录后问:“怎么只冻了薄薄的一层?”

“是。”王翔如实地回答道,“根据这个结果测算,还经不起一股水流的压力,更别说挡住流沙了。”

齐宏图考虑了一会,提议说:“是我们的冷却能力有问题。这样,现在不是两根管子错开放吗? 我们不错开放,两根管子并作一根,两台冷冻机并起来使用,你看行吗?”

王翔不置可否地答:“那也够呛,照这个干法,要围成井筒,还不知需要多少台冷冻机呢。”

“好了,咱们就先试起来。”齐宏图说,“先取得数据再说。”

于是,两台冷冻机被并联成一个机组,再次被推到了地下。

结果又一次地使人失望了:经过并联以后的两台冷冻机的冷冻效果也没有好到哪儿去,只比原先的薄薄一层稍稍增加了点厚度,并不能从根本上解决问题。

消息不胫而走,这引起了一些关注着这项计划的人的一系列反应。

齐宏图也不能不正视这个问题了,他在认真思考着:该怎么办呢? 如何才能破解这个难题呢?

正当齐宏图在思考这个问题的时候,行政处处长张承颜派了个叫作何令丰的办事员来找齐宏图了。

原来,这个何令丰,是个能说会道的人物,平时在行政处就很受张承颜的青睐,夸他是个会办事的料。这回闻听齐宏图、王翔的实验遇上了拦路虎,张承颜便授意何令丰说:“小何,麻烦你去跑一趟吧。齐副经理的实验走到这一步,已经没有什么希望了,你去跟齐副经理说说多批给我们几台冷冻机,如果能说动齐副经理,也算你为行政处立了一功呢。”

何令丰想了想,认为把握不大,但他又不愿失去这样一次表现自己的机会,就说:“我一个小办事员,只能听领导的,让我去劝说齐副经理,恐怕不合适。再说,齐副经理究竟怎么想的,还不知道呢。不过,既然张处长这么看得起我,我就去试试,碰不碰钉子,就不好说了。”

“哎,这就对了嘛。”张承颜说,“有些话,我这个做处长的不好说,就得你出面了,至于结果嘛,我想,识时务者为俊杰啊。”

“行,那我就去试试。”何令丰答应道。就这样,何令丰就到姑娘山找齐宏图来了。

“齐副经理,我是行政处的办事员,叫何令丰。”何令丰见了齐宏图自我介绍说,“我们张承言颜处长让我来向您问好。”

齐宏图一听,就知道对方的来意了,笑着开了腔:“啊啊,小何啊,你坐。怎么样,张处长他好吗?”

“好,好。”何令丰一边察言观色,一边接住话头说,“张处长很关心您在这里的实验,听说不大顺利?”

“实验嘛,总有成功与失败两种前途。”齐宏图见对方问到了谈话的核心,便正色道,“冻沙这个事情看起来简单,其实要真正实行起来却并不简单呢。眼下就碰到了冷却效果不够这个拦路虎。要克服这个困难,可不是一两句话的事,得付出非常艰苦的努力,甚至还要承担整个实验失败的风险。”

“那、那您还打算试下去吗?”何令丰进一步试探地问道。

“不试下去怎么办?”齐宏图已明白何令丰的真实意图,但为了使何令丰说出此行的目的,就问出了一连串的问题,“难道就此撤出?这样一来,岂不是等于要前功尽弃?岂不是等于宣布‘冻沙围井’计划的失败?那么,人们会对这个实验怎么看,岂不是会说我齐宏图做事有始而无终?”

一连串的问题,逼得何令丰开始说出他的真实目的,他不由得把话接过来道:“齐副经理,其实您不用承担实验失败的责任,要知道,本来您就是来蹲点的,顶多也就是参与协助,负直接责任的,还是钻井队。再说,科学实验嘛,哪有保管就能成的,遇到拦路虎,知难而退,也是常理嘛。”

“哦,这么说起来,倒还真是有些道理。”齐宏图听完何令丰的话,深深沉思了一会,装作好像接受了的样子,进一步说,“那岂不是人力物力都浪费了?包括从你们那里弄来的两台冷冻机,这些统统都要变成实验失败的物件了吗?”

“要说冷冻机嘛,”何令丰接过齐宏图的话说,“张处长说了,我们正等着要呢。干脆,把您新添冷冻机的计划也一并批给我们,我们高兴还来不及呢,怎么能说冷冻机是实验失败的物件呢?”

啊,原来何令丰此行是为了冷冻机而来的。齐宏图听完何令丰的话,不禁笑了笑,便不再装样子了,而是把话锋一转,正言道:“小何啊,原来你是来为张处长的本位主义做说客的。你也不必再做说客了,我的态度已明确,实验将继续进行下去。至于冷冻机嘛,你放心,我答应你们的新添冷冻机的计划。”

“这、这,”何令丰不禁瞠目了,说话也开始结巴起来,“齐副经理,我、我没有其他意思,是张处长让我来探探您的口风的,您可千万别、别误会。”

齐宏图笑了,笑得是那样开心。然后,他又问何令丰:“哎,小何,你在行政处工作几年了?”

“有些年头了。”何令丰有些摸不着头脑,反问道,“您问这个有什么用?”

“小何啊,你不用紧张,”齐宏图把在他脑子里思谋着的下一步行动计划给说了出来,“我是想找一些专家来共同研究这个难题。不知你在行政处工作这么多年,有没有接触过这方面的专家?”

“这个嘛,哦,我想起来了,”何令丰真的回忆起一个人来,“有个人叫姚溁,是冷冻机方面的专家。不过,这个人现在下放在东笔架山,你要找他可不容易呢。”

“嗯,有名字就行。”齐宏图拍着桌子激动地对何令丰说,“你可为‘冻沙围井’的实验立了一功啦。我这就去找他,踏破这双鞋,也要把他找到。”

何令丰惊愕地望着齐宏图,不由得心中翻起层层波浪。对于齐宏图,他似乎开始有了一点真正的了解。他知道,齐宏图这一去,必将掀起新的浪涛。

十八

齐宏图在决定了他的下一步行动后,便与王翔、萧万长等人做了短暂的告别,与司机乔英奇一起,坐车返回了江南市。

回到离开两个多月的家中,妻子党久霞见了齐宏图,为着儿子齐建国的事,有许多话要说,但终究还是忍住了,只是温柔地问道:“实验顺不顺利?”

“别提了,”齐宏图答道,“‘冻沙围井’没成功,这不,来请专家来啦。你和孩子们都还好吗?”

“孩子,嗯,都还好。”党久霞又一次忍住了,因为她知道此时正是齐宏图的关键时刻,她怕齐宏图分心,就转移话题,问道,“专家找到啦?”

齐宏图见问,就老实地回答:“还没有呢,只知道被下放在东笔架山,名字叫姚溱,是个冷冻机方面的专家。”

“有名字就好找。记得你在下到姑娘山之前的那一夜就说起过,说是矿山研究院有个研究室,人都被下放到东、西笔架山去锻炼去了。说不定在那儿还能找到个治流沙的专家呢。”党久霞禁不住说,“也真是苦了这帮专家们了,都这么大年纪了,还一个个都得下到基层去劳动锻炼。”

“谁说不是啊。”齐宏图微微叹了口气,说,“唉,别说了,睡吧,明天我就打算去东、西笔架山去找他们。”

第二天齐宏图向公司经理彭明做了汇报,就动身去往东笔架山。

来到东笔架山,经东笔架山的梁主任介绍,齐宏图了解到姚溱正在基层跟班劳动呢。

齐宏图见到姚溱时,姚溱穿着一身工作服,正推着一辆矿车,和工人师傅们一起奋力地跑着呢。齐宏图于是赶上前,帮他将矿车推到目的地。倾倒完矿石后,齐宏图自我介绍说:“姚工,我是齐宏图,在江南钢铁公司负责科技口。这次是特地来寻您,来请教您姑娘山矿治流沙中遇到的问题。姚工,您可要不吝赐教啊。”

“啊,齐副经理,你好。可是我不懂治理流沙啊,我的专业是冷冻机方面,可能帮不上呢。要说治流沙嘛,还是要数方晨最厉害。”

“方晨,他在哪儿?”齐宏图急切地问道,“能不能马上见到?”

“哦,方工啊,我们把他安排在西笔架山啦。”梁主任笑着接话道,“那姚工这里您还要不要咨询了?”

“瞧您问的,”齐宏图笑道,“当然需要啦。怎么样,姚工?我们一道去找方工吧。我们也很需要您,我们正在尝试用冷冻流沙来围井,正遇上冷冻方面的问题解决不了,您不妨脱下工装,我们一起去姑娘山?”

“既然齐副经理让我暂时脱下工装,哪有不从之理?”姚溱笑着说。

齐宏图高兴地说:“那我们走?”

“走,去西笔架山找方晨去。”陪同前往的笔架山矿的梁主任笑着说。

于是,齐宏图一行人来到西笔架山矿找到了正在参加劳动的方晨。

与姚溱一样,方晨也十分和蔼可亲。他鼻梁上架了副眼镜,在听了齐宏图的介绍后,他把鼻梁上的眼镜拿下来擦了擦镜片,才笑着说:“啊,是齐副经理亲自来访,关于治理流沙的问题我一定知无不言。”

歇了一会儿，方晨接着说：“关于流沙问题，据记载，1895 年 6 月，在捷克斯洛伐克的安娜矿发生了一次极其严重的流沙溃决事件。在矿井的掘进中遇到了流沙夹水层，流沙突然淹没了全部矿井巷道。流沙的溃决又引起了莫斯特城车站附近地表陷落，使车站附近坍塌了四十余栋建筑物，损失惨重。怎么样，姑娘山矿的流沙问题遇到坍塌了吗？”

“坍塌现象还没遇到，目前刚刚进入钻井阶段就遇见了流沙填满矿井的现象。”齐宏图介绍说，“负责钻井的钻井队打报告给地质部门并抄报给了我们。我们下到基层以后，钻井队一个叫王翔的小伙子提出了‘冻沙围井’的设想，结果在冻沙的过程中遇到了冻沙层过薄的问题。”

“冻沙层过薄？这不，我们姚工不是在嘛，这个问题还得听听他怎么说。”方晨对于“冻沙围井”计划产生了浓厚的兴趣，笑着说，“治流沙，还得有冷冻方面的专家联合攻关才成啊。”

“这个嘛，我的意见也不是绝对的，我猜测很大的可能问题是出在冷冻回流的问题上，”姚溱沉思后接上了话，“齐副经理让我们一块儿去姑娘山矿，我们还是到现场去看看实际情况再说。”

“那好吧。”方晨应道，“那我们现在就走？”

“好，太好啦！”齐宏图激动地道，“真是人民的好知识分子啊，说干就干，雷厉风行。”

就这样，一刻也没耽误，乔英奇开着车，把齐宏图、姚溱、方晨一起送到了姑娘山。

来到钻井队，与萧万长队长、王翔副队长见过面后，两位专家便立即投入到紧张的工作中。

姚溱、方晨两位科学工作者，心中怀着对祖国的科学事业炽热的感情，一颗为着祖国的科学事业奉献的心已经饱受了多年磨炼，一旦有了机会，便立即放出了光彩。他们在经过了仔细的考察与思考之后，给出了结论。

他们认为，“冻沙围井”计划是一个大胆的创新，其方向是完全正确的。而为什么在实施的过程中会遇到冻沙壁结不起来的挫折呢，其原因是在制冷剂的选择上。因为传统的制冷剂氟利昂，并不适用于“冻沙围井”的实际情况。他们根据“冻沙围井”的实际需要，提出用氨水代替氟利昂的想法。再用盐液在氨水外围组成一个回路，来解决氨水在汽化中的冷却问题。为什么要用盐液呢？因为盐液的冰点低，即使到了零下二十五度，它仍然能保持流动而不结冰。

为了解决冷冻过程中的观察问题，根据计算，他们提出，在离地表 2—3 米的地方可再打一个观察井，深度为1—2米，直径400—500毫米，当观察井出水，水位高于周围水位时，就说明冻沙井已冻结好。

那么，怎么打井呢？他们根据计算提出，最好是掘一个直径4米、深145米的竖井。并在以竖井为圆心，6米直径的圆周上，每隔1米钻一个直径为133毫米、深为150米的冻结孔，分别插入冻结管，并依次把它们连接起来，用盐水入口管与高压盐水泵接通，通过盐水出口管与盐水槽形成一个盐水循环系统。

于是，新的打井与制作冷却循环系统的工作开始了。姚溱、方晨两位专家如同严格的质量检验员，每一个接口，每一道焊缝都一一检查，唯恐有泄漏现象发生。在他们的严格检查下，整个冷却循环系统的施工终于完成了，就等着新的实验开始的号令了。

正式的实验不久就开始了，这一天，整个井队像过节一样，既庄重又热烈。

齐宏图、萧万长、王翔、姚溱、方晨等全部亲临现场，石万春师傅在紧张的气氛中合上了电闸，王翔按下了冷冻机的按钮，高压盐水泵运转起来了。随着时间一点点逝去，冻沙壁温度开始一点点下降了，最后，观察口终于出水了。这就意味着，“冻沙围井”的实验成功了，整个的围井井壁冻成了一个大围栏。

人们开始欢呼起来，掌声热烈地响起。萧万长队长饱经风霜的老脸上挂上了晶莹的泪花。他激动地开始讲话了：

“同志们，我们终于取得了‘冻沙围井’的完全胜利，这是毛泽东思想的胜利，是我们钻井工人取得的战胜大自然的伟大胜利。我们要特别感谢齐副经理始终如一地支持与领导，我们还要感谢姚溱、方晨同志的大力协助与指导。我代表钻井队，谢谢我们的齐副经理，谢谢我们的姚、方研究员，向你们致以最诚挚的谢意！”

掌声再一次响起，人们欢呼雀跃，兴奋得如同孩子一般。

齐宏图在一片热烈的掌声中，被一再邀请讲话，望着激动的人们，望着被冻成铁一般坚固的冻沙围栏，他开口讲话了：

“同志们，回顾我们的历程，其中有我的一点贡献，但那是应该的，同时也是微不足道的。应该着重提出表扬的，是姚溱、方晨研究员的贡献，还有王翔同志‘冻沙围井’的设想。起初，我们的实验没有成功，为什么？因为我们缺乏专业知识，这证明了科学技术知识在整个实验过程中是多么重要，可以说，没有姚、方两位研究员，就没有我们的胜利。所以，我要说，我们今后一定要尊重科学，尊重人才，把我们的祖国建设得更好！”

又是一阵海涛般的掌声响起，掌声湮没了整个施工现场，湮没了整个山谷……

十九

不久,中国共产党第十次全国代表大会在北京胜利召开。

这次会议,是中国共产党在"文化大革命"时期召开的最后一次全国代表大会,具有十分重要的历史意义和深远影响。会前,遵照毛泽东同志关于要多选一些工农代表和劳动模范的指示,周恩来总理及时部署了"十大"代表的选举工作。由于齐宏图的突出表现,他被选为中国共产党第十次全国代表大会的代表,同所在省、市革命委员会主任一起,步入了庄严雄伟的人民大会堂。同时,齐宏图与全国两千多名代表一起,共同见证了第十次全国代表大会召开的这一神圣庄严的时刻。

大会还选举齐宏图同志为大会主席团成员。坐在主席台上,齐宏图亲眼看见了伟大领袖毛泽东主席和敬爱的周恩来总理走上主席台,并宣布"十大"开幕的历史时刻。一时间,齐宏图的眼眶湿润了。这一幕,令他感慨万千,千千万万革命先烈,其中包括自己的父亲齐传亮,顿时浮现在齐宏图的脑海,令他想了很多很多。

毛主席对我们工农委员这样看重,还把我们选进大会主席团,与中央领导共同商讨党和国家大事,这是怎样的胸怀啊。齐宏图顿时感到此时此刻坐在大会主席团这个位置的无比光荣和责任重大。

正这样想着,大会开始了。周恩来总理做"十大"的政治报告。

坐在"十大"主席团的位置上的齐宏图,认真地聆听着周恩来总理所做的报告,心中无比激动,更加坚定了他要为建设新中国贡献一切的决心和信念。

会议在进行,齐宏图还看到了邓小平同志。

邓小平同志稳健的步伐和结实的身躯,显示他的身体里蕴藏着无可比拟的力量。他是那么健康,红光满面,微笑着向全场代表示意,十分自信地显示了他伟大革命家的风范。

在党的"十大"上,邓小平同志当选为中央委员,是党的健康力量的代表。

正是这一位伟人被毛泽东主席称为"政治思想强大""人才难得",1975 年被任命为中共中央副主席、国务院第一副总理、中央军委副主席、中国人民解放军总参谋长,实际上等于把领导党和国家的重任都放到了他的肩上。

但由于"四人帮" 的干扰与破坏,这位伟人在 1976 年被再一次打倒,成为一桩千古憾事。

然而,"四人帮"被粉碎后,这位伟人又重新回到了党中央的领导岗位,带领着亿万中国人民开始了伟大的改革开放的历史进程,这都是后话。

齐宏图望着邓小平那健康红润的面颊,觉得革命事业有了主心骨,心中涌起一种无比自豪与充满力量的感觉,浑身像是注入了精神兴奋剂,觉得十分豪迈与激动。

当然,与此同时,齐宏图还目睹了“四人帮”一伙在党的“十大”上的表现。

江青,这个所谓的“文化大革命”的旗手,在“文化大革命”中的种种倒行逆施,是那样不得人心。如今她又神气十足地坐在大会主席台上,与她的“狗头军师”张春桥在交头接耳,令人作呕。

一看见她,齐宏图一股厌恶之情就油然而生,他想起了谢辉,想起了秦大川,想起了“文化大革命”中的一切。看来,与这些人的斗争还得继续啊。“文化大革命”究竟是对还是错?齐宏图不禁在心中打了个大大的问号。

正凝神想着,周恩来总理的报告念到了最后:

“同志们,党的‘十大’在我们党的发展历史上将有深远的影响。最近,我们还要举行第四届全国人民代表大会,全国人民和各国革命人民对我们党、对我们国家寄予了很大的希望。我们相信,在毛主席的领导下,我们全党一定能够坚持毛主席的无产阶级革命路线,把我们的工作做好,不辜负全国人民和世界人民对我们的期望!前途是光明的,道路是曲折的。让我们全党团结起来,全国各族人民团结起来,下定决心,不怕牺牲,排除万难,去争取胜利!”

这是新的战斗号令,齐宏图更加坚定了一个信念:永远以党和人民的利益为最高的行动准则,永远跟着党,跟着党的主流而不迷失方向,做一个遵守党的纪律的好党员。

从 1973 年 8 月 24 日至 8 月 28 日,前后不过一周不到的时间,却成了齐宏图终生难忘的回忆。这场担任“十大”主席团成员的经历,使齐宏图成了一个党的“十大”的历史见证人。

二十

“十大”以后的齐宏图,回到了江南市,回到了他所热爱的钢铁战线。正当他以高标准要求着自己,满怀着激情地进行着新的战斗的时候,一件关于他儿子的事件,却令他不得不停下手中的工作。

这天,齐宏图正在科技部里与新提拔上来的梁洪波一起商量着平炉里所冒出的“黄龙”的治理问题。针对这“黄龙”,梁洪波说:“齐副经理,这是一个钢铁冶炼企业的老问题了。要治理这个烟尘,目前还没有什么好的办法,只能淘汰平炉炼钢这种方式。这个解决的方案,根据目前的形势,还很难办到,所以对‘黄龙’的治理只能用除尘的办法,部分解决。"

梁洪波说的是实话,钢铁生产产生的烟尘排到空气中,形成一条条滚滚"黄龙",给江南市的大气带来了严重污染。齐宏图很早就想要治理。还在他治流沙的时候,来到山清水秀的姑娘山,就想到钢铁企业的污染问题。他曾经暗下决心,将来一定要制服这条"黄龙",还江南市一个清洁的天空。在参加完党的"十大"归来后,他的这个想法更加强烈了,于是,治理"黄龙",就被提上了他的工作日程。

齐宏图留心着世界各国治理炼钢污染的最新成果,收集着治理污染的各种措施,终于,他把治理"黄龙"问题给理了出来,与梁洪波一起研究。

梁洪波说的实话并没有挫伤齐宏图治理"黄龙"的坚强决心,他说:"'黄龙'问题是个顽固的老问题了,但我们目前的国力还没办法达到彻底淘汰平炉炼钢的地步,只能用除尘的办法来尽量地消除污染。为此,我想,今后科技部在一个时期内的主要工作就是治理'黄龙'。你、我都主要抓这项工作,下到基层去,和工人群众一道来解决问题。"

"是,"梁洪波兴奋地答,"我明白了。今后,我们一个时期的主要工作就是抓治理'黄龙',下到基层去,争取有所突破。"

"嗯。"齐宏图也兴奋地说,"理解得不错,就这样。"

却说正在这时,电话铃响了。梁洪波拿起电话,接完以后递给齐宏图:"齐副经理,找您的,是嫂子打来的。"

听说是党久霞打来的,齐宏图不由得吃了一惊,因为他们之间有过一个约定,除非是大事,党久霞一般不轻易打电话来办公室里找他。既然党久霞打电话来,想必是出了什么大事了。他拿起电话,急切地问道:"久霞吗? 出什么大事了,怎么想到打电话到办公室来了?"

"宏图啊,快管管你那宝贝儿子吧!"党久霞在电话里用焦急的声调说,"我在你儿子的学校里,学校的校长和班主任全在这里。今天是期末考试,你儿子可倒好,考试考不出,还跟报纸上吹捧的'白卷英雄'张铁生学,在试卷背面写了'反潮流宣言'。说是要批什么'师道尊严',做什么黄帅那样的人。试卷交到班主任老师那里,班主任老师不敢处理,报到学校,学校校长也不敢处理,打电话给我。你快到学校来一趟吧!"

"啊,嗯,好,我这就去。"齐宏图意识到儿子问题的严重性,果断地答应了党久霞。

放下电话,齐宏图简短地说明了一下情况,对梁洪波说:"洪波同志,不好意思,我儿子出了点问题,需要我去处理一下。处里的工作,你就多负点责,大胆地干吧。我非要管管这小子,小小的年纪,好的不学,非要学什么张铁生。"

"齐副经理,您放心,这边的工作耽误不了。"梁洪波答应道,"倒是您,可别着急上火，说话注意点场合。”

“嗯。”由于“四人帮”当时还在台上，对于张铁生的评价，还有些不大好随便说，对梁洪波善意的提醒，齐宏图感激地轻轻应了一声。

这个“白卷英雄”一出来，齐宏图的心就咯噔了一下。那时，正好梁洪波在场，齐宏图有感而发地说道：

“洪波，你看，这‘批林批孔’如今批出个‘白卷英雄’来了，照这么搞下去，我们的国家岂不是要变成文盲国家了吗？”

梁洪波这个新提拔起来的干部是个大学生，平时与齐宏图在一起无话不谈。梁洪波叹道：“谁说不是呢，我看就是‘文革’派这帮人想重新搞乱天下，把大家都搞成文盲，好拜倒在他们的脚下。不过，目前还不清楚毛主席的态度。我看，咱们的议论，也就到此为止吧。现在，这伙人还在台上，控制着舆论大权，可别惹出什么事来。”

对于梁洪波善意的提醒，齐宏图当时没有再多说什么。如今，张铁生这个“白卷英雄”竟然影响到自己家里了，齐宏图满腔的怒火腾地就起来了。齐宏图压住满腔的怒火，与司机乔英奇一道，开车奔儿子的学校而来。

到了儿子的学校，学校的校长和齐建国的班主任及党久霞迎接出来。校长是个女同志，戴着一副看起来度数很深的眼镜，很不好意思地说道：“齐副经理，我姓严，您儿子的事党嫂子都已经告诉您了，本来这事儿是个可大可小的事情，但事关路线，我们觉得最好还是让您知晓，您看着办吧。”

“严校长，”齐宏图很有分寸地说道，“我儿子的事让你们费心了，真有些对不住你们。你们学校做得对，对于像我儿子这样不好好学习文化知识的孩子就应该管，不然的话还叫什么学校？也就没有孩子的未来。小东西在哪儿？我去教训教训他。”

“在班主任老师的宿舍。”党久霞这时插话道，“学校专门请了两名同学陪着他，好言好语地劝解着他呢。”

“啊，谢谢了。”齐宏图说了声谢谢，便往儿子的班主任老师的宿舍走去，一边走一边说，“好，我现在就去教训这小东西。”

来到班主任老师的宿舍，却见齐建国一副满不在乎的样子，见了齐宏图，依然是一副犟头犟脑的模样：“我没错，我是反潮流的英雄，不做‘师道尊严’的奴隶。报纸上说张铁生是榜样，我就是要做和张铁生一样的人。”

“哦，你要做张铁生一样的人？”齐宏图耐着性子，开始了和齐建国的对话，“你知道张铁生是什么人？”

“是大英雄，是反潮流的大英雄。”齐建国一挺小脑袋，一字一句地回答道，“他参加大学招生考试，做不出试题，写了篇著名的‘反潮流宣言’，成了英雄。我今天考试也感到有些难,做不出来,为什么我就不能跟他学?"

"既然要学张铁生,那还上什么学?"齐宏图压住火气,问,"在家里待着岂不是更好?"

"不、不是……"齐建国一下子被齐宏图的反问给问住了,他顿了顿,说,"我是您的孩子,您是党的'十大'代表,我就是要做红色的接班人,我要当反潮流的英雄,这不能说是错。"

"胡说!"齐宏图终于火了,他正色说道,"记住,要当好革命的接班人,不能没有科学文化知识。像张铁生一样交白卷,就能接好革命的班?反潮流,反潮流,反的是什么潮流?科学文化知识不学不行,我们要建设祖国,难道能没有文化知识?"

在齐宏图的压力面前,小齐建国终于不作声了,但还没有彻底认输,只是低下头不出声罢了。

齐宏图见状,也只好暂时结束。于是,他向班主任老师打招呼说:"齐建国我现在带走,回家以后再慢慢管教。还希望学校方面不要放松对他的要求,教育孩子成为一个对社会有用的人。"

班主任老师也挥手与齐宏图告别:"都为一个目标,就是共同教育孩子成为对祖国有用的人。今后还要多加强联系。"

"严校长那里我就不打招呼了,"齐宏图说,"我这就把齐建国带走,谢谢你们了。"

于是,就这样,齐建国被齐宏图、党久霞带回了家。

二十一

却说齐建国被齐宏图、党久霞带回家后,仍然心魔未变,继续着他的一套理论:"我没有错!报纸上说,我们不是不要学习文化,而是不要在一系列的考试和老师的管束下学习文化,束缚我们的思想自由发展。我要做反潮流的革命小将。"

"诡辩!"齐宏图面对儿子的一套奇谈怪论,明白了儿子对当时的一套极"左"理论中毒很深,不是一两句话就能开解的。他怒斥儿子的辩白,想了想,对儿子下了禁闭令:"从现在起,你给我好好地在家里反省!学校也不用去了,什么时候想通,什么时候再去学校。"

党久霞也默认了齐宏图的决定,于是,全家动员起来,对齐建国实行了禁闭政策。

却说齐宏图虽对儿子实行了禁闭政策,他的心却时时在儿子的身上。他在考虑着,这个孩子怎么会变成这样?要采取什么办法才能转变他的思想呢?

齐宏图痛苦地、艰难地在思索着。

所谓不是不要学文化，而是不要在一系列的考试和老师的灌输下学习文化，束缚孩子们的思想自由发展，这只是极“左”思潮打出的一面幌子。试问，学习怎么才能检验出哪些学好了，哪些没学好，还需要继续加强？反对考试，这只能给一些生性顽劣的孩子一种借口，逃避艰苦的学习。而齐建国之所以敢于反潮流，这除了当时的政治气候使然外，还多了个他声称的“我爸爸是‘十大’代表，我要做红色接班人”这样一个特殊条件。他把有一个“十大”代表的父亲当作政治资本看。齐宏图心想，不行，他的“血统论”的优越感，必须好好教育才行。

再说齐建国，被齐宏图给禁闭在家中后，起初还一股劲地犟，不认输。到了第三天，齐建国忽然觉得再这么犟下去，不知要熬到哪一天，于是，把目光聚焦到了妹妹瑞芬的身上。

在下午妹妹齐瑞芬放学回到家以后，齐建国隔着门上的小孔喊妹妹说：“瑞芬，你来，哥求你件事，好吗？”

妹妹齐瑞芬今年八岁，正在读小学二年级，天生一副善良、美丽的心灵。她睁着大眼睛，有点警惕地望着哥哥：“什么事啊，哥？爸妈不让我帮你，有什么事等爸妈回来再说吧。”

齐建国一听，果然妹妹瑞芬很听爸妈的话，不肯前来帮自己。于是，齐建国一边装作无奈的样子，一边骗妹妹齐瑞芬说：“哎，傻妹妹，等爸妈回来可就晚了。哥只求你一件事，给哥找截绳子来，哥用它来套一些东西，在爸妈不在家的时候好用，可以吗？哥求你了。”

齐建国尽量把谎话编得无懈可击，实际他是想用绳子来系住自己，从窗户里逃脱。

“你要什么我给你拿，”齐瑞芬转动着一双圆圆的大眼睛说，“何必要用绳子来套呢？”

“好妹妹，我要的东西一时一个样，不一定是什么，”齐建国一边转着眼珠，一边编话儿骗妹妹说，“你只管拿个绳子给我就行了，不必跟爸妈说。”

“好吧。”

齐瑞芬太小了，没能想到哥哥齐建国要绳子的另外用意，想了想后，终于同意了。在家里一阵翻找后，她找了根晾衣服的绳子，给了齐建国。

齐建国接住妹妹齐瑞芬递过来的绳子，试了试，正好可以用来脱身，便说了句：“谢谢妹妹。记住，爸妈回来后，千万不能告诉他们。”

“嗯。”齐瑞芬点点头，算是记住了哥哥的话。

这日下班后，齐宏图与党久霞回到家里，齐建国仍像前两天似的闷着头不说话。齐宏图见齐建国态度没变，气得也不去搭理他，心里想：看你小子能挺到哪天。

夜里一点多钟，齐建国养足了精神，侧耳听了听父母的房里已经没有了动静，便蹑手蹑脚地将准备好的绳索一头拴在腰上，一头拴在屋内的一张铁床上，然后伸手推开窗户，轻轻地爬出了屋子。

爬出屋子，齐建国已是只能向前，不能向后，绳索系着他的腰，起到了安全保险的作用，他也不用怕了，便熟练地拿出他平时练就的攀爬本领，三跳两跳就顺利地下到地面。下到地面后，他把绳索一头解开，舒了口气，轻轻地说了句："见你的鬼去吧，我才不待在你这监狱一样的家里呢。"然后一溜烟儿，跑得无影无踪。

却说齐宏图一觉醒来，已是凌晨的四点多钟，距离齐建国逃离已经两个多小时。齐宏图感觉有一阵冷风吹来，警惕地起身往儿子的房间跑去。不看则已，一看，不由得倒吸一口冷气。只见儿子的房间已是人去屋空，窗户大开着，阵阵冷风正从窗户里吹来。

"久霞，快醒醒！"齐宏图叫醒了党久霞，打开了灯，"唉，咱们失策了，小兔崽子跑了。"

"啊！"党久霞一惊，随后披衣坐起，"那还不赶快找！"

齐宏图一听，略略沉默一会儿后说："找？上哪儿找？估计是夜里逃走的，距离现在少说也有两个钟头了。"

"那怎么办哪？"党久霞一听禁不住带着哭腔问，"就这么不找了吗？遇上坏人可怎么办啊？！"

齐宏图仔细查看了儿子的房间，发现窗子上挂着齐建国逃离时用的绳子。这时，他冷静地对党久霞说："你看，这小兔崽子还有内应，这绳子是什么时候到了他的手里的？"

"不知道。"党久霞睁大了眼睛，难以置信地问道，"难道是小瑞芬？"

"嗯。"齐宏图应道。

"那，是不是把瑞芬叫起来问问？"党久霞说。

"不了，"齐宏图轻轻摇了摇头，说，"以我对瑞芬的了解，小丫头不会协助他逃走，肯定是小兔崽子哄骗她找的绳子。我们就耐心等等看吧，我相信我们的儿子会自己认识到错误，靠自己的力量跨过这道坎的。"

党久霞这才渐渐地恢复了常态，她理解地对齐宏图说："好吧，听你的。"

等到天明，小瑞芬醒了，党久霞问她说："瑞芬，你知道哥哥昨晚逃走的事吗？"

齐瑞芬听说后一惊，反问道："怎么，哥逃走了？"

"嗯。"党久霞试探着说，"窗口上还挂着绳子，估摸他是系着绳子顺着往下爬的。"

一听说绳子，齐瑞芬立刻想到了齐建国朝她要绳子的情形，便红着脸说："绳子是我拿给他的，可他、他说是套东西用的。"

果然如此，党久霞心疼地对小瑞芬说：“妈不怪你，你上学去吧。”

就这样，过了四五天，小瑞芬放学回家的路上，路旁的一个草丛里忽然传出熟悉的齐建国的喊声：“妹妹，快来，你快来。”

齐瑞芬吓了一跳，半天才看清是齐建国，正躲在草丛中向她招手呢。

小瑞芬于是跑过去，她问齐建国说：“哥哥，你这几天跑到哪里去了？害得爸妈整天都在担心。咱们快回家去吧！”

“好妹妹，”齐建国安慰着妹妹，向她提出了要求，“哥一时还不能回去，你去给哥找点吃的来，明天送到矿渣堆去，哥到时候来接你。”

“那你还不肯回去？”齐瑞芬问，“爸妈问起来，我怎么说？”

“好妹妹，”齐建国甜言蜜语哄着齐瑞芬道，“你就帮哥哥这一次忙吧，就这一次。你先不说，等过几天再告诉爸妈。”

“那，”齐瑞芬犹豫了一下，终于还是答应了，“好吧，说好了，就一次。”

“嗯。”齐建国答应道，临了还不忘嘱咐齐瑞芬找他的地点，“别忘了，是到矿渣堆，就是到我们曾经带你去过的，炼钢、炼铁倒渣子的矿渣堆。”

第二天，小瑞芬没有跟齐宏图与党久霞打招呼，把家里的一些能吃的东西带上，来到了矿渣堆。

小瑞芬边找边喊，最后在一片矿渣形成的小洞前找到了齐建国。

“哥，你躲在这里不是个事，咱们还是回家吧。”齐瑞芬看着蓬头垢面的齐建国，再一次说，“你要像这样躲到哪一天啊？”

“回家？”齐建国生气地说，“你让我怎么回家？爸妈这么长时间都没有来找我，我怎么回家？”

“爸妈着急着呢，”齐瑞芬委屈地说，“是你不让我说，他们也找不到你。”

“哼，我就是要让他们急。”齐建国说，“不过，如果他们问起来，你可以透露一点信息给他们。”

“嗯。”齐瑞芬开心地答应了。

就这样，小瑞芬又给齐建国送过三四次吃的，两三天一次。终于小瑞芬忍不住了，开口问妈妈党久霞：“妈，你不想哥哥吗？”

其实，当第一次小瑞芬从家里拿吃的开始，齐宏图、党久霞就发现了这个秘密。但小瑞芬不说，齐宏图、党久霞也就不问，只是暗地里多准备一些吃的让小瑞芬带去。现在小瑞芬说起，党久霞才开口说：“你问爸爸去。”

小瑞芬无奈，走到齐宏图跟前说：“爸爸，我知道哥哥藏在哪儿，你们不想去看看哥哥吗？”

齐宏图见小瑞芬要说出哥哥的秘密，便点头说道："想啊，你知道哥哥藏在哪儿吗？我和你妈这就跟你去看他。"

"那，走吧。"齐瑞芬便将齐宏图与党久霞领到了矿渣堆。

"哥，你在哪儿呀？快出来吧，爸妈来看你啦……"

叫了一阵，只见矿渣堆里钻出了蓬头垢面的齐建国。党久霞一见，一阵心酸，赶紧上前一把搂住了齐建国。

"好啊，你小子还真倔。"齐宏图忍住了差点夺眶而出的眼泪，装作冷静地说，"我还以为你喝西北风就能生活了呢，怎么的，还要吃饭啊？要吃饭，就得好好读书，想逃就能逃得了吗？跟我回去，今后好好读书。"

蓬头垢面的齐建国此时什么话也没有了，乖乖地跟着齐宏图一步一步地往家走去。

至此，齐宏图算是经历了一场"四人帮"所鼓吹的教育革命带给他的人生的严峻考验。

终于，由于齐宏图的冷静和睿智，帮助齐建国闯过了人生中第一次的考验。从此，齐宏图在努力工作之余，也更多地关心起儿子、女儿的学习和生活来。

第三卷　春雷沧桑

一

“文化大革命”结束了。

虽然在1978年的时候恢复了高考,但那毕竟只是对少数学业优秀的人来说是迎来了人生转折的重要契机,大多数城市青年依然还是不知今后的路在何方,依然还是知识青年到农村去,农村是一个广阔的天地。

齐建国于1978年夏高中毕业了。按照当时的知识青年“上山下乡”的政策,齐建国选择了本市市郊的一个较偏远的知青点落户。按照他的观点,选择这里,山高皇帝远,可以更自由一些,不受那些烦人的管束。

这也是一个没有办法的选择,他作为“十大”代表的儿子,没有任何特殊的照顾,这本身就令他这个自小就感觉良好的红色接班人够难受的了,如今选择下乡的点,索性选择个山高皇帝远的地方,也好逃避一些艰苦的锻炼。

却说齐建国抱着这样的想法来到他所在的知青点,与他同分来的还有一个干部子弟孟俊杰,是个不学无术的纨绔子弟。两人倒合脾气,在乡下是一拍即合,合伙干了好些偷鸡摸狗的勾当。

这时期,外面的世界正涌动着改革开放的洪流,一场巨大的暴风雨即将来临,而躲在这里的齐建国,却依然过着浑浑噩噩的日子打发无聊时光。

但人生的任何经历都是值得珍惜的,这一点,还是在历经风雨后他才明白。他在这个小山村里度过荒唐岁月的时候,却也意外地收获了贫下中农朴素的感情和令他记忆终生的爱情火花。

在他居住的那个知青点的附近有三间茅屋,住着贫农老大爷杨有才一家。这位杨有才慈眉善目,一副好心肠,特别是对下乡来的知识青年格外照顾。

这日,齐建国和孟俊杰两人一前一后,偷了这个杨有才家的一只鸡。齐建国打掩护,孟俊杰从肥厚的裤裆里掏出鸡。就在正准备宰杀的当儿,忽听得齐建国大声说:“啊,是杨大伯啊,您老好啊。”

这边孟俊杰正准备就着碗杀鸡,一听,赶紧把鸡朝床下一塞,迎了出来:“杨大伯,您好。”

杨有才老汉一边笑着,一边端着一碗新鲜的青椒炒毛豆,放到了他们当作小饭桌的一个木凳上,说:“没什么好吃的,家常菜,新鲜的,青椒炒毛豆,端给你们吃点。你们小青年,响应毛主席号召,来到我们乡下,不容易。我们谈不上什么照顾,有现成吃的端给你们一点,改善改善伙食。”

说着,杨有才老汉就放下菜,正准备往家走,突然看见孟俊杰手上沾了两根鸡毛,惊讶地说:“怎么,是在杀鸡吗?”

齐建国与孟俊杰见问,羞得低下头无言以对。

杨有才老汉顿时明白了,他宽厚地笑了笑,说了句让两人宽心的话,令齐建国与孟俊杰记忆终生:“哎,这个嘛,没什么,你们知识青年到我们这穷地方,想吃个荤,也正常。你大伯家养的鸡仔还没成形,等以后成形了,大伯再宰给你们吃。记住,以后别再做这种事了啊。我走了,你们做饭吃吧。”

杨有才老汉走了。齐建国与孟俊杰面对着这样善良的农民老伯都低下了头,似乎也有些不好意思。但时间一长,也就无所谓了,孟俊杰甚至开始怀疑杨有才老汉有什么另外的企图。

“别是这杨老头对你齐哥有什么想法呢?”

齐建国一听,紧锁眉头问:“有什么想法?人家一个山区的贫农,能有什么想法?”

“我看那,说不定是看上你啦。”孟俊杰说,“没见他们家那个长得俊俏的大闺女吗?说不定啊,是想让你当他们家的女婿呢。”

“说什么哪,”齐建国觉得没一点苗头,摇摇头说,“怎么可能呢。”

世界上的事就是这么凑巧,这个被齐建国视为不可能的事,在后来就真的成了现实。不过,却不是杨有才老汉有意的安排,而是一个姑娘家的心愿。

二

齐建国对杨老汉的闺女还一点感觉没有,但那个叫杨凤玲的山村姑娘,竟然真的对他产生了爱情。

杨凤玲发觉她爹爹对两个小伙子很好,像疼爱自己的孩子似的关心着两个小伙子的生活,就经常给她爹多准备一些蔬菜,让他给两个小伙子送去。一回二回,当爹的只当是姑娘为爹操心,没当回事,后来渐渐发觉姑娘对这事特上心。有一回,当爹的就说:“凤玲啊,今儿爹有点头疼,身子也不舒服,你替爹给两个学生娃送点菜去,行吗?”

杨凤玲听爹这样说,心里一阵窃喜,却不好意思表露出来,只是说:“爹,我一个姑娘家,给人家两个男知青送菜,怕好说不好听呢。”

“哎,有啥不好听的,给学生娃送菜,也是咱贫下中农响应毛主席号召,欢迎知识青年扎根农村的具体表现嘛。大不了说咱凤玲心里有这两个知青,还能把姓杨的改成姓李的了?"

"爹,你瞧你!"杨凤玲假意嗔怪地白了她爹一眼说,"我送就是了。"

杨凤玲于是开始给齐建国和孟俊杰送菜。

最初,杨凤玲只是把菜送到就走,脸红得像一片燃烧的朝霞,顶多只是抬头望一眼齐建国,轻声地说:"我爹让我来送菜。"说完,放下菜就走。

一来二去,渐渐熟了,杨凤玲便开始站在旁边等齐建国和孟俊杰吃完,将空碗带回。

杨家父女的行为更让孟俊杰深信不疑。一次,他等杨凤玲走后,对齐建国说:"齐哥,你看出来没有,这个杨凤玲眼里像是有团火,是对着你来的。"

齐建国在这一来二去的交往中,也渐渐感觉到了姑娘的心思,开始萌动青春的冲动,只是没机会进一步接触,便感兴趣地回答道:"嗯,我也感觉有那么一点,只是没机会找她谈。"

"哎,只要你说个话,"孟俊杰笑着说,"其他事儿包在我身上。"

"唉,反正咱知识青年在农村没什么盼头,"齐建国此时觉得不知什么时候才能回城,考大学又无望,没有什么盼头,还不如找个乐子,先乐一阵再说,就说,"就听你的,你说咋办就咋办吧。"

孟俊杰笑着说:"哥哥你就准备抱个俏妹子回屋吧。明晚怎么样?明晚在村外的小河边见面?"

齐建国一听孟俊杰说得这么肯定,还有些不相信地说:"明晚就明晚。还不知道人家杨凤玲是个啥态度呢,你咋就这么肯定?"

"哎,这叫趁热打铁,"孟俊杰说,"放心吧,只要她心里有你,不会不应允的。"

于是,就在第二天的月夜,齐建国与杨凤玲开始约会了。

杨凤玲幸福地依偎在齐建国火热的怀抱中,半晌才轻轻地说:"建国哥,你跟我好,是我一辈子的福分。我一个农村妹子,能跟上你,再也没什么可求的了。不管你以后咋样,只要你不嫌弃我,我就心满意足了。你有力气,虽说干农活不怎么在行,可那是一时的,我相信,你一定会成为一个好把式的。"

一番情意绵绵的话,说得齐建国心里热乎乎的。但说起将来,说起在农村成为一个好把式,齐建国压根儿就没考虑。这会儿,他搂着这怀中幸福的姑娘,也不忍打破她的憧憬,便附和着她说:"好妹妹,快别说了。你能跟我好,说明我齐建国还是个有福的人。来吧,抱紧我,咱们别说话,好好享受吧。"

这一夜,齐建国与杨凤玲甜甜蜜蜜地在一起缠绵了大半夜,直到雾气开始升腾,后半夜有些冷了,两人才恋恋不舍地各自回到了自己的住处。

齐建国与杨凤玲的恋情很快就在小山村里传开了。对于这桩恋情说什么的都有,有的说真看不出来,一个城里小伙子居然和农村妹子相好了,也有的说是杨凤玲这妞自己愿意的,也不拿镜子照照自己,知识青年,是"飞鸽牌"的,早晚得飞了,到时候,看你杨凤玲哭都没眼泪。

对于这些议论,杨凤玲是左耳朵进,右耳朵出。她可不管这些,只是一心一意地伴着齐建国。

齐建国呢,也落得个温柔甜蜜地过着日子。白天,他们在生产队出工,夜晚,杨家就是他最好的消除疲劳和获得快乐甜蜜的地方。

就这样,没过多久,杨凤玲竟然发现自己怀孕了。她不知所措地告诉了齐建国这个消息,没想到齐建国听后半晌没说出话来。

"建国哥,怎么办啊?"杨凤玲瞪着双无助的眼睛说,"我让你注意点,你偏不信,都两个月没来例假了,你说怎么办啊?"

齐建国默默地想了一会儿后说:"凤玲,眼下还不是时候,不能要这个孩子,还是想办法做掉吧。"

一听齐建国要做掉这个孩子,杨凤玲半天说不出话来,她第一次倔强地反抗:"不,我不,没想到你这么狠心!"杨凤玲哭着跑开了。

这以后的半个多月,杨凤玲再也没有给齐建国和孟俊杰送吃的。

正在这时,孟俊杰回了趟江南市,回来时,带回了惊人的消息。

"齐哥,好消息,好消息呀!"孟俊杰激动地说,"不久前,中央召开了十一届三中全会,宣布了以后将工作重心转移到经济建设上来。"

没想到齐建国听了后,没感到欢欣鼓舞,只是淡淡地说了句:"我当是什么好消息呢,原来是中央开了一个会。会嘛,不长时间就会开一个,可对我们知识青年有什么作用呢?"

"啊,齐哥,"孟俊杰对十一届三中全会的认识要深刻多了,"这次开会可不一样,这可是我们党的历史上的一个重要转折哪。过去党的工作重心是'以阶级斗争为纲',现在转到以经济建设为中心的轨道上来了。"

"那关于知识青年'上山下乡'的政策有什么新说法没有?"齐建国开始认真地关注起这个话题了,"比如说,像什么补助政策啦,等等。"

"有,"孟俊杰说,"前一个阶段,中央首长接见了云南知青请愿团,全国各大报纸都刊登了消息。"

齐建国想了一会后说:"我估摸着中央会对知识青年'上山下乡'政策做出重要的

调整，说不定很快就会来一场返城风。他娘的，终于熬到头了。”

“熬什么熬，你小日子过得还不滋润?”孟俊杰笑着开起了玩笑，“天天有人伺候着，到哪里去找这么舒服的日子。”

“哎，别开玩笑了。”齐建国一本正经地说，“这个杨凤玲，我目前正伤着脑筋呢，她、她怀孕了。”

“你齐哥可真会享受，这没结婚呢，就先打上炮了。”孟俊杰笑着说，“可现在不是时候啊，正在这节骨眼上，要是想返城，弄个累赘，可就不好说了。”

“哎，我也劝她干脆做掉算了，”齐建国说，“可她不干，正赌气呢。”

“齐哥，你现在再去说，跟她明白地讲知青要返城的事。”孟俊杰出主意说，“说不定，她看在你的前途上，能答应呢。”

“好，就这么办。”齐建国听了，信心倍增地说，“就凭她对我的那份情谊，我估摸着这事能成。”

三

却说杨凤玲自从因为齐建国对她说了要做掉肚子里的孩子，一连几天也不去搭理齐建国。齐建国几次主动地找她搭话，她也一直不肯搭理。几天过去后，她觉得有些过分了，慢慢地开始在心里有些悔恨，心想，毕竟是自己将来的丈夫啊，这么一直不理他，也不是个事呀。

有了这个想法后，杨凤玲便慢慢地转变了些态度。这天午后，齐建国趁着杨凤玲出屋门的一个空儿，上前对杨凤玲说：“好妹妹，别不理我呀。我没有其他意思，我是为了咱俩今后考虑，不能要这个孩子呀。”

杨凤玲听了，没有立即走开，但也不好立即回话，想了想后，说：“有话上我家里说去。”说完就径直走了，把齐建国一个人撂在原地。

这天晚上，齐建国怀揣着编好的话向杨家走去。还没走进屋子，就听见杨凤玲在深情地轻轻哼唱着一首当地的民歌：

太阳呀落山呀一呀么一点红啰，
一碟子韭菜咪一碟子葱。
小妹妹好上了呀小亲哥哥哟，
山不转咪呀一呀么一条心。
韭菜呀青青长呀么长又长啰，

青葱一根心呀么心气通

……

这杨凤玲原是一个性格开朗的姑娘，由于农村文化条件的缺乏，使得她空有一副好嗓子，只能唱一些当地的民歌。虽然她对当时的一些流行歌曲，如《我们的生活充满阳光》等十分喜欢，但由于识字不多的原因，她却唱不好。于是，只能在闲下来时，哼唱那首熟悉的民歌小调。

杨凤玲边唱着民歌，边动手做着小衣服。她约了齐建国来她家，她要让他感动，让他看到她这个将要做母亲的人怎样精心准备着迎接他们的孩子。

齐建国听着杨凤玲唱到民歌的末尾，轻轻地叩响了院门。

“谁呀？”杨凤玲明知故问，待齐建国答说“是我”后，便走出来开了院门，“你还知道来呀。吃晚饭没？要不要我给你再拿点？”

“不、不好意思，老吃你家的东西。”齐建国嘴上说“不”，眼睛却在找着吃的东西。这些天，由于杨凤玲生气，齐建国只能干啃着知青点的一点干粮，早就馋了，只是嘴上不肯说：“这两天，你不理我，我也不好意思来找吃呢。”

齐建国话没说完，杨凤玲已将盖住炒菜的碗掀开了，说道：“亏你说得出口，人都是你的了，生几天气，就不来找我了？”

“凤玲，你真好。”齐建国说着，便拿起筷子，开始吃起来，“还是你想得周到，我这辈子也不知哪修来的福气，算是掉福窝里了。”

“快吃吧，”杨凤玲笑眯眯地看着齐建国说，“少耍贫嘴。”

杨凤玲看着齐建国大口把炒菜吃到嘴里，心中十分满足，就跟自己吃了美味可口的饭菜一样。

杨凤玲看着齐建国吃完，齐建国要动手收拾碗筷，被杨凤玲一把按住，道：“放着，谁让你动了，给你看看这。”

说着，杨凤玲顺手将早就准备好的小衣裤拿到齐建国的眼前，笑眯眯地说：“看看，给我们还没出生的宝贝准备的，怎么样，喜欢吗？”

见杨凤玲扯起了老话题，齐建国忍不住了，他惭愧地说：“凤玲好妹妹，说起这个事，我还是老主意，你把孩子做掉吧，咱们眼下真不是生孩子的时候。”

杨凤玲不高兴了，红着脸说了句狠话：“你这人真没良心。我就知道，我配不上你，你是嫌弃咱们农村人。告诉你，你要真心想不要我，我也不赖着你，可这孩子，我是要定了。”

“这，这，唉，”齐建国急了，唉声叹气地分辩道，“不是我嫌你是农村人，而是眼下真不是时候。开头我还只是感觉太早，什么都没有准备好就匆匆地要孩子不合适。后来，也就是在前天，孟俊杰告诉我个天大的消息，说中央首长接见了云南知青请愿团的代表。”

“真的?”一席话，说得杨凤玲瞪大了眼睛，“这么说，你们知青不会一直待在我们农村喽?”

“所以嘛，在这个关键的时刻，我们不能要这个孩子。”齐建国顿了一下说，“你放心，我这辈子娶的就是你了，但我们不能让到手的机会给溜了。你想，要回城，肯定还有不少手续要办，到时候，拖着个孩子，多不方便啊？你不考虑孩子，总应该考虑考虑我吧?”

一席话，说得杨凤玲顿时没了言语，心里像打翻了五味瓶。最后，只听她颤着声说：“你走吧，我不拦你，奔你的前程去吧。”

“那孩子呢?”齐建国问。

“孩子，”杨凤玲哽咽了，“你不用管了——”

这一夜，齐建国想了很多很多，直到天明，他还在床上翻腾。孟俊杰催了几次，让他睡觉，他才在天蒙蒙亮时睡了一会。

杨凤玲也一夜未曾合眼，在这个决定她命运的一夜里，她做出了最后的选择：善良战胜了痛苦，她决定做掉这个孩子，让她心爱的人没有包袱地奔向未来的生活。

第二天，杨凤玲就开始了行动，她找来了一些偏方，试着用布带勒住肚子，甚至喝香炉灰，总之，一切她能想到的法子都用了。那时，在山区农村，计划生育工作还没有开展，也没有“人工流产”这一说，她忍受着生理和心理上的巨大痛苦，终于，在一个多月后，她的下体见红了。

在下体见红后，杨凤玲终于松了口气，她在心里面暗暗祝福齐建国：上帝保佑，孩子他爹终于可以放心地走了。

再说齐建国，果然如他在听了孟俊杰的话后所断定的那样，中央关于知识青年“上山下乡”的政策有了重大改变。两个月后，知识青年大返城之风就吹到了他所在的知青点。

返城之前，当时的杨庄生产队按照当时的标准，为齐建国和孟俊杰两人称够了当年所剩余粮两百斤，送到了齐建国与孟俊杰的手中。

孟俊杰当时只顾着为返城高兴，也没把余粮的事放在心上，当杨有才老汉将两口袋稻谷放到他面前时，孟俊杰说了句良心发现的话：“杨老伯，您看您，还为我们送稻谷，我和建国哥这几年来也没少麻烦你们家，这点稻谷，就算我们谢谢您老了，反正我们也没打算要。”

“哎，那可不行，”杨老汉说，“该是你们的就拿着，说什么谢谢我老汉的话啊。你们以后遇着什么难事了，别忘了我杨老汉就行了。”

齐建国一见这情形，也红着眼睛说：“杨爸，小孟说的是真话，这稻子原本我们也没打算要，就算我们留给您的一点纪念，您老就收下吧。”

杨有才老汉想了一想，说：“那好吧，就算你们留给我老汉的一点念想，放我这里吧。”

杨凤玲由于小产，身体还很虚弱，在送别的时刻，她只是对齐建国说：“你走吧，到了城里，要是没把我忘了，记得给我来封信。”

“好妹妹，放心吧，”齐建国信誓旦旦地表示，“到了城里后我就给你来信。”

却说当年的知青返城是历史遗留下来的一个棘手问题，全国几百万的知青一下返回城市，确实是个不小的压力。在邓小平同志的领导下，党和政府为返城知青尽量地提供了大批的就业岗位。各地纷纷设立劳动服务公司，较好地解决了知青返城后的生计问题。

齐建国自农村返回城市后，被安排在江南钢铁公司劳动服务公司下属的一个厂里当了一名轧钢工。

这个小厂，是江南钢铁公司利用自身的资源，为安置知青而专门创办的。由于是知青企业，在经济上实行独立核算，是自负盈亏的大集体模式。但由于创办初期的各种困难所致，厂里连发工资都成了问题。

这使得齐建国动起了脑筋。他发现，有些干部子弟纷纷拉关系，为自己谋得脱离知青企业的门路，齐建国就也想用这种方法来改善一下自己的处境。但仔细一想后，发觉这不是个办法，因为这样一来，他就得求齐宏图帮忙，凭着自己的经验，这不但得不到齐宏图的帮助，反而还会受到齐宏图的训斥。

怎么办呢？终于，一个机会让他看到了希望。

原来，为了搞活经营，也为了分口饭给知青企业吃，以扶持知青企业，江南钢铁公司在当时的计划经济的体制下，将一部分钢材销售的指标划给了大集体企业经营。而这部分的钢材销售指标就成了一个热口子，给统得过死的钢材市场打开了一个可以调剂的钢材来源。

齐建国凭借着齐宏图这块牌子，在大集体的知青企业里成了一个销售方面的红人。然而，齐建国知道要提升自己的影响和地位，还得靠齐宏图帮忙才行。要不然，凭着一张嘴说白话，没有点小灶，怎么能在大集体的小厂里混呢？

这天，齐建国因为一个货主要一批钢材找到齐宏图，央求他批张条子。

齐宏图看了看齐建国，说：“怎么让你来找我啊，是不是想利用亲属关系来开后门?”

齐建国看了看齐宏图,憋着一肚子话没有作声。

齐宏图看着齐建国,表情严肃地说:“建国啊,毛主席不是说了吗?我们的权力是谁给的,是人民啊。我们当了这家之后,要用一切权力为人民服务才是啊,怎么能够走后门,为自己的小团体与小圈子谋利益呢?”

齐建国把头低了下去,但他想着的是怎么能过齐宏图这一关。突然,他把头一抬,满含委屈地说了一番话:“我就知道你准是训我一顿不给批。可是,我也是为着搞活市场才来的,不信,你可以派人去调查,看看究竟是不是我齐建国光知道给自己捞好处。人家中央还对我们知青开了先例,允许我们大返城呢,可我从你这得到什么啦,除了严要求以外,没有一点照顾,我也是人啊,是您的儿子啊!”

这一番话,触疼了齐宏图,他想想齐建国,确实自己对他没有尽到做父亲的责任。自小他逃学,要学什么张铁生,也是因为自己的疏于管教;“上山下乡”,自己也没管过他;如今返城以后,他自己在公司所属的知青小厂里搞销售,为他的一个客户批点钢材,这似乎也没有什么过多可指责的。只是要注意,千万不能让他有什么不良行为。

想到这儿,齐宏图缓了缓语气,说:“建国啊,不是当爸的狠心,是爸爸要秉公办事啊。好吧,这张条子先放我这,等我查一查,看看有没有可能批一点给你再说吧。”

“哎。”齐建国愉快地应道,“爸,我保证,这绝不是什么私心,而是为知青厂的发展做的一点贡献啊。”

“好了好了,”齐宏图打断了齐建国,挥了挥手,“条子先放我这儿,等我调查一下再说。”

结果是齐建国如愿以偿了,不仅得到了条子上所写明的钢材数量,而且,江南钢铁公司还根据市场上的情况,调整了供给知青厂钢材的数量,使知青厂的钢材销售有了一个很大的起色。

这应该说是计划与市场的问题在钢材市场上的一个有益的尝试,也是改革大潮浪花中涌现的一朵美丽的浪花。

然而,不幸的是,接下来的情况是令人痛心的:由于齐建国通过齐宏图为知青厂搞到了钢材销售指标,齐建国在知青厂的销售位置上越坐越牢,最后,竟然由此而堕落了下去。

四

“实践是检验真理的唯一标准”的大讨论,奠定了思想解放的基础。被禁锢多年的农村生产力得到了解放,"三自一包"不再是被批判的对象。家庭联产承包责任制,从一开始的农民群众的自发创造,变为推向全国的生产方式,极大地调动了农民的生产积极性,真正实现了粮食生产的连年增长。

与此同时,乡镇企业也开始异军突起,走出了一条中国式的工农业并举,多种方式发展农村的路子,为以后的乡镇企业大发展奠定了坚实的基础。

城市的人们也都喜气洋洋,一个接一个喜讯开始进入人们的生活。过去人们一直批判的"物质刺激""奖金挂帅"被正确认识,成了激励人们创造更好的生活条件的良方,各种形式的计件包干开始成为发挥劳动积极性的激励措施。

在这样的形式下,工业生产的增产速度很快,全国的钢产量一下子就跃到了接近四千万吨。这可是过去梦寐以求的指标啊。想当年,1958 年"大炼钢铁",折腾了那么久,才不过刚过一千万吨,离一千八百万吨的"超英指标"还差那么一大截,而现在,不仅早已实现了一千八百万吨的"超英指标",还翻番实现了追赶世界第一强国美国的强劲势头。

新的形势,新的道路,使齐宏图浑身充满了希望的力量。实践使得齐宏图对新的发展道路充满了信心,正如"实践是检验真理的唯一标准"那场关系党和国家命运的大讨论所揭示的那样,"一个党,一个国家,一个民族,如果一切从本本出发,思想僵化,迷信盛行,那它就不能前进,它的生机就停止了……"

与全国一样,江南钢铁公司也在 20 世纪 80 年代初的一片大好形势下健康稳步地发展着。科技处的工作也是喜事不断。

不久前,梁洪波所主持的治理"黄龙"的工作取得了阶段性成果。用治理烟尘的新技术——电除尘法大大减轻了冶炼所造成的污染,初步解决了多年来一直困扰着钢城的空气污染难题。

在梁洪波取得治理 "黄龙"的初步成果之后,科技处迎来了新的任务,去国外考察学习最新的轧钢技术。具体的原因是江南钢铁公司准备引进一套西德的高速线材轧机。这可是项新技术,在这之前,国内的轧钢生产还从来没有过以每秒数米的速度轧制盘圆。

齐宏图推荐梁洪波带队前往。从考虑熟悉全面情况以利于工作的方面出发,梁洪波推辞说:"齐副经理,从总的方面考虑,您去比我合适。再说,去西德考察,正是目前国内许多人想去的,这是个机会,我看您就别推辞了吧。"

没想到齐宏图的一番话,令梁洪波再也说不出推辞的话了:"洪波同志,你的好意我领了。去西德考察,引进高速线材轧机,确实是许多人都争着想去的机会。但是,我更需要考虑的是我们整个工作的接班人问题。你作为科技处推荐的优秀干部,我是想把你放到风口浪尖上去历练，让你能够真正地把工作给挑起来。”

“齐副经理，”梁洪波激动地说，“感谢党，感谢您的培养，只是我怕自己胜任不了，辜负了您的期望。”

“好了，别说了，”齐宏图斩钉截铁地说，“谁都有个挑担子的过程，你只管大胆地干，还有党做你的后盾嘛。”

“齐副经理，”梁洪波正色道，“您放心，我坚决不辜负党的培养和信任。”

梁洪波同志率江南钢铁公司考察组赴西德考察，较好地完成了考察任务。回来后，他又组织一批轧钢方面的专家与西德方面进行谈判，为江南钢铁公司成功引进了高速线材轧机。这是后话了。

这个时期，不仅江南钢铁公司，全国各大钢铁公司的生产形势都是一片大好。由于改革开放带来的大好形势，钢材的销售也处于旺盛时期，各项指标也都处于世界领先地位，着实令人鼓舞。

这天上班的时候，齐宏图突然看到登在《冶金报》上的一篇文章，指出在这一片大好形势下，应该保持清醒的头脑，应该经常检查一下我们的工作中还有哪些不足的地方，如当前的钢铁生产成本消耗就比较高，应当予以认真对待。

这篇文章的观点很独特，立即引起了齐宏图的深思。他沉思之后叫来了处里的统计员魏燕，问道：“小魏同志，你看到这篇文章了吗？”

魏燕拿眼扫了扫《冶金报》上的这篇文章，老老实实地答道：“齐副经理，我没有看。”

“嗯。”齐宏图说，“没有看不要紧，我建议你认真地看一看。它提出了一个非常敏感的问题，就是关于当前钢铁生产中的消耗问题。你们搞统计工作的同志，应当好好地做好这方面的工作啊。”

“是。”魏燕红着脸答应着出去了。

一个星期之后，魏燕拿着报表走进了齐宏图的办公室。

“齐副经理，您的批评使我们认真检查了我们的工作。我们的工作不细，确实有不少数据我们都没有做过统计。”魏燕说，“现在通过对有关数据的统计和核实，向您做个汇报吧。”

“哦，这么快就出来啦。”齐宏图笑着回答说，“什么批评不批评的，谁也不是天生就能将事情做得完美无缺，能及时地根据需要调整自己就好。快说说看，都发现什么了？”

“水、电、气、焦炭、矿石，这些大的消耗指标比起全国各大钢企来，我们还算居中，就是说，不高也不低，但比起国外企业来，就高了一大截子。”魏燕说，“有个指标很有意思，就是底板跑钢率，这几年，一钢厂创造了个零纪录。全国其他钢厂，还都没有过呢。”

“哦?”齐宏图听到这里感兴趣地问，“底板跑钢率，是不是钢水色底板的渗漏跑钢的比率？全国其他的钢厂都有跑钢纪录吗?”

“有。”魏燕坚决地说，“不但有，有的还很高。而我们的一钢，底板跑钢率竟为零。这就大大降低了我们的消耗，使得炼成的钢水变成废钢的事故降到了零，而且，也大大提高了炼成的钢水浇铸成的合格钢锭的质量。”

“嗯，”齐宏图边听边思考，“这个发现好，对于我们降低消耗是个好消息啊。魏燕，你把这个发现好好整理个材料，我向公司党委做出汇报。”

“是，齐副经理。”魏燕兴奋地说。

魏燕走后，齐宏图又进一步地思索这个事。他觉得，这一定不是个偶然的事件，这里面一定包含着必然，他决定亲自到一钢看一看。

于是，齐宏图就此向江南钢铁公司党委做了汇报。对于齐宏图的工作思路，党委给予了积极的支持。公司党委的主要负责同志——新调来的郑阳书记和原来就是江南钢铁公司党委书记而此时担任江南钢铁公司党委副书记的彭明兴奋地说：“很好，宏图同志，我们就是要善于总结群众的创造，把它变成推进我们工作的动力。是进行个别调查呢，还是带干部去进行大张旗鼓地搞个现场会什么的，你自己看着办吧。”

“还是先别搞现场会了，”齐宏图说，“我什么情况都还不了解呢，还是先摸摸情况再说吧。”

“好说。”郑阳同志一锤定音，“一切都由你自己根据情况做决定。”

齐宏图便与司机乔英奇一道，开着车来到了一钢厂。

在厂长办公室与范厂长寒暄了几句，齐宏图就说明了来意：“范厂长，今天我是来了解情况的。听说你们厂的底板跑钢率为零，这可是个好经验哪，我特意来看看。”

齐宏图与一钢的范厂长很熟，由于梁洪波搞治理烟尘这个项目，齐宏图与范厂长打过多次交道。范厂长听说齐宏图为底板跑钢率而来，很是高兴，说：“齐副经理很关心我们一钢啊。说起底板跑钢的事，我们一贯很重视，我们认为底板跑钢，实际上就是把炼好的钢给白白地倒掉了，这是最大的浪费。所以，我们从一开始就狠抓这个事，不让它出现。”

“有没有什么突出的事例呢?”齐宏图问，“比如有没有个人表现突出的?”

“有。”范厂长如数家珍地说，“有个叫翟云良的，是个老实巴交的青年砌炉工，他砌的钢水包啊，硬是一炉都不漏，并且返砌率也很低。这个年轻人年年都是先进生产者，很不简单呢。”

“哦?”齐宏图又问道,“他有什么诀窍没有?”

“说诀窍嘛。”范厂长低头沉思了一会,说,“我看他主要是对待工作的认真。”

“哦,那我倒很想见识见识。”齐宏图笑着说,“怎么样,现在可以见到他吗?”

“可以。”范厂长说着就要打电话,请技术科的同志陪同齐宏图一块去。

齐宏图笑着阻拦,说:“不用了,我的范厂长。我们下来,就是深入第一线,搞低调一点嘛。你一搞陪同,不就有点领导视察的样子了吗?不用不用,我们自己去就行。”

范厂长见齐宏图这样说,也只得笑笑说:“那就随齐副经理的意了。”

就这样,齐宏图与司机乔英奇一起,没有带一个陪同,走入了一钢的整模车间。

这是一个半露天的厂房,天车隆隆作响,进行着整模脱腚的作业。在一旁的砌炉作业现场,有一些工人正忙碌着。

齐宏图向其中的一个工人打听翟云良,只听那个工人说道:“啊,你们找翟云良啊,那不就是。不过呀,他砌炉子的时候,可不喜欢旁人打扰他呢。”

顺着那个工人手指的方向,齐宏图看见一个清瘦的青年工人正在专心致志地砌着炉子,也就是刚才范厂长说的钢水包。

齐宏图就在不远处观察着翟云良足足过了一个小时,终于,翟云良砌完了一块底板的最后一块耐火砖。

“你好,你是翟云良吧?”齐宏图亲切地把手伸过去,笑呵呵地说,“我叫齐宏图,是钢铁公司的副经理。”

翟云良听对方报出了自己的姓名和职务,一时不知怎么办好了,慌忙将弄脏了的双手在衣服上胡乱地擦了擦,红着脸不好意思地嗫嚅道:“是齐副经理啊,不好意思,我手脏。”

齐宏图一把握住翟云良的双手,十分亲热地说:“别说什么手脏不脏的,劳动的手最干净。我原来也是工人,第一炼铁厂,原来的江南铁厂的卷扬机操作工。如今啊,劳动少了,可劳动的感觉,还是那么美好啊。”

“齐副经理,您、您,”翟云良不禁心头一热,像是见了亲人一样,他一激动,不由得说话有些结巴了,“我、我一个工人,没有,什么,好说的……”

“来来来,坐下说,”齐宏图亲热地拉起翟云良坐下道,“咱们交个朋友,慢慢就熟悉啦。”

“嗯。”在齐宏图的感染下,翟云良谈起了自己的身世,“我1966年通过江南钢铁公司的招考,进厂当了一名底板工……”

五

原来,翟云良是个命运多舛的苦孩子。他出生在邻县的一个小集镇,自幼就因家境贫寒,父亲体弱多病而饱受生活的磨难。

当他还不到十岁的时候,母亲就孤身一人来到江南市打工,以补贴家用。1963 年,父亲病逝,翟云良带着年幼的弟弟背井离乡来到母亲身边。

在这段时间里,母子们的生活过得特别艰难。为了省钱,年仅十五岁的翟云良常常要领着弟弟上山捡柴、捡炭。因为没有鞋穿,山上的石头和树枝常常在他脚上划出一道道的血痕。

1964 年,已经十六岁的翟云良终于在江南钢铁公司房产处下属的修建队找到了一份小工的工作,可以挣点钱养家了。

当什么小工呢,就是给瓦工当下手。每天要搬上百斤的砖头、石块,和一大摊泥。小小年纪的翟云良深知这份工作的来之不易,因此十分珍惜,用他那瘦弱的肩膀,过早地撑起了家庭的一片天。

1966 年,在"文化大革命"爆发的前夕,江南钢铁公司要招收一批工人。刚满十八岁的翟云良便参加了这次招收工人的考试。谢天谢地,经过考试,他终于被正式录取为江南钢铁公司的工人。

成为一名正式工人了,生活上算是从此有了保障,他便把全部精力用在了工作上。他在心里想,要对得起这份工作,对得起党和人民给自己的这份幸福。

他被分配干了一名底板工。什么是底板工呢,就是砌底板的一个工种。由于他曾经干过小工,对砌底板也算有个初步基础吧,就这样,他来到一钢的整模车间。

这时,江南钢铁公司的钢铁冶炼采用的还是平炉炼钢法。翟云良从学徒干起,负责的工作是清理铸模下面的底板和耐火砖。这是一项非常艰苦的工作,由于底板上的温度足有三百摄氏度,穿着一般的劳保鞋根本无法在上面立足,为了抵挡高温,工人们只好在鞋底上钉上厚厚的橡胶皮。即使这样,一踩上去鞋底还是会烫得直冒白烟。除了灼热的高温,每次把钢锭从铸模中拔出来后工人们都需要用压缩空气机把残留的石墨粉从模子里吸回来,因此肺腔和眼睛里都会进入大量的粉尘。

就是在这样艰苦的环境下,翟云良跟着师傅学技术,学经验,一有空就抱着耐火砖或备用的底板砌了扒,扒了砌,反复练习。就这样,功夫不负有心人,仅仅两个月的时间,翟云良就可以独立操作了。不到半年,他已掌握了一套熟练的操作技术。一年后,他已练就了一身过硬的本领,成了一名响当当的底板工。

"小翟啊，你讲得很好，我听了以后，很受感动啊。"齐宏图感动地说了一番赞扬的话，"你作为一个从小就历经磨难的孩子，参加工作后，没有追求物质上、生活上的享受，而是把对党的感激之情用在了工作上，这种精神是很宝贵的。"

"齐副经理，"翟云良诚挚地说道，"我是如实向您汇报的，对您，公司一级的领导，我可不敢说瞎话。"

"小翟啊，"齐宏图感慨地说，"我的大儿子齐建国同样是'文革'中成长起来的孩子，如今也已参加工作，可是我对他怎么也不放心，总觉得他是在追求个人享受。你说说，你是怎么想的，怎么就能在工作上做出这么好的成绩呢？"

"齐副经理，"翟云良打了个立正，认真说道，"其实，我也不是老想着要做出多大的成绩，只不过是凭着良心，一心要把自己的工作给做好，别让自己砌的钢水包跑钢水。"

"好！"齐宏图兴奋地给了翟云良一拳，笑着说，"就凭你的这股子认真劲儿，就值得我们好好地总结推广。小乔，咱们走，去和范厂长谈谈，让他们好好地宣传翟云良同志的先进事迹。"

"哎！"在一旁一直插不上嘴的乔英奇愉快地答应着，倒把个害羞得跟大姑娘似的翟云良给惊得愣住了，像个木头人似的，直到齐宏图与乔英奇两人走远了，才挥着手与他们告别。

齐宏图带着司机乔英奇再次回到了一钢厂的厂长办公室。

范厂长在他的办公室，再一次地和齐宏图谈起了翟云良。范厂长说："怎么样，齐副经理，见到翟云良同志啦？"

"见着了，果然不简单哪。"齐宏图高兴地说，"我说，范厂长，像翟云良这样的同志，他的先进事迹怎么没有见你们厂总结推广啊？"

"怎么没有啊，"只听范厂长说，"每年的先进人物评选我们都把他的材料上报给公司了，可能因为像翟云良这样的先进人物材料太多，没有引起公司的注意吧。和他有相同经历和工作态度的人，在我们厂啊，少说也有十来个，你说，哪一个不值得我们宣传啊？"

"这倒也是。"齐宏图想了想，说，"哎，我说，像翟云良这样在降耗节能方面有卓越贡献的同志，能不能搞个专题方面的总结呢？"

"这个好办，"只听范厂长说，"我待会儿让宣传科的同志去总结。等总结好了让宣传科的同志给你送一份。"

"嗯，好的。"齐宏图笑着答道，"好了，范厂长，您忙，没有什么其他事我也就不打扰了，再见。"

"再见。"范厂长客气地把齐宏图送出了一钢厂。

从一钢厂出来，齐宏图绕道去了一趟公司的销售处。这是因为从与翟云良的谈话里，齐宏图想到了自己的大儿子齐建国，他不放心这个齐建国，想侧面地打听一下齐建国的情况。

令他感到欣慰的是，销售处的同志热情地接待了自己，并打消了他对齐建国的不放心。

这时，江南钢铁公司已由领导批条改为专门成立销售处来具体负责销售事宜，而销售处处长正是那个在“冻沙造井”实验时担任江南钢铁公司行政处处长的张承颜。

张承颜上任后自然少不了他的得力助手何令丰，便把他调来任了钢材销售部的经理。

这个张承颜，工作上确实有些点子，人也活络，对搞钢材销售虽然是刚接手，但很快就打开了局面。尤其是何令丰调来以后，他更是如虎添翼，在钢材销售方面，很快就闯出了一片新天地。

在调张承颜当销售处处长的时候，齐宏图起先是持保留态度的，从张承颜在借调冷冻机一事的处理方式来看，他认为这个人的本位主义思想很重，但又考虑到这个人的工作能力还是有的，所以就持了个保留态度。但从调任后几个月的工作表现来看，似乎张承颜还比较适合这个岗位。

“齐副经理，您好。”张承颜见了齐宏图，不卑不亢的态度倒也十分得体，“您是稀客呀，怎么也不来个电话通知一声啊？今天是来听汇报还是检查工作？”

“怎么，非得电话通知才能来呀？”齐宏图笑着说，“得空来坐坐不行吗？”

“哪里哪里，我们欢迎还来不及呢。”张承颜也笑着说，“上个月我们的销售任务超额百分之二十完成了，这个月还没过半呢，任务也已快完成了。”

“啊，这都是你领导有方，辛苦啦。”齐宏图笑着夸赞了张承颜，然后，话锋一转，直接点到了他的来意，“我是来问问齐建国的情况。怎么样，他最近有没有什么出格的表现？钢材销售方面他们大集体厂有没有什么违规的行为？”

“这个，哎，怎么说呢，”张承颜略一沉吟，笑着说道，“可以这么说吧，叫作根正苗红，你是后继有人啰。他们厂虽是大集体，但是月月超额完成销售任务，形势很好。他们还几次提出来要增加销售量，可是，按照公司党委的指示，我们没有给他们追加量。违规嘛，这个也没见。”

齐宏图听完，略略放了点心，尤其张承颜讲“按照公司党委的指示，我们没有给他们追加量”，看来，这个关把住了，大的问题应该不会出。但是齐宏图对张承颜还是有点防备之心的，表面上却不露声色。他说道：“这就好，协调各方面的关系，你张处长应该能做好。”

“谢谢齐副经理夸奖。”张承颜笑着回道。

“好了,不打扰了,”齐宏图挥手告别,“你们继续工作吧。”

齐宏图回到家,还是有点不放心。这天,趁着齐建国回家的时候,他叫住了齐建国。

“建国,你来。”齐宏图叫道。

“什么事,爸?”见齐宏图叫自己,齐建国心里不由得打起了鼓。

“我只是想关心一下你的工作和学习。”齐宏图见齐建国一副不自然的样子,就主动说,“想问问你最近几个月的销售情况。”

“啊。”齐建国不由得松了口气,他庆幸自己还算沉得住气,看来,张承颜并没有出卖他,“还算顺利,上个月销售处给我的指标不到半个月就完成了,这个月也差不多。我正盼着公司党委能看在我们知青大集体的分上,多给我们一些指标呢。”

没想到,此话一出,立即招来了齐宏图一顿严厉的训斥:“你就知道知青大集体,等着公司给你们开小灶。建国哇,党和整个公司为了帮助你们知青大集体尽快地成长起来,已经尽了力啦。你作为知青大集体的一个成员,应该发奋努力,尽快让知青大集体走上良性发展的轨道,怎么能一味地想着多批些指标呢?”

“爸,我知道了。”齐建国表面上装得很诚恳的样子,说,“我错了。”

齐宏图看着齐建国一副诚恳的样子,也就不再说了。他清楚,要想这个儿子踏踏实实地做人,并不是一朝一夕能做到的。好在他已经从张承颜处侧面了解了情况,看来,一时还没有发生什么出格的事。想到这里,他挥了挥手,对齐建国说:“好,去吧,要努力工作,使知青大集体厂尽快发展起来。”

“哎。”齐建国如同得了解脱的命令,立即高声地应着,消失在齐宏图的视野。

齐建国走了,齐宏图的思绪又回到了翟云良的身上来。

他总觉得,这个翟云良不简单,他一定会有新成绩的。

六

为了追求底板跑钢零事故,翟云良确实动过不少脑筋。

首先,他从做学徒起,就开始琢磨师傅的用砖。他发现,为追求每一炉钢水不漏钢,师傅在砌每一块砖时,都要左挑右拣,选合格的耐火砖砌。而耐火砖的大小、外观几乎是一样的,看不出什么,但仔细地观察后,翟云良终于看出一丝不同。他的师傅,也是个底板跑钢率很低的人,但也有过失误,造成过两次底板跑钢。为此,翟云良就更加细心,每次车间一发生跑钢事故,他总是在第一时间赶到现场,分析事故的原因,寻求解决的办法。

在对跑钢事故的分析中，翟云良终于得出结论，耐火砖的质量好坏与跑钢有着某种必然的联系。那么，怎样才能鉴别在外观上几乎一模一样的耐火砖的好坏呢？

他成天到晚都在琢磨，连吃饭、睡觉都在想这个问题。终于，天公不负有心人，在一次观看文艺演出的时候，一个节目使他茅塞顿开。

这是个什么样的节目呢？

这个节目的名字叫《水韵琴声》，演员用装着不同水量的瓶子敲击出美妙的乐曲。受到启发，翟云良想，装着水的容器受到敲击后可发出不同的声音，这说明声音能反映质量的差异，耐火砖应该也是如此。

晚会结束后，他兴奋得一夜没合眼。第二天，他就开始反复地练习，仔细地辨别。经过一段时间的练习，翟云良终于掌握了一套敲击耐火砖，听音辨别砖质量的绝技，也彻底解决了鉴别耐火砖的难题，为创造底板跑钢零事故的神话提供了坚实可靠的基础。

消息如同长了翅膀，很快便传到了齐宏图的耳朵里。

齐宏图兴奋得当即站起身来，对着魏燕与乔英奇说："好，好哇，我要亲自为翟云良的发明创造发贺信！我这就写，写好了，咱们一块送到一钢厂去。"

说干就干，齐宏图为翟云良同志的发明创造写了一封贺信：

翟云良同志及全体战斗在一线的一钢厂的同志们：

欣闻翟云良同志发明了"听音辨砖"的绝技，为创造底板跑钢零事故的神话奠定了坚实的基础，我们向你们表示最热烈的祝贺。

翟云良同志的光荣事迹，是我们钢铁战线的工人在当前改革开放的大好形势下勤奋工作、勇于奉献、忠于党和人民的最好证明。希望翟云良同志和一钢厂所有战斗在一线的同志们再接再厉，勇于创造，积极奉献，争取更大的光荣。

江南钢铁公司科技处

贺信写好后，齐宏图向魏燕和乔英奇征求意见说："怎么样，没意见吧？"

魏燕笑着说："瞧您说的，自然是没意见了。"

齐宏图说："那好，咱们现在就赶到一钢厂去，向他们表示热烈祝贺。"

于是，乔英奇开着车，齐宏图与魏燕坐着车子，带着贺信，来到了一钢厂。

到了一钢厂，见了范厂长，齐宏图拿出贺信对范厂长说："好你个老范哪，真是英雄辈出、喜事不断啊，给你送贺信来啦！"

范厂长谦虚地说:“这是党领导得好,改革开放好,激发了广大工人群众的创造力和积极性。你也一样啊,我的齐副经理,咱们大家一道共勉吧。”

“好,共勉共勉。”齐宏图笑着说,“翟云良同志是我们工人的一个优秀代表,他的精神和事迹是该我们好好总结,加以宣传的。我提议,给予他公司的最高奖励,以提高他的知名度,也为公司职工树立一个学习的榜样。”

“好。”范厂长说,“既然齐副经理说了,我看,就选他代表我们公司去参加全国劳模的评比吧。”

齐宏图略一沉思,立即表示同意:“好,正好今年的全国劳模评比还没开始,现在就把材料给总结出来,拿到各厂矿去征求意见。”

就这样,随后,江南钢铁公司经过征求意见,上报翟云良参加全国劳模的评比,翟云良同志凭借其骄人的事迹成了国家级劳动模范。

从厂长办公室出来,齐宏图与乔英奇、魏燕一起,心情很是轻松,正迈步向着车子走去的时候,迎面碰见了正急匆匆向办公楼走来的两个青年工人。

这两个青年工人中的一个正是齐宏图第一次来寻翟云良时问话的那个青年工人。那个青年工人低头急急地走着,猛一抬头,见了齐宏图,不由得吃了一惊,说:“您好,齐副经理,不记得我了?您第一次来找翟云良时遇见过我。”

齐宏图定睛一看,可不,正是那位年青年工人,便笑着道:“啊,你好,还不知你叫什么呢?这么急,是来办什么事啊?”

“我姓王,您就叫我小王好了。他姓何,您就叫小何吧。”那个姓王的青年工人倒也大方,说,“我们是来参加厂里举办的安全培训班的。怎么,您就要走了吗?”

看起来,小伙子是个健谈的人,齐宏图便有心与他说会儿话,就说:“谢谢你,小王。我们是为翟云良同志而来的,不过,这次不去找他本人了,我们是来给你们厂送贺信的,并且还要推选翟云良为全国劳模呢。你知道吗?他发明了‘听音辨砖’的绝技,为底板跑钢零事故奠定了坚实的基础。”

“知道知道,神了,太神了!”小王激动地说,“当全国劳模,应该的。”

“这么说,”齐宏图笑着说,“你们都认为翟云良同志够资格代表我们公司去参加全国劳模的评比喽?希望你们以他为榜样,搞好自己的工作。”

“这不,厂里举办安全培训班,”小王认真地说,“本来可以脱产两天的,为了向翟师傅学习,我们放弃了脱产。好了,我们要走了,要不,上课该迟到了。再见,齐副经理。”

“再见。”齐宏图挥着手,与小王再见。

“神了,太神了,简直跟神话一样!”望着小王远去的背影,齐宏图的脑海翻腾起来了:党的十一届三中全会以后,全党在邓小平同志的带领下,高举改革开放大旗,以经济建设为中心,正走在一条建设有中国特色的社会主义的康庄大道上。这条道路,是广大真心实意地拥护党的群众自觉自愿地坚持走的,它不是靠什么行政命令的高压压出来的,也不是靠什么权威给威逼出来的,而是靠广大的人民群众实实在在、一砖一瓦地干出来的。

这就是梦想,一个关于钢铁的梦想。从中型高炉上料自动化革新,到"冻沙造井"治流沙的战斗,再到"听音辨砖"的最新成果,这中间,有自己的亲身经历,也有自己在领导岗位上力促的成功,这些成果是祖国钢铁事业兴盛的最好证明,也是祖国钢铁事业持续发展的坚实保障。

啊,想到这儿,齐宏图觉得充满了自信,这是对有中国特色的社会主义理论的自信,是对有中国特色的社会主义道路的自信。

高举改革开放大旗,走邓小平开创的有中国特色的社会主义道路,一辈子都不变,永远走下去,走出富国强民的灿烂辉煌。

"走吧,齐副经理。"司机乔英奇等了半天见齐宏图没表示,问道,"还到哪儿?"

"回科技处。"齐宏图像是在回答乔英奇,更像是对自己说,"实实在在做好每一件事。"

七

改革开放之初,各种各样的思潮涌来,各种各样的新鲜事物使人感到特别新奇、特别刺激。什么蝙蝠衫、喇叭裤,什么邓丽君、迪斯科,如同洪水猛兽,冲击着人们的生活。最先受它们影响的,不用说,是青年。自然,出现问题的,也以青年居多。

在改革开放的大好形势下,齐建国的心像被吸盘吸住了一样,被色彩斑斓的新事物吸引了,他迷上了追逐演员、歌星,对他们的生活和行为方式开始有了模仿和追求。

当电影《庐山恋》公演的时候,齐建国如疯了一般,五天里一连看了十几场。演员张瑜的剧照更是成了他的心爱之物,她在这部影片中换了一百套时装,简直就像是开展览会。

以后的形势发展,更是触动了他不安分的心:公派留学生的出现,刘晓庆等影星开始走穴,一个人一辈子固定在某个工作岗位的人事制度开始松动,张瑜、朱明瑛等明星赴美……生活就像是个变幻莫测的万花筒,在他面前展开了无限美好与丰富的画面。

齐建国暗暗在心底下决心,自己一定要追求这样的生活。

齐建国通过钢材销售有了不错的收入以后,他觉得似乎是距离这遥远的目标近了一步。

离目标越近,便越想实现它。于是,齐建国便想多挣一点钱。正在这时,钢材销售改由张承颜负责的销售处主管。而这张承颜,在得知了齐建国是齐宏图的儿子以后,便笑脸相迎,百般示好,进而发展到虚报知青厂的销售指标帮助齐建国获取利益的地步,让齐建国着着实实地赚了一笔。

在赚了第一笔钱后,齐建国便开始盘算着自己心中追求的目标。他觉得在农村时,那个山村姑娘杨凤玲对自己确实不错,自己进城后也一直没跟她联系,不知她现在怎么样了。说良心话,自己还真的应该和她见一面,无论怎么说,人家毕竟把贞操都奉献给了自己。

齐建国有了这个想法后,便跟自己的母亲党久霞说了这个意思。党久霞听了后,心中一阵惊喜,说:“你怎么不早说啊,妈还以为你不考虑自己的个人问题,在一边干着急呢。你如今既然在农村有了对象,还不赶快把她接到家里来,也好张罗着结婚哪。”

“不忙,”齐建国听到“结婚”二字,却来了个不着急的姿态,说,“怎么着也得让妈先见一面嘛。”

“我见不见倒是次要的,”党久霞十分诚恳地说,“你自己的事,只要你自己认为合适就行,相信你爸也是这样想的。”

却说齐建国打算要见杨凤玲,并把这事告诉了党久霞,并不是打算要和杨凤玲结婚的,只是想对杨凤玲对他的那段感情做个交代,如此而已。事情坏就坏在齐建国的这个基本态度上。

那是一个风和日丽的日子,齐建国回到了他熟悉的杨凤玲家的小院子。院子还是几年前的模样,只是院子里多了成群的鸡鸭。杨有才老汉正在侍弄着这些鸡鸭。

“大伯,您好呀!”齐建国见了杨有才老汉,不再叫杨爸,而是改称大伯,“好几年不见了,您老还硬朗吧?”

“啊,你是、是建国吧?”杨有才老汉一眼就认出了齐建国,忙朝屋里喊道,“凤姑娘,你看,谁来了!”

杨凤玲正在屋里收拾着,听着齐建国叫大伯的熟悉的喊声,顿时红了脸颊,她略一镇定,听见父亲喊自己,便答应着出来了:“爹,谁呀?”

其实,这是杨凤玲明知故问,她一边说着话儿,一边用双手拢着飘在眼前的刘海。

“凤玲,是我。”齐建国一边亲热地叫着,一边答话,“几年了,没见你,你还好吗?”

“还能咋样,老样子呗。”杨凤玲答道,“这两年农村里搞起了家庭联产承包,土地分给各家各户,日子比前几年有奔头了。”

齐建国感叹地“啊”了一声。这时,杨有才老汉已离开了院子,好让自己的女儿与齐建国说说心里话。看着面前的情景,齐建国不由得心中涌出一阵热浪,说道:“凤玲,我，我对不起你，几年了，也没来看看你，我、我……"

"走吧，上屋里说。"杨凤玲大方地把齐建国领进了屋里，坐下来后道，"说吧，今儿怎么想起来看我来了？"

"凤玲，我、我——"齐建国忽然冒出个主意，说，"我想接你进城。"

杨凤玲沉默了一会，然后说："几年不见，我以为你把我忘了呢。既然你没把我忘了，我跟你进城。什么时候走？"

"就现在。"齐建国下定决心说。他本来是打算来看看情况，估计几年不见，杨凤玲已说了人家，就算不说人家，他也只是打算来给她一笔钱，以了结这份孽债。如今，见了杨凤玲，见她仍然重情重义地死守着她心底的那份感情，不由得也不忍心了："咱们在你家吃完饭就走，行吗？"

"那好吧。反正人都是你的了，怎么着都行。"杨凤玲说，"等吃完饭，和爹说一声就走。"

杨凤玲欢天喜地地同齐建国一起来到了齐家。党久霞见杨凤玲进门，笑得合不拢嘴，望着儿媳妇健康红润的脸庞，像见了久违的亲人一般，忙前忙后地生怕怠慢了杨凤玲，倒把个杨凤玲闹了个大红脸。

"党妈，您歇着去，有什么事您说一声，我自个儿会弄。"

"不碍事，我这个人从小就忙惯了的。"党久霞笑着说，"他爸和建国在外面忙事业，家里的事，咱女人们不弄谁弄。"

不说党久霞与杨凤玲两人你争我抢，争着做家务事，把原本就不多的家务事给弄得妥妥帖帖，却说着日子过得飞快，转眼就快两个月过去了。令党久霞感到疑惑的是，两个多月来，没见齐建国提过一回与杨凤玲结婚的事，这可让党久霞憋不住了。终于有一天，党久霞逮着个机会，她问齐建国说："我说建国啊，你到底心里想啥呢，与凤玲的婚事咋整啊？"

"妈，你别操心。"齐建国不紧不慢地回道，"我都不急，你着哪门子急嘛。再过一段时间再说。"

"哎，我说，既然不着急，结婚那就不能住一块儿。"党久霞急急地说，"你们这样一块儿住着，又不结婚，算什么嘛。别人说起来，好说不好听哪。"

"我会给你们一个交代的，"齐建国说，"你就等着吧。"

从这一天起，党久霞见了杨凤玲，就像是欠了她什么一样，显得很不自然。

却说齐建国经过这段时间与杨凤玲的朝夕相处，越发觉得这个山村姑娘配不上自己，自己理想的伴侣应该像张瑜一样美丽又时髦，终于他决定和杨凤玲摊牌了。这天晚上，齐建国早早就回了家，一副心事重重的样子。杨凤玲见齐建国满脸的愁云，心疼地说:“建国哥,什么事这么愁啊?没有过不去的火焰山,快别愁了,回到家了嘛。”

“凤玲,我、我……”齐建国欲言又止,歇了会儿,为了掩饰自己的心情,他向杨凤玲提了个要求,“凤玲,唱支歌吧,我还从来没听你唱过歌呢。”

“唱歌?”杨凤玲吃惊地望着齐宏图,心想,他怎么突然想起唱歌来了,也许是他心情不好,要借歌消愁吧。怎么办呢,自己还没完整地学过那些时髦的流行歌曲,只会唱那首家乡的民歌小调。她想了想,觉得这种时候不应该拗着齐建国,就说:“建国哥,我这个人笨得很,只会唱那首家乡的小调,你喜欢吗?”

“唉,心情不好,”齐建国说,“你就唱吧。”

“那好吧。”杨凤玲就唱起了那首家乡的民歌小调。

太阳呀落山呀一呀么一点红啰,
一碟子韭菜唻一碟子葱。
小妹妹好上了呀小亲哥哥哟,
山不转唻呀一呀么一条心。
韭菜呀青青长呀么长又长啰,
青葱一根心呀么心气通。

太阳呀落山呀一呀么一点红啰,
一碟子韭菜唻一碟子葱。
天上下雨地呀么地上流哟,
小妹妹永远和哥心呀么心连心——

“好了,别唱了!”突然,齐建国高声叫了一句,止住了杨凤玲的哼唱,“你听听,都是些什么呀,一点都上不得台面。”

杨凤玲正深情地唱着,突然被齐建国呵斥,她委屈得直掉泪。

“你就不能唱点流行歌曲吗?”齐建国继续数落道,“好听的歌有的是,《我们的生活充满阳光》《在希望的田野上》这些,你就不能学点?”

也不知怎么了,第一次听杨凤玲唱这首民歌小调时,那时感觉并没有像今天这样反感,而此刻,那种乡土的气息却让他无法忍受。

杨凤玲突然从深情的歌唱里跌落到齐建国恼怒的现实中来,她明白了自己过去几年曾多次想到过的事实:齐建国并不爱她。那时,她就曾经想过,自己就这么一辈子一个人过算了,毕竟自己已经当过一回女人。如今,这个想法又一次回到了她的脑海,她平静地说："建国哥，你也用不着恼，我知道，我配不上你。其实，你几年一点消息没有，我就已经打算好了，自己过一辈子。谁让我就喜欢你这样的知识青年呢。既然已经当了一回知识青年的女人，我这辈子也就知足了。你放心，我明天就离开这个家，回农村去，那才是我的家。"

没想到的是，杨凤玲竟主动提出了分手，齐建国不由得惊呆了。这是多么好的姑娘啊。按说，就是心肠再硬的汉子，也会在这金子一般的感情面前乖乖投降的。然而，不知是哪根神经出了毛病，面对这样的姑娘，齐建国只是对她的话表示了认可。他拿出了一本三万五千元的银行存折，对杨凤玲说："好妹妹，你别说了。你说的事，我也考虑了很久了，虽然你一心一意跟我好，但我们之间还是有些差距的。既然你提出来和我分手，我看，那就这么办吧。这里有一本三万五千元的银行存折，你拿着，以后我要是挣了大钱，会再汇给你的。"

对于刚改革开放时的物价来说，三万五千元已经是天文数字了。没想到，杨凤玲却拒绝了："建国哥，你的好意我领了。我跟你好，是我自愿的。你给我这个存折，好像是我卖给了你似的。这个，我不要，你留着。你在城里，花钱的地方多，至于我，你放心，如今农村实行家庭联产承包责任制了，我会过得好的。"

"这不行。"齐建国见杨凤玲执意不要，急了，说，"这是我的一点心意，是我自己挣的，你拿着，我就不送你了。"

齐建国说着，放下存折，出门而去。

这一夜，杨凤玲一个人孤孤单单地沉思了一夜。天明，她早早地收拾行李，出了齐家的门。

八

杨凤玲悄悄地走了，她给党久霞留下了一张纸条和那本三万五千元的存折。

纸条是这样写的：

> 党阿姨，我没脸见你，我走了。谢谢你的宽待。建国给我留下了三万五千元的银行存折，我不用，留给建国，你给他吧。
>
> 杨凤玲

字虽然写得歪歪扭扭，还把"款待"写成了"宽待"，但却情真意切。望着这张字条和压在上面的存折，党久霞顿感事态严重了，她收起了存折和纸条，心中犯起了愁，这到底是怎么回事呢？

这天晚上，齐建国还没回来，党久霞满怀心事地对齐宏图说：“宏图哇，儿媳妇回家了。”

“哦。”齐宏图起先没当回事，淡淡地笑了笑，说，“回家了？她想回就回呗，常来常往嘛，住一阵再回来就是了。”

党久霞急了，把杨凤玲留下存折的事给说了出来，但在存折的数字上有所保留，只说了一万元。

“哦，有这种事？”齐宏图不禁眉头紧锁起来，听到这个消息后他有两种考虑，一是要弄清齐建国究竟和杨凤玲怎么了，二是齐建国出手就是一万元，钱是哪里来的？儿子参加工作才三年多，每个月奖金加工资也不过五六十元，怎么会有这么多钱？

齐建国不禁对这个消息加以盘问起来：“怎么回事？前几天还好好的，怎么说闹就闹翻了呢？还有，他给的这一万元，是从哪里来的？”

“我也不知道。”党久霞无可奈何地摇摇头说，“前一阵我和他谈凤玲的事，他回我说会给她一个交代的。今天我去凤玲的房间，以为凤玲还没起呢，谁知，竟发现出了这样的事。”

齐宏图接着又沉思了一会，然后对党久霞说：“久霞，我看这小子有走邪路的嫌疑。这样，你想法尽量让这小子说实话，杨凤玲那边，你就出个面，尽量地安慰她。如果这小子不肯与她结婚，你就代表我，给人家送去这存折，再加我们的一万元积蓄，也算是我们的一点补偿。这小子的账目，我得好好查查，不过，在事情还没弄清楚前，还是别让建国知道，你看，行吗？”

“我听你的。”党久霞一板一眼地说，“你养的好儿子呀。也应着一句老话了，‘养不教，父之过’。”

“唉！”齐宏图深深叹了口气。他还并不知道杨凤玲做过流产的事，只当是齐建国在农村处的一个对象。半晌，他像是自言自语，又像是说给党久霞听的：“谁说父不教啊，问题是我教他，他要听啊。这小子也不知是从什么地方学的，满脑子的坏主意。”

不说齐宏图发自内心的感叹有没有引起党久霞的认可，却说齐建国估摸杨凤玲已经走了后，于这天晚上又回到了家。党久霞在齐建国准备上床休息的时候，来到了齐建国的跟前。

“妈。”齐建国叫了一声妈，然后自己开口问起了杨凤玲，“凤玲她走了吗？她留下什么话儿没有？”

“妈正想问你呢，”党久霞见齐建国先说起了杨凤玲的话题，也就不再找其他话铺垫，而是认真地问了起来，“你和杨凤玲到底怎么了？她竟就这么走了，完了还留下一本你给她的三万五千元的存折。”

“怎么,她当真没要那本存折?”齐建国略作吃惊地说,“我就是觉得她太土了嘛,觉得还是打发了她好。她倒是痛快,也没用我费什么口舌,自己提出来与我分手了。我觉得还是亏了她,就把这几年我存的积蓄留给她了。”

“建国啊,感情上的事外人不好评判,”党久霞沉思了一会,开口说,“但是我不赞成你这种不负责任的态度。你说,一个人一辈子的婚姻大事,怎么能这样随随便便地处理呢?我看,你还是到杨凤玲家,同她当面谈谈,求她原谅,然后把她给接回来。”

“妈,怎么是不负责任呢?”齐建国申辩道,“这个事儿我考虑很久了,有时也觉得就这么和她结婚算了吧。可是,妈,你想想,婚姻是一辈子的大事啊,草率结婚了以后不幸福怎么办?最后,还是理智命令我,结束这一段不幸的感情吧,尽管付出的代价是巨大的。”

“好了,这个问题一时半会说不清楚,”党久霞见一时难以说服齐建国,就把问题推给了未来,“留给你以后慢慢体会吧。有个事,你必须老老实实、原原本本地告诉我。你说,你参加工作不过才三年,一个月奖金加工资不过五六十元,你怎么会有这么多存款,一下子能拿出三万五千元给杨凤玲?”

“妈,你看你,”齐建国一开头不愿说,只是打含糊道,“活人还能叫尿给憋死,钱不够,我不会找朋友借啊?”

“不对,”党久霞进一步逼问道,“哪个朋友会有这么多钱,借给你去送人呢?再说,这也不符合常理。这钱肯定有问题,该不是搞钢材销售行贿受贿所得吧?”

“反正我没有违法,”齐建国辩解道,“你就不要问那么多了,好不好?”

“不行!”党久霞变得有些强硬起来,“你不说,我和你爸都不会饶你。你爸那个脾气你是知道的,真要是闹大了,怕对你今后一辈子都不好。”

齐建国此时左思右想,决定还是说了吧,他尽管相信依照齐宏图的脾气,在知道了事情的真相后肯定会大怒,但是他还是对父亲抱着某种希望,他不相信父亲真的会因为几万元的款子而毁掉自己儿子的一生。他磨磨蹭蹭了一段时间后,终于还是说了出来:“其实,主要还是钢材短缺,形成了供不应求的局面,有些客户就私下里塞钱给我,希望能快一点得到钢材。我收过客户大约三万元钱,但不是一次,而是分好几次,最多的一次是五千元钱,剩下的,也就两千、三千、四千不等。加上我这几年的积蓄,一共才三万五千元,我把钱都存了起来,老早就准备着送给杨凤玲的。”

“你在知青厂的销售,每个月才不过几千吨,”党久霞追问道,“怎么会有如此多的额外收入呢?”

齐建国见瞒不住了,索性将张承颜假借其他单位的销售指标做假账,最后落实到他头上的事也说了出来："是销售处长张承颜安排做了假账，把原来是其他单位的销售指标转给了我。"

"张承颜这样做的目的是什么呢？"党久霞又进一步追问道，"难道是想通过你分一点油水？"

"我倒是给过他几千块，可人家压根儿就没看上这点小意思。"齐建国说，"我看哪，八成儿是他看准了我爸的这块牌子，想捞政治资本吧。"

"说得是。"党久霞预感到事情的严重性，说，"我看哪，你就准备着退赔吧。"

"什么，退赔？"齐建国一听，顿时惊出一身冷汗，嘴里喃喃地吐出一句话，"求求妈妈，千万别把事情搞出去呀。"

"唉，事到如今求我没有用了，"党久霞痛苦地说道，"还是听听你爸爸怎么处理吧。"

"我爸？！"齐建国一听要交给他爸处理，顿时觉得如同上刑场一样，"让他处理，不把我打下十八层地狱才怪呢。妈，你就不救儿子一回？"

"不能救啊，这可是个原则问题。"党久霞又一次地陷入痛苦之中，"别怨妈妈心狠，在重大问题上，我和你爸可是有约在先的。"

事已至此，齐建国知道再求党久霞已没有任何意义，反而会给党久霞带来不必要的伤感。

那么，齐宏图是如何处理这个棘手的儿子受贿的事情呢？

首先的一条，赃款必须退赔，齐建国做出深刻的检讨，张承颜为此也受了党组织的批评和警告，并最终调离销售处的岗位。然后才是对儿子尽可能地挽回。

党久霞在向齐宏图讲受贿的数目时，如实讲了三万元这个数目，在退赔时，由她出钱，留下齐建国的那张三万五千元的存折，让儿子给杨凤玲送去。

"我不要，要去你们去，"齐建国气不打一处来地说，"弄成这个样子，我还怎么去见杨凤玲？"

"我看你还是去，"党久霞说，"好好跟她解释清楚，把她接回来，相信她会原谅你这次的错误的。关键是今后，不再犯错误，好好地做人。"

"我不去，要去你去。"齐建国这次把"你们"改作了"你"，但还是表示了坚决不去的态度，"我说了，不去就是不去。"

党久霞轻轻摇了摇头，对自己的这个儿子表示了无可奈何。她心想，好，我去就我去，等劝好了杨凤玲，说不定事情会有转机呢，毕竟儿子没有把路堵死嘛。想到这里，她说："好，我去就我去！当面去给人家认个错，去把人家给请回来。"

党久霞下定了决心，与齐宏图通了气后，就向杨凤玲家的小山村而来。沿途看到的是一派欣欣向荣的景象，青青的秧苗，绿绿的山岗，到处是热烈的劳动场景。

党久霞到达杨凤玲家时，已是将近午后了。她推开杨凤玲家的小院门，见到杨有才老汉，十分愧疚地说："杨大伯，我是齐建国的母亲。我今天代表齐建国来向您赔礼道歉，不好意思，让大伯一家受委屈了。"

"啊，"憨厚的杨有才老汉听说是齐建国的母亲来了，一时也没有什么过多的表示，只是说，"是来看凤玲的吧，唉，这丫头命苦啊。"

杨凤玲从自己的小屋里出来，见了党久霞，十分自然地招呼道："啊，是党阿姨啊，快请进。"

一番客套和寒暄之后，党久霞拿出了那本三万五千元的存折，放在杨凤玲的面前，说："凤玲，我代表他爸，真诚地欢迎你回去。同时，也把这本存折再次递到你面前，希望你能收下。"

"谢谢阿姨能来看我，"杨凤玲面对着存折，再一次地拒绝道，"我说过，和建国好了一阵，完全是我愿意的，要是拿了这钱，我成什么了？阿姨，说真的，这钱我无论如何也不能收。"

党久霞见说不服这姑娘，就起身告辞，临行，硬是把存折给留下了。

杨凤玲没法，怕拉扯中将存折弄坏，只好暂时收下。事后，她趁齐家只有齐瑞芬在家的时候，将存折又原封不动地给送了回来。

九

这天，小瑞芬正在家做课外作业呢，杨凤玲敲门来到了齐家。小瑞芬开门一看，见是杨凤玲，便亲热地叫着姐，拉着杨凤玲进家。

杨凤玲激动地含着热泪，一个劲地推辞说："好妹妹，姐不能在这里坐了，你把这个交给阿姨，说是姐用不着，谢谢了。"

"嗯。"小瑞芬见留不住杨凤玲，只好将存折收下了。杨凤玲走后，小瑞芬不敢怠慢，党久霞一回来，就将存折给了党久霞。

望着存折，党久霞不由得伤感地说："多好的姑娘啊，也不知道这个齐建国到底是怎么想的，怎么就是一根筋拗不过来呢，唉！"

没想到的是，齐建国见了这本存折后，竟激起了他的一套怪想法，他对党久霞说："我就不信，她就那么高尚，一个乡村女孩子，见了三万五千块钱还不要。她之所以这样三番两次地退回这本存折，我看是嫌太少了。"

"唉，你呀，"党久霞吃惊地看着齐建国，说，"你这是以小人之心，度君子之腹。多么好的一个姑娘啊，人家是真心实意地要跟你过一辈子呢。”

“跟我过一辈子？我相信她是真心的，可我呢？我就惨了，抱着这么一个上不得台面的东西，我的心里是什么滋味？”齐建国的怒气一下子爆发出来，发狠地说，“好，你嫌少不要是不是？那我就多弄点钱给你，看你要不要？！”

“建国啊，你可得好好想想啊，”党久霞苦口婆心地劝说道，“人家可不是嫌少。再说，你爸也把你受贿的这条路给堵死了，你上哪儿去挣这么多钱啊？”

“这你就不用管了，”齐建国下定决心地说，“我反正变乌龟做鳖，也一定想法给她弄够二十万。”

“你可不能走歪路啊！”党久霞不放心地道，“别想不开啊。”

这时的齐建国已听不进党久霞的规劝了，他心里想的是弄够二十万给杨凤玲送去，那时再不要，也算是我齐建国对得起你杨凤玲了。

党久霞终究还是不放心，跟齐宏图说了齐建国的反应，齐宏图沉思了半天，嘱咐要她继续管好齐建国，别的也不知要说什么了。

终于，齐建国怀着一肚子烦恼，彻底走上了一条不归路，在错误的泥潭里越陷越深了。

这是一个下着小雨的夜晚，齐建国与他插队时的亲密朋友孟俊杰在一起喝酒。酒酣耳热之际，齐建国唉声叹气地说出了自己心中的烦恼：“唉，人生在世，难得有你这样的朋友。来，今朝有酒今朝醉。”

孟俊杰端起酒杯，察言观色地道：“齐哥怎么这么消极啊，不就是一个杨凤玲嘛，有什么了不起的，别想不开，路还宽着呢。”

“唉，岂止一个杨凤玲啊，”齐建国唉声叹气，放下酒杯，开始数落起来，“我爸我妈简直就是我的恶煞星。我好不容易在钢材销售上打开了点门路，刚刚收了点小钱，他们可倒好，把这事给闹到了单位上，还硬逼我退赔，害得销售处处长张承颜也跟着吃了苍蝇。你说，世上还真有这样的爸妈，还让我怎么做人，怎么挣钱？”

孟俊杰听了，也不答话，只顾着低头想心事，不时拿眼睛瞟齐建国。

齐建国听不见孟俊杰的回答，急了，开口说：“你怎么不说话？杨凤玲当初还不是你从中撮合的，怎么到了这岔路口了，你倒不帮忙了？你是怎么想的？”

孟俊杰从沉思中返回了现实，他是在考察着齐建国的火候，经过这些天的观察，他认为基本上可以称为同路人了。于是，他轻轻舔了舔酒杯，带着试探的口吻说：“我倒认识个人，不过，他干的那营生不怎么地道，不知你有兴趣没有？”

“什么人？干什么营生？”齐建国急切地问道，“不管他干什么营生，只要能挣到钱，能出了这口气，我就不嫌。”

“黑社会。”孟俊杰平静地说，“什么打打杀杀、欺行霸市的事，他都包圆了。”

“打打杀杀、欺行霸市？”齐建国听了，觉得有些失望，有些不过瘾地说，“那能混出个什么名堂，小儿科。”

“这你可错了，”孟俊杰有些不服气地说，“如今，除了官道上挣黑钱的，最来钱的可就是他们了。人家还不一定带我们玩呢。”

听说最来钱的就是他们，又听说还不一定带自己玩，齐建国顿时来了兴趣，对孟俊杰说：“那行。我就不信了，他们还这么牛。你跟那个朋友说说，看看我们什么时候见个面？”

“好吧。”孟俊杰装作勉为其难地答应道，“我去说说试试看，但人家不一定看得上我们。”

却说孟俊杰自答应了齐建国与那个朋友见上一面的要求后，有一段时间不见动静，齐建国催过几回，孟俊杰都说人家不答应。齐建国急了，再次打电话给孟俊杰催道：“怎么这么难见哪？不管怎么样，也见个面再说嘛。”

孟俊杰见齐建国一心一意要见面，估摸着齐建国是真心实意的，于是，就笑着说：“好吧，那我再去说说看。”

终于，孟俊杰带来消息，那个朋友同意见面了，约定在临湖车站附近的一处偏僻的荒地见面。

这天夜里，孟俊杰带着齐建国来到了他们约定的见面地点。

这是怎样的一个地方啊，一个远离城市中心的荒地，四周静得出奇，只有时不时响起的蛙声。

半个多小时过去了，齐建国等得有些不耐烦了，埋怨道：“这是什么鬼地方啊？怎么选这么个地方见面啊？”

“耐心等一会吧，”孟俊杰拿出一支烟，递给齐建国一支，打着火，点燃，吸了一口说，“人家选这么个地方和咱见面，自然有他的理由。这地方远离市区，没人打扰嘛。”

正说着，不远处走来两个人，孟俊杰说：“看，来人了。”

说着，孟俊杰掐灭了烟，站起来，迎上前问道：“两位是来会朋友的吧？”

却见那两个人并不答话，其中一个人上来就动手抢夺孟俊杰口袋里的烟和财物。

说时迟，那时快，蹲在地上的齐建国见其中的一个人明目张胆地抢劫，一个箭步就冲上前来，一个扫堂腿把那个抢夺财物的人打倒在地，口里喊道：“好小子，竟敢打劫！怎么着，还有不怕死的吗？”

原来在下乡插队的时候，齐建国趁空练过一阵擒拿格斗，没想到今天用上了。

剩下的一个人见同伴被打翻在地，顿时抽出了一根铁棒，挥舞着，向齐建国打将下来。

一边是张牙舞爪的歹徒，一边是奋力自卫的齐建国，两边正紧张地对峙的时候，突然，其中的一个歹徒大喊道："不好，公安联防队来了，快跑！"

这时，只见四个戴着红袖箍的公安联防队队员迅速地来到了齐建国与两个歹徒搏斗的现场，其中的两个迅速地向正在逃跑的两个歹徒追击，不一会儿，将两个歹徒擒获。这边，剩余两个公安联防队队员喝令齐建国与孟俊杰道："你们是怎么回事？还不快说实话。"

"我们正在这里商量事情，"齐建国向两个公安联防队队员陈述道，"就看见他们两个人跑来，二话不说，上来就来抢东西。"

"噢，商量事情，"那个联防队队员接着齐建国的话说，"什么事啊？什么事需要到这荒无人烟的地方商量啊？是不是要会什么朋友？快说。"

"是商量事情嘛。"齐建国不假思索地争辩道。他并不知道，其实这只是一个圈套，他还是一个劲地咬紧牙关，绝不承认他是会朋友的，"不是会什么朋友，也绝对没有什么朋友要会。"

"嗬，你还嘴硬，"那个联防队队员进一步说，"我们接到通知，说是今晚有两个人要在这里会见一个黑社会的头面人物，我们就是来巡查的。你们说，你们不是来会朋友的，深更半夜的，两个人鬼鬼祟祟在这里待着是为了啥？走，带走。"

一声喝令，不由分说，齐建国与孟俊杰双手被铐上了铐子。连同那两个抢劫者，八个人浩浩荡荡地向着一处房子走去。

这是一处简陋的房子，门口挂着一块临湖联防指挥部的牌子，仅此而已。

进了门后，分别有三个房间，齐建国、孟俊杰与那两个抢劫犯分别被关进了三个房间。

齐建国被关进所谓的隔离室后，少时，进来两个彪形大汉，他们不由分说，上去就一顿猛揍，把个齐建国打得鼻青脸肿。

齐建国愤怒地喊道："你们讲不讲理？怎么能乱打人呢？怎么不问青红皂白，就把人给打成这样？"

"去你妈的，"一个彪形大汉口出骂声，边打边逼问道，"说不说？是不是会朋友的？"

齐建国的双手被铐子铐得不能动弹，他强忍着疼痛，任凭彪形大汉对他拳打脚踢，却始终不肯承认他是来会朋友的。

"你就是把我打死，也绝不能让我的招认！只要我不死，我一定会控告你们的！"说完这句话，齐建国便不再开口，任凭彪形大汉施暴。

彪形大汉打得累了,齐建国被打得满脸伤痕。这一夜,齐建国就在昏昏沉沉的夜色与暴力中度过。

天亮了,指挥部里开始有了人声。进来两个送早饭的,送来两个馒头和一碗稀饭。齐建国也不吃,他在等着,看究竟是什么结局。

突然,关在另一个房间的孟俊杰高声叫了起来,他并没有受到过多的伤害,只是被囚禁着:"哎呀,老万哪,你可来啦! 你看,我们都被折磨成啥样啦?"

随着这孟俊杰的一嗓子喊叫,那个被称作老万的人走进门来,大声地呵斥着指挥部里的人:"你们怎么搞的?! 这就是我要见的人,你们怎么把他给抓来了?"然后,双手抱拳迎向孟俊杰,"对不起,对不起,让你受苦了,他们打你了没?"

"我还好,"孟俊杰说着,用手指向齐建国,"倒是我的这位兄弟,被打得够重的。"

那个姓万的闻听,马上转向齐建国:"哎呀,不好意思,真是大水冲了龙王庙,一家人不认一家人哪。"

然后,他叫人给齐建国开了手铐,不好意思地赔罪道:"兄弟贵姓? 怎么样,还能说话不?"

这真是一场绝妙的好戏啊,原来,所谓的联防指挥部以及抢劫全是假的,尽管这个姓万的声称是大水冲了龙王庙,一家人不认一家人,可齐建国已经看出他们是在演戏。他们为什么要演出这场戏呢? 表面上的堂皇理由是为了防止公安局的便衣扰了他们的会面,实际上,齐建国心里明白,是在考验他的忠诚与应付突发事件的能力。虽然手段过于残忍了些,但齐建国却喜欢上了这种刺激和冒险,真像电影里面的反特情节一样,他不由得深深地喜欢上了。于是,他答道:

"姓齐,叫齐建国。"

姓万的一拱手,邀请道:"兄弟万百千,原先叫万北迁,后改了两个字,干脆叫数目字的万百千。得罪了,请里边说话。"

"好吧。"齐建国答道,"就请前面带路,咱们交个朋友。"

……

十

齐建国的真正危急时刻悄然来临了。原来,孟俊杰所介绍的这个万百千,正是江南市新兴的贩毒团伙的头面人物。

他们平日里一面以收取保护费为名,对临湖东站地区的一些私营小商小贩和餐馆、饭店以及刚冒出来的迪斯科舞厅实行敲诈和盘剥,而另一面则做着毒品生意。

他们做毒品生意的规模一开始并不大,只不过是作为大的贩毒团伙的一个小的接收网络,在自己控制的地盘内销售一点海洛因、大麻而已。

当然,关于毒品销售,对于外人是不能轻易暴露的,但对于齐建国来说,则另当别论了。对于这样一个经孟俊杰介绍,而又经过初步考验的团伙成员来说,他们有意要让他接触这根高压线。

这天,万百千带着齐建国来到了他们控制的迪斯科舞厅。

还在门外,一个长相颇为精明的青年便迎了上来:"万大哥,您来啦,要不要来点白的?"

那万百千就是为这个来的,这时听见那青年点明了主题,便笑道:"小肖,安全不安全? 有人在用吗?"

那个被称作小肖的青年立刻满脸堆笑说:"门口放了两道暗哨,绝对安全,您只管放心,进去用吧。"

其实,这一切都是做给齐建国看的,目的只是进一步试探他对待毒品的态度。只听万百千笑着对齐建国道:"兄弟,有没有兴趣来两口?"

至此,毒品和犯罪已清楚地摆在齐建国的面前,向前一步,就将成为毒品犯罪集团的一员,面临的是法律和正义的审判,而退后一步却是齐建国想也没想过的事。他一个劲儿地想搭上这个万百千,看看这个万百千集团究竟还干什么。他一听"白的"这个令一般人胆寒的词,却精神为之一振,十分认真地问万百千道:"怎么,万哥,这里有白面?"

万百千见齐建国认真地问起,淡淡一笑道:"啊,是手底下的一个人帮忙给弄了一点,这东西要的人不少,只是要当心公安这一块。"

齐建国兴奋地说:"只要能来钱,干吗不把生意做大啊? 公安是得防,但常言说得好,不入虎穴,焉得虎子嘛。这就好比赌博,踩到了点子上,没有不能赢的。"

"好啊,"万百千听罢齐建国的表态,很是惊喜,"没想到兄弟真是道上的人。走,咱们先过一下瘾再议。"

"我还没吸过呢,"面对万百千的邀请,齐建国老实地答道,"还是您去用吧,我在外面等着。"

"哎,什么事总有个第一次嘛。"对于齐建国的推辞,万百千不以为然地否决道。他盛情地邀请齐建国,其真实的意图是让齐建国沾上毒瘾,便不怕他不越陷越深。"来来来,咱们一起去吸两口,不会我教你。"

齐建国于是半推半就,进了这家迪斯科舞厅的地下室。

对于第一次吸食白面,齐建国怀着一丝好奇与新鲜的感觉。只见不大的地下室里，歪歪斜斜地靠着几个吸食者，见了万百千进来，几个人都挣扎着赔着笑脸跟万百千打招呼。万百千示意他们自便，将齐建国安排在一张简陋的床铺上，开始教给齐建国如何吸食白面。

看着那一个个瘾君子的模样，个个都欲仙欲死，齐建国的心里不由得起了这样的念头：怎么这个毒品具有这么大的魔力，让这些吸食的人个个都是这般的形态？

待自己吸食了以后，他才弄懂毒品是什么：毒品能够让人产生兴奋感和依赖性，一旦吸食了它以后，就会让人产生一种飘飘欲仙的感觉，使你在不知不觉中成了它的俘虏而不能自拔。

过足了瘾之后，万百千精神抖擞了起来，他对已涉足毒品的齐建国似乎是放心了。于是，他便似乎是开玩笑地对齐建国说："怎么样，齐老弟，还有点意思吧？要不，下一趟去找商家的活儿，带你见识见识？"

没想到齐建国竟不满足于只是见识见识，提出了由他来完成的想法："兄弟不才，但只是'靠干岸'的做法绝不是我的性格。我的工作就是搞销售的，与人打交道的事是我的强项，我想，能不能请万哥考虑直接由我去完成？"

万百千等的就是齐建国这句话。老于世故的万百千在齐建国说出这句话后，虽然心中一阵窃喜，但表面上还是保持了冷静："哦，难得兄弟有如此宏图大志，好，好呀。不过，我们还是从长计议，要万无一失才好呀。"

"我就等万兄吩咐啦。"齐建国满怀着信心地说，"我一定尽全力把它做好。"

"那好吧，"万百千笑眯眯地说道，"就让你去跑一趟。"

俗话说，心急吃不了热豆腐，等待是最令人心焦的。自从万百千答应了让齐建国去跑一趟后，等了约莫半个月，也不见有动静，可把个齐建国急坏了，他几次催问万百千，万百千总是笑容可掬地推说道："怎么，着急了？我问你，你可选好了同你一块儿去的人选了吗？"

"这个，"齐建国老老实实地答道，"万哥没吩咐，我还没考虑呢。"

"嗯，"万百千说道，"现在就让你考虑，要选一个脑子灵活的人。你要是没考虑的话，我倒是看中了一个人，不知你满意不满意？"

"谁？"齐建国问，"万哥你说。"

"就是咱们的看门人，叫小肖的那个。"万百千认真地说，"他是个开汽车的，名字叫肖利男。人嘛，很精明，很灵活。你可以考察考察他咱们再谈。"

一直在销售场上打滚的齐建国，这时听懂了万百千的弦外之音，他让自己考察考察肖利男，一是对肖利男这个人究竟怎么样，他还没有底，二是让自己先去熟悉肖利男，临到用时，也好配合默契。齐建国清脆地答了一声："是，您放心，从今天开始，我就开始接触他。”

于是，贩毒的准备工作就从齐建国与肖利男的接触开始了。

某天下午，在给一个百货批发部送货的过程中，齐建国与肖利男的头一次接触开始了。齐建国问肖利男：“小肖，你这名字起得好，是谁给你起的？”

“齐哥，说什么名字起得好不好，”肖利男向齐建国说起了自己的身世，“那是父母请一个算命先生给起的。我上面有两个姐姐，都因为生病而夭折了，到生下了我，他们就请算命先生给起了这个名。说是祈福菩萨保佑我这个男丁。算命先生说我们家从此会人丁兴旺，结果，真应了这个算命先生所说，自我以下，又生了两个妹妹、一个弟弟，全都成活了。”

“那个算命先生还真灵。”齐建国说，“你的家境还好不？”

“好什么好，”肖利男说道，“人口多，生活哪还好得了？这不，我从老家跑出来，到城里开汽车，混口饭吃呗。”

“老家在哪？农村不是都分田到户了吗？”齐建国问。

“淮北。”肖利男答道，“地是分了，比以前日子好过了些，可是，钱还是不够花，不到城里来跑运输还是不行。”

“唉，倒也是。”齐建国叹道，“你什么时候认识的万哥？”

“去年。跟万哥拉过一趟货。”肖利男说，“从那以后，我就跟定万哥了。干这行还真刺激，有句话叫什么来着？啊，对了，不入虎穴，焉得虎子。你说，对吗？”

“说得好。”齐建国兴奋地点头说，“看来，你真是我们的好兄弟啊。”

一路上，齐建国与肖利男两人谈得十分投机，不知不觉中，汽车已开到了目的地。

这时，从批发部里走出收货人，前来搬货、对账。一个细节体现了肖利男的精明。

大宗的商品算清好后，剩下一件卫生纸，收货人就根据以往的经验随口报出卫生纸的数量：“卫生纸一件，加上上次的一共是五百包。”

“不对！”没想到肖利男提出了异议，“这次是二十包装的大件，加上上次的共是五百零四包才对。”

“啊，对对，对不起，看错了包装，少算了数量。”那收货人重新看了包装后，点头认错。

这个细节，说明了肖利男的认真和细心，被齐建国大加赞赏。齐建国在同万百千的谈话中，肯定了肖利男，说他是块好材料。

万百千听了齐建国的汇报后，同意了让肖利男作为齐建国的搭档，并把自己随身带着的一支短枪给了齐建国，说：“这支短枪是我的心爱之物，借给你路上防身。怎么样，会使吗？”

“过去曾经在民兵训练时摸过，”齐建国老老实实答道，“之后就再也没碰过了。”

“不要紧，”万百千说，“熟悉一下就好了。”

于是，齐建国郑重地接过了万百千借给自己的枪。不久，一切准备工作都已就绪。这天，万百千郑重地通知齐建国说，可以出发了。

齐建国于是和肖利男一起，开着车，向着目的地进发了。

毒品犯罪的有关人员是十分狡猾的，他们都是些亡命之徒。在通往取货地点的山路上，他们几次变换接货地点，最后双方在一座砖瓦结构的、不大的房子里成了交。还算好，一路上没有遇到什么凶险。

但是，在完成交易回城的路上，一个岔路口，却遇着了两个带枪的、拦路检查的公安人员。

“停车！”其中的一个公安人员挥手叫道，“检查。”

没有办法，他们只好停车，齐建国与肖利男的神经一下子绷紧了。

在停车之后，肖利男用手暗地给齐建国打了信号，表示要互相配合，以混过检查。齐建国回了信号，表示知道了，见机行事。

肖利男的货车上装满了日用品等货物，毒品就藏在日用品的夹层里。停车以后，齐建国领着公安人员检查。肖利男则拿出一包香烟，递了一支给公安：“同志，抽烟。”

“不客气。”公安人员严正地拒绝。

肖利男拿了个空水桶，说是要去打水为汽车加水。等肖利男打满一桶水走回汽车的时候，却见公安正在准备检查那夹层里藏有毒品的货物。真是千钧一发啊，齐建国手心都捏出了汗，就在这时，就听肖利男大喊一声：“哎哟，哎哟。”

原来是肖利男假装绊了石头，滑倒了。水洒了一地，肖利男也跌倒在地，在痛苦地挣扎。

这时，正在配合检查的齐建国乘机跟正在检查的公安说：“不好意思，看，司机摔倒了，我去看看。”

肖利男躺在地上，眼睛却死死地注意着公安人员的动向。

“好了，怎么偏偏这个时候跌倒？”那个检查的公安人员动了恻隐之心，把大手一挥，说，“检查通过，放行。”

一听说放行，齐建国与肖利男的心里终于一块石头落地。他俩捡起水桶，还对公安人员挥了挥手，高高兴兴地开着汽车返回了。

十一

齐建国与肖利男把毒品顺利带回之后，给贩毒团伙带来了可观的经济效益，也给齐建国带来了一个加速灭亡的所谓经验,使齐建国错误地认为:虽然惊险一点,但只要敢于冒险,贩毒还是有机可乘的。

为此,他和肖利男在谈到他们有惊无险地通过公安人员拦路设卡的经过时,大加赞许地对肖利男说:"没想到你还真行啊,当时你假装滑倒水洒满地时,不怕被抓啊?"

"齐哥,实话对你说吧,"肖利男诚恳地说,"当时故意滑倒吸引公安人员的注意,想的就是万一吸引不过来公安,就想法就着地形掩护你,摆脱公安人员的抓捕。"

"那你想过万一吸引不了公安人员怎么办?"齐建国听到这里,不由得打破砂锅问到底。

"谁能不想后路呢?"肖利男十分诚恳地坦白道,"到什么地步讲什么话,万一公安人员吸引不过来,我就准备同你一起豁出去闯关!"

"嗯,好兄弟!"齐建国听到这里激动起来,一来他觉得肖利男十分精明机灵,二来也是为肖利男对自己够义气而感到高兴。在黑道上混,谁不为自己能找到忠诚可靠的下手而努力呢?如今,这送到手的机灵鬼竟然如此对自己表忠心,怎能不令齐建国激动呢?"干我们这一行就是一个'赌'字,赌运气,赌机会,只有一条路,就是去闯。记住,今后,可不许对其他人讲后路的话。我从今以后就认定了你这个兄弟,我们一起去闯一个个难关。"

"嗯。"肖利男虽然表面上认可了齐建国的话,但心里还是有保留的。他心想,谁能一条道走到黑呢?但在齐建国的面前他还是违心地说:"我听齐哥的,今后一个心眼地跟着你去闯。"

"好!"齐建国对肖利男说,"今后我们俩就算是生死结拜的兄弟了,死活在一块。"

"嗯。"肖利男轻声地应着。

自齐建国与肖利男贩回一次毒品后,齐建国在万百千贩毒团伙的地位有了质的变化。万百千开始放手让齐建国处理团伙的一切事务,包括钱财的进出与分配。

齐建国从此开始了他贩毒生涯中的鼎盛时期。他利用贩毒团伙前期建立起来的关系网,开始大肆地兜售与销赃,致使毒品在一个短时期里布满了这个城市的各个角落。

齐建国为了今后的贩毒需要,还为自己购置了一部那时还不多见的大哥大,并开始想尽办法筹集赃款,包括预订毒品收定金等手段,无所不用其极,为下一次的购买毒品做着准备。

总之,在齐建国的努力下,毒品在江南市的泛滥已成为一个突出的社会问题,并时时有着向新的高峰进逼的潜在危险。

应该说,齐建国已成了毒品犯罪问题在江南市的一个焦点人物。

那么,面对这个严峻的现实,江南市的公安机关和缉毒人员就没掌握情况吗?

当然不是。

之所以齐建国与肖利男能轻易地得手一次,一是因为齐建国与肖利男是首次贩毒,并没有引起执行常规检查任务的公安人员注意,而使齐建国与肖利男能侥幸逃过这一关;二是由于上线的狡猾,逃避打击的手段的变换。但当毒品贩运到了江南市,经齐建国等人销售到社会上,吸毒问题开始成为社会问题以后,便开始引起了公安机关和缉毒人员的高度注意。

对贩毒团伙的调查是从一个卖淫嫖娼的案件中得到突破的。

在一次打击"黄、赌、毒"的公安突击行动中,一个四十岁左右的中年嫖客在一个窝点被当场抓获,同时被抓的还有一个二十八九岁的卖淫女,两个人被分别押入了审讯室。

在审讯这个卖淫女的过程中,出现了令人不得不伸出拇指大为赞叹的一幕。

这是一个年轻的女公安民警创造的。

这个女民警姓崔,名叫崔桃桃,二十多岁,她毕业于公安学院,是到江南市的公安系统来进行毕业实习的。

审讯开始后,这名实习的公安女民警端坐在审讯台上,与另一位担任主审的男警官进行审讯。

当警卫人员将审讯对象押到审讯室后,这位年轻的女警官马上就发现了疑点。这个卖淫女从外表上看也算风姿绰约,略带妩媚,当她开口说话时,却露出了一口熏黄了的牙齿。这个情况令崔桃桃紧锁眉头,展开了思索:为什么这个女的一口黄牙?

没有别的解释,很可能与江南市出现的毒品有关。于是,这位年轻的女警官心中有了底,在一旁不动声色地静静观察着。

"叫什么名字?"男警官威严地问道。

"姚萍。"那卖淫女怯怯地开腔说道,"我是第一次犯这个错的,同志,饶了我吧。"

"头次?"男警官制止了这个卖淫女的喊冤叫屈,"我看你是惯犯。说,都跟哪些人发生了关系? 一个姓名一个姓名慢慢说。"

"同志,真的是头次,"自称自己叫姚萍的那个卖淫女继续喊冤叫屈,"我跟他原先不认识,是在迪斯科舞厅跳舞时,他提出要过夜,我才跟他去的。"

"说,在迪斯科舞厅还有哪些勾当?"男警官进一步地追问,"怎么进行的性交易?"

"他提出要跟我过夜,"姚萍低头坦白道,"说会给我钱,我就答应了。"

"没有了吗?"男警官大声喝问。他估计也不会审出多大的案情了,便预示着结束似的进行最后的发问。

“没有了。”姚萍答，“同志，真的是这样。”

“不对，你撒谎！”这时，一直没说话的崔桃桃突然开腔了，“你还吸毒！说，从哪里搞到的毒品?”

这一幕，不但令姚萍震惊得目瞪口呆，也令男警官感到意外。后来在和崔桃桃交谈中，男警官才得知，原来，崔桃桃从第一眼开始，就认定了这个女的吸毒。

“同志，我交代，我交代……”终于，姚萍顶不住了，颤抖着坦白。

“从头开始说。”崔桃桃在审讯台上，做着笔录，威严地命令道，“怎么吸的毒，从哪里购得毒品，一条一条仔仔细细地说。”

原来，这个姚萍也是个下乡知识青年，由于好逸恶劳，在大集体的知青工厂里长期泡病号，混日子。在迪斯科舞厅的一次舞会上，她认识了这个四十岁上下的嫖客。后来，这个嫖客便带着她出入迪斯科舞厅的地下吸毒室，开始了吸毒的生活。由于吸毒的花费巨大，姚萍便不得不越来越依赖着这个嫖客的财力。而这位老板，也总能满足她的需要，并且还预订了齐建国的毒品。

“说的可是句句是真?”崔桃桃威严地望着姚萍问，“给假供词可是要负法律责任的。”

“同志，既然坦白了，我说的句句是真。”姚萍像散了架的癞皮狗，可怜巴巴地道，“你们看在我坦白的分上，放了我吧。如果我说的话有假，我宁愿坐一辈子牢。”

“好吧。”崔桃桃凛然正气地宣布，“可以对你实行从宽政策，但必须得到领导的批准。还必须跟你交代的是，你要记住，对你所供的内容，必须得保密。”

“嗯。”姚萍自然是一口答应。

姚萍供出迪斯科舞厅的吸毒秘密之后，崔桃桃等人又向那个嫖客做了进一步核实。那个男嫖客全部承认了。对此，崔桃桃也嘱咐他不得泄密，并像先前一样跟毒贩集团联系，有什么情况及时来汇报。

在安排好了对齐建国和贩毒集团的内线监视以后，崔桃桃决定对迪斯科舞厅做一次实地考察。

一天，崔桃桃化装成一个美丽摩登的女售货员，进入了迪斯科舞厅。

那是在一个下午，迪斯科舞场里人还不算多。舞曲响起，崔桃桃便投入了醉人的舞动之中。

突然，人群中一阵躁动，原来，这个舞厅的后台老板之一齐建国来了，老舞客们都应声做出恭迎的姿态。

“好，大家好。”齐建国潇洒地打着招呼，“不必停，不必停，大家继续跳，继续跳嘛。”

舞曲没有停，齐建国用眼睛扫视了一下全场，一个靓丽的身影竟让他惊呆了，这是谁?

齐建国望着崔桃桃那迷人的外表,不由得心神摇曳起来,看,那鼓鼓的胸脯、凹凸有致的少女的形体和那妩媚动人的舞姿,这不正是自己日思夜想的那个她吗?

齐建国开始热血奔涌起来,色眯眯地紧盯着崔桃桃浑身上下打量起来。待一曲舞曲停止后,齐建国赶紧迎上前去,礼貌地问道:“小姐贵姓?鄙人齐建国,可不可以和小姐交个朋友?”

“啊,你好。”一听说此人就是毒贩集团的核心人物齐建国,崔桃桃不禁意外地打量了一下他,见他正色眯眯地盯着自己,心想,我正要找你哩,想不到以这种方式见面了。何不将计就计,缠住他呢?于是崔桃桃便故作风情地答道:“我叫崔桃桃,刚从学校分配出来,在商场里做售货员。我偶尔出来轻松一下,没想到遇着你了,欢迎你一块儿来跳舞。”

没想到这姑娘还挺大方,齐建国十分愉快地相信了姑娘的话,便很热情地邀请姑娘跳下一曲。

舞曲重新响起时,崔桃桃便与齐建国共舞起来。

在跳舞的时候,崔桃桃一边望着色眯眯的齐建国,一边在心里面盘算着一个想法:看来这个齐建国是个好色之徒,怎么利用他这个弱点,来彻底搞清他一切的计划呢?

一个大胆的设想在她心中酝酿着,这就是做个卧底,打入贩毒集团内部搜集证据,以达到彻底剿灭整个贩毒集团的目的。

然而,这又谈何容易啊,特别是自己还是一个尚未婚嫁的姑娘,这么做是要冒很大风险的。

当整个计划上报到局里后,作为分管刑侦工作的副局长赵振亮难住了。他考虑再三,否决了整个计划。

“小崔啊,你的这个计划很好,对于彻底地摧毁贩毒集团会起到很大作用。但是,你考虑过没有,你还是个未结婚的青年女警官,我们既要摧毁贩毒集团,又要保护好我们的同志。因此,我不能同意你的方案,还是另外考虑新的办法吧。”

“赵副局长,首先我感谢党和组织上对我的关怀和爱护,”崔桃桃说,“但是,请党相信我,对方既然有这个弱点,它就是我们克敌制胜的一个有利方面。请党在斗争中考验我,有党的领导和支持,我再注意保护自己,我相信会很好地完成任务的。”

“那么,你打算在哪些方面采取保护措施?说说看。”赵副局长一边考虑一边说,“最重要的,是万一他对你进行人身侵害,你怎么办?”

“这个好办,”崔桃桃说,“我考虑过了,在答应跟他交朋友前,先给他来个‘约法三章’,就是交朋友归交朋友,在没有结婚前,不许碰我。”

“嗯，这倒是个办法，”赵副局长在反复考虑了崔桃桃的话后，终于同意了，“那就实施吧。”

于是，作为女卧底的崔桃桃，开始了新的战斗。

十二

崔桃桃跟齐建国在舞厅跳舞时，曾介绍说她是从学校刚分出来，在一家商场做售货员。按照这个说法，崔桃桃真的来到了一家名叫万代红的商场，当起了该商场的一名售货员。

要保证崔桃桃的身份不暴露，必须要得到商场领导与她所在的售货班组的支持和协助，才能很好地完成任务。为此，公安部门的领导亲临商场，对有关人员进行动员和布置，以保证崔桃桃的身份不被泄露。

结果，这个部署还真在关键时刻起了作用。就在三天后的一个上午，因为临时发现齐建国的手机出现了一个陌生的电话号码，崔桃桃被召回公安局进行研究分析而未来上班，恰在这时，肖利男出现在万代红商场。

“同志，”肖利男客气地问一位站在柜台前的女售货员，“我找崔桃桃，请问她在吗？”

那位被问的女售货员一听要找崔桃桃，神经立刻绷紧了，但表面上还是装作很镇静地喊着在另一边的售货组组长魏玉萍：“魏姐，这位同志要找崔桃桃。”

“啊。”在一旁正售着货的魏玉萍一听要找崔桃桃，立刻有了高度的警惕，但偏偏崔桃桃没在，怎么办？她略一沉吟，心中想起了一计，便等忙完手中的事后笑着迎向肖利男道：“找崔桃桃啊，不巧，我安排她今天在仓库进货。请问同志你贵姓？有什么事找她？要不要我帮忙转达？”

见了这情形，肖利男顿觉心中一阵轻松，很明显，崔桃桃说的是真话。他不由得笑着回答道：“我姓肖。没事没事，一位朋友托我向她转达问候，问她为什么这几天没去舞厅了。”

“那我帮忙向她转达，好不好？”魏玉萍笑着道。

“不用不用，”肖利男连忙说，“看来，要我这位朋友亲自来请，崔桃桃才肯给面子。就不麻烦了，先告辞了。”

于是，肖利男告别而去。

魏玉萍连忙用电话向崔桃桃报告了肖利男来访的经过，崔桃桃感动地说：“谢谢魏姐，谢谢售货组的全体同志。我立即赶回去，以后在没什么重要的事的情况下，我都不离开。"

崔桃桃于是迅速办完事,赶回商场当起了售货员。

却说齐建国在得到肖利男的报告后,基本上确信了崔桃桃说的刚从学校出来,在一家商场做售货员的一通自我介绍的可靠性,便决心向着这个心中的完美异性实行追求了。在肖利男来后的第二天,齐建国出现在了崔桃桃的柜台前。

"你好。"崔桃桃看清了来者为齐建国后,很有礼貌地表示了友好,不温不火地伸出手去问好,"是你啊,怎么,今天有时间来逛商场?"

"小崔,你好。"齐建国见了崔桃桃,便有些控制不住自己,"你好狠心啊,快有半个月了,也不见你露面。怎么,不跳舞了?"

"跳舞我只是偶尔为之,并不是固定的生活内容。"崔桃桃笑着说。这番说明更增加了她的清纯与迷人的魅力,让齐建国神魂颠倒。

"那、那么,能约你出去走走吗?"齐建国这时被逼得说出最后的目的,"就是说,如果可能的话,我想和你建立恋爱关系。"

"我们之间还没有互相了解呢,"面对齐建国的要求,崔桃桃有意地当面拒绝,婉转地说,"最起码也得等互相了解之后再说吧。"

"嗯,说得有理。"齐建国被追求理想异性的热血击蒙了,完全被崔桃桃给牵着鼻子走,"那,我请客,咱们先跳几场舞如何?"

"好是好,"崔桃桃亮出了她的"约法三章","不过,我可是跟一般女孩有点区别的,跟我交往,必须得做到决不动手动脚。"

"这还用你说,"齐建国表现得十分潇洒,为了给崔桃桃留下好印象,他竭力装作诚意满满的样子,"有句古话说得好,叫作君子动口,小人动手嘛。我们交朋友就是交朋友,决不干那些非分之事。"

"那好,"崔桃桃说,"那就说定了,明天有时间我一定去跳舞。"

崔桃桃在与齐建国的接触中,时时不忘宗旨,就是利用齐建国的好色心理,与之周旋,从而迅速掌握贩毒集团的一些基本情况。但是,对于核心的机密,齐建国却一直没有吐露。

这天夜晚,齐建国约崔桃桃去公园幽会。对此,崔桃桃觉得是个机会,但也有一定的风险,为此,崔桃桃在着装上做了一些防备,然后应约而至。

果然,齐建国在进行一番亲密的寒暄之后,在一个僻静的角落,面对着充满诱惑的崔桃桃,忍不住一把抱着,同时,热辣辣的嘴唇凑上去,就要亲崔桃桃。崔桃桃则一边拒绝一边说:"不是说好了吗?不到时候不许对我动手动脚,怎么你说话不算数?"

面对着崔桃桃的拒绝,齐建国扑通一声给崔桃桃跪下说:"桃桃,你可让我想死了,你说嘛,到什么时候才算是到时候?”

看到齐建国那跪在石榴裙下的惨相,崔桃桃微微一笑,十分自然地说了她早就想说的话:“还没见过像你这样交朋友的。我早就说过,最起码得让我对你有一个全面了解吧。”

“你还不了解啊,”齐建国可怜巴巴地说,“不是跟你说过了嘛,我下过乡,回城后在知青的大集体厂里搞销售。我的父亲叫齐宏图,是江南钢铁公司的副经理,是党的‘十大’代表,母亲叫党久霞,是技术员。两人过去是日本人侵略我国时被抓去祭炉的童男童女……”

“这些我都已听过,也相信是真的,”崔桃桃故作生气地说,“我指的是你自己的事。你说,你还有什么瞒着我?”

“这……”齐建国这才开始有些清醒了,他在心里猛地打了个激灵,难道她发现了什么?但他又不敢否认,怕从此失去崔桃桃,只是嗫嚅着说:“我不懂你说什么。”

“好,我问你,”崔桃桃终于把话给挑明了,“你在迪斯科舞厅都干了些什么?肖利男是你的什么人?今天,你不说,我从此以后就不理你了,你再也不用来找我了。”

齐建国的心头做着命运的选择,很显然,这个崔桃桃是个十分精明的女人,对她隐瞒而又想得到她是不可能的。对于这样一个尤物,齐建国实在不愿放手,他估计着,如今跟崔桃桃已交往到这一步,也应该多少跟她透露一些毒品生意的事,试试她的反应。于是,他向崔桃桃和盘托出一切:“桃桃,我跟你说了,你可千万不要不理我啊,我也只是初犯,并且打算再干两次就不干了。”

“说吧。”崔桃桃十分平静地说,“什么初次再次的,该不是贩毒吧?”

“正是。”齐建国说完,紧盯着崔桃桃,等待着她的反应。

“你这是自找死路啊,”崔桃桃回答道,“我可不跟你走这条道。”

说完,崔桃桃起身就要离开,却被齐建国一把拖住了:“桃桃,你听我说,我也是为了找两个钱花才入的这条道啊。我说过,干完几笔后,我就洗手不干了。你如今已经知道我的秘密,你必须得跟我一道干,否则,我齐建国也不是好惹的。”

齐建国的话音里带着强硬,这恰是崔桃桃所希望出现的结果,崔桃桃似乎无可奈何地说:“唉,你可真是个冤家,这辈子算是栽在你手上了。不过,既然这样,你得答应我一个条件,得让我了解你的一切,下一次行动,我还要参与。”

“好说,好说。”齐建国如释重负般地松了口气,一把抱过崔桃桃,说,“亲爱的,让我好好亲亲你。”

“好吧,”崔桃桃只得答应,“不过,不许跨越界限。”

齐建国终于如愿以偿,抱着崔桃桃,疯狂地亲吻着。

自从齐建国向崔桃桃和盘托出自己的秘密后，他采取了一些防备措施，如安排肖利男等人暗中监视崔桃桃的活动等，经过了一段时间的观察，没发现崔桃桃有什么破绽。于是，齐建国就转而对崔桃桃相信起来，有什么消息和动作也开始不避她了。

再说崔桃桃，自从齐建国向她全盘托出自己的秘密后，她深知，深挖这伙毒贩的最后时机即将到来。为了确保能狠狠打击贩毒分子，端掉整个贩毒团伙，她在行动上特别谨慎，生怕出一点纰漏影响整个案件的侦破。一方面，她小心谨慎地处理自己的一切行动；另一方面，她又不失时机地掌握齐建国的动向，以争取最后的胜利。

终于，时机来临了。齐建国一切准备妥当，准备就在后天动身前往上线拿货。为了兑现自己的承诺，同时，也为了让崔桃桃参与进贩毒集团，齐建国正式向崔桃桃通报了这次行动的准确时间，问她去不去。

"去。"崔桃桃斩钉截铁地回答说。实际上，她已经通过侦听齐建国与上线的联络电话，初步掌握了齐建国的计划。为了拿到贩毒集团的犯罪证据，从而彻底地打掉这个贩毒集团，她制订了一个里应外合的计划。

"好。"齐建国回答说，"那就明晚前出发，在上线的交货地点附近找家旅馆住下，等交了货后，立刻回来。有你在，对运货有好处，在路上可以起到迷惑公安的作用，公安做梦也不会想到，这么漂亮的女孩居然会干这种营生。"

"可以，"崔桃桃答道，"就这么走。"

第二天，崔桃桃和齐建国坐着肖利男的汽车，一路无事，来到了交货地点附近的一家小旅馆。

在小旅馆，齐建国和肖利男两人开了一间房，崔桃桃另开了一间房，这是为了联络的需要。

崔桃桃与齐建国的房间都在旅店的二楼，门挨着门。旅店有个年轻的女服务员，实际上是个便衣，早一天被安排在这里住下。女服务员趁着送暖水瓶的机会前来与崔桃桃联络，但是没想到因为旅店的条件比较简陋，墙壁都是用板材隔成的，隔音效果不好，她们的谈话被齐建国给偷听了。因为她们的声音不大，齐建国并没有听清，只是觉得可疑，他越想越害怕起来：难道崔桃桃是公安的卧底？

齐建国想到这里，忽然心生一计，要判断崔桃桃究竟是不是卧底，只消强迫她干那事，定可见分晓。你崔桃桃不是口口声声对我"约法三章"吗？这很有可能是借口，是女卧底保护自己惯用的手法，对，敲开门，看她干不干，立马就可见分晓。

不行，不能敲门，要搞突然袭击。齐建国对他的行动反复斟酌。对了，我这里有备用的万能钥匙，就给她来个突然袭击，对，就这么定了。

于是，待夜深人静之后，见崔桃桃房间没有了声响，齐建国想她一定是睡下了，便开始行动起来。

齐建国开始行动时，肖利男睡得正酣，于是，齐建国就没有惊动他。齐建国用万能钥匙轻手轻脚地打开了崔桃桃房间的门锁。由于是小旅馆，用的锁没有从里面反锁的功能，齐建国很容易就将门打开了。

"谁?"崔桃桃突然听到门响，立刻警觉起来，见是齐建国，她喝道，"你怎么能这个时候进来？你给我出去!"

"我不出去，我要你，我要你!"齐建国说着，上前一把按倒崔桃桃。

说时迟，那时快，见齐建国动真格的了，崔桃桃也急了，她从枕头下掏出手枪，对准了齐建国。

齐建国见此，完全明白了，崔桃桃真是个卧底。他左躲右闪，一下子把崔桃桃按住了，并用被子拼命地捂住崔桃桃的嘴，防止她出声。

齐建国抽出手来，把枪抢到了自己手上，对准崔桃桃的头部，叭叭就是两枪。

做完这一切，他恨得咬牙切齿道："哼，好一个崔桃桃，你要我的命，我先要了你的命!"

接着，他拿着崔桃桃的手枪，迅速回到了自己的房间，喊醒肖利男，急急地说："利男，赶快逃命，我把崔桃桃给杀了。"

肖利男听了，吓得魂飞魄散，慌忙打开后窗，与齐建国一起急急如丧家之犬逃命而去……

十三

就在崔桃桃被齐建国枪杀的那会儿，那个化装成宾馆服务员的女便衣听到了枪声，她侧耳细听了一会，见再也听不到有什么声音发出，便以为是热水瓶破了的声响。她心想可能是有人睡得迷迷糊糊地起来上厕所，碰倒了房间里的热水瓶，便也没太在意。心想，这深更半夜的，大概不会有什么意外吧。

又过了一会，她心想不对，这声音响得有点特别，好像不是什么热水瓶被碰倒之类的声音，就想给崔桃桃打个电话。一转念，又觉得不妥，这个时候给崔桃桃打电话，岂不是要耽误她休息吗？于是，她便暂时放弃了打电话的念头。这来回一折腾，便错过了齐建国在枪杀了崔桃桃之后回到房间喊醒肖利男逃跑的最紧要的时刻。女便衣由于一时的疏忽，而使齐建国和肖利男赢得了时间，逃离了作案现场。

等齐建国与肖利男逃离现场后，过了一段时间，这个女便衣总觉得不对，便拿起电话，开始拨打崔桃桃的大哥大。奇怪的是，电话虽然通了，但就是没人接。她又打了两遍,依然是没人接,女便衣到这时才感觉事态严重了。

于是,她叫醒了旅店的治安员和其他工作人员,一起前往崔桃桃的房间。推开门一看,众人不禁大吃一惊,崔桃桃已被人枪杀了,屋内一片狼藉。

女便衣心说不好,迅速来到齐建国的房间查看,这才发现,齐建国与肖利男已不见踪影。而且,他们的房间窗户是开着的。很显然,他们是从窗户逃跑的。

于是,女便衣一边嘱咐保护现场,一边向上级部门报告。

很快,公安局的干警与有关人员赶到了,对现场进行了详细的勘查,并将情况及时地报告给了公安局领导。

赵振亮副局长十分痛心地说:"崔桃桃同志是我们学习的榜样,她以年轻的生命实现了她向党支部递交的入党申请书里的话,'为了保卫人民的生命和财产安全,为打击一切不法分子,甘愿贡献出我的一切,包括生命'。这样的好同志,是为人民利益而死的,她的死,是比泰山还要重的。我们要踏着烈士的鲜血前进,狠狠打击一切犯罪行为!"

接着,公安局向全市的有关部门发出了《缉捕枪杀公安干警崔桃桃的贩毒分子齐建国和肖利男的决定》。

经过公安局的周密部署,一张铺天盖地的大网张开了,向着齐建国和肖利男撒了开来。而此时的齐建国,又是怎样的一番情景呢?他将怎样度过无处可逃的时日呢?

齐建国与肖利男二人逃出了齐建国作案的小旅馆后,把随身携带的用于交易毒品的货款紧紧地绑在贴身的衣袋内,计划着今后的生存大计。

那么,出路在何方呢?起先,齐建国准备选择往南边的山区隐藏,看看能不能躲过最初风声正紧的日子,然后,根据情况再图逃跑。然而,沿途的道路和进出城市的重要路口盘查都十分紧,两个人在一块,目标又大,没法,只好再折回来,在山窝窝里打转转。

这期间,肖利男夜晚在老百姓的红薯地里挖带泥的红薯,总是拣最好的给齐建国充饥。白天,偶尔在山地间看见单个的劳动的老汉或老太,就装作饿得不行了的过路人讨点吃的,渴了便捧山泉水喝。好在齐建国下放过,吃苦倒也没什么,只是这样提心吊胆的逃亡日子,也不能就这么长期过下去吧?

齐建国于是开动脑筋,想来想去,他终于想出一个不是办法的办法来,这就是去找杨凤玲。尽管以前有许多对不住杨凤玲的地方,但到了这个时候,最让他感到温暖的,还是杨凤玲。眼下只剩下这一条路,还是去求求杨凤玲吧,他估计,凤玲不会不理他,不会不帮助他。这个看起来似乎是不错的想法,到最后竟演变成了一场围捕齐建国的精彩大戏,齐建国一步步走向了公安干警设下的包围圈。

打定主意的齐建国对肖利男说："利男，谢谢你这几天忠心耿耿的照顾，到什么时候我都不会忘了你的。只是我们这样不是个办法，这样吧，顺着这个山再转两三天，我们就到杨家村的地界了。杨家村这个地方我熟，过去曾经在那里下过乡。到了这地方，你就和我分开，你去设法通知万百千，我在杨家村这里看能不能找个落脚点。你那边联络好后咱们再在杨家村这里会面，你看好吗？"

"齐哥，别说什么忘了不忘了的话了。"肖利男逃亡后，过着这提心吊胆的生活，底气也没那么足了，他只是尽可能地帮着齐建国，他认为只有这样，才能度过险境。此刻，他对齐建国说："绑在一块儿，就得说绑在一块儿的话。我们就奔杨家村。眼下，离杨家村还有多远？咱们什么时候能到杨家村啊？"

"快了，"齐建国说，"要是咱们一开始就奔杨家村，也不用费那么多周折了。"

这么说着，两个人便心中有了底。于是，就在两天后，他们到达了离杨家村不远的一处山洞。

在山洞里，齐建国把货款一分为二，拿出一半给肖利男说："这个你拿着。记住，找到万百千后，不要用电话联系，我怀疑我们的电话已经被监听了。"

"齐哥，这个还是你拿着，我用不了这么多。"肖利男对着被齐建国一分为二的货款，只拿了几张留给自己，剩下的都还给了齐建国，"我这时候拿它不合适。"

"哎，让你拿你就拿，"齐建国坚决地说，"都什么时候了，还讲什么合适不合适？再说，你路上需要钱打点，拿着。"

"那，好吧。"见齐建国如此说，肖利男才把货款给拿了。然后，趁着周围没人，他一溜烟地消失在夜色里。

肖利男走后，齐建国趁着黑夜，悄悄地走近了杨老汉家那个熟悉的小院。

"谁？"杨有才老汉正准备躺下睡觉，听见院子里有异常的响动，便警惕地喝问道。

"大伯，别高声，是我，"齐建国隔着门悄声喊，"你的女婿，齐建国。"

"哦，是建国哇。"这时，杨老汉抄起一根木棍，披衣起床。他早在几天前就得到了村委会的通知，知道了齐建国犯罪的消息，并被告知，万一齐建国来投，他就设法通知村委会，由村联防队出动人员，围捕齐建国。这时，杨老汉听见是齐建国，一边警惕地与齐建国周旋，一边思考着如何脱身报信。

"怎么这会儿来了？凤玲，凤玲哪，唉，命苦的孩子，你看是谁来啦？"

杨凤玲听见喊声，开开门。齐建国一见杨凤玲，万般感触从心头涌起，他扑通一声跪倒在杨凤玲的面前，满面羞愧地说："凤玲，我、我对不起你。"

却说杨老汉见机会来了，边说边放下手中拿着的木棍，打算从屋子里的窗子翻出院子，以免引起齐建国的怀疑。他一边往屋里走，一边说："啊，小两口有日子没见面了，好好聊聊吧，爹就不陪你们了，吹灯睡觉。”

说着，杨老汉吹灭了屋里的油灯，屋里顿时一片漆黑。在黑暗的掩护下，杨老汉从后窗悄悄地出来，向着村委会，向着政府，报信去了。

这边，齐建国与杨凤玲的相见才刚刚开始。面对着这时的齐建国对自己的忏悔与下跪，杨凤玲犹如万箭穿心。过了两分钟，杨凤玲才慢慢开口道：“建国啊，你不该啊。你起来，起来，有话好好说嘛。”

这时，屋里突然传出孩子的哭声，杨凤玲急忙跑向屋内，抱出一个小男孩来，边哄着孩子边说：“啊啊，乖宝宝，别哭别哭。看，爹来了，别哭，见见爹。”

什么？爹？

齐建国瞪大了眼睛，惊得目瞪口呆，自己做了爹，竟然事先一点消息都不知道。

看着孩子，齐建国泪流满面，他颤抖着声音说：“凤玲，你受苦了，把孩子养这么大，我竟然连一点消息都不知道。”

“我说过，我是爱了一回的女人，”杨凤玲平静地说，“我不怨你，谁叫我拴不住你的心呢？在你家时我就决定，若是我生下一男半女，我定然把他抚养成人。也算上天恩赐，回来后我竟然发现自己怀孕了。今天孩子见了父亲一面，就请你给孩子留下个名字吧。”

“名字？”齐建国羞愧地说，“我不配为他起名啊。”

“不管怎么说，”杨凤玲坚持道，“这孩子还姓齐啊，就请为他起个名吧。”

“那好吧。”齐建国于是沉下心来，为孩子想了一个名字，“就叫一个单字‘浩’吧，小名就叫作浩浩。”

“啊啊，我们宝贝有名字了，齐浩，浩浩。”杨凤玲哄着怀里的孩子，兴奋地说，“多好的名字啊，浩浩，齐浩。”

哄了一会孩子，齐建国觉得时间宝贵，不能再耽搁了，就把话说到了正题上：“凤玲，我对不住你，今天我是来向你请罪来了。”

杨凤玲此时已知道齐建国将要说什么，只是不点破，她想让齐建国自己说出来：“说吧，你到底有什么罪？”

“我、我……”齐建国欲言又止，经过几个来回的挣扎与思考，终于还是说了出来，“我杀人了，还贩毒，很可能是死路一条。”

“那你今后打算怎么办？”出乎齐建国的意料，在听了自己的这番话后，杨凤玲竟一点都不震惊，反而还异常平静地问齐建国今后打算怎么办。

很显然，杨凤玲是早就知道自己的罪行了，齐建国到这时才感到大事不好，他说：“凤玲，我是来求你的，看你能不能再帮我最后一次。不行的话，咱们一起往山里逃，好歹也寻个活路。”

“建国啊,你犯的是死有余辜的罪啊。”杨凤玲平静地道,“这是任何人也帮不了你的。死罪就是死罪,不要死到临头还要欠政府和人民一笔债。我劝你,还是老老实实向政府自首吧。你放心,你走了,我一定把浩浩抚养成人。”

“凤玲,”齐建国此时已是心乱如麻,一方面他求生的欲望强烈地驱使着他尽最大可能去说服杨凤玲,另一方面他又百感交集,觉得无法面对杨凤玲,“你、你,我、我……”

就在这时,门外、屋后都响起了声音。原来,杨老汉已带着村联防队包围了自己家的院子。并且,经过联防队上报市公安局,公安局已派出数名警员荷枪实弹赶赴现场。

由于村联防队没有武器,只能包围着杨老汉家,向里喊着话:“齐建国,你快出来吧,你已经被包围了,快向政府投降。负隅顽抗只有死路一条。”

“快,凤玲!”屋里的齐建国这时跳将起来,一把将杨凤玲推到一边,拔出手枪,准备做垂死挣扎。

出乎意料的是,随时都有可能被当作人质的杨凤玲,这时竟平静得出奇,她早已将生死置之度外了,她继续劝着齐建国:“建国,投降吧。四周都是政府的人,就算你冲出去,跑得了吗?”

这时,荷枪实弹的公安战士也赶到了,他们子弹上膛,全副武装,对着齐建国也喊开了话:“齐建国,你跑不了啦,投降吧,不要再欠下一笔人民的血债啦。”

就这样,僵持了数分钟,终于,杨老汉家的院门被打开了,齐建国举着双手出现在公安人员的面前。

两个公安战士立即上前缴了齐建国的枪,一场激烈的交火终于避免了。

十四

恐怕连齐建国也没有想到,自己卷入的这个贩毒集团的真正头目竟然是孟俊杰。而万百千只不过是一个听命于孟俊杰的前台人物而已。

孟俊杰的亲叔父是江南市公安局的副局长,利用这个特殊的关系,他在江南市纠集了一个表面以万百千为首的黑社会集团。平时,孟俊杰是不出面的,只是奉万百千为公开的头,而实际上,操纵与控制万百千的,正是这个介绍齐建国与万百千认识的孟俊杰。

再说肖利男,自与齐建国在杨家村的一处山洞里分别后,便一个人悄悄地溜回到迪斯科舞厅的周边。他不敢去自己的住处,便想到了与自己一块厮混的小曹与小侯。

这两个人也是自淮北地区来淘金的青年，由于没有其他的所长，也没有肖利男那样能找到汽车开的运气，只能做些装卸工之类的力气活，收入也相对低些。与肖利男一样，这两个青年人也在混社会的生涯中染上了毒品，从此不可自拔。由于他们的收入较低，只能在一处市郊的出租屋里居住。而这，正好为肖利男此时的落脚，提供了一个可能的去处。

“小曹，小侯，”肖利男突然出现在小曹、小侯面前，着实让他俩吃惊不小，“你们能不能让房东租间屋给我住？”

“怎么，你肖哥不是有好地方住吗？怎么想起来要在这里找地方住啊？”小曹不解地问，包括小侯，他们还不清楚肖利男去贩运毒品以及齐建国杀人的事，“真想要住，那方便得很，跟房东说一声，反正他是要出租的。”

“唉，一言难尽哪。”肖利男回答道。他留了个心眼，只讲贩运毒品失败的事，对于齐建国杀人，却只字未提：“我与齐大哥去贩货，没想到砸了。我与齐大哥分头逃了出来，我原来的住处肯定是回不去了，所以才想到你们。你们出面，替我租间屋，要单间的，不能和外人混在一块。”

“行。”小曹爽快地答道，“这好办，我去找老板租一间就是。只是肖哥，你回来打算怎么办？要不要找万头去？”

“当然要找。”肖利男回答说，“我回来就是要找万头联络的。”

“那好。”小曹显出朋友间的义气，爽快地包办了一应事情，“你先租间屋住着，外头的事就交给我们吧。”

于是，肖利男先租间屋子安顿了。等到第二天，小曹通报肖利男说：“肖哥，万头那边我已经说定了，约在今儿晚上见面。”

晚上十一时，肖利男按着事先的约定，准时来到了见面地点。

在万百千保镖的带领下，肖利男来到了万百千等候的房间。令肖利男没有想到的是，在万百千的对面居然坐着只见过一面的孟俊杰。

这时的孟俊杰已没有了被假联防队关押时的狼狈相，正神情严肃地与万百千在低语着什么。

“万大哥，我想跟您说说我们这趟贩货的事。”肖利男嗫嚅着说。因为他觉得有孟俊杰在有些事不大好说，因此，他欲言又止，想等孟俊杰走了再说：“是不是等您有时间啊？”

“啊，那就说嘛。”万百千看出了肖利男的意思，“这个是孟俊杰，也是我们的自己人，很关心齐建国，你只管放心大胆地说。”

孟俊杰接过话头说：“我就是你们常称的‘一号’。现在，情况紧急，我出来亲自指挥兄弟们战斗。关于齐建国的情况,有什么要汇报的,说吧。”

什么？一号？

肖利男吃了一惊:这个只有在电影和小说里才会出现的关于老狐狸的传奇故事今天竟然成了事实,他不由得对孟俊杰产生了深深的畏惧。他整理了一下语言,把齐建国杀人,他俩逃跑和躲藏的过程又细细地讲了一遍。肖利男讲到齐建国与他分手后,孟俊杰打断说:“好了,不用讲了,后面情况你可能还不知道,可我们已经知道了。告诉你吧,齐建国已经被捕。因此,按照齐建国说的,我们这边再组织人到杨家村的山洞与他会合实际上已不可能。目前的形势是严峻的,要做好充分的准备,等候我的命令,随时准备新的战斗。”

“是。”肖利男以坚决的口气答应了孟俊杰,样子就像是一个接受命令的士兵。

肖利男见了孟俊杰后,心里不由得产生出种种疑问:这个孟俊杰为什么这个时候现身,是到了何种紧急的时刻?

带着这诸多的疑问,肖利男把孟俊杰的情况讲给他的同伙小曹与小侯听,没想到,小曹和小侯听了这个传奇的故事后,对孟俊杰产生了一种深深的敬仰,竟像浑身增添了某种神奇的活力。而精明的肖利男却没有这种感觉,只是陷入了深深的思索中。

却说齐建国自被捕后,经过杨凤玲和公安干警一系列震撼心灵的教育后,从灵魂深处开始对自己过去走过的道路有了初步的悔恨,也开始老实地交代问题了。尽管如此,他杀害公安干警的犯罪事实是无论如何也无法抹去的,他必须受到法律的严惩。广大人民群众与公安干警对此案十分关注,一致要求将齐建国判处死刑,以平民愤。而公安机关内部,对此却有了争议。

绝大多数同志都认为,对于齐建国这样的犯罪分子,案件清楚,证据确凿,虽然认罪态度较好,并已有一些悔改的意愿,但毕竟已为时过晚,应该快审快结,尽快枪决。但以公安局孟副局长为代表的一派却认为,此案虽然事实清楚,结论明确,但考虑到该案还有其他的一些犯罪分子尚未挖清,犯罪团伙还未端掉,结案为时过早。

这个孟副局长,就是犯罪分子孟俊杰的亲叔父,与孟俊杰的亲生父亲是两兄弟。孟副局长是老二。孟俊杰的父亲是“文革”前江南市的财贸部门的主任,就是靠着这个关系,孟副局长才从普通公安干警被提拔为公安局的副局长。“文革”开始后,孟俊杰的父亲被造反派批斗,打断了一条腿。“文革”结束后,考虑到孟俊杰父亲的身体,组织上对他的安排基本是以养病为主,工作上也没安排什么正式职务。孟副局长对哥哥的提携之恩一直怀着报恩之心,因而对孟俊杰就格外照顾。

有了孟副局长在各方面的照顾,孟俊杰在江南市可谓如鱼得水。他背着孟副局长暗地里纠集了表面以万百千为首的黑社会集团。后来出过几次事,都是孟副局长利用关系给摆平了。因而，孟俊杰的势力越来越大，成了江南市的一霸。

为了给孟俊杰创造一个营救齐建国的机会，孟副局长利用孟俊杰尚未暴露的时机，在案情分析会上替自己和孟俊杰辩护说："对于要不要快审快结齐建国的案件，我有一个考虑，当然啦，这个可能牵涉到我的避嫌问题。从目前齐建国的交代来看，他是经孟俊杰介绍认识了万百千。这个孟俊杰，是我的亲侄子，按理，我应该避嫌，但是，我认为，这个案件目前尚未彻底搞清，对于齐建国的快审快结，恐有碍于案件的彻底查清，不利于党的坦白从宽政策的落实。"

真是欲盖弥彰，越描越黑。对于孟副局长的发言，公安局王局长最后做了总结："今天的会议开得很好，同志们都畅所欲言，各个方面的意见都讲出来了。我看可以做结论了，就是对于齐建国案件应予以快审快结。对孟副局长的担心，我看是不必要的，党的坦白从宽的政策应该落实，但是齐建国杀害我们公安战线的女干警，犯罪情节极其恶劣，造成了很坏的社会影响，必须予以严惩。这个案件，就由我们赵振亮同志负责，上报高院核准，即日就对齐建国处以枪决。以此惩处凶手，振奋民心。"

于是，处决齐建国的决定就这样定下了，经过报高院核准后，决定立即执行。

公安局专门委派赵振亮同志具体抓这项工作的落实。对于欲盖弥彰、越描越黑的孟副局长，赵振亮自然是心中有数，一般的工作部署向他通报，但对于一些核心机密，自然是有所保密的。

留给孟俊杰一伙的时间是越来越少了，要想救出齐建国，做最后的垂死挣扎，必须立即做出最后的选择。为此，孟俊杰做了部署，打算利用处决齐建国的时机，纠集团伙的全部力量，在齐建国执行枪决之前救出齐建国。

肖利男被找去见了孟俊杰。孟俊杰对他讲了整个行动计划。他被认为是可靠的心腹，孟俟杰委任他为突击行动组组长，打算由他带领小曹、小侯等人担任突击行动的尖兵，冲在最前面。得手后，再由孟俊杰、万百千带领其他人员一起带着齐建国逃离刑场。

当时，肖利男没表示反对意见，只是机械地答应了声"是"。回到出租屋，肖利男却越想越觉得事关重大，他不能再沉默下去了，必须立即做出选择。否则，一旦跨出这一步，就将成为永世不得翻身的罪人了。

自从与齐建国分别后，肖利男就感觉到了越来越不是味儿，尤其当得知齐建国被捕的消息后，他曾想过干脆向政府投案算了。但由于一时未能下定决心，就一直拖了下来。这时，当面临着千钧一发的危急时刻，他决定向政府投案了。

怎么投案呢？就这么去公安局肯定不妥，他怕孟俊杰安排了人监视他。突然，他想到了齐宏图，他曾经听齐建国谈起过他爸，说"老爷子，别提了，肯定是跟共产党铁了心”，于是，他决定把营救齐建国的事告诉齐宏图。

想好之后，肖利男就利用一个机会，趁隙来到齐宏图的办公室。

见了齐宏图，他就把自己是谁，以及孟俊杰等人要救齐建国的事都说了，并特意郑重地说：“他们还说，当年您就是被游击队从日本鬼子的祭炉场给救走的，今天他们要演一场父子两代人都被从死神的刀下救走的活剧。”

“可笑，他们完全搞错了对象，也不看看今天他们面对的是人民的审判，而我当年面对的是日本鬼子刺刀下的祭炉场，怎么能够相提并论呢?!”齐宏图听完肖利男的叙述，义愤填膺地道，“他们是自取灭亡。你等着，我立即就给公安局挂电话，汇报你说的情况。”

齐宏图拿起电话，拨通了公安局赵副局长的专线：“喂，是赵副局长吗？我是齐宏图。有孟俊杰集团的人来报告，说他们的人准备营救齐建国。”

“那好哇，让他们来吧。”赵振亮镇定自若地说，“料到他们会有反应，正想着利用这个机会把他们一网打尽呢。来报告的这个人叫什么名字？请您告诉他回去不要打草惊蛇，按照他们的计划行动。”

“叫肖利男。好，好的。”只听齐宏图回答着赵振亮的话，连连应道，“我这就传达您的意思，让他回去照旧行动，以免打草惊蛇。”

于是，一场精彩的剿灭孟俊杰犯罪集团的大戏拉开了帷幕。

十五

大义灭亲，这需要怎样的对党的忠诚和超乎寻常的勇气啊，然而，这一切，都在齐宏图这里实现了：当闻知亲生儿子因吸毒而犯罪时，我们的齐宏图毅然决然地站在了党和人民的一边。

齐建国在杨凤玲的真情感召下，终于良心发现，放下武器投降并主动交代犯罪事实后，受到了宽大对待，在生活待遇上受到了一定的优待。

随着齐建国案上报高院核准，对齐建国执行处决的日子也越来越近了。

齐建国想到自己马上就将面临死亡，他无比痛心，然而，自己这短暂的一生，虽然罪恶不可饶恕，却好在与杨凤玲留下了一子。他如今即将奔赴刑场，总感到有许多话要对儿子说。思考再三，他向监管人员要求道：“报告监管员，我想要两张纸、一支笔。临刑前，我还有话要对杨凤玲和儿子说。”

监管员和蔼地答道：“可以。等我报告了领导后立即予以安排。”

自然，这个要求得到了允许，纸笔很快就送了进来。

面对着两张雪白的信纸,齐建国犹如万箭穿心,想了又想,终于留下临行前的遗言:

凤玲吾妻及幼子:

凤玲,临刑前我叫你一声吾妻,实在是我此时此刻的真情流露。我知道,我没脸叫你妻子,是因为我鬼迷心窍,对你这样深爱着我的好妻子,竟然认为太土了,而产生嫌弃的念头。你却坚守爱情,对我始终如初,甚至在我犯罪后,你仍能以人生的大义,教我怎样面对这一切。直到今天,我才看清,原来真正的爱情就在我的身边,而我却轻易地放弃了。

我之所以走到今天这一步,完全是我的脑子里的一个"钱"字在作怪。为此,我要向我们的儿子郑重说一声:"孩子,千万不可重蹈父亲的覆辙,好好做人。"一个人,不论怎么贫穷,其做人的根本原则千万不可背弃,只要踏踏实实做人,相信是会有美好的未来的。

凤玲,今生我已走到了尽头,我只能向你说,我们来生再见面吧。我走后,一切只能靠你自己了。对于小浩浩,我还要说一句:你一定要教育他听党的话,好好地做革命事业的接班人,千万不要让他跟我学,那是没有出路的。现在我才感到,他爷爷是对的,跟共产党走,永远不要只想着个人。

永别了,我的好妻子凤玲。

死刑犯齐建国于临刑前绝笔

时间如同向前飞奔的火车,终于,处决齐建国的日子来临了。

虽然孟俊杰经过了精心策划,准备营救齐建国但其计划还是被早已在行刑现场布置好的公安干警彻底击破。这确实是孟俊杰与万百千所没有料到的。当孟俊杰、万百千等犯罪分子被一个个地用手铐给铐了起来的时候,才知道肖利男通风报信一事。

处决齐建国的行动继续正常进行,一声枪响,结束了齐建国短暂的一生。

天空经过一阵乌云的覆盖后,重又放出光明,刑场上人群已经散去,只有阵阵风声如同亲人的呜咽。

就在这时,一辆"解放牌"汽车从江南市的方向驶来,车上坐的是齐建国的母亲党久霞,她是前来为齐建国收尸的。

党久霞双眼哭得红红的,汽车停下后,她哭着喊道:"建国啊,娘为你收尸来了。建国啊,你不该走这条路啊,你好好工作,何至于落得如此下场啊!这都是你鬼迷心窍,为了那个‘钱’字啊……”

党久霞边哭边为齐建国收尸，她为齐建国合上了那死不瞑目的双眼，正了正他那染满了血的衣服。

正在这时，党久霞的眼睛忽地瞥见了从不远处走来的一个拉着板车的人，那不是她的未过门的儿媳杨凤玲吗？

的确是她的未过门的儿媳妇杨凤玲。她要为她被处决的丈夫收尸。

杨凤玲拖着板车，一步一步地走过来，走得很慢，但很坚决。

杨凤玲来到后，见了党久霞，声音平静地喊了声：“妈，你也来啦，你把为建国收尸的事就交给我吧。”

说着，杨凤玲就动手拿了板车上的东西，开始为齐建国收起尸来。

此刻，党久霞完全惊呆了，只是呆呆地看着杨凤玲。

只见杨凤玲首先点燃了两炷卫生香。因那时还买不到香纸烛火，杨凤玲只得用卫生香代替，她朝天拜一拜，接着说：“建国你走好，千万莫牵挂了。你在临死前留给我的信中，称我为你的妻，如今，妻子就来为你收尸了。建国啊，放心吧，我一定把浩浩带好，让他做对社会有用的人。”

“凤玲，我的好媳妇啊，”到了此刻，党久霞再也忍不住满眶的泪水，大放悲声地痛哭起来，“建国他没福啊！你如今找个好人家嫁了吧，下半辈子也好有个依靠啊。”

“妈，你别说了，”只见杨凤玲决然地说，“我说过，我是个爱过一回的女人，既然爱了，就决不另外找人。放心吧，我什么人也不靠，就凭两只手，我也要把浩浩拉扯成人。”

杨凤玲掷地有声的语言，感染了党久霞，回荡在天地间。

正在这时，一辆汽车开过来，从上面跳下两个公安人员，他们也是来为齐建国收尸的。经过磋商，决定由公安部门的人员来火化尸体。杨凤玲、党久霞陪同一道前往火葬场。

十六

处决齐建国的枪声震撼了齐宏图，他不得不静下心来想想，究竟是什么使齐建国走到了今天这一步？

当然，只做个简单的结论就是一个“钱”字。但是，齐宏图所追求的不只是一个简单的结论，他要从思想深处挖原因，从中得出一个令人满意的答案。

首先，其中的重要责任当然在自己，自己放松了对齐建国的思想教育，而导致齐建国走到了这一步,这就是“养不教,父之过”的古训中所说的道理呀。

但是,父亲固然有推卸不掉的责任,社会呢,社会究竟有没有影响呢?

首先,自粉碎“四人帮”后,社会进入了改革开放的新时代,各种各样的新思潮、新的生活方式一下子涌入国门,对一些涉世未深的青年人的思想产生了许多影响。而对此,固然我们这些做父母的没有给予充分的注意和引导是一个极大的错误,但整个社会没有给予充分的注意和引导也是个极其深刻的教训。

通过对自己的检查,齐宏图深刻地认识到:由于自己亲生儿子走上了党和人民的对立面,社会影响是相当恶劣的,自己已经不再合适担任领导职务了。他向党组织提出申请,请求辞去江南钢铁公司副经理的职务。

他深情地对当时担任江南钢铁公司党委书记、江南钢铁公司经理的彭明同志说:“彭书记,您是我的老领导了,我的一切都是您看着走过来的。今天,我要向您、向党提出请求,我经过认真思考,认为自己不再合适担当领导职务,尤其是江南钢铁公司副经理这样重要的职务。过去,从我搞中型高炉上料系统技术革新到治流沙,做出了一点成绩,得到了党和人民给予的高度评价,选我为党的‘十大’代表,并担任了江南钢铁公司副经理的职务。那是历史对我这样的人给予的一种褒扬。今天看来,我的那点成绩是算不了什么的,只是为党做出贡献的人中的一个。而今,改革的大潮在祖国的大地上涌动,有千千万万个为党、为人民做出贡献的同志在奋斗,我个人的力量是很小的,况且,我的影响,正被我个人的不足所带来的严重后果削弱。我对于亲生儿子的教育没有做好,让党和国家遭受了损失。因此,我申请辞去我的领导职务。不过,请党放心,我齐宏图还是个共产党员,我会以一个共产党员的标准来要求自己,在辞去领导职务后,继续为党的事业而奋斗。”

“宏图同志,你的想法我们可以考虑。”彭明同志代表党组织对齐宏图的辞职做了这样的安排,“这样吧,中央党校的轮训计划正好给了我们公司一个名额,党委讨论了一下,就安排你先去中央党校学习一个阶段,回来再考虑这个事,你看好吗?”

“好吧,服从组织的决定。”齐宏图答道,“党校我去学习过多次,但中央党校,还是头一次进呢。”

于是,齐宏图迈进了中央党校的大门。

党校的学习,使齐宏图有了机会进一步思考自己这几十年来的革命道路,哪些走对了,哪些做得还不够,对于提高自己的思想认识和理论修养,是不可多得的机会。

马克思主义理论需要在实际运用中逐步加以理解,也需要随着时间与革命的实践加以发展,这就是我们现在所说的与时俱进的道理。

齐宏图在党校的学习中,进一步认识了改革开放的伟大意义,进一步认识了坚持四项基本原则的重要性。他从党校学习回来后，在写给党组织的一封信中，十分清楚地写明了这一点，他是这样写的：

敬爱的党：

我从一个被日寇抓去祭炉的孩子，成长为今天光荣的共产党员，我感到无比自豪和幸福。在您的光辉的照耀下，我越来越深切地感到，跟着您，就是胜利，跟着您，就是方向，您的正确领导，永远是我们从胜利走向胜利的最可靠的保证。

党啊，当中国人民还在遭受日本帝国主义的侵略和屠杀的时候，是您，指给了我们前进的方向。您带领亿万人民群众顽强地抵抗着日本帝国主义的刺刀和大炮，经过了艰苦的持久战阶段，终于取得了八年抗战的胜利。又是您，在蒋介石发动反共反人民的内战的时候，坚持进步，反对内战，最终取得了解放战争的伟大胜利。从此，中国人民站起来了，进入了社会主义革命和建设的新时期。

敬爱的党啊，长期的革命斗争实践，使我深刻地认识到，真理也是需要发展的。马克思主义、毛泽东思想是在革命实践中产生的，它们之所以正确，是因为在革命的实践中，不断地进行丰富发展，使之成为真理。我们党在粉碎“四人帮”后，在邓小平同志的领导下，对于新中国成立以来的若干历史问题进行认真总结，开展了“实践是检验真理的唯一标准”的大讨论，使党的路线重新回归到了马克思主义、毛泽东思想的实事求是的革命轨道，启动了改革开放的伟大进程。

毛泽东同志是我们党的第一代领袖，永远是我们亿万人民的大救星，这一点，是任何人也不能不承认的。

但是，毛泽东同志是犯了过失的，尤其是错误地发动了“文化大革命”，给党和人民的事业带来了巨大的损失。同他的伟绩比起来，过失永远是第二位的。

对于这些历史的旧账，还是小平同志说得好，我们不能沉湎于这些，还是应当解放思想，实事求是，团结一致向前看。

邓小平同志高举马克思主义、毛泽东思想的伟大旗帜，发表了《坚持四项基本原则》的重要讲话。我们要在中国实现四个现代化，必须在思想政治上坚持四项基本原则，这是实现四个现代化的根本前提，这四项基本原则是：

第一，必须坚持社会主义道路；

第二，必须坚持无产阶级专政；

第三，必须坚持中国共产党的领导；

第四，必须坚持马列主义、毛泽东思想。

四项基本原则，说得多么好啊，他为我们清除了前进道路的迷雾，指明了正确的革命方向。

敬爱的党，我之所以写了上面的话，是因为我看到了这个斗争的艰巨性。坚持四项基本原则，不是一句空洞的话，而应实实在在地体现在我们的实际生活中。

我的儿子齐建国的例子就是一个很好的说明。他本应成长为一个红色的革命接班人，最起码，也应成为一个普通劳动者，成为对社会有用的人。因为他出生在我们这样一个家庭，所谓根红苗正嘛，因此，我便疏忽了对他的教育。然而，剥削阶级的思想观念害了他，他自认为是党的“十大”代表的儿子，应该高人一头，自小就学什么“白卷英雄”张铁生的恶劣表现。自从上山下乡回到城市来后，他就一头栽到“钱”字上面而越陷越深了，甚至走上了贩毒、杀人的道路，等到案发后，一切都悔之晚矣了。

贩毒售毒，毒害人民，对国家和人民造成了极大伤害，如果没有无产阶级专政对这样一伙犯罪分子绳之以法，我们的国家将会变成一个什么样子？

综上所述，可以得出结论，坚持党的领导，坚持四项基本原则，乃是坚持我们党的根本，是广大人民群众的根本利益之所系。

亲爱的党，我现在只向党提出一个要求，就是请党允许我辞去江南钢铁公司的一切领导职务，只做一个普通党员。我保证，在辞去江南钢铁公司领导职务后，依然以一个共产党员的标准来要求自己。

齐宏图

这封信被送到了江南钢铁公司党委书记彭明的手中。彭明同志阅后，重又郑重地考虑起齐宏图所提的辞职的问题来。他认为，齐宏图同志讲的也不是没有道理，只是他还是不同意将齐宏图的职务通通免去，经报请上级主管部门同意，又经过相应的组织程序，最终将齐宏图的江南钢铁公司副经理的职务免去，并免去其公司科技处处长的职务，同时，任命他为公司科技处的副处长，让他继续在科技工作岗位上发挥作用。

十七

光阴荏苒，转眼就来到了1989年。

我们的齐宏图正在江南钢铁公司粉末冶金厂里搞“三同”，就是与工人一起同吃、同住、同劳动，协助该厂搞一项科技攻关项目。

粉末冶金是一种新兴的金属冶炼和成型技术。用传统的加工技术生产一千吨金属零件要耗费三千吨金属原料和三十五万个工时，而用粉末冶金技术却只要一千多吨金属原料和十万个工时。现在世界各国都在竞相发展这种多快好省的先进工艺。不冒烟的粉末冶金工厂正在日益增多。未来学家预测说,这种工艺将在20世纪末大显身手,大有可能取代现有的炼铁炉、炼钢炉和各种金属加工机床而独占鳌头。

1910年,美国的电气工程师库里奇提议用钨来做电灯的灯丝,以延长灯泡的寿命。可是,钨的熔点比铂还高,约为三千三百七十摄氏度,要建造能处理钨的高温熔炉,投资相当大。怎么办呢?正当他百思不得其解之际,他的一位英国朋友把威廉·沃拉斯顿制造铂块的秘密告诉了他。于是,他便依法炮制,先把钨粉放到一个条形模里压紧,然后,再放到炉子里加热到一千二百摄氏度,制成金属钨条。最后,再把钨条拉长拔细,终于制成了世界上第一根电灯用的钨丝。

自此以后,人们便把这种在压力和热的共同作用下使金属粉末成型的技术,称为"粉末冶金"。

最初,粉末冶金只是用于高熔点金属的成型,后来,人们又用粉末冶金技术生产具有耐磨和抗腐蚀等特殊性能的材料和制品。例如,把石墨和铜烧结在一起,就可以制成发电机上用的能够代替炭刷的零件,解决了发电机的发热和磨损快的问题。如果把粉末冶金制品放到显微镜下观察,就会发现它有许多的小孔,好像海绵一样。轴承专家就是利用这种多孔性,制造出了无需上油的自润滑多孔轴承。

正是这个自润滑多孔轴承,江南钢铁公司的粉末冶金厂接到了一批加工任务,对方要求予以试制,并于试制成功以后,批量生产这种自润滑多孔轴承。

接到这个任务后,粉末冶金厂上上下下都动员了起来,决心严要求、高质量地把这个多孔自润滑轴承项目给拿下来。

科技处的领导也十分关注着这个项目的推进。作为科技处副处长的齐宏图,干脆就卷起铺盖,一头扎进工人们中间,和工人们一道攻关。

然而,没想到的是,一个偶然发生的事件,使齐宏图受伤了,右臂骨折,他不得不停下手头的工作,来医院接受治疗。

事情这样的:由于机械压制模型到了最关键的时候,负责研制的工人师傅范海章在最后模型成型时,见齐宏图来了,便想着把模型捧给齐宏图看,一方面是想请齐宏图给把把关,另一方面,是让他提提意见,看是不是有什么不合适的地方。

范海章师傅手捧着模型,来到了齐宏图的身边。齐宏图正和旁边的两个人在说话。等说完话,范海章就一边捧着模型,一边请齐宏图看:

"齐处长,你看看模型,这是最后成型前的样子,要有什么不合适,咱再改还来得及。"

齐宏图便认真地看起来。结果还真的就看出了点问题,就是脱模没有预留脱模槽。对于这个脱模槽，齐宏图提了一个看法："范师傅，您这个模型，最大的缺陷，就是没有预留脱模槽。这样，脱模就困难了。"

只见范师傅猛地醒悟了，一边点头称是，一边说："齐处长说得是，我怎么没想到脱模困难呢，我这就去改。"

就在范海章师傅抱着模型往回跑的时候，由于他一心只想到保护好模型，没有留意脚底下的路，结果就被一根横躺着的槽钢给绊住了，身子一歪，正要倒地的当儿，被齐宏图给瞅见了。

说时迟，那时快，只见齐宏图飞身上前，一把抱住将要倒地的范海章和他手里捧着的模型，一下子跌倒在地。

结果，范海章师傅和他手里抱着的模型完好无损，而齐宏图却被摔得不能动弹。

公司医院迅速派来救护车，齐宏图被送往医院紧急治疗。经过拍片检查，诊断为左手腕以上骨折，打了石膏，需要住院治疗。

公司很快就通知了党久霞。党久霞来到医院，望着齐宏图的脸，心疼地说："宏图啊，你当自己还是小伙子呢，腿脚不灵便了，逞什么能啊？"

齐宏图忍着疼，凄然一笑，说："不是我逞能，当时情况紧急嘛。"

党久霞没再说什么，开始精心地照顾起齐宏图了。

没多久，他们的女儿齐瑞芬赶来了。一见齐宏图打着石膏忍着疼痛的模样，齐瑞芬不禁哭了，边哭边说："爸，您怎么搞的，怎么摔成这样了？"

齐瑞芬此刻已经长成大姑娘了。两年前，她考入了江南钢铁工业技术学校，成了一名中等专业技术学校的学生。

面对着齐瑞芬问出的与党久霞一样的问题，齐宏图不禁多了一个心眼，他说："好女儿啊，爸也不想这样啊，可是，如果是你处在当时那样的情况，相信我女儿也一定会像爸爸一样，全力抢救工人师傅的。"

一句话，把齐瑞芬的嘴给堵住了。事后，党久霞告诉齐瑞芬，齐宏图是为扶一个跌倒的工人师傅而受的伤，而那名工人师傅当时还抱着一个已经做好了的模具。

齐瑞芬没话说了，只是心疼地照顾着自己的爸爸。

齐宏图就是这样，利用一切机会，不放过每一件小事，来教育与影响齐瑞芬。自从齐建国出事以来，齐宏图深深地检讨了自己，感到在对后代的教育上自己缺了课。齐建国死后，齐宏图便注意抓紧对齐瑞芬的教育。在她初中毕业后，选择上什么样的学校，齐宏图就很费了一番心思。

由于齐建国出事的原因，给齐瑞芬也造成了一定的影响，学习成绩因而下滑。这时，正逢齐瑞芬初中毕业面临选择的时候。选择什么样的学校？是不是学习成绩不好就没有了光明的前途?

齐宏图的答案当然是否定的。他为了从思想上给小瑞芬树立信心,讲了许多历史上的名人在实践中勤奋钻研,在后来的人生道路上终于做出成绩的故事,以增强小瑞芬的自信。

在齐宏图的支持下,小瑞芬选择了中等专业技术学校作为自己初中毕业后的人生选择,成了一名中等专业技术学校的学生。

第四卷　大业号角

一

齐宏图的左胳膊经过治疗和恢复，已经能够正常活动。于是，他继续在粉末冶金厂蹲点，与工人师傅同吃、同住、同劳动，一起完成了多孔润滑轴承的试制，并于多孔自润滑轴承的试制成功后，又进行了一系列的新产品的试制与开发。

这时，齐宏图的女儿齐瑞芬完成了中等专业技术学校的学习，被分配至江南钢铁公司的高速线材厂工作。而高速线材厂的创建，是曾经担任过齐宏图副手的梁洪波一手操办的。此时，梁洪波正担任该厂的党委书记兼厂长，按说，给齐瑞芬安排个好一点的工作岗位，应该是没有任何问题的。

齐瑞芬是学电气的，给她安排的岗位是到主控制室去当一名操作工。应该说，这样的安排对于一个女中专生来说，是比较合适的。然而，齐瑞芬却并不这么想。她认为，既然参加工作，就应该到比较苦一点的岗位上去锻炼。这样，学得一身本事，也好今后为党和人民做贡献打下基础。于是，她谢绝了厂方的安排，提出要到一线去，当一名维修电工。

对于齐瑞芬的选择，齐宏图表示了支持。他说："好样的，这才像是我的女儿，爸支持你。"

于是，齐瑞芬被分配到电工维修班，当了一名见习技术员。

电工维修班的工作要比在中央控制室当操作工艰苦得多。它担负着全厂电气设备的维修。尤其在大、中修期间更是辛苦，不但要更换旧一些的电气设备，也要承担包括线路改造、维修等在内的相关工作。这份工作，虽然苦点累点，但却能学到技术，比起干操作工来，成长得快得多。

在一次大修中，齐瑞芬的维修班接到任务，对主控制室的全部电缆，包括桥架进行更新改造。

对全部电缆和桥架进行更新改造，任务不算轻，而且，要在限定的二十天之内完成。任务分配到人，齐瑞芬坚定地说道："保证完成任务，保证质量，绝不拖整个工期的后腿。"

于是，齐瑞芬像个男工模样，戴上安全帽，戴上手套，拿起铁锤，开始打墙凿眼，架设电缆桥架，铺设电缆。

由于齐瑞芬是新手,铁锤往往打不到位,常常打得左手满是伤痕。齐瑞芬也不叫疼,用烂纱布条一裹,照样打洞凿眼,搬梯子,架电线,忙得不亦乐乎。

与齐瑞芬分在一块的青年电工,有个叫吕庆强的,看着齐瑞芬的泼辣劲,心中充满了钦佩。他自己完成任务后,时常关心齐瑞芬的工作。看到齐瑞芳遇到困难时他会甩出一句话:"小齐,你看你,手都打烂了,剩下的工作交给我,保证给你完成。"

没想到齐瑞芬却说:"那怎么行。你有你的任务,我自己的任务,自己怎么也得完成,要不怎么能叫维修班的一分子呢?"

齐瑞芬说得吕庆强没了话,他只是心疼地看着齐瑞芬青紫的左手。

却说这天,已到了大修快结束的时候,齐瑞芬由于连日劳累,身体透支得厉害,开始发烧了。但齐瑞芬却没表示出一点异样,拿着工具,搬来梯子就上去作业了。

凿着凿着,齐瑞芬只感觉一阵晕眩,竟从梯子上摔了下去。

"不好!"

吕庆强放下手中的活,赶忙跑了过来,扶起齐瑞芬,连声喊道:"小齐,小齐啊,你醒醒,醒醒啊。"

齐瑞芬无力地睁开眼睛,挣扎着想要起来:"啊,吕师傅,谢谢,我这是怎么啦?我一会儿就好,我还没干完活呢……"

这时,周围有好多人也围过来了。

"快躺下,"吕庆强大声命令齐瑞芬,"都成什么样儿了,还不忘你那工作。快,大伙帮帮忙,赶紧送医院打吊水。"

围过来的人中有在现场工作的女同志,几个人共同帮忙,扶着齐瑞芬去了医院。

齐瑞芬带病坚持工作晕倒在现场的消息像长了翅膀,一时惊动了高速线材厂的领导和诸多的工友们,人们纷纷前来慰问和看望,倒把齐瑞芬弄得有些不好意思起来,连声说:"谢谢同志们,谢谢领导。"

齐宏图闻讯,也连忙赶到医院去看望女儿,党久霞更是精心伺候,弄得齐瑞芬反倒不自在起来,说:"爸、妈,我没什么大毛病,只不过发了几天烧,很快就会好的,你们也不用为我大惊小怪嘛。"

齐宏图望着女儿,露出满意的微笑。

很快,齐瑞芬就康复出院了,高速线材厂的大修也结束了。同志们鉴于齐瑞芬的表现,一致推选她为大修先进个人。齐宏图闻讯,特意去了一趟高速线材厂。见了梁洪波,齐宏图寒暄一番,直截了当地把话题转到齐瑞芬被推选为先进个人的事上:"洪波,拜托你一件事,就是关于齐瑞芬被评选为先进个人这件事。我想,瑞芬参加工作年限不长,刚有点小进步就被评为先进个人,这对于她的成长是有害的。我想是不是通过你把她拿掉,你看,行吗? 也算我走你一次后门。”

“老首长,您这可就为难我了,”梁洪波显得有点为难,“这可是同志们一致推选的,拿掉怕不太好吧?”

“你就帮这一回忙吧,”齐宏图继续请求道,“这对瑞芬的成长有好处的。”

“好吧。”梁洪波终于同意了,“那我就勉为其难一回吧。”

齐宏图从梁洪波处回来后,把先进个人被拿掉一事通知了齐瑞芬,说:“厂党委认为你还不够资格,参加工作刚多少天啊,就被评为先进个人,不合适,还需要在长期的工作中多磨炼。这件事,对你有影响吗?”

“爸,说什么哪,”齐瑞芬似乎本来就没有想过要拿先进,腼腆地说,“我原本就不够格嘛,厂党委对我要求严一点,正是我前进的动力,怎么会有影响呢?”

“嗯,好样的。”齐宏图第一次伸出拇指夸赞齐瑞芬道,“像个革命接班人的模样。好好干,别辜负了我们老一辈的希望。”

“嗯。”齐瑞芬答应着,心底里暗下决心:一定要接好革命班。

从此,齐宏图把更多的精力投入到了对女儿的事业的支持上……

二

1992 年初,中国的改革开放进入到一个关键的发展阶段,在一些关于改革发展的关键问题上,如特区的道路是姓“社”还是姓“资”,社会主义经济的“计划”和“市场”问题,出现了一系列的争论。在这个重要的时刻,邓小平同志于这年的 1 月 28 日至 2 月 21 日,视察了武昌、深圳、珠海、上海等地,并发表了著名的南方讲话。邓小平指出,看一个政策姓“社”还是姓“资”,主要还是看它是不是有利于发展社会主义的生产力。“计划”与“市场”是两种发展经济的手段。计划,社会主义可以用,资本主义也可以用,同样,市场,资本主义可以用,社会主义也可以用。邓小平的南方讲话奠定了有中国特色社会主义道路建设社会主义市场经济体制的理论基础。

邓小平的南方谈话发表后,中国进入一个改革开放的新高潮。各种新事物开始破土而出,“胆子再大一点”“步子再快一点”,成为这个新时代的最强音。

国有企业改革,也开始起步了。江南钢铁公司改革的一个重要的步骤是搞股份制改革。

“现代企业制度”,这是一个在改革开放前闻所未闻的词汇。现代企业制度的一个重要内容,就是实行所有权与经营权的分离,用股份制改造国有大中型企业。

江南钢铁公司的股份制改革正式启动了。不久,江南钢铁公司的股票在香港正式挂牌上市。同时,公司也号召全体职工都来参与企业的改革,将个人的积蓄都拿出来,参与到公司的股份制改革中去。

对于齐瑞芬来说,这可是个大难题啊。你想,作为一个参加工作没多久的女中专生,要拿出积蓄来买股票,这不是强人所难吗?哪来的钱去买股票啊?

当然啰,实在没有钱你可以不买。但是,对于这样事关改革的大事,你说,让齐瑞芬无动于衷,这能办到吗?

自然,也可以有其他办法。比如,向父母伸手。不过,这是到了实在没有办法的时候的无奈之举。齐瑞芬想,父母辛辛苦苦把自己拉扯大,自己已是一个参加工作的女中专生,不说怎么去孝敬父母反而伸手向父母要钱,且不说父母能不能拿得出,就算是能够拿得出,那也是父母的钱啊,自己怎么好意思伸手去接?

向朋友去借。眼下正是所有人都需要钱的时候,能向谁去借呢?再说,男性的朋友是不便于启齿的,女的又向谁去开这口呢?唯有一个同班组的、与自己要好的大姐,自己开得了口还不知她的经济状况如何,肯不肯借给自己呢。

正在这万般无奈的时候,同班组的青年电工师傅吕庆强——就是齐瑞芬从梯子上摔下来时前来扶她的那个吕庆强——下班后叫住了齐瑞芬,递给她一包钱,说:“小齐,这是我参加工作以来的一点积蓄,我知道你这几天为这事烦心。这钱,我一时半会用不着,就当我借给你的吧。”

小伙子说得很诚恳,把钱递给齐瑞芬后,就没有再多的话,只是默默地等着齐瑞芬表态。

只见齐瑞芬的脸腾地一下子就红透了。她意识到,这不是一般的借钱,而是小伙子捧着的一颗爱心。在这之前,虽然齐瑞芳对小伙子也颇有好感,但她还从来没有认真考虑自己的事。她总认为,自己刚刚参加工作,工作上还一点基础都没有就去谈个人的事未免太早,于是压根儿就不想这事。但眼下,小伙子捧着这一包钱要借给自己,该怎么回答呢?齐瑞芬红着脸,脑子在飞速运转着。她终于想出答案,以礼貌的态度友好地回答道:“谢谢你的好意。这钱我不能要,我还不想这么早就接受别人这么贵重的礼物。您还是自己留着用吧,要用钱的地方肯定还是会有的。”

“不,齐瑞芬同志,”吕庆强解释道,“我没有其他的意思,请你收下吧,我真的是想帮助你。”

齐瑞芬见小伙子结结巴巴地辩解,也觉得不好意思一下子就拒人于千里之外,想了一下,说:“这样吧,吕师傅,这钱您先拿着,等过几天,我想想再定,好吗?”

“那,这钱我就先放着,”吕庆强终于不坚持了,“等过几天,你用的时候再来拿吧。”

就这样,事情过去了三四天,见齐瑞芬还没有来拿的意思,吕庆强就试探着问齐瑞芬:“小齐,那钱我可是一直放着呢,你不是说等几天来拿的吗?”

齐瑞芬见吕庆强主动来问,就知道吕庆强确实是有心要帮助自己了。于是,想了一会后,她回答说:“吕师傅,这么说你是真心要帮助我了。我也不能就这么随便借你的钱。你要没有事的话,跟我回趟家,等到了家,我郑重地给你打借条,你看行吗?”

“行。”吕庆强也没多加考虑就答应了。

于是,齐瑞芬在前,吕庆强在后,向齐瑞芬家而去。

却说党久霞正在家里面忙活着,突然见女儿齐瑞芬领着一个年轻的小伙子上家来,心里有些激动也有些慌乱,心想,怎么没听瑞芬说过呀。随后,她心里又想,嘿,人说女大自主见哪,不见瑞芬说起,也正是瑞芬这丫头精明之处呢。于是,党久霞热情地迎接道:“啊,是瑞芬的朋友吧?来,快请坐。”

“妈,没你的事,你忙活你的去。”没想到齐瑞芬兜头给了党久霞一盆冷水,“什么朋友不朋友,是我厂里一个班组的师傅,不清楚身份,瞎招呼什么呀。”

“死丫头,怎么说话哪。”党久霞讨了个没趣,只得悻悻地进里屋去了,“好,师傅,你们谈你们谈,我回里屋去了。”

吕庆强尴尬地站着,浑身像是活动不畅似的,机械地僵在那里:“啊,伯母,好,你忙你忙。”

只见齐瑞芬在自己的房间里斟好水,请吕庆强去里面就座:“来啊,吕师傅,还客气什么,来,坐下说话。”

“是。”

吕庆强答道,去里屋坐下了。

只见齐瑞芬从一摞稿纸中撕下一张来,手里拿着一支笔,说:“吕师傅,说吧,是多少钱?”

“哦,”吕庆强忙从口袋里掏出钱,往桌子上一放,说,“不多,正好是你一人认购公司股票的份额,两千八。”

齐瑞芬拿眼瞟了一下那堆钞票,也不点数,就说:“那我就写我齐瑞芬向你借款两千八。”

说着,唰唰几下便把一张借条写好了,她递给吕庆强,说:“谢谢你了,吕师傅。”

吕庆强只好把借条收下,说:“本来用不着写借条的,但是你坚持要写,我也只好收下了。好,没什么事,我该走了。”

说着,吕庆强就要起身走路。只见齐瑞芬说:“怎么,就要走了,不再坐会?我还有几道题正想找机会请教你呢,你能帮帮我吗?”

虽然齐瑞芬是学电气的中专毕业生,但由于这门学问高精尖的问题多得很,所以很多问题变成了齐瑞芬进步路上的一只只拦路虎。这位青年电工师傅吕庆强高中毕业后没考大学,碰上江南钢铁公司招工,就成了高速线材厂的一名青年电工。但他也没忘了学习,他报考了江南钢铁公司职工夜大,很快就将毕业。一听齐瑞芬说有几道题不会做,吕庆强很有兴趣,谦虚地说:“什么题啊,快拿来看看,说不定我也正在揣摩呢。”

原来,是个电学上的三角函数题。

由于中专的课程里没有学到,所以三角函数一直是齐瑞芬绕不过去的弯,每次遇到有这样的题目时,齐瑞芬几乎都是跳过去的。如今厂里搞股份制,齐瑞芬深感知识的缺乏。如今,是人人在工作上都争先,都一门心思想多学点知识,不再像过去似的,有干多干少一个样的思想。因此,她面对着这难啃的三角函数,总想找个机会好好攻一攻。

齐瑞芬面对着题目,露出为难的样子,说:“这些题尽是些难懂的函数,你知道,我只有中专学历,还掌握不了这些。”

吕庆强拿着这些题,认真琢磨了一会,说:“小齐,要掌握这些题,说难也不难。这样,你要有心学的话,我看我每个周末来辅导你一次,很快你就会掌握的。”

齐瑞芬兴奋地说:“那太好了。只是耽误你的时间了,怪不好意思的。”

“互相帮助嘛,”吕庆强像是应承了一件本来就应该他干的事,“应该的。那就这样,从下周开始,每周我都来给你补一补吧。”

“好的,”齐瑞芬高兴地说,“那就先谢谢你啦。”

“好啦,”吕庆强起身告辞,“没有别的事,我就先走啦。”

吕庆强于是告辞回去。当然,临走也没忘了党久霞,连连打招呼:“伯母,再见。”

“再见,你可要常来啊。”党久霞有些不舍地说道。

于是齐瑞芬这里就成了吕庆强每周必到的一个去处。只是他们只谈学习,没有一句涉及男女之情方面的话。倒是党久霞,吕庆强来了几次后,她终于忍不住了,在一个周末的下午,当吕庆强再次来到齐家时,她背着齐瑞芳问起详细情况来:“啊,小吕,来啦,快坐快坐。阿姨忘了问你啦,父母是做什么的?家住哪里啊?”

“啊,阿姨,我父母在江南钢铁公司焦化厂上班。”吕庆强老老实实地回答道,“我父亲是个焦炉推焦机手,母亲是食堂炊事员。”

“妈,你干什么哪?”齐瑞芬这时插上话来,“查户口怎么的?”

“死丫头,怎么说话哪。”党久霞佯作生气地说,“我就是查户口,怎么的?”

正在这时,忽听得屋外一阵爆响。原来,是四楼的一家失火了。只听得有人大声喊道:“不好啦,快来人哪,四楼失火了。”

听得有人喊，吕庆强迅速冲上楼。只见失火的那家大门紧闭。吕庆强一见，又跑下楼向上观察，见这家有一扇窗户是开着的，一时有了办法，只听他喊道："哪位大嫂快给我找根绳子来，我顺着绳子攀上四楼，救出屋里面的人。"

三楼的一位大嫂很快就找来了绳索，递给吕庆强。吕庆强解开自己随身携带的电工三件宝物：螺丝刀、老虎钳与电工刀，将老虎钳的钳口张开，用绳索系住了，甩起来往上一扔，正好挂在了四楼的阳台上，吕庆强拽着绳索就爬上了四楼。

吕庆强的这三件电工工具，他出门的时候总是随身携带，就为了预防紧急情况，没想到还真的用上了。吕庆强爬到四楼，从阳台翻入房间，经过检查发现原来是煤气漏气引起的火灾。这家的女主人已经晕过去，她身下护着一个五岁的小男孩。屋里又是烟又是火，十分危险。吕庆强奋不顾身，迅速关闭了煤气阀门，打开房间大门，首先将小男孩救出，交给外面的邻居大嫂。紧接着，又返身回到屋内，将女主人抱起，走出失火的屋内。这时，邻居们已叫来消防车，还有一辆救护车，消防队员们赶紧灭了火，救护车也施行了救护措施，将受伤的母子俩拉到医院里急救。

待一切都安排好后，人们忽然想起那位救人的小伙子来。大家都说，多亏了这位小伙子，要是没有他，说不定会出什么大事呢。

大家追到二楼的齐家，却早就不见了小伙子。原来，吕庆强见诸事已备，便悄悄回到了齐家，来不及做一做清理，便跟齐瑞芬说："小齐，我回去了，下次再来补今天的课吧。"

齐瑞芬看着吕庆强的模样，问："怎么样，伤着没有？"

吕庆强笑笑说："没事，只是被火燎了一下，过几天就会好的。我走了。"

吕庆强刚走，党久霞就不愿意了，数落齐瑞芬道："死丫头，人家救人都累成什么模样了，你也不送送。你说说，多好的一个小伙子啊，不知道你要嫁个什么样的人！"

"妈，我的事你不要管。"齐瑞芬赌气地说，"你看他好你嫁给他，不要扯上我。"

说着，把屋门砰的一声给关上了。

三

国有企业的改革很快进入攻坚阶段。这时，不但"砸三铁"已成为时髦的词汇，下岗分流也已经提到议事日程。

下岗分流可是个关乎人们切身利益的大事。你想啊，在计划经济的模式下几乎生活了一辈子的人们，突然有一天要改变这个模式了，怎能不有点别的想法？

当然啰，此次的下岗分流并不是强迫性的，主要还是以个人的意愿为主。并且，考虑到下岗之后的生活问题,公司每月还给予一定数额的补助费,作为下岗职工的生活补贴。但就是这样,还有不少人对此有看法。说什么的都有,有人编出顺口溜,说什么“辛辛苦苦几十年,一夜回到解放前”,可见,群众思想上还是有很大的抵触。

“辛辛苦苦几十年,一夜回到解放前”,是说几十年来,人民跟着共产党干革命,翻身求解放,如今,好不容易盼来了新中国的成立,人民成了自己主人,却要搞什么下岗分流,这不等于是要人们重新过苦日子吗?

当然,答案是否定的。但是,这也反映了改革到攻坚阶段时,一部分人对下岗分流的恐惧心理与不理解态度。

然而,对于改革的不同态度,造成了不同的人对于改革事业的不同反映。

齐瑞芬对下岗分流是持拥护态度的。她认为,现在国有企业人满为患,人浮于事的状况必须得到彻底改变,这样,国有企业的发展才能得以顺利进行。然而,要改变这个现状,不是嘴上说说就能办到的。现在中央出台了政策,就要拿出行动来,以自身的实际行动来说明对改革的支持。尽管下岗有许多风险,首要解决的是,怎样自食其力,去谋求生活的出路。然而,齐瑞芬相信,世上的路有千万条,关键是如何去闯。

按说,这下岗分流的政策,不应该也并不是针对一个女中专生来的,就是要下岗,凭父亲齐宏图的面子,也不可能轮到她。然而,这一切,对于齐瑞芬来说,都没有用。因为这下岗分流,是齐瑞芬自己申请的,她要求下岗,完全是自觉自愿的。

为此,党久霞与齐瑞芬之间还闹了点别扭。为了尊重父母,在递交下岗申请前,齐瑞芬还专门征求了父母的意见。父亲齐宏图当时对女儿齐瑞芬的身体力行还是赞成的,只是没说出来。他担心,下岗后的困难女儿有没有认真考虑过,这中间的苦,女儿是不是能吃得消。

谈话进行到最后,齐宏图只是意味深长地问了一句:“你考虑过失去工作后,怎样才能自立吗?”

“爸,我想过。”齐瑞芬平静地答道,“困难肯定有,但我相信,路是人走出来的,没有困难,还要我们这些解决困难的人干什么。”

齐宏图没有再说什么。党久霞却沉不住气了,她死活不同意女儿下岗,说:“女孩子家下什么岗,创什么业?你给我乖乖地上班去,说什么也不准下岗!”

“女孩子家怎么了?”齐瑞芬不服气地跟党久霞争辩,“女孩子家就不是人?战争年代不是照样出女英雄、女将军吗?和平时期,女的创业的也不少。虽然我比不了那些女英雄,但总得身体力行啊。”

“我说不过你,”党久霞摆了摆手说,“但是,我只知道,如今你哥哥走了,我就你这么一个女儿,打死我,我也不能让你下岗。”

党久霞说到做到，她跑到高速线材厂，找到党委书记兼厂长梁洪波同志，声称坚决不同意女儿下岗。

梁洪波厂长笑着对党久霞说："嫂子，你这就为难我了，这下岗分流的政策可是有规定的，必须得尊重本人意愿。这样吧，我跟劳动人事部门打个招呼，让他们办理下岗手续的时候给留个意，通知你到场行吗？"

"好吧，那咱们可得说定，"党久霞说，"到时候一定得等我到场。"

本来，签下岗合同，只需本人到场就可以了，然而，当齐瑞芬去签下岗合同的时候，管劳动合同的人却说："请你下午来好吗？上午我还有点事。"

齐瑞芬不知管劳动合同的人说这话实际上是一个托词，是想拖延时间给党久霞打电话。当党久霞接到电话后，下午一上班就赶到了高线厂的劳动人事科。当齐瑞芬前来签合同时，迎面就碰上了党久霞。党久霞说："你干什么？要签下岗合同？告诉你，没那么容易，我还不同意呢。"

"妈，这是在厂里，"齐瑞芬耐着性子委婉地劝道，"不是在家里，由着你不讲理胡来。"

"好哇，我不讲理？"党久霞索性就不讲理了，"我今天就不讲理了。你要不上班可以，想签下岗合同，办不到。"

那个管劳动合同的办事员乘机说："好啦好啦，齐瑞芬同志，我看还是等你们母女意见统一了，再来签，好吗？"

"反正我来过了，"齐瑞芬见状，扭头撂下一句话就走，"签也罢，不签也罢，这个岗我是下定了。"

"死丫头，"党久霞无可奈何地对人事部门的人说，"那就麻烦你们厂了，给我保留着她的岗位，我回去再跟她慢慢算账。"

于是，一方面是齐瑞芬没下岗而不上班，另一方面，高速线材厂还保留着齐瑞芬的岗位。

齐瑞芬就这样开始了创业。

她拿出点钱，置购了一些电气测试仪和电烙铁等一些必要的用品，在吕庆强等人的帮助下，租了一间门面房，在江南市解放路的一个地方开了间"协力无线电修理部"。

齐瑞芬初开无线电修理部，就面临着考验。

首先，是人的问题。人有什么问题？你想啊，一天二十四小时，人总得有其他的什么事吧，总不能老守着店铺吧。但店铺又得必须保证始终是有人的，这就需要至少一个帮手。因为店铺初开的原因，还不知生意如何，所以不敢雇一个正式的员工。还算好，吕庆强的一个家在农村的朋友的孩子初中毕业后没考取学校，在家待业，正没事干，就请来临时帮忙，人员的问题就暂时解决了。

其次，是业务问题。因为没有顾客就没有衣食父母。在一片下岗分流的浪潮下，原来就已经接近饱和的无线电修理市场，又新增了数家无线电修理部。在新增的几家无线电修理部中，有个小伙子，还比较厚道，叫谷凡，也是一个下岗分流后找出路的人，曾提出过和齐瑞芬合作的意向，但一时因找不到业务，也就暂时不提了。

在已经接近饱和的市场中，要想站住脚，可真是困难啊。首先是要看你的技术，看你能不能做到使顾客满意；其次，是看你的服务态度，看你能不能招徕更多的顾客。

终于，在苦苦挣扎了两个多月后，齐瑞芬的协力无线电修理部终于可以做到略有盈余了。

这天，谷凡来找齐瑞芬，说："我们不能坐等顾客上门，这样，效益就太低了，还得想办法走出店门，外出主动找生意做。"

一番话，正中了齐瑞芬的心思。齐瑞芬不由得眼睛一亮，说："谁说不是呢。可是，就这样漫无目的地去找，找谁啊？"

"农村。"谷凡说，"去农村，那是个大市场。我前两天曾接触过一个农村来的客户，来修理电视机的，他说他们那里就缺乏一个搞电的、搞修理的专门的店铺。还说眼下农忙，农村里一些电动水泵什么的，坏了都没时间跑来城里修。我想，要是能集中一下，拉到我们这里来修，不就可以扩大业务吗？"

齐瑞芬一听，觉得是个办法，于是说："嗯，是个路子。那我们什么时候跑一趟？"

"事不宜迟，"谷凡说，"咱们带点工具，明天就去。"

于是，谷凡和齐瑞芬一齐来到那位顾客所说的村庄，发现确实有一些亟待修理的水泵。经过检查，发现绝大部分是电动机出了毛病。

这可不是齐瑞芬的专业，是跟她的专业虽挨着边但又没怎么接触过的课题。电动机出了毛病，可不是哪个接头松动那么简单，而是必须拆掉漆包线，再重新绕线的问题。

怎么办？俗话说，书到用时方恨少。齐瑞芬犯了难：是揽这批货，还是不揽？

面对这个难题，齐瑞芬的倔强劲又上来了：接，不会就学，现学现卖。

于是，齐瑞芬做主，接下了这批活。回来后，她四处拜师学艺，终于在一家电气公司找到了掌握这门技术的绕线师傅。在师傅们的帮助下，她修好了这批水泵。虽在学艺的过程中品尝不少辛苦，但最终还是如期交了这批货，齐瑞芬心中甜甜的。

通过这次拜师学艺之后，齐瑞芬深感自己懂得太少，还有待提高技艺，于是，她比以前更加刻苦钻研技术。

齐瑞芬在自主创业的道路上探索着，有失败，也有成功。只是这成功来得实在太艰辛了，关键是还没有找对路子。这批活从接下，到拜师学艺，再到漆包线等原材料的消耗，总共算起来，不但没挣到钱，还倒赔了几百元。好在这几百元教会了齐瑞芳一门技艺，使得齐瑞芬在以后的事业中如虎添翼，又有了一个业务上的特长。

这天，齐瑞芬和谷凡又准备一起下乡揽活。临行前，齐瑞芬对那个小帮手说："我们今天要下乡去，你在家好好看店，有活儿接了，等我回来。"

那个小帮手十分懂事，说："你尽管放心去吧，我会好好看店的。"

小帮手十分自信，齐瑞芬也放心地与谷凡一起动身去农村了。

没想到的是，在齐瑞芬走后不久，一件让小帮手自认为是好事的事，却让齐瑞芬本就不十分宽裕的经济情况，变得更加雪上加霜。

事情是这样的：这天上午约莫九点钟的时候，一个二十岁左右的年轻小伙子推着辆半新的自行车，来到了齐瑞芬的修理店。

这个小伙子不是来修理电器的，而是为了店内附设的烟酒柜上的香烟而来。

只见这个小伙子来回转了两圈，然后，红着脸指着一条"红塔山牌"香烟说："小同志，实在对不起，我忘了带钱了，能不能把我的自行车押上，我先拿条"红塔山"，等我取了钱再回来赎车？"

小帮手看了看自行车，虽说是半新的，但按当时的市价绝不止一条"红塔山牌"香烟的钱，便说："你也真是，怎么出门不带钱呢？"

"小同志，"那个小伙子进一步装出急不可待的样子说，"你行行好，我下午一准把钱带来赎回自行车。"

小帮手禁不住那个小伙子一再哀求，就同意了。将一条"红塔山"递给小伙子，留下了自行车。

直到下午四五点钟，也不见小伙子来赎车。齐瑞芬回来后，小帮手就一五一十地把情况报告了。

齐瑞芬听后，觉得不对头，就仔仔细细地对着自行车打量起来。一检查，发现车锁被撬过，便对小帮手说："你上当了，这个小伙子准是个小偷，偷了自行车来换香烟的。他见你人小，好骗，才瞅准机会来骗你的。"

"啊！"那小帮手才恍然大悟。半晌，他支支吾吾地辩解道："我看他还算老实，再说，即使是小偷偷来的自行车，他也骗了我们的香烟，我们也是受害者，公安局来，也不能不讲理，总得还给我们香烟钱吧？"

"哎，傻帽一个。"齐瑞芬又好气又好笑地道，"人家公安局才不管你这个。你想想，被盗自行车就算是赃款赃物了，要没收的，案件破了，谁还会赔你一条烟钱？"

果然如齐瑞芬所说，第二天一早，公安局就押着那小伙子来指认被盗的自行车，也不说什么给钱不给钱的话,上去就把那辆半新的自行车给推走了。吓得那个小帮手也不敢去讨烟钱了。

还是齐瑞芬大度,对着小帮手说:“别难过,吃一堑长一智,今后多长个心眼就行。”

小帮手难过地道:“齐大姐,是我不好,我对不住你啊。”

四

齐瑞芬在创业的道路上顽强地前进了三个多月,更大的考验又降临了。

这次是因为省劳动厅下发的文件。文件首先肯定了下岗分流政策所取得的巨大成果,接着便指出,由于种种原因,在一些企业和单位还存在着下岗不脱钩的现象,严重破坏了企业的正常生产秩序和劳动纪律。为了维护企业正常的生产秩序,严肃劳动纪律,同时也为了维护下岗分流政策的正常执行,特决定自文件下发之日起,三个月内必须清理下岗分流人员,逾期不办者,予以除名。

高速线材厂的劳资员接到文件后,立即用电话通知了党久霞,要求对齐瑞芬的下岗问题尽快做出决断,以便与文件精神不相抵触。

党久霞接到通知后,心中顿时产生一种念头:死丫头,就是不让人省心。两三个月了,也让你尝到下岗的滋味了,该回头了。

但是,党久霞立刻意识到,这丫头是个犟脾气,用普通的说辞恐怕不一定能说通这死丫头。怎么办呢?对了,来点软的,这次一定要让死丫头就范。还有,就是让宏图也表表态,两三个月了,这当老子的也该管管了,明确地表个态,不怕她不就范。

党久霞思谋已定,当晚,齐宏图回到家后,党久霞便说:“宏图哇,省劳动厅来文件了,明确规定要清理下岗分流人员,说三个月内不办理下岗分流手续的,要除名哩。”

“唔。”齐宏图答应了一声,显然他已经知道省劳动厅的文件了。

“别装傻,我问你,瑞芬的事,怎么办?”党久霞进一步追问道,“你这当父亲的难道一点都不着急?”

“急什么,女儿都不着急,”齐宏图故意慢悠悠地答,“我们急有什么用?”

其实,齐宏图对女儿的事早有主张,他只是在冷静地观察女儿的情况。

“你就不能明确地说句话?”党久霞说,“她已经有两三个月不上班了。下岗那时我没让她办手续,她要过这个瘾我就让她过,我看她是过够了,弄了个店,也不挣钱,怎么养活她自己啊?”

“要说你说,”齐宏图继续保持不冷不热的态度说,“我才不说呢。还没见怎么着,就叫人家不干啦?”

“好好好，我说。”党久霞生气地说，“嫁给你齐宏图，我可是没过过一天好日子。年轻时搞高炉上料系统自动化革新，那是日日揪着心的，后来到矿山治流沙，当‘十大’代表，够风光了，可没几天，建国又出事了，现在瑞芬又闹这出。你说，我这日子咋就这么难啊？唉，还不如当初被日本鬼子扔到高炉去，现在也就心不烦意不乱了。”

齐宏图知道党久霞是故意抱怨，便笑着塞了她一句：“早就化成一阵青烟飞到空中去了。”

“去去去，我就知道你狗嘴里吐不出象牙来。”党久霞说，“要那样，倒也省心了，不会看着这个不争气的女儿揪心了。”

“你是为了啥揪心呢？”齐宏图仍然笑着说，“我看你就是瞎揪心。”

齐宏图与党久霞正说着，一阵开锁的声响传来，女儿齐瑞芬回来了。

齐宏图与党久霞顿时止住了说话。

“回来啦？”党久霞赶紧上前问了一声。

“妈，”齐瑞芬觉得党久霞有点不正常，就笑着问，“你今天怎么这么客气，该不是有什么事吧？”

“妈是想问问你，店开得怎么样？”党久霞一副关切的神情，柔声问道，“有没有什么困难？经营状况如何？”

“哟，妈，这是怎么啦？”齐瑞芬笑着回答，“今天是吹什么风呀，怎么想起问我的店了？”

“女儿，说真的，”党久霞不由得认真说道，“妈是时刻都在关心你啊。你非要下岗，妈也说不过你，怎么样，快三个月了，吃了不少苦吧？”

“妈，”齐瑞芬果然在党久霞的温情关切下流下了热泪，她闪着晶莹的泪珠说，“谢谢妈的关心，小店还能过得去。不过，我正在想办法，相信会越来越好的。”

“瑞芬啊，你别骗妈了，”党久霞巧妙地把话题扯到了离她的目的只差一步远的地方，“妈知道，日子不好过是吧？”

“妈，你就放心吧，”齐瑞芬十分自信地说，“下岗分流本来就是号召人们创业的，都舒舒服服地过日子，还下岗分流做什么？暂时有点困难，但很快就会过去的，谢谢妈的关心。”

“不说实话，”党久霞故作生气地终于说出了她想说的话，“你店里的困难不是很快就会过去，而是根本就挣不了什么钱。照这么下去，你连自己养活自己都成问题。女儿啊，认输吧，下岗也下了，瘾也已经过了，怎么样，还是回来上班吧？”

“我不！”齐瑞芬坚定地说，“哪有下岗了再回去的道理，打死我也不回去。”

“好女儿，你听我说，”党久霞耐着性子，慢慢地打开话匣，“你前次下岗，是我没让厂里给你办手续,如今回去,是正大光明的事,不丢人。今天厂里来了通知,是省劳动厅下发文件,说是清理下岗分流人员,在三个月以内,再回去上班,是允许的,否则,就要除名呢。”

“我说呢,”只见齐瑞芬松了一口气,平静地说,“妈怎么今天突然关心起我的小店来了,原来是省劳动厅下文件了。告诉你,既然我决定响应党中央的号召,那就坚决下岗分流,绝不半途而废。”

“瑞芬,你再想想吧。”党久霞耐住性子,苦口婆心地劝说道,“下岗分流,固然是中央的政策,可那是男同志的事。你想想,作为一个年轻姑娘,创业能有多大奔头。这女的一大,要结婚,要生育,体力上跟不上啊,这是没办法的事。我劝你,还是吃个安稳饭,到头来,也有个依靠。不要再犟了,听妈的话,回去上班吧。”

“妈,我考虑过了,”齐瑞芬见党久霞把问题提得这么尖锐,不由得也把自己的一些想法真实地说了出来,“我也是考虑女同志有这个弱点,所以我才不愿意过早地考虑个人问题。我想了,我的事业不闯出个苗头来,绝不考虑个人问题。我今年才二十多点,打拼个十年八年的,才三十多岁,到那时,再考虑个人问题,也不算晚。”

“到三十岁才结婚哪,”党久霞不由得连连摆手,“不行不行,要等到那时,那还不得老了茄子了,像样的小伙子早就找对象结婚了,比如那个吕庆强,他会等你那么久?”

“如果是真心的,他会等我的,”齐瑞芬满怀信心地说,“如果等不了,那也只好说再见了。”

“老齐,你听听,”党久霞不禁没了词,她适时地搬出齐宏图,“你女儿要等到三十多岁才论婚嫁。老天爷啊,你究竟要折磨我到哪一天啊!”

在党久霞与女儿齐瑞芬谈话的时候,齐宏图一直不动声色地在旁边倾听。这时,他接过党久霞的话茬,说:“你究竟怎么想的,下岗分流,要创业,要干事,是想要成就什么?是名,还是利?为什么非要到三十岁以后才考虑婚嫁呢?”

“爸,”齐瑞芬深情地喊了声,无比激动地说,“作为您的女儿,从爷爷辈算起,我应该是红三代了。你们老一辈跟着党,前仆后继打江山,艰苦奋斗干革命,咱们能有今天的好日子,不容易啊。您不是常教导我说,要当好革命接班人,接好革命的班吗?我一直默默记在心,时刻准备着当好这革命接班人,也不愧对您长期的教诲啊。但是,这个接班人怎么个当法?是在嘴上说说,不付诸行动呢,还是认认真真地响应党的号召,从每一件小事做起呢?我选择的是后者。如今,我哥哥已经走了,我就更有压力了,老齐家的红三代靠的就是我了。现在,党发出号召了,要改革开放。目前,在改革的攻坚阶段,又号召下岗分流,作为一名新时代的青年,能不投身到其中吗?妈妈不理解我,她站在女孩子的角度,考虑到婚嫁、生育,这也是可以理解的。女的嘛,总要有这个过程,所以我打算奋斗个十年八年的，事业不见点苗头，就不结婚。”

“那你有没有考虑过万一失败了怎么办？”齐宏图仔细地听完齐瑞芬的心底之言，又进一步提出这个棘手问题，“比如说，像你妈妈所说的，养不活自己怎么办？”

“当然，困难是有的。市场经济嘛，来不得半点虚假，”齐瑞芬面对爸爸的进一步提问，认真地回答道，“面对市场的挑战，我想失败是可能的。但失败是成功之母，失败了总结经验再战就是。对于这一点，我比较欣赏我们伟大领袖毛主席的两句诗，叫作‘雄关漫道真如铁，而今迈步从头越’。在党和红军的生死关头，毛主席以大无畏的无产阶级革命家气魄，把党和红军从失败的困境中解救出来，实现了‘雄关漫道真如铁，而今迈步从头越’的巨大转折。因此，我想，不管遇到什么困难，大不了从头再来，就没有过不去的火焰山。”

“嗯，从道理上讲是对的。”齐宏图不由得从心底里赞许起自己的女儿来，但是，他还是提出了他认为是关键的一个问题来叫女儿回答，“如果事业成功了，你将怎样来管理自己的事业呢？”

“这个嘛，我一时还没想好。”齐瑞芬老老实实地回答道，“不过，最近报刊上常常提到一个词，叫作‘与时俱进’。我想，党的宗旨是共同富裕。我们搞下岗分流，目的就是创造一个好的制度，把人浮于事的状况来一个改变。随着改革开放的深入推进，我想，是会有一个很好的办法来管理企业的。”

齐宏图不作声了，从女儿的回答中，他看到了一个改革开放实践者的形象。他心中开始有了一个更为大胆的计划。他决定，对女儿这样的改革开放实践者，自己有必要“扶上马，再送一程”。望着党久霞，他说：“久霞，我看你就不用操她的心了，高线厂那边，下岗不下岗的事，你就让她自己去处理吧。”

“没见过你们父女俩这样的。”党久霞嘴上说着，心里却已经默许了女儿齐瑞芬的选择。

五

面对着女儿齐瑞芬，齐宏图没有表现得喜形于色，但是他的心中，却掀起了滔天的巨浪。

他回想起了日寇抓他祭炉的那一刻。那时候，他是多么恨这吃人的高炉啊，但他那时并不懂，真正吃人的，是日本侵略者。

在党的教育下，齐宏图入了党，成了技术革新能手。当他正要甩开膀子大干的时候，却遭遇了史无前例的“文化大革命”。在“十年浩劫”中，自己艰难地前行，创造了中型高炉上料自动化,帮助治理矿山流沙等一系列成就,被选为党的"十大"代表,还当上了主席团成员。这一切成就都是在艰难的政治环境中取得的。粉碎"四人帮"之后,党走上了改革开放的康庄大道,但是,毕竟已经年纪不饶人了,自己经过这么多年的打拼,尤其是出了齐建国这码子事之后,自己更显得有点使不上劲了。

这时候,齐宏图是多么盼望女儿能接过自己的事业,在新的征途上迈大步地向前走啊。如今,女儿的决心已下,而且正是自己希望的那样,不由得使齐宏图从心底里高兴。还等什么呢,自己在余下的有生之年,还不扶女儿上马,再送一程?

怎么扶女儿上马,再送一程呢?思来想去,齐宏图觉得最大的帮助莫过于自己亲自来参与女儿的事业了。过去许多年里,齐宏图一直对这个城市里的废渣山有一个想法:什么时候能搬掉这个废渣山,还城市一份清洁美丽,该有多好啊。如今,不正是实施这个愿望的时候吗?

有了这个想法之后,他便和女儿商议,能不能办一个矿渣厂,然后,从矿渣厂起步,进一步把事业做大做强。

当齐宏图把这个想法说出来之后,女儿眼睛一亮,兴奋地说:"好主意,还是爸有魄力、有智慧。不过,要实施这个计划,还有不少困难呢,第一,这个矿渣山是属于钢铁公司的,要动它,还必须得爸出面交涉;第二,是人力问题,办一个厂,总得有人吧,这人员从什么地方来呢?"

"这两个问题我都想过。"齐宏图胸有成竹地回答道,"这第一个问题,矿渣山本来就是废弃矿渣,常年堆在那里还占用了土地。现在,我们动它,向公司缴纳一定的费用,不会有问题。这第二个人员问题嘛,办厂的初期,可以主要用一部分家庭妇女做劳动力。你去问一下楼上楼下的邻居们,有愿意干的,先集合一部分人,干起来再说。"

"好,我去办。"齐瑞芬兴奋地回答道,"楼上的那位孙大嫂,上次吕庆强救人的时候从她家窗户里挂的钩。她对咱家可好啦,每次都主动跟我打招呼,买什么好东西了,也总忘不了咱家,倒弄得我怪不好意思的。"

"嗯,记住人家的好处是做人的本分。"齐宏图接着说,"还有,我得给江南钢铁公司党委打报告,申请提前退下来,爸帮你一起干。"

"好极了!"齐瑞芬兴奋地答,"但愿江南钢铁公司党委能批准你的申请。"

于是,齐宏图给江南钢铁公司党委写了报告,要求提前退休,以便在自己余下不多的时光里,为他所毕生奋斗的钢铁大业,也为自己的女儿,发挥点余热。报告是这样写的:

敬爱的江南钢铁公司党委:

我是一个祖国钢铁战线上的老兵，至今，已经在祖国的钢铁战线上工作了三十个年头。从最初的小高炉到今天的钢铁联合企业，我亲眼见证了祖国钢铁事业的发展，深深地为我们伟大祖国骄傲。与其他的各条战线一样，祖国的钢铁工业战线是一派红红火火，形势一片大好。整个战线热气腾腾、人才济济，我们的事业是大有希望。

敬爱的党，我今天写报告不为别的事，是为了申请提前退休，望能根据情况予以批准。

敬爱的党，我之所以要提前退休，主要还是因为我想为我女儿的事业发挥余热。我的女儿响应党的号召，主动下岗，决心为改革事业做出自己的贡献。我觉得，作为一个父亲，作为一个在钢铁战线工作了多年的老兵，理应把她扶上马，然后再送一程。不是说我有多么高明，但是，在她创业的路上，多个老兵帮助一把，我认为，还是十分必要的。这比在目前的岗位上帮她，要来得实在。

顺便提出一点要求，请予批准：就是我们想办一个矿渣厂，希望公司领导根据国家相关政策，给予我们许可，我们将按政策向公司缴纳费用。

另外，我向组织保证，我提前退休后参与女儿的事业，绝不运用自己曾经的权力去谋什么私利，一切行为都将以国家的政策为准绳，去发展与拼搏。

齐宏图

这真是一份充满真情的报告啊，报告自始至终都没忘了一个共产党员的责任，也没忘了以廉洁自律为准则，来规范一个共产党员的行为和思想。

报告上呈到钢铁公司党委，时任江南钢铁公司党委书记的岑启航同志说：“不行不行，齐宏图是我们的老模范了，这样一个对党和国家有贡献的人物，我们怎么能允许他提前退休呢？”

而此时仍担任着江南钢铁公司总经理一职的彭明同志却说：“我看哪，老齐同志是认准一条道了。老齐同志我了解，他认准的道儿，对党只有好处没有坏处。我看还是批准他吧，说不定多少年以后，他能给我们党送上一份厚礼呢。”

“那这么说，你是主张他提前退休啰？”岑启航惋惜地说，“岂不是有点委屈了他？”

“我们是党的干部，不存在什么委屈不委屈的，”彭明此时似乎也在代表自己表态，“只要对党的事业有利，怎么着都成。”

“那好，”岑启航同志说，“那关于齐宏图在报告中提到的关于矿渣厂的事怎么答复？”

“这个事嘛，对于我们江南钢铁公司来说是件好事，”彭明接住话头说，“不要我们掏钱,还给我们缴费。我看,可以根据国家的相关规定,予以支持。”

“好吧,”岑启航同志说,“那就批准齐宏图的提前退休报告。”

于是,就这样,齐宏图提前退休的报告得到了批准。

果然,如同预料的那样,齐宏图一开始帮助女儿的事业,就出手不凡。因为他清楚哪里有淘汰的破碎机,哪里可以出图纸,哪里可以帮助制作振动筛等必要的工具设备。

在齐宏图的帮助下,他们先是来到王翔现在所在的矿山公司。齐宏图以租赁的方式,将已被矿山公司淘汰的两台颚式破碎机租来安放在矿渣堆前。并且,王翔还承诺,若要用得着开山等爆破作业,打个招呼,他派人前去指导。

从王翔处回来,齐宏图又找高线厂的梁洪波帮忙,请他以扶持下岗工人的名义,帮助齐瑞芬制作振动筛等工具。

他又找到一烧结厂、二烧结厂等单位,买了几台废旧的皮带机。诸事齐备后,他又协助女儿组织了矿渣生产,一支由家庭待业妇女为主体的矿渣生产大军便应运而生了。

六

齐瑞芬的矿渣厂,说白了,就是将从渣山上爆破开采下来的大块的废渣,经手推车运输到颚式破碎机破碎,再经振动筛分类,最后形成寸子、瓜子片和细沙等产品的一个简单的劳动密集型的企业。

这在齐瑞芬创办企业的初期,是很必要的一步。因为资本的累积等要素在齐瑞芬创办企业的初期是不具备的。必须通过这样的一个过程,使得企业有生存的资本,才能谈得上下一步的发展。

然而,就是这一步,要付出怎样的艰辛和努力啊。

就说矿渣厂的开工吧。齐瑞芬每天扑在开工的准备工作中,没有了时间,也没有了休息,天天满身灰,满身渣的。她在各个制作现场,检查振动筛、破碎机、皮带机等机器的运送、安装和测试,接着便组织矿渣生产的主力军,一帮公司职工家属,分配手推车、锹、镐等生产工具,忙得不亦乐乎。

到了开工这一天,齐瑞芬还因为放炮,差点儿出了事故,若不是吕庆强紧随其后,在关键时刻挺身相救,差点儿酿成大事故。

事情是这样的。

经过齐宏图和齐瑞芳多天的努力,矿渣厂终于可以开工了。为了表示庆祝,这天工地上彩旗飘扬、鞭炮齐鸣。在震天的锣鼓声中,齐瑞芬精神抖擞,宣布矿渣厂开工。

顿时，机械轰鸣，破碎机、振动筛、皮带机都开动了起来，妇女同志们也都个个准备好了手推车，准备进行生产。

在还剩下最后一场仪式，就是点放一眼开山炮，以示正式开工生产的时候，齐瑞芬兴奋地挥手示意，表示要由她亲自燃放。

当时，就有王翔派来的开山师傅表示疑虑："不行啊，瑞芬，这开山炮是个危险的活儿，万一失手，可不是闹着玩的呢。"

"不怕。"齐瑞芬说，"我又不是第一次点炮。再说，虽说有你们来指导，不能总是依靠你们，我们也要学会放炮啊。"

几句话，均说到了点子上，于是，那位师傅便无话可说了。

吕庆强此刻正跟在齐瑞芬身后，听了齐瑞芬的话后，只是默默地在不远的地方紧盯着齐瑞芬，他是在暗中保护着她呢。

于是，在众目睽睽之下，齐瑞芬沉着地点燃了那眼开山炮的导火索。

然而，就在这时，意外发生了。

点燃导火索后，齐瑞芬便迅速避闪。由于跑得太急，一时没注意到脚下的渣石，被脚下的一块大点的渣石给绊倒了，一下子摔了个仰八叉，倒在地上，起不来了。

情况万分危急。说时迟，那时快，只见一直在暗中保护齐瑞芳的吕庆强大喊一声："快趴下，别动。"

随即，吕庆强飞奔过来，一把按住齐瑞芬，然后就地一滚，在一处较高的渣石后，用身体护住齐瑞芬。

轰，轰！

就在吕庆强用身体护住齐瑞芬的一瞬间，隆隆的开山炮炸响了，渣石飞了一地，也飞向吕庆强与齐瑞芬藏身的渣石块前面的空地上。

硝烟散去，齐瑞芬从吕庆强的身下爬起，摇了摇散落在身上的尘土，笑道："嗬，还真险，差一点被炸成了个蜂窝煤。"

只见吕庆强也摇了摇身上的尘土，发现自己有两处被碎矿渣擦破点了皮，还好，没怎么受伤，便埋怨道："嘿，还笑，真的好险。你下次还这么逞强不？看不把你炸成肉泥。"

"哎，你这话就说错了。"齐瑞芬纠正吕庆强的话道，"不是没炸死吗？既然没炸死，就挡不住我下回还要干，干事业哪有舒舒服服就能成功的。毛主席说的，要奋斗就会有牺牲，牺牲在干事业的道路上，也比一辈子什么也没干成强。"

"好好，"吕庆强摇了摇头说，"我说不过你，我服了你了，算我什么都没说。"

齐瑞芬是这么说的，也是这么做的。还在矿渣厂创建初期，她就制定了一系列的新制度，杜绝了国有企业那种普遍存在的人浮于事、出工不出力的现象。首先，她出台了主要工种——手推车送料员的最终上料次数记录在案制度，做到奖勤罚懒，工资与效益相挂钩的办法，极大地调动了家属工的积极性。

那些家属工，个个都憋足了劲，上班就跟拼命似的，推着手推车来回地小跑，唯恐跑慢了比别人少推了几车。

最令人感到这分配与效益挂钩带来的喜人变化的是，在国有企业常见的没事请假的现象几乎不见了踪迹。更有甚者，有个别患有痛经的妇女，医生给开了病假条，她竟把它往怀里一揣，就来继续推车了。实在太疼了，豆大的汗珠往下直滚，她才坐下休息会儿。还是在几天后，姐妹们从她的衣服里发现了病假条，才知道了这件事。

齐瑞芬在得知了这个消息后，很是心疼地说："大姐们也不能太拼命了，钱是人挣的，身体还要保护好，该休息的时候还得休息，不能要钱不要命嘛。"

整个矿渣厂像一台高速运转着的大机器。除了手推车运矿渣，其他的辅助工种都被谷凡与齐瑞芬，以及经常抽空来帮忙的吕庆强给包了。

对于谷凡和吕庆强的考核，是每干一件事都有记录，而且是干好了才有工资，干不好也一样不给工资。

要是在国有企业，机械设备的操作，每班起码需安排两个人，白班、小夜班两班倒。而如今齐瑞芬的矿渣厂，这一项就省掉了一个班的人。每天上班，谷凡把按钮一按，往各个润滑点加点油，就省去了设备运转工。开完设备后，谷凡与齐瑞芬一起打凿炮眼，抡大锤，将开山工的活儿也包了。反正矿渣厂在办厂初期时，生产量就那么多，一天炮眼打下来，足够矿渣厂用上三五天的。

最讨厌的是机械设备出故障和维修。

要在国有企业，这得专门再配备一个机修班才能应付。而在齐瑞芬的企业里，这也都由谷凡、吕庆强与齐瑞芬三个人给包了。

颚式破碎机换衬板是个例行的重活，为了不耽误正常班次的生产，他们选择在家属工们下班之后才开始挑灯夜战。汗水湿透了他们的衣裤，他们却来不及停下来擦一擦，直到马达启动，破碎机重新正常运行他们才能歇一歇。

比起颚式破碎机换衬板来，振动筛的修理要频繁得多。网格的钢筋常常被磨得细了，断了，或者是遇到石料相碰撞而被破坏了，这时就要动用电焊。电焊技术，齐瑞芬在干电工的时候也曾初步学过，振动筛网的修理对她来说，基本上都能应付。

而修理皮带机，则更是他们经常要遇到的。尤其是皮带接头。他们的皮带机采用的是皮带扣，不是胶接的那种，十几条皮带机，平均每两三天就要重换一次接头。这时，往往齐瑞芬一个人顶两个人用，绷紧皮带拉紧口，打卡扣，常常是忙得顾不上吃饭。

在齐瑞芬的艰苦努力下，由于一系列改革措施到位，她所创办的矿渣企业开始步入盈利的轨道。

由于齐宏图在创办初期便和冶金建设公司的有关部门订好了协议，产品经检验部门检验合格，便广泛使用于水泥搅拌、混凝土施工的工艺中。由于是就地取材，价格上自然是有优势的。于是，矿渣厂的产品被广泛应用于江南市的基本建设上，齐瑞芬终于挖得了第一桶金。

七

机遇往往是偶然出现的，然而，这偶然性里面其实大有学问。

有些机遇，比如我们马上要说到的一个机遇，就与被赐予机遇的人的个人品质有关。正是因为具备了优秀的助人为乐的品质与良好的个人素质，才获得了机遇慷慨的给予。

却说齐瑞芬的矿渣厂在掘得第一桶金以后，就想法继续扩大销路，以求得发展。这时，在江南的宁国县有个大型水泥厂，这时正准备召开一个供货会议。由于供货会议云集了全国不少知名的建筑厂家，这对于齐瑞芬的矿渣厂来说，是个很好的推广矿渣的机会。所以，吕庆强提议，前去参会，在会议期间推广矿渣产品。

到了宁国后，吕庆强先是找到旅馆安顿下来，就在他参加完水泥供货会议准备动身回家的时候，忽然感觉有些身体不适。原来，由于连日的劳累，又受了些风寒，他居然生病了。发烧至三十九度，而且一直不退，他决定去医院打退烧针。

在宁国县城的人民医院里，吕庆强打完了点滴，拔掉针头，起身往门外走去。

就在他急匆匆地离去的时候，在他面前的不远处，有一对老夫妻正在步履蹒跚地一步一步向前挪动着。

正当吕庆强快步超越这对走在前面的老夫妻时，一个令人意想不到的事发生了。

突然间，由于病情发作，患病的妇人一下子瘫坐在地上，额头上冒出了冷汗，疼得起不来了。

吕庆强以为是自己不小心碰倒了病人，慌忙蹲下身，赔着小心地问："对不起，碰着了没有，快起来，快起来。"

只见男的搭腔谢道："谢谢同志，是我家屋里的疼得厉害，自己蹲在地上了，不碍事的。同志，对不起了，吓着你了吧？休息一会儿，我们就走。"

见不是自己碰到那位患病的大娘，吕庆强稍感放心，但他仍然关心地问道："大娘，能起来吗？来，我扶你。"

“不用，不用了，”那男的一边摆手一边说，“不用，这会子她疼得厉害，休息一会儿就好了。”

吕庆强见老年夫妇不用自己扶，也就没说什么，只好自己走了。

走了两步，吕庆强回头看去，发现那对老年夫妇还在那里，那患病的妇人疼得更加厉害了，豆大的汗珠在不停地滚落着。

吕庆强忽然觉得这对老年夫妇是那样淳朴，这绝不是像他曾经亲身经历过的一件事：前几年他骑自行车碰倒了一个城市妇女，当时碰得并不重，但那位城里的妇女却硬说自己摔成了腿伤。最后，在交警的协调下，赔偿了她几百元钱才算了事。

想起这件往事，他更觉得这对老年夫妇的淳朴的可贵。他不由得停下脚步，回到了这对老年夫妇的身边，重又关切地问起来：“老人家，好些了没？我扶你。是去看什么科啊？”

“唉，她疼得厉害，她……”那男的欲言又止，最后只是说，“回、回家去，回家去。”

吕庆强看着那患病的大娘，对那大爷说：“那，大爷，要不要叫辆车？我扶你们上车，送你们回家。”

“不，不，我们自己走。”那男的老者分明是没有钱坐车才推托说，“等会儿，等过了这疼劲我们自己走。”

吕庆强看着这一对老夫妇，只见他们衣衫破旧，心知他们是因为缺钱，才要自己走回家。大娘疼成这个样子，怎么能走回家？吕庆强便心想，干脆自己出钱雇车，送他们回家吧。想到这里，他便对这一对老年夫妇说：“这位大娘都疼成这样了，怎么能自己走回家呢？来，到门口，我出钱雇辆车，送你们回家去，好吗？”

“啊，好人哪。”大爷一边感叹着，一边还坚持说，“怎么能要你花钱雇车呢，待会儿，我们自己走。”

“大爷，来，快走吧。”说完吕庆强搀起大娘，向医院门口走去，见来了一辆人力三轮车，便招呼道，“三轮车师傅，来来来，你拉趟这两位老人吧，把他们送回家去。多少钱？我来付。”

这一对老夫妻被感动了，那男的一再说：“好人哪，好人哪。”一边念叨着一边扶着患病的妻子坐上三轮车。就在三轮就将要离去的当儿，患病的大娘一下没坐稳，歪倒在三轮车边上了。

吕庆强一见，就想干脆自己护送他们回家吧。于是，他就上了车，说：“大爷，干脆我送你们回家吧。”

一路上，吕庆强小心翼翼地呵护着患病的大娘，一直把他们送回了家。

原来，这对老年夫妇男的叫戴胜友，是当地戴家村的一位普通农民。戴胜友没有儿子,只有四个女儿。四个女儿长大后纷纷嫁出了门,老夫妻俩便过起了相依为命的日子。

最近,老伴老喊头疼,起先不在意,后来渐渐严重了,才不得不来医院检查。

经县医院做CT检查,发现戴胜友老伴的脑部长了一个瘤子,医学上叫作胶质瘤。

这对老两口来说可是天大的不幸,老两口本来已捉襟见肘的经济状况怎么能承受得起这个病高昂的医疗费用?无奈,只能回家等死了。

那么,他们的四个女儿难道就没办法凑齐医疗费用,来挽救其母亲的生命吗?戴胜友老人说,几个女儿听医生说这种病只有进行开颅手术,将瘤子刮干净了才能保住性命。开颅手术的费用高,风险也很高,况且,女儿们又各自都有一本难念的经,便决定不给其母做手术了。

听说了这个情况后,吕庆强震惊了,他没有想到,这种事居然活生生地发生在20世纪末改革开放后的祖国大地上。他觉得,既然这种事让自己碰上了,就说明自己是和这老两口的命运有着某种联系的,于是,他带着关切,以一种当事人的口吻安慰戴胜友道:"戴大爷,你们的情况我都了解了,我作为一名知情者,对你们的困难不能不问,对大娘的病更不能不管。这样吧,你们应当全力地想办法来治疗大娘的病,要通知四个女儿女婿家,看能想多少办法就想多少办法。我也想想办法,尽力把大娘的病给治好。怎么能有病不治,看着她老人家痛苦地走向死亡呢?"

"谢谢你,好人哪。"戴胜友感动得流着泪说,"不、不用你再费心,反正活了这么一大把年纪,死了也值了。"

"好了,别说了,"吕庆强挥挥手说,"就这么办,越快越好。"

吕庆强于是回到了江南市,很快在南京联系了一家军区医院,还将情况与齐瑞芬说了,齐瑞芬十分慷慨地表态说:"你尽管替老太太治病,费用不够我这里有,先借给你,把人治好了再说。"

说到借,吕庆强不由得灵机一动,开了一句半真半假的玩笑:"哎,说什么借不借的,反正啊,我这人都是你的了,你看着办吧。"

"说什么呢,"齐瑞芬红着脸啐了一口吕庆强,做出表态,"不要以为这厂你贡献大就可以不按章办事,任何人,只要借钱,都得公是公,私是私,不得违例。"

"我不过是说说,"吕庆强撇了撇嘴,一本正经地说,"那好,先借给我三万元吧。"

于是,吕庆强从齐瑞芬那里借出三万元,把戴胜友老伴接到南京军区医院,做了开颅手术,切除了胶质瘤。

戴胜友的四个女儿闻讯都赶到了南京军区医院,为了省钱,她们都自己带着干粮,就着医院的开水,吃点就算一顿。几个女婿也都千恩万谢地感激吕庆强这位大恩人,他们想办法凑了近两万元,算作第一期的费用,还给吕庆强。大女婿崔立仁代表四个女儿女婿,感谢说:"谢谢大恩人吕师傅,没有您,我们老母亲已不在人世了。这点钱您先收下,剩余的,我们几个商量了,等秋后卖完稻子,一并奉还。谢谢了,大恩人。"

吕庆强不好意思地拱手回礼道:"咱一家人不说两家话,这医疗费呢,原本我也没打算你们还,你们不用着急了,等有余钱,再给我不迟。"

"哎,说哪里话,"崔立仁再一次谢道,"非亲非故的,若不是碰上您,谁肯为我们花钱?秋后卖了稻子,我们一定把欠下的债给还了。"

戴胜友老汉此时已不再说什么,他觉得,说谢谢已不足以表达对恩人的感谢之情,他要把他二十多年来保存的一个秘密毫无保留地献给这位恩人,假如这位恩人需要的话。

轮到戴胜友老汉与吕庆强握别了,戴老汉紧紧地、久久地拉着吕庆强的手,说:"恩人,你一定要重回我们的山区一趟,有一件东西,不知你是否需要,我一定要把它郑重地献给你。"

老人要献给吕庆强的东西,是几张被他像宝贝样保管的纸。纸的抬头是中国科学院的文件用笺。这可不是几张普通的纸,而是画满了线条与写满了详细说明的工业炉设计图纸。

说起这些纸,可大有来历。原来,在"文化大革命"中,戴胜友老汉的穷山村里下放了一名当时在中国科学院合肥工业炉设计研究室工作的所谓"牛鬼蛇神"。

这个"牛鬼蛇神"被下放在这个穷山村后,上工出工,一丝不苟地干着农活。起先还有些群众专政队的队员监管,后来,由于他的良好表现,群专队的队员们也就渐渐放松了监管,这位"牛鬼蛇神"成了一名当地普通农民都熟悉的特殊社员。

就在这些日子里,戴胜友与这个特殊的社员建立了感情。那是在一个风雨交加的夜晚,戴胜友端着一碗饭菜来到这个"牛鬼蛇神"所住的生产队的一间破库房里,想看看这个老实巴交的、戴着眼镜的所谓"牛鬼蛇神"怎么样了,因为有两天没有见他出工了。

来到"牛鬼蛇神"的破屋,只见"牛鬼蛇神"正发着烧,虚弱得都没有力气讲话了。

戴胜友于是扶起"牛鬼蛇神",喂了点汤水,又给他煎了草药,衣不解带地照顾了他两天,"牛鬼蛇神"才逐渐好起来。从此,戴胜友变成了"牛鬼蛇神"的好朋友。

在与"牛鬼蛇神"的交往中,戴胜友发现"牛鬼蛇神"总是时不时地思考什么,常常在纸上画着什么。

戴胜友也不问,直到有一天,"牛鬼蛇神"自感来日无多,便对戴胜友说:"老戴,谢谢你还常常想着我。我恐怕不行了,我有几张纸要送给你,是我这些年来研究的成果。

现在,国家在搞'文革',这些东西没有用处,但总有一天,国家会重新想起搞建设的。记住,不要将这些东西随便送人,要找可靠的人送给他。"

如今,这可靠的人不就是吕庆强吗?

吕庆强来到戴胜友的茅屋,接过这几张沉甸甸的纸,打开一看,只见上面写着的是:工业氮气炉设计总图。

吕庆强眼睛有些湿润了,望着这份工业氮气炉设计总图,他觉得这份礼物实在是太珍贵了,吕庆强激动地说:"戴大爷,您老的这份礼物实在太贵重了,真正是价值连城啊。"

八

原来,这位于"文化大革命"中被下放到戴胜友的穷山村的"牛鬼蛇神"名叫闵效先,是中国科学院一名颇具学术盛名的研究员。

20 世纪 60 年代初,当我国电气领域可控硅技术水平在世界还处在低位时,闵效先的目光就已经锁定在这个领域了。他经历数年的实验,对可控硅技术生产领域的一些关键难题提出了破解的可能。那时我国的可控硅、半导体等的冶金技术,都是在大气中进行冶炼,纯度很差。为了提高可控硅、半导体的纯度,他有了一个大胆的设想:

利用氮气的不活泼性的化学原理,在冶炼的过程中,如果做到始终都把可控硅、半导体和磁性材料放在氮气的保护内进行,是否就可以大幅度地提高可控硅与磁性材料的纯度?

有了这个设想后,闵效先便开始收集资料,并着手进行研究。但是不幸的是,这个时候史无前例的"文化大革命"开始了。

起先,由于他埋头研究这项课题,对"文化大革命"运动知之甚少。直到有一天,研究室里的所谓造反派要批判刘少奇、邓小平的资产阶级反动路线,来通知他参加,他却摸不着头脑地说:"什么资产阶级反动路线,刘少奇是党的副主席,邓小平是党的总书记,他们都成了资产阶级的代表人物了,中国革命岂不是瞎搞?"

这还了得?这不是明目张胆地对抗毛主席,对抗毛主席无产阶级革命路线,为资产阶级反动路线的头面人物唱赞歌吗?

于是,闵效先立刻被揪斗,批判大会以排山倒海之势压下来,各种各样的政治帽子如雪片般飞来。后来,闵效先便被下放到宁国县的戴胜友老汉的穷山村来了。

闵效先一生没有结婚,他刚满而立之年,便进入中国科学院合肥工业炉设计室工作,心思根本没放在个人的成家立业上,而是一心扑在工作上。直到"文化大革命"爆发,厄运便接踵而至了。从合肥下放到宁国,闵效先随身也没有什么过多的行李,只有简单的衣物、一摞书和一些随身携带的图纸、资料。

来到戴胜友的穷山村之后,起先,还有所谓的群众专政队队员监督闵效先的劳动改造,后来,对他的监督日渐松懈,直至最后没有人管了。这个情形,我们在前面已交代过,只是没提到闵效先是如何坚持搞这个氮气炉设计的。

在那个风雨交加的夜晚,当戴胜友端着一碗菜来到闵效先居住的生产队的破库房时,闵效先正发着烧。只见他的床上到处堆满了图纸。识字不多的戴胜友老汉也顾不上看图纸上写的是什么,急忙扶起闵效先,喂了点汤水,还喂了点草药。闵效先才缓过气来,睁开眼睛说:"啊,戴大哥,好人哪,你怎么来啦?"

"我看你两天没出工了,"戴胜友把菜指给闵效先看,说,"又下着雨,寻思你可能没吃的了,来给你送点吃的,顺便还带了点草药,没想到你病成这样。"

隔了一会儿,闵效先指着画着氮气炉的图纸说:"戴大哥,这是我多年来研究的一个课题,氮气炉。对我国的可控硅、半导体等磁性材料的生产或许能起到一个有益的促进作用。"

"什么淡气咸气,"戴胜友没有听懂闵效先的话,只是就当前的闵效先的身体关切地说,"我可是不懂,等你身体好了,再继续你的研究吧。眼下,还是把你的身体养好再说。"

闵效先望着这位朴实憨厚的山村大哥,激动得说不出话来,过了好一会儿才说:"谢谢你,戴大哥,我一定养好身体来报答你的关怀。"

于是,在接下来的日子,闵效先与戴胜友变成了好朋友。但闵效先却不再提氮气炉的事。直到闵效先因病而自感来日无多,才郑重地把氮气炉的全部图纸托付给戴胜友。

但戴胜友却不明白氮气炉是个什么东西,他只是受人之托,而极其郑重地保守着这个秘密。后来,"文化大革命"结束,改革开放开始,他也始终没将这个秘密透露。全国科学大会期间,曾有闵效先所在单位的人来这里调查闵效先生前的事迹。戴胜友因对来人不甚信任,也没有将此秘密说出去,直到遇上吕庆强这个大好人,他才和盘托出。

当戴胜友老人问他是不是需要这张图纸时,吕庆强回答道:"戴大爷,我是江南钢铁公司一家企业的电工,不过,目前我正在一家私人企业里帮助朋友创业。你的图纸对我们来说,真是雪中送炭啊。不过目前,我还没有实验,不知道这里面有多少风险,等实验成功了,对国家也是一份贡献啊。"

同去的戴胜友的大女婿崔立仁也立即决定将自己的儿子崔志国给贡献出来,说:

“我没有什么好感谢您的,您要是搞实验缺人手,我还有个儿子,今年也老大不小了,在县城上高中,我让他给您做帮手,也好学一门手艺。”

“哎,那可不行。”见是要把一名在校的学生给贡献出来协助氮气炉实验,吕庆强连连摆手,“我可不敢耽误孩子的学业,孩子今后要考大学,为实现‘四化’贡献力量。”

“有什么不行的,咱们山区农村,哪能这么容易就考上大学?”崔立仁接着又说出了在农村上学的难处,“如今既是搞实验,不如就让他去跟着干,将来也是门手艺。”

“那好吧。”吕庆强见说到这一步,也就只好答应,“等我回江南市以后,把事情都安排妥了,就来接他。”

吕庆强带着工业氮气炉的图纸回到江南市,将这个惊人的喜讯报告给齐瑞芬和齐宏图,商议如何进行实验的问题。

齐瑞芬回答得很干脆,说:“干!这么好的设计不干更待何时?倾家荡产也要把它给搞成。”

相比之下,齐宏图就显得老成许多,面对女儿的一腔热血,齐宏图很沉稳地考虑了许久,然后,针对女儿的不成熟行为提出了问题:“首先应该肯定,氮气炉的设计是达到世界先进水平的,把它从设计到形成生产能力搞成功有非常重要的意义。但是,这需要认真谋划。作为一个私营企业主,并不是轻易地说个干就能解决问题的。一个私营企业主,在做这种重大决策的时候,尤其需要慎重、周密地谋划。干,是定了的,但如何干的问题你考虑了没有?”

在齐宏图的一系列问题的追问下,齐瑞芬显得有点考虑不周,她深深地觉得还好有父亲为自己保驾护航,她只得把一些初步想法给说了出来:“我简单地算了一下,我们厂里现有的资金有八十万,如果再想想办法,跟一些单位或部门借一点款,估计能搞下来。我是下了决心的,不成功就一切重头再来。”

“嗯,像是有气魄的企业家的样子。”齐宏图不由得夸奖道,但随后,他就指出了齐瑞芳作为决策者的不成熟,“但是,事情还是应当留有余地的。比如,你把所有的资金都用来搞氮气炉的实验了,那么,原有的企业生产流动资金怎么办?还有,新实验的氮气炉的电力供应问题。它用的电极耗电量是很大的,我们原先的电气线路是花钱从供电局租的,要新上一条供电线路,这不又得要花费一些资金吗?因此,经过我的初步预算,至少得五十万元资金。这笔资金怎么办?我建议,咱们申请贷款,用我们的资产做抵押,尽全力一搏。”

“我同意。”齐瑞芬在齐宏图提议过后,沉默了许久,终于表态说,“不过,贷款的有关事宜我还不是很熟悉,能不能请父亲帮帮忙,先教教我们?”

“好吧。”齐宏图同意了,表态说,“不过,有言在先,这回是第一次贷款,下回我可就不管了。”

于是，在齐宏图、齐瑞芬和吕庆强的努力下，终于，各项实验准备工作到位。吕庆强组织了包括谷凡在内的团队，还到宁国山区把崔志国也接了来，从购买原材料，到架线、更换变压器，凡是自己能干的活，都绝不请人干，为的是节省两个钱。

原来，吕庆强还在高线厂上班，这时，也下定了决心，正式办理了下岗手续，决心与齐瑞芬一同创业了。

下岗手续也办了，吕庆强和齐瑞芬唯一的指望是实验赶快搞成功，然而，偏偏胜利的道路并不是平坦的。

就在实验进入关键期时，偏偏温度、时间等因素就是掌握不好。由于是第一次实验，加上氮气也不好控制，烧制出来的成品总是达不到合格品的要求，也就是说，是废品。

关键时刻，齐瑞芬并没有失去信心，她对吕庆强说："别灰心，咱们才失败一次，比起那些搞科研实验的人来还早着呢。现在的关键是，总结经验，找出失败的原因，继续干。"

"瑞芬，谢谢你的鼓励，"吕庆强激动地说，"我知道，眼下你的心里也不好受。咱失败了不要紧，可是，这失败一次，就要消耗不少钱呢。"

"钱不算啥，"齐瑞芬笑笑说，"钱是人挣的，就是彻底失败了，大不了一切从头再来。你放心干吧。好好总结经验，争取早一点成功。"

实验在一次一次地推进。在吕庆强等人的努力下，产品的成色终于一次比一次好，经验也一次比一次到位，终于，在实验资金即将告罄时，成功地炼出了合格的产品。

这次的成功是无比振奋人心的，喜悦的泪水挂满了每个人的脸庞。

于是，齐瑞芬的企业又一次地插上了腾飞的翅膀，短短的半年间，不仅还清了贷款，还结余了数十万元。齐瑞芳也乘势新成立了江南半导体材料厂。

面对着成功，齐瑞芬、吕庆强并没有忘记贡献氮气炉图纸的戴胜友老汉，不仅重奖了崔志国，还专门上门给老人送了一万元的慰问金。

在实验氮气炉的过程中，吕庆强突然萌发出一个想法：既然氮气炉是利用氮气的不活泼性来保护可控硅、半导体和磁性材料的冶炼，那么，是否可以在真空状态下对可控硅、半导体和磁性材料进行冶炼呢？是否可以用相同的方法来制造可控硅、半导体与磁性材料呢？就是说，研制真空炉！

然而，在当初氮气炉还处在实验阶段时，吕庆强不便于提出自己的设想，在氮气炉取得成功并运转了半年之后，吕庆强终于把这个想法提了出来。

齐瑞芬当即拍板表示："好啊，这是个新思路，你准备好了咱们就干。"

吕庆强觉得还需要至少八十万元的资金，还得把现有的工业厂房给换成带行车的工业厂房，一句话，就是上点规模的改造。

齐瑞芬沉思了一会，然后说：“那就贷，再贷个一百万，够不够？”

吕庆强点了点头，突然说了句放在心中已久的话：“还了贷，贷了还，你倒不怕折腾呀。我说，咱们的个人问题什么时候考虑呀，不能老是拖着吧？”

“说什么哪，”齐瑞芬微笑着答道，“最起码，也得等到真空炉项目成功以后。”

吕庆强吐了吐舌头，说：“我的妈呀，那还不老了茄子呀？”

九

正当齐瑞芬办妥了一百万元贷款，吕庆强等人摩拳擦掌，准备大展宏图之际，1999年5月6日至12日，在中国的杭州，一个电子产品推介会“中国杭州电子产品贸易洽谈会”准时开幕了。

这是一个中等规模的贸易洽谈会，主要邀请苏、皖、浙、赣、沪等地以及全国一些著名的电子行业的企业负责人参加。

齐瑞芬作为会议的特邀代表之一，出席了这个会议。

5月6日这天，齐瑞芬精心打扮了一番，身穿一件时髦的红色连衣裙，头髻特意盘成独创的、高高的、猴子探海型的发式，衬托得她身段窈窕、优雅迷人，十分得体地出现在大会的现场。

齐瑞芬的精心打扮赢得了与会者们的欣赏与关注，与此同时，她也不失时机地拿出早已印刷好了的江南半导体材料厂的宣传品，走到每一个与会者的面前，微笑着散发。

在众多的与会者当中，有一个名叫洪军的浙江省的某私营企业的年轻老板，对齐瑞芬格外关注。

这个私营企业主还是个未婚青年，看上去也不过才二十六七岁吧，他见齐瑞芬这么年轻，又这么漂亮，不禁心中升起一种仰慕之情。当齐瑞芬的宣传品送到他手上时，他忍不住问道：“请问这位女士尊姓大名？您是江南半导体材料厂的厂长吗？”

“我叫齐瑞芬，”齐瑞芬谦虚有礼地答道，“正是江南半导体材料厂的厂长。您是对我们厂的产品感兴趣吗？”

“鄙人洪军，”洪军也不失礼貌地介绍起自己来，他是带着三百万元的现金支票前来参加会议洽谈业务的，本想在这时就亮出底牌，但转念一想，这时候刚见面就提这件事，好像是故意炫耀似的，所以把到了嘴边的话给咽了回去，只是说，“我、我带来……

呃,你们厂的产品我还不太了解,等我拜读完你们的产品介绍,一定会寻求机会与你合作的。放心,我会到你住的地方去拜访的。请问你住什么地方?"

"就在招待所的501房间。"齐瑞芬笑着答道,"欢迎你前去洽谈。"

会议正式开始,在举行了热烈的欢迎仪式后,随即便进入了会议的主要议题,参加会议的代表进行发言,之后是参会各方的接触与洽谈。

洪军在见到齐瑞芬后,便被齐瑞芬的风度和气质所吸引,他便留心研究齐瑞芬所留下的宣传材料,想看看这个江南半导体材料厂的情况,是做什么的。

当他翻阅了宣传材料后,里面有一段介绍特别引起了洪军的兴趣:"氮气炉是我厂根据我国著名科学家闵效先先生生前留下的图纸实现的一项专利项目,它有效地提升了我国可控硅、半导体及磁性材料的品质,填补了我国这方面的空白。目前,我厂正沿着这个方向继续创新,开发研制真空炉。相信真空炉的研发,将会极大地提高我国现有的可控硅、半导体及磁性材料的生产技能。"

这简直就是一个传奇啊。

洪军心想,这不正是自己一直追求的梦吗?他自己也涉足电子行业,但一直没有实现这个梦想的有效途径,如今,这家半导体材料厂如果真的像它的宣传材料里所说的,那么,即使把三百万元的资金都砸进去,也是值得的。

因此,洪军决定,去探一探江南半导体材料厂的这位厂主的底,也是为了圆他对心仪的女士的追求之梦吧,看看究竟能不能实现这个愿望,一切都等探究了以后再做决定吧。

于是,连着两个晚上,洪军都到招待所的501房间找齐瑞芬洽谈。第二天晚上,洪军看似不经意地提出了一个他非常关注的问题:"齐瑞芬女士,您一定很忙,顺便问一下,您的个人问题大概还没有时间考虑吧?"

"啊,我们都是干事业的人,"齐瑞芬笑笑答道,她不曾往深里去考虑洪军提出这个问题的目的,只是矜持地回答道,"我曾经对我父母亲做过表示,不到事业有所成就,绝不谈个人问题。"

这恰恰是洪军此时所想得到的答案。在听了齐瑞芬亲口的表态后,洪军心中一块大石头暂时落了地。啊,这是齐瑞芬亲口说的,她还没有考虑这方面的问题,这就为他追求梦中情人创造了机会。他不由得暗中窃喜。

于是他下决心要实现他追求美好爱情的人生目标。

杭州的会议结束之时,洪军已打定主意,要跟齐瑞芬一同到江南市,他要对齐瑞芬及她的企业进行实地考察。

"齐瑞芬同志,"洪军客气地表示了自己的意愿,"我想与您一起去江南市看看您的企业,落实一下我们的合作,您看可以吗?”

“好啊,欢迎啊,”齐瑞芬高兴地一口答应,“这是好事嘛,我来安排。”

于是,电子产品贸易洽谈会后,齐瑞芬便偕同洪军一道回到了江南半导体材料厂。

十

一石激起千层浪,齐瑞芬去杭州开会,带回一个年轻潇洒的小伙子,这在江南半导体材料厂、在矿渣厂都引起了不小的震动。有些工人们悄悄地议论起来:“看起来,这回怕是十有八九咱们老板要定终身大事了,瞧,这小伙子多帅呀。”

唯独那个当初在吕庆强救人时递上绳索的齐瑞芬的邻居大嫂不以为然,因为她从吕庆强开始在齐瑞芬那里辅导功课,到他冲进火海救人,再到矿渣厂开工放开山炮时用身体护住齐瑞芬,到辞去工作同齐瑞芳一同研发氮气炉和真空炉,一桩桩,一件件大婶都看在眼里,记在心上。她明白,吕庆强是齐瑞芬的意中人,而齐瑞芬之所以到现在还没表态,是因为齐瑞芬看重的是事业。慌什么哩,如今的年轻人,晚婚晚育的有得是。

“咳,别瞎嚼蛆,”那个邻居大嫂不以为然地啐道,“你们操的哪门子心啊,咱们老板呀,其实想的是吕庆强。”

“哟哟,你钻到我们老板的肚子里啦,”一个妇女快人快语地说,“你说咱们厂长喜欢吕庆强,我看哪,咱老板之所以拖到现在还不表态,心中肯定是不满意呗。这不,这回把人都带来了,瞧瞧,这才叫帅哪,而且也是个老板,两人多般配。”

“我跟你打赌,”那个邻居大嫂不服气地说,“我就不信,找对象这事也是能见一个换一个的。”

“我才不跟你赌呢,”那个妇女笑着说,“反正哪,找对象,找对象,不到最后定下来就不能算。这有什么值得奇怪嘛,况且,我们老板的条件这么好,对不对呀?”

那个邻居大嫂无语了,可还是不服气地说:“我不信,你们就看着吧。”

且不说妇女们在一起议论的事,单说洪军来到江南半导体材料厂后是如何度过这几天的吧。

来到江南市后,齐瑞芬给洪军安排了高档宾馆,但被洪军给谢绝了,他说:“我又不是来做客的,住宾馆不方便,我还不如在厂子旁边找个小旅馆,住下凑合两天。”

于是,洪军花了九十元,在厂子附近找了家旅馆住下了。

洪军在安排好了住处后,马上就投入了对齐瑞芬厂子的调研中。

在矿渣厂,洪军感慨地说:“原来你在创建半导体材料厂之前,就已经有了企业,真是没想到啊。”

“这也是在创业初期,由我父亲帮助,才创立起来的,”齐瑞芬答道,“那时没什么其他的门路,逼着走出来的这条路。”

“哎,老人家帮助儿女创业,天底下都一样啊。”洪军不由得刨根问底地问道,“老人家是做什么的？怎么想起来这么个主意啊?”

“我爸……”提到父亲,齐瑞芬不禁兴奋起来,刚打开话头,突然脑中闪过父亲的谆谆教诲,不要张扬,不要炫耀,于是,她把到嘴边的话给咽回去了,只是淡淡地说,“退休前是在钢铁公司搞科技工作的,大概是他深感自己没做好工作吧,给钢城遗留下这一片废渣山,就下决心办起了这个矿渣厂,来解决这个问题。”

“好哇。”没想到洪军听了后,高兴得欢呼起来,“这可是个大有可为的发展路子啊。”

接着,他分析道,其实废渣一点儿也不废,除了能修路、造桥外,还有许多用途可开发,比如做化肥。记得他曾读到过一个报道,有的地方的炼钢炼铁的废渣里含有钒钛等稀有金属,是不是今后也可发展炼钒、钛金属的企业?

洪军的分析,体现了他作为一个青年企业家的精明。

洪军的脑子在飞快地运转,这也更进一步地增强了他追求齐瑞芬的决心。

第二天、第三天齐瑞芬又带着洪军参观调研了半导体材料厂,洪军对半导体的多种用处与神奇的真空炉产生了无限的兴趣。

当然,他在调研的过程中,也不可避免地遇见了吕庆强。

吕庆强曾与洪军有过一次短暂的谈话。那是在齐瑞芬的陪同下,洪军去参观半导体材料厂的时候。

吕庆强早在两天前就听人议论过,说齐瑞芬去杭州开会带回一个小伙子,人长得很帅,跟齐瑞芬刚好是一对。这消息对于吕庆强来说,要说没有引起震动,那是假的。他真想马上冲到齐瑞芬面前问个究竟,但是,吕庆强还是控制住了自己。他想,爱情是什么？爱情最起码的不就是互相信任,不就是能给所爱的人带来幸福吗？话说回来,如果瑞芬真的爱上了那个人了,他必定是个十分优秀的青年,值得去爱。有人说爱情是自私的,那也得看是不是值得爱,如果值得爱,那么,牺牲自己也许就是值得的。

这是吕庆强在见到洪军前的一点心里活动。当看到齐瑞芬陪着洪军来到自己面前时,他情不自禁多瞄了洪军几眼。

“这是吕庆强师傅。”齐瑞芬像介绍所有被访问的师傅一样,并没有感到有什么尴尬,“就是他,从安徽的宁国县带回来有关氮气炉的设计;又是他,提出关于真空炉的设想。”

“您好，吕师傅，”洪军伸出手去，表示尊重，“很高兴见到您，希望以后多合作。”

洪军的话，实际上更多的是一种礼仪性的表示，而这时的吕庆强听来却像是匕首剜心一样疼痛。他镇定地看了看洪军，见洪军果然如传说的那样一表人才，不由得放下心来，心中暗暗地表示对齐瑞芬的祝福，他客气地表示说：“我正在干活，不握手了。请您参观吧，以后多指导。”

洪军收回自己伸出的手，笑着说：“那就以后再握了，吕师傅。”

参观了齐瑞芬的厂后，洪军不禁思绪万千。他对齐瑞芬的魅力感受更深了。有那么多人在帮助着齐瑞芬，她的企业如此红火，大有发展前途。

就要离开了，他决定把对齐瑞芬的爱说给齐瑞芬听，以得到明确的答复。

他将自己随身携带的三百万的现金支票准备好，作为自己的礼物，想以此来奠定爱情的基础。

“瑞芬，就要离开了，真舍不得你啊。借这个机会，我有几句话想对你说。”洪军满怀激动的心情，对齐瑞芬说，“这是三百万的现金支票，我把它拿出来，交给你，作为我们的见面礼。”

齐瑞芬见洪军心情激动地掏出三百万元的现金支票，下意识地隐隐感到他要说什么了，她镇定地说道：“不不，这礼物太贵重了，我不能收。”

“瑞芬，”洪军深情地打断齐瑞芬的话，以极大的勇气和深情说，“你听我说，通过一系列的接触，我越来越深刻地感觉，我爱你，爱你为事业奉献的精神。你说过，你还没有确定自己的终身伴侣，请你选择我吧，我愿意以这三百万作为我的礼物，与你共同开创我们美好的未来。”洪军说完，用满含期待的目光望着齐瑞芬。

齐瑞芬被洪军突如其来的举动震惊。说老实话，在这之前，齐瑞芬也隐约感到洪军的种种表现有些异常，曾经想过他们之间会不会出现爱情的火花，毕竟洪军这小伙子也是百里挑一的人选啊。可是，每当想到这些的时候，她的脑海里总会出现吕庆强的形象。尽管没有明确表态，但齐瑞芬心里早已认定自己是他的人了。自己与洪军之间，也只能成为事业上的合作伙伴而已。

如今，这曾经在脑海里盘旋过的问题真的来了，而且来得这么明确，这么富有挑战性，又这么一掷千金，说明这小伙子的爱是真诚的。

怎么办？齐瑞芬的脑海里浮现出吕庆强的形象，那一次次无声的付出，说明了他是多么爱自己啊。平心而论，洪军这小伙子也确实是个十分称心的选择，但是不能啊，爱情是要讲唯一的，而且，得有个先来后到，这是做人的基本道德，是不能违背的。况且，对于爱情的忠贞，是诚信做人的准则，特别是作为一个在商场上打拼的人，“诚信”这两个字是无价之宝啊。

想到这里,她礼貌地婉拒道:“洪先生,你的一片好意我心领了。谢谢你对我的感情,但是,已经有人先于你进入我的心中了。搞事业,谈爱情,我认为,最重要的是要讲诚信。诚,就是忠诚、坚贞,就是对爱情始终如一的坚守;信,就是做人要讲信用,对事业,对爱情都是一样。我只能对你说,你是个十分优秀的青年企业家,能有幸得到你的爱,实在是一个姑娘最大的幸福。”

这回答真是太不令洪军满意了,捧着一颗真诚的心,拿着三百万元的现金支票,都不能得到爱情,难道这是真的吗?

“瑞芬,你再考虑考虑,希望你的回答是没有考虑成熟的结果。”洪军满腔的希望落了空,他一时还无法接受,“我可以等,等你亲口说接受我的时候。”

说罢,洪军礼貌地出门而去。

洪军走后,齐瑞芬满脑子都是洪军那亲切的面容,她如同疯了似的喊:“天啊,干吗不把我掰成两半啊?”她一边说,一边冲出自己的办公室。

十一

齐瑞芬冲出办公室,心中的感情牵引着她,来到了吕庆强正工作着的真空炉前,呆呆地看了一会吕庆强。

吕庆强正在忙着真空炉的实验,见齐瑞芬呆呆地看着自己,感觉有些奇怪,特意停下手中的工作,关切地问:“怎么,老板有事啊?”

“没什么,”齐瑞芬答,“你赶快研制你的真空炉吧,别耽误进度。”

“没事就好,”吕庆强一边答着一边认真地说,“没事你去陪陪你的客人去吧,别让他一个人闲着显得孤单。”

“我的事不用你管。”齐瑞芬知道,吕庆强指的客人是洪军。其实,吕庆强是真心实意地祝福着齐瑞芬和洪军,没想到,却遭到齐瑞芬一顿莫名其妙的抢白,“你就知道让我把客人陪好,你还知道个啥?”

抢白一顿吕庆强后,齐瑞芬竟自顾自地走了,弄得吕庆强十分尴尬。他从来没见过齐瑞芬发这么大的火。

在一旁的谷凡吐了吐舌头,说:“也不知道老板这是怎么了?发这么大的火。”

就在齐瑞芬对着吕庆强无端抢白的当儿,在远远的地方,正站着一脸疑惑的洪军。他在低头思索:瑞芬这是怎么啦?

他仔细地分析了齐瑞芬的感情变化,认定自己的轻率之举或许真的伤害了齐瑞芬,或许齐瑞芬确实早就有意中人了,之所以还没确定关系,只是由于事业的关系而一直拖着。

这个念头越来越强烈,他不禁问自己:难道像瑞芬这么优秀的人儿竟没有追求者而等着自己来追?不,绝对不是,一定会有优秀的青年比我先到。

那么,这个优秀的青年会是谁呢?

平心而论,齐瑞芬是个好老板,也是一个值得信赖的好伴侣,他对她是一往情深,可以说,如果没有这个先到的优秀青年,他们会是幸福的一对的。

那么,这个优秀青年会是那个吕庆强师傅?

哦,对了,就在自己与这位吕庆强师傅见面的时候,吕庆强不是借口手脏没有和自己握手吗?这究竟是真的因为手脏,还是有别的原因?如今,他倒宁肯相信是因为有别的原因了。你想,即使一个人有再大的肚量,也不会甘心和一个有可能威胁自己的情敌握手言欢的。对,一定是这个吕庆强。

啊,吕庆强啊吕庆强,为什么你不明说呢?你这个吕庆强,不多言不多语的,也是个好小伙子呢。

不,不,这不是真的。

他又下意识地否定了自己。就在这一刻,他渴望得到一个答复,说齐瑞芬其实没有确定自己的意中人,这样的话,她的爱情,他的希望,就可以得到一个满意的结果了。

洪军在吕庆强工作的厂房外来回踱着步,焦急地想寻找机会找到真相,哪怕是找个人来问一问也是好的啊!事关重大呢。

正在这时,谷凡出现在了厂房外面。

原来,这谷凡也是个精明人物,他见齐瑞芬莫名其妙地发这么大的火,又见洪军在后面紧盯着齐瑞芬,心中已明白了八九分,猜想一定是这个洪军向齐瑞芬求爱了。他心说,不行,自己得出一份力,帮帮吕庆强这个世界上难得的好人。

于是,谷凡见洪军一直在厂房外徘徊,便借故方便一下,跑出了厂房。洪军一见谷凡出现在厂房外,赶忙上前一步,礼貌地对谷凡问道:“师傅,您好,请问尊姓大名?您是和吕庆强师傅在一起工作的吗?”

“啊,洪老板,”谷凡十分客气地答话道,一见洪军提起这个话头,谷凡不由得暗自窃喜,自己的猜测没有错,果然洪军提起吕庆强了,“我叫谷凡。怎么,洪老板找我们吕庆强师傅啊?请问,有什么事吗?”

“啊,没有,没有,”洪军有意地掩饰,但终究掩饰不住急迫的心情,“我只是想问问,这位吕师傅多大年龄了?成家了吗?”

这一问,把洪军的底牌全给掀开了,谷凡便不紧不慢地说开了:“啊,你问我们吕庆强师傅的婚事啊?告诉你吧,我们这位吕庆强师傅的对象是我们厂的头号鲜花,那就是我们的老板齐瑞芬。”

“怎么,不是说你们老板没有确定的对象吗?”洪军实在不愿意听到这个回答,他提出了一个疑问,希望能得到谷凡相反的回答,“怎么冒出个吕庆强师傅呢?”

精明的谷凡此时的回答更加明确,彻底打消了洪军的念头:“其实吧,吕庆强师傅和齐瑞芬在没有下岗创办企业的时候就互相有意了,只是一直忙于事业,齐瑞芬才一再推迟说不谈个人问题,在真空炉研制成功后才考虑这事。我们还问过吕庆强师傅什么时候请我们吃喜糖呢。吕师傅回答说:‘你们等着吧,等真空炉研制成功了,庆祝研制成功的喜糖与结婚的喜糖一块请你们吃。’于是,我们就期待真空炉早一天研制成功呢。”

“啊,原来如此。”洪军终于明白了,原来齐瑞芬和吕庆强的恋情已经早有历史了,“谢谢你,谷凡师傅。原来是我不该冒失啊。”

洪军与谷凡的对话结束了,他终于搞清了事情的真相。回到齐瑞芬的办公室里,他的心情再也平静不下来了。一个问题尖锐地摆在了他的面前,面对这种情况,自己该怎么办?

一种选择是,自己的所爱是不容他人插足的,将齐瑞芬从吕庆强的手里硬抢回来。这样做的确可以让自己得到满足,况且,齐瑞芬并没有宣布和吕庆强的恋爱关系,大面子上,还是能说得过去的。但这样做果真就会幸福吗?

不,不能,爱不能是极端自私的,它首先要有对所爱的人高度的负责精神。如果那样做了,可以肯定的是,对瑞芬是个极大的伤害。

这么想着,洪军痛苦地闭上了双眼。

隔了有一会儿,终于,他做出了一个决定:为了瑞芬的幸福,自己放弃吧。

就在这个决定做出时,一个问题跳入脑海:怎么办?自己答应作为两人的共同投资的三百万资金怎么办?

按说,这三百万不是个小数字,既然自己与齐瑞芬已经没有机会了,理所当然地应该收回才是。但是,这样一来,岂不成了金钱买卖的爱情了吗?再说,瑞芬正在研制的真空炉的确是国家的一项空白啊,能把自己的这三百万元用到这个实验上,不也正是我的一个人生追求的目标吗?

这么想着,洪军做出了一个决定:把这三百万元的现金支票留下,给瑞芬用吧。

做出这个决定后,洪军的心里觉得宽慰了许多,于是他铺开一张稿纸,奋笔疾书起来。

他想好了,要用这个方法让齐瑞芬接受三百万元的现金支票。

信写好了,被封在了一个牛皮信封里。在齐瑞芬送别洪军的时候,齐瑞芬把三百万元的现金支票原封不动地奉还,洪军却又郑重地把它连信一起交给齐瑞芬:“瑞芬,收好了,现在请不要打开,等我走了以后再打开吧。支票请你收下,它的用途也会在信中有交代。”

齐瑞芬也不知是什么要紧的话,洪军不让她打开,她也就遵嘱不打开了。她眼泪汪汪地握着洪军的手说:“洪军,原谅我。一路走好,再见。”

“瑞芬,祝福你。”洪军深情地祝福道,“好人会有好报,祝你一生好运。”

洪军终于走了,齐瑞芬恋恋不舍地向他频频挥手。

洪军走后,齐瑞芬回到自己的办公室,打开了洪军的信。顿时,她什么都明白了,泪水顺着她秀丽的脸颊在无声地流淌,把到她办公室前来办事的人给吓了一跳,还以为是出了什么事了呢。

十二

来到齐瑞芬办公室找她的人是那个在矿渣厂管一点事的邻居大嫂,她是来向齐瑞芬汇报矿渣厂二号皮带机的皮带断了。原本按照计划,准备在近期就更换二号皮带机整条皮带,但整条皮带一时还没到货,现有的存货只够换半条皮带的。究竟是临时搭皮带扣对付几天,还是换上半条新皮带,邻居大嫂一时拿不定主意,来请示齐瑞芬。恰巧碰上齐瑞芬流着眼泪,闭目在坐椅前哭泣呢。这可吓坏了这位邻居大嫂,以为是出了什么大事。她不敢也不便惊动齐瑞芬,便跑到真空炉的研制现场找吕庆强了。

吕庆强正和谷凡、崔志国等人一起观察真空炉的研制情况,这位邻居大嫂一脸慌张地跑来说:“吕师傅,快、快去看看吧,不知出什么事了,瑞芬一个人正在她的办公椅上流泪呢。也不说话,眼睛闭着,我吓得不敢惊动她。二号皮带机的皮带断了,我来请示究竟是换新的呢还是再对付几天,这不,正看见瑞芬出这么个事。”

“别急,阿姨,”吕庆强听完邻居大嫂的叙说,立即沉着地拿主意说,“谷凡,你跟大嫂去矿渣厂看看,如果能用旧皮带,还是尽量用旧的。我去瑞芬那里看看究竟出什么事了。”

这谷凡,像是预知了齐瑞芬的心事。那天他和洪军把吕庆强和齐瑞芬的事一说,就盼望着这事情能有个转机。今天,他得知齐瑞芬去送洪军了,这会儿,又听说齐瑞芬一个人在办公椅上流着泪,估摸着事情有了转机,便笑着对吕庆强说:“吕师傅,你就快去听好消息吧。二号皮带机的事就交给我,保管让你满意。”

嗬,这谷凡,难道他知道什么?难道是瑞芬的婚事有了新主意?

吕庆强将信将疑,揣着对谷凡预测的疑问,去了齐瑞芬的办公室。

"瑞芬,你怎么啦?"吕庆强小心翼翼地喊着齐瑞芬,"都把人家大嫂给吓着了,矿渣厂的二号皮带机皮带断了,人家来请示怎么处理呢。"

"那你为什么还在这里?"齐瑞芬停止了哭泣,听明白了吕庆强所说的二号皮带机的事,她平静地、带着一点埋怨地说,"二号皮带机近期就要更换新的皮带,看看能不能对付几天,等新的皮带到货再换,行不行呢?"

"我也是这个意思,交给谷凡去办了。"吕庆强解释说,"他们可能是怕反复更换皮带耽误了生产时间吧。这不,那位大嫂说你一个人在办公室里流泪,我不知道发生了什么事,就来看你了。"

"那,你看吧。"齐瑞芬见吕庆强提起眼前的事,不由得万种情感一下子涌上心头,她指了指桌上摆着的洪军的信和那张三百万元的现金支票,满怀着感情地说,"洪军已经走了,并给我留下这三百万元的现金支票和告别信。"

吕庆强听说,拿眼睛瞟了瞟桌上,只见桌上摆着一页信纸,上面是一张三百万元的现金支票。信上面写的是:

瑞芬:

对不起,请原谅我的冒失吧。

爱情是自私的,但它不能成为我伤害你的借口。

经过向谷凡师傅询问,我才得知你与吕庆强师傅的故事,他比我先到你的心里啊。

你说得好啊,"搞事业,谈爱情,我认为,最重要的是要讲诚信。诚,就是忠诚、坚贞,就是对爱情的始终如一的坚守,信,就是做人要讲信用",说得太好了,诚信,但愿我们永远做一个诚信的人。

瑞芬,我理解你,我走了。祝福你和吕庆强师傅生活幸福,白头偕老。真心地祝福你,一生幸福,永远幸福。

另,说一下三百万现金支票的事。我知道,你是不会随便接受馈赠的,那么,就让我来说明一下吧:如果一定要给这三百万元起一个名字,叫它赠与款、合作款或者预付款都可以,反正是不附加任何条件的,就用你厂的产品作为它的回报吧。希望它能帮助你的真空炉研制早日成功。

再见

你的朋友:洪军

看罢信,一个高大的形象顿时在吕庆强的脑海里出现了:多么宽阔的胸怀啊,面对着男女之情——这一亘古不变的话题，洪军，这位20世纪的有志青年，给出了怎样的回答啊，“他比你先到”，把幸福让给自己所爱的人，这就是他铿锵有力的回答。把三百万元的资金不讲任何条件地奉献出来，这是什么精神？这是无比高尚的奉献精神。不能，绝不能让具有这种奉献精神的人吃亏。

一个想法在吕庆强的脑海中形成，面对着这封信和三百万元的现金支票，吕庆强发自肺腑地说：“瑞芬，洪军是个好青年，我曾经暗暗发誓，好好地祝福你们俩成为幸福的一对，可如今，没想到是这个结局。瑞芬，我觉得，无论如何，咱不能对不起洪军，收下他的三百万元吧！就作为订购产品的预付款。我们一定保质保量地把产品做好，给他发过去，并以此作为发展我们齐氏企业的一份基金，你看好吗？”

“也只能这样了。”齐瑞芬收住眼泪，点点头说，“这三百万元的现金支票，洪军肯定是不会再要了，就把它作为预付款，参与我们的发展吧。”

“瑞芬，”吕庆强按捺不住自己激动的心情，脱口而出道，“我们结婚吧。”

“可以。”齐瑞芬爽快地答应了，“但是必须等到你的真空炉研制成功之后。”

啊，一语既出，万木生春。

终于，经过十多年的风风雨雨，中间又冒出个洪军，这对有情人冲破万难，终于可以走进婚姻的殿堂了。

在吕庆强等人的努力下，真空炉的研制终于取得了圆满的成功。此时，全厂都沉浸在欢乐的气氛里，不仅因为真空炉的成功，更因为他们的老板齐瑞芬与吕庆强师傅终于可以无憾地步入婚姻殿堂了。

于是，从齐瑞芬开始创办矿渣厂至今，齐瑞芬的企业顺利地完成了三级跳：从最初的创办到成功算是一级跳；二级跳最为关键，成功制造出了闵效先设计的氮气炉；三级跳则臻于完美，制成了吕庆强创新设计的真空炉。

可以说，这个业绩使得齐瑞芬的企业成了同行业私营企业里的佼佼者。江南半导体材料厂还因此获得了市级和省级优秀企业奖的荣誉。

在改革开放和走有中国特色的社会主义道路，大力发展非公有制经济的大环境下，齐瑞芬的企业茁壮成长着，随着时间的推移，必将续写更加灿烂的辉煌。

十三

2006年来到了，华夏大地从非典的阴影里走出来已经三年了。

胡锦涛总书记提出和谐社会与科学发展观以来，祖国大地一片新面貌。国家的许多重大项目开工兴建。继大京九、三峡大坝之后，南水北调、西电东送、西气东输、青藏铁路、京沪高速等一大批具有世界级先进水平的重大工程也开工建设。近年来，整个国家，大事喜事不断。2001年北京申奥成功、2003年“神五”飞天……一个接一个喜讯，把国家推向了大国崛起的快车道。

中国已成为世界级的制造业中心。环渤海湾、长江三角洲、珠江三角洲三大世界级的制造中心业已形成。

中国的年钢铁产量已达四亿吨。在数量上，已进入世界强国的行列，已经需要进行落后产能的淘汰了。

同时，中国的改革已进入深水区，有一大批民营企业正策划向工业的重型化、规模化、集团化发展，向着原先为国有企业所垄断与独霸的一统天下进发。

难能可贵的是，尽管齐瑞芬与她的企业在滚滚的改革大潮中越做越强、越做越大，然而，齐瑞芬却依然不改她艰苦朴素，一切为了事业的初心。

比较典型的事例是，她办公的地方虽经改建，也添置了办公桌、藤椅、电脑等一批现代化的办公设备，但其规模比起她如今已拥有的资产，却仍然是相形见绌的。

在上真空炉的时候，谷凡就提议把齐瑞芬办公的地方给好好整修整修，也好反映这个企业蒸蒸日上的风貌，但却被齐瑞芬给否决了。

齐瑞芬说：“要把资金尽量用在事业发展上，至于办公室的修建，我看就等等再说吧。”

于是，谷凡就只好作罢，齐瑞芬仍在那间红砖砌的简陋办公室里度过了真空炉上马的岁月。

在真空炉研制成功，又有了洪军的三百万元作为企业的发展资金后，齐瑞芬才同意把办公室给扩建一下。她只同意在原来的基础上，建一幢简易的二层小楼作为办公场所，而绝不允许搞铺张浪费。

齐瑞芬虽然对办公室的规模与经费严格控制，但是该花的钱，她一分也不会少花，如在职工的图书室和企业的研发投入上都十分慷慨大方，专门为职工开辟了书报杂志阅读室，开辟专门的产品研发中心，成立资料室和档案室，等等。

在自己的交通问题上，齐瑞芬开的是一辆客户用来抵债的半旧的奥迪车。她自己掏钱拿到了驾驶证，作为企业的公用车，这辆奥迪也常常被派作其他用途。

却说齐瑞芬在业务迅猛发展的时候，与江苏昆山的一家后来发展成国内笔记本电脑和平板电脑生产重要企业的梦兰集团有了业务联系。

这家企业的老总原是宿州市的一个村办企业的厂主，专门制作刺绣制品。后来，在怎样发展这个关键的问题上，这家企业的女当家人做出了一个大胆的决策，她请来北京高校的老师与国内电子行业的专家，在她的企业里专门研发电脑。

齐瑞芬在梦兰集团的电脑还在研发阶段的时候，就与这家企业联系上了。齐瑞芬与梦兰集团的老总商定，让吕庆强跟着研发团队研制相关配件，准备将电脑和笔记本电脑的配件在齐瑞芬的企业里生产。

终于，吕庆强率领他的团队研制成功，而梦兰集团的笔记本电脑及平板电脑的研发也取得了关键的胜利，他们于是签订了合同，就要大规模地生产了。

而这时，资金问题又一次摆到了他们的面前。

按照合同，齐瑞芬的企业将在江南市新规划的工业园内建设配套的厂房，并要购置相关的生产设备，这起码需要一亿元以上的资金，而齐瑞芬等人即便使尽浑身解数，也只能筹得六千万元，还有五千多万元的资金缺口，怎么办？

当难题又一次摆到齐瑞芬面前时，她经过再三考虑，终于向齐宏图开口了："爸，眼下是我的事业大发展的一道坎，梦兰企业与我们签订了合同，我们厂将作为它的配套企业，生产笔记本和平板电脑的配件。目前，还缺资金一个多亿。我想，能不能请您去和江南钢铁公司的领导们说说，您人头熟，比我直接找他们好说得多，请他们帮我们做个担保，从银行里贷出这个数呢？"齐瑞芬向齐宏图伸出了一只手。

自从真空炉胜利投产后，齐宏图就开始真正过起了半退休的生活，每天运动运动，上上老年大学，练练书法，每周只有两个上午的时间固定在齐瑞芬的厂里。这天，齐瑞芬正好赶上齐宏图在，便与他进行了这番谈话。对于女儿的请求，齐宏图认真地考虑了一番，说："爸有言在先，一般的事务我不再过问。但是，你说这一次需要资金一个多亿，这确实是道坎。好，爸就再帮你一次，去和江南公司的领导说说，看看能不能给你们做个担保。不过，能不能办得成还不敢说，只能说凭我的这点面子和信誉去试一试。"

"爸，我实在是没办法了，"这才求您的。齐瑞芬说，"不行也不怪您，毕竟是几千万元的资金担保呢。您试试看，不行的话，咱们再想别的辙。"

于是，带着这个目的，齐宏图来到了江南钢铁公司。

没想到的是，齐宏图这一去，竟带来了齐瑞芬事业发展的一个极好的时机。

接待齐宏图的是江南钢铁公司的书记岑启航同志与江南钢铁公司的新任总经理苏逊同志。

"啊，齐宏图同志，来来，请坐。"岑启航见了齐宏图，如同见了多年不见的一个老朋友，热情地招呼道，"这位是江钢新任总经理苏逊同志，他是彭明同志退休后才来江钢的。"

"你好！"苏逊同志也热情地伸出双手，欢迎道，"齐宏图同志，您是我们的老前辈了，欢迎回到娘家来指导。"

“指导谈不上，倒是有件事来打扰你们。”齐宏图开门见山，他知道一个大公司的书记和经理的时间是宝贵的，于是，也就不绕弯子地直接把问题提了出来，“小女的企业跟江苏的梦兰集团签订了合同，要在开发区建梦兰集团电脑生产的配套厂房。目前一切手续都已办妥，只是还缺资金五千多万元，想找你们给帮帮忙，做个担保，把这笔资金给贷下来，不知行不行？”

“唔，我说嘛，怎么宏图同志会有时间来娘家转悠呢，”岑启航同志听了齐宏图的话，顿了一下说，“还是老脾气，无事不登三宝殿哪。”

“怎么样，行还是不行？”齐宏图催道，“我知道，你们时间宝贵，行不行的给句话嘛。”

“支持私营经济发展是我们义不容辞的责任，尤其是钢铁公司老员工创办的私营企业。”岑启航说，“不过嘛，这个担保的形式，还是应该商量一下才是。你看呢，苏逊同志？”

“嗯，是这么个理。”苏逊笑着说，“我看，是不是可以在股票上做点文章？”

齐宏图眼睛一亮，他似乎看到了股票这个资本市场的力量：谁人不知，江南钢铁公司是上市公司，曾以一百亿的大手笔打造了冷轧薄板厂，如今又以近二百亿元的大手笔打造了一个规模相当于整个江南钢铁公司的新区，如果能够以股票的方式为齐瑞芬注资，区区五千万资金又算什么呢？

想到这里，齐宏图问：“怎么，两位老总，难道可以用上市公司的股票来解决吗？”

“具体的方法待会儿可以找公司的总会计师、资本运作方面负责人曲沃同志商谈。”岑启航笑道，“您别着急，还是先聊聊您退休以后的生活吧。有没有什么困难需要组织解决的？”

“谢谢组织的关心。”齐宏图说，“困难倒谈不上，只是有日子没回来看看了，心里怪想得慌。我就想，能不能找个机会，组织我们这些老员工再参观一次我们的企业。”

“好哇。”岑启航立即表示赞同，说，“您本身就是全国著名的劳动模范，请您参观我们的企业，与新一代的劳动模范人物互相交流，正是我们应该做的。请问，宏图同志，您打算什么时候下去？我来安排。”

“那就等办完这笔款子的事再下去吧。”齐宏图说，“要不我心里面不踏实呢。”

“哎，您要有时间，我可以立即安排您下去。”岑启航说，“至于股票的事，您就放心吧，交给您女儿办就可以了。”

“那，我就去参观？”齐宏图道，“参观哪些地方呢？”

“自然是一些先进单位咯。”岑启航说，“不过，其他单位也可以看看，但我想，为了节约您的时间，还是先到一些先进单位看看为好。你可以先到 H 型钢厂，看看 H 型钢厂新一代的劳模诸葛凯隆同志；再到焦化厂，看一看我们的‘绿色江南，科技江南’的先进代表谭进同志；再就是到冷轧薄板厂，看看卢刚毅同志；还有轮箍厂、一钢、高速线材厂等等。”

齐宏图说：“见一斑而窥全豹嘛，看见先进的东西，我们还得从头学起呢。”

“好吧。”岑启航笑着说，“就按您说的办。”随即，他拿起电话，拨通了公司宣传部的号码：“喂，宣传部吗？我是岑启航。请安排齐宏图同志参观H型钢、焦化、冷轧薄板厂。”

十四

按照岑启航说的，股票的事交给女儿齐瑞芬，齐宏图于第二天来到了H型钢厂参观。

先说股票的事。

江南钢铁公司是中国股票市场的首批上市公司，是发展态势很好的国有大中型企业，拥有巨大的潜力和优良的信誉。经过审核，齐瑞芬的加入梦兰集团笔记本电脑和平板电脑生产的项目被通过，被认定为是“具有前瞻性的优良型项目”，予以融资六千五百万。按照规定，她必须按照份额承担相应的市场风险和回报。从此，齐瑞芬的团队开始与股票市场这个全新的领域打交道，了解什么道·琼斯指数、标准普尔指数、纳斯达克指数、华尔街证券交易所等一批陌生的名字，天天关注股价的波动。

齐瑞芬赢得江南钢铁公司的股票融资以后，在该市的新开发的工业园区开始快速地兴建厂房，安装设备，迎来了她电子产业大发展的时期。这已经是后话了。

说完了股票的事，接下来再说齐宏图参观的事。公司宣传部专门派了一名叫甘恬的青年干部陪同齐宏图前往各个厂矿考察参观。首先考察的便是H型钢厂。

来到H型钢厂，首先映入眼帘的是连片的厂房，宽阔、整洁的厂区道路和两旁绿树掩映下的宛如巨龙般缠绕的工业煤气管道线。这景象，让齐宏图不禁想起了江南钢铁公司大搞文明生产，赢得“江南一枝花”美称的时代。

那时，江南钢铁公司与全国同类企业一样，到处是一派脏、乱、差的景象，冶炼、轧制现场到处是“跑、冒、滴、漏”，消耗大，产出低，这是那个年代的工业企业的一个普遍现象。后来，开展文明生产活动，发动群众，大搞“三清、五不漏、一条线”，取得了不错的效果。

H型钢厂于20世纪90年代中期兴建，那时，齐宏图为了支持女儿齐瑞芬创业已提前退休。而这么多年来，齐宏图一直没有机会来到这里。如今，齐宏图留心看着这里的景物，一草一木，竟如此亲切。

小甘陪同着齐宏图来到了高大、宽敞的厂房，这里轧机滚滚，天车隆隆，通红的钢坯通过轧机，瞬间就变成一根根H型钢，齐宏图心中的感受是说不出的兴奋与喜悦。

中国过去连一根铁钉都要进口，称为洋钉，更不要说轧制H型钢了。今天，这么巨大的钢坯轻轻一过轧机，瞬间就变成一根根顶天立地的钢铁栋梁，真是今非昔比啊。

望着这一切，齐宏图心中的一种豪情油然而生：自己这一生，都投身在祖国钢铁事业的宏图大业中，而今，终于看到了宏伟蓝图的实现，真是百感交集啊。听说北京奥运会建造鸟巢的钢梁，用的就是江南钢铁公司生产的H型钢，这是多么令人振奋啊。还有深海钻井的平台，也要用江钢的H型钢。在祖国建设的广阔领域，H型钢正在发挥着越来越大的作用呢。

钢铁宏图，钢铁神话，即使不是自己亲手制作的H型钢，但是，自己为之奋斗了一辈子的钢铁事业能有如今这样的成就，难道还不令人振奋吗？一个人的人生是短暂的，但能融入这个大主题，就是无比高尚的，也是值得的。

听说2006年全国的钢产量将超过四亿吨，四亿吨啊，这是什么概念？

1958年，全国的钢年产量才不过一千零几万吨，今天，经过改革开放近三十年，竟然跃升到四亿多吨。怪不得江苏常州的铁本创始人戴国芳站在长江南岸的长堤上，用带着浓重苏南口音的普通话对前来采访的记者说："铁本要在三年内超过宝钢，五年内追上浦项。"他将铁本的生产规模定在年产钢八百四十万吨。宝钢、浦项分别是中国和韩国两家最大的钢铁厂，分列全球第五和第三。虽然，铁本由于在建设用地的权证审批上出了纰漏，戴国芳的豪言壮语最终化为了一场钢铁大梦，但也不难看出：一个民营企业竟然敢于做近千万吨级的钢铁大梦，实在是不能不令人咋舌的。

却说齐宏图正激动地想着什么的时候，青年小甘揣摩着齐宏图的心思，笑着问道："齐副经理，看完了轧制H型钢，您还打算看什么？是不是去访问一下诸葛凯隆同志？"

"不要瞎叫，副经理的称呼已经成为历史了。"齐宏图应声答道，"是要去访问一下，岑启航同志安排我访问H型钢厂，一个重要内容就是看看H型钢厂新一代劳模的代表人物诸葛凯隆同志。"

"那好，齐副……不，宏图同志，"小甘答应着说，"那我们现在就去？"

"好。"齐宏图应声。

诸葛凯隆同志是H型钢厂近年来涌现出的一大批劳模人物的代表，他的事迹也被总结、上报给江南钢铁公司党委及有关部门，在江南钢铁公司被广为传颂。

他是一名优秀的科技人员，是北京钢铁学院的研究生。在闻知了江南钢铁公司急需一名H型钢轧制技术的科研人才时，他由一名在江南市文联工作的密友丛悦的介绍与引荐下，由北京钢铁学院来到了江南钢铁公司。一到工作岗位，背包还没来得及打开，诸葛凯隆就一头扎进了 H 型钢的研制与攻关中。

诸葛凯隆的爱人也在北京工作，她主动要求和诸葛凯隆一道来江南市。就在诸葛凯隆来江南市的半年多以后，她挺着怀孕的身子，也来到了江南市。

却说诸葛凯隆来到江南市时，H 型钢的科研与攻关正在紧要关头。诸如 H 型钢的系列的标准问题、钢种问题，与各国间尤其是美国的标准不相同的问题等一系列的科研攻关任务正沉重地压在以诸葛凯隆为首的 H 型钢科研攻关小组身上，分不得半点心。

接到妻子来江南市的电报后，诸葛凯隆无奈地对厂后勤部门说："请帮我接一下妻子吧，没办法，工作忙，实在走不开。"

说完之后，他把电报递给厂后勤部门同志，一头又扎进科研攻关之中。

妻子是接来了，但问题接踵而至：他的妻子正怀着孕呢，不到半个月就要分娩，而诸葛凯隆的科研攻关正在紧要关头，吃睡都在厂里，根本没法照顾妻子。

诸葛凯隆忙到深夜，才匆匆回去与妻子见了一面，抱歉地对妻子说："亲爱的，委屈你了，你来江南市我也没能去接你。孩子就快要出生了，我也只能请保姆照顾你。"

"说什么哪，"妻子反过来温柔地安慰他道，"为国家解决技术难关，这本来就是你我一贯的追求，别人还求之不得呢。放心吧，忙你的去，我会好好照顾自己，给你一个惊喜的。"

于是，就这样，诸葛凯隆的妻子为了国家利益而放弃了让丈夫陪伴在自己身边照顾分娩，奏响了一曲令人赞颂的舍小我、顾国家的壮歌。

半个月后，诸葛凯隆的妻子在医务人员的精心照顾下，顺利地产下一名女婴。女婴产下后，甜甜地依偎在妈妈身边，等待爸爸给取一个响亮的名字。

直到一周后，诸葛凯隆的科技攻关取得圆满成功，他才挤出时间来看望妻子和刚出生的女儿。望着这刚刚出生的女儿，诸葛凯隆激动万分，他说："我想好了，咱们的女儿是在钢城出生的，就叫诸葛钢晶吧！她是我们在钢城的爱情结晶呢。"

"诸葛钢晶，真有你的。"爱人笑着说，"猛一听倒像是钢筋混凝土似的。好吧，就依你，但愿我们的宝宝像钢筋混凝土一样结实健康吧。"

从此，这名字和诸葛凯隆的事迹一样，成为一个传颂全厂的佳话。诸葛凯隆不仅收获了科技攻关成功的喜悦，还收获了爱情的结晶。

诸葛凯隆的科研课题是"大型承载系统中的晶相结构与金属疲劳问题"，H 型钢厂所要解决的问题正是他的研究方向。他本来在北京有更好的工作条件，待遇也高，但他一听他的密友丛悦介绍说江南钢铁公司 H 型钢厂特别需要像他这个专业的科技人才时，便义无反顾地选择了来基层，到江南市来贡献自己的技术与青春。

对诸葛凯隆的身世有了一个初步的了解后，齐宏图更渴望立即见到诸葛凯隆同志，与他一叙对祖国的钢铁事业做出一点贡献的快慰之情。

齐宏图与甘恬一起，来到诸葛凯隆的办公室一看，没人。正待询问之际，只见诸葛凯隆从外面走进来，笑着不好意思地致歉道："是齐副经理吧？不好意思，今早得到通知，知道您要来，刚才有个急要的数据，我出去交给搞电脑的同志了。来来，坐，坐下来谈。"

齐宏图一见，笑着不好意思地回道："不好意思，打扰了，您工作这么忙，还要抽出时间来陪我，实在是不好意思。"

"没什么，也不在乎这会儿工夫。"诸葛凯隆笑着说，"我都安排好了，这会儿正好有点时间。谈点什么呢？还是谈谈 H 型钢厂未来的发展吧。"

"不，我今天是来看掌握 H 型钢厂命运的人的。"齐宏图笑着道，为了缩短时间，他决定单刀直入地提出问题，"H 型钢厂的前途肯定是不可限量的，因为它有像你这样优秀的人才。我只是想问，是什么力量促使你放弃北京这样好的条件和待遇而来到江南市的呢？"

一句话，一个问题，勾起了诸葛凯隆的无限激情，他激动地说："什么力量？还不是报效祖国的一点激情嘛？北京是好，待遇也高，但是一想到祖国需要，基层需要，就管不得那么多了。到了基层，一接触到实际，过去在实验里产生的许多想法也就有了新的问题，就有了新的结论……"

谈话就此进行了下去，他们谈起了 H 型钢，谈起了祖国四亿多吨的钢产量，谈到了祖国的未来，不知不觉间，就到了中午吃饭的时间。

诸葛凯隆客气地请齐宏图一起吃工作餐，齐宏图说："谢谢了，不客气，我的夫人还在等我回去吃饭呢。"

诸葛凯隆于是站起身来道："希望齐副经理多来指导。"

"指导谈不上，"齐宏图笑着说，"有时间我也希望来多学习一点。"

十五

第二天，按照安排，仍然由小甘陪同，齐宏图来到了"绿色江南，科技江南"的先进单位——江南钢铁公司的焦化厂参观。

参观焦化厂，按照岑启航同志说的，这里的先进人物代表是谭进。所以，对焦化厂的参观，主要就围绕着谭进同志而来。

焦化厂是江南钢铁公司的老厂之一,1958 年“大跃进”后,焦化厂就诞生了。它伴随着齐宏图早年搞革新的一铁厂、二钢厂等,走过了江南钢铁公司的最初岁月。那时,钢铁企业是有名的“脏、乱、差”的环境,尤其是焦化厂,还要加上一条——气味难闻。这是因为焦化生产过程中产生的回收产品——氨的气味刺鼻。还有那时的水熄焦,一天二十四小时中有一半的时间白雾翻腾。整个焦化厂,竟成了令人生畏的“焦土地区”。

经过了 20 世纪 60 年代初期的文明生产运动之后,焦化厂的面貌为之一变,绿树花草开始进入厂区。但还是没从根本上改变,白雾翻腾的面貌依旧,氨水刺鼻的环境依然。齐宏图在退出钢铁公司的副经理的位置之前,也曾几次来过焦化厂视察,但限于生产条件,如白雾翻腾这个问题,始终未得到解决。

如今再来焦化厂,齐宏图感到满目生辉,一片灿烂。昔日水熄焦的白雾不见踪影,氨水刺鼻的味道已大大改善,厂区里绿树成荫,宽阔笔直的沥青马路横贯厂区,一派现代企业整洁有序、井井有条的兴旺景象。

如今的焦化厂,水熄焦早已改为干熄焦。关于这个问题,就得要好好说说谭进同志了。

谭进同志于 20 世纪 90 年代中期毕业于华东冶金科技大学,学的是化工专业,毕业后被分配至江南钢铁公司的焦化厂。

谭进同志由于自小用功,而将自己的眼睛弄坏了。自上初中以后,就成了“四只眼”。高度的近视,使得他的性格都变得有些木讷了。

说起他的木讷来,那可真是令人捧腹,其行为在一般人看来,不能不说是显得有些大智若愚的。

像小品里演的,他走路不小心撞上了路边的电线杆,会连声说“对不起”,然后,又是打躬,又是作揖的。当发现是电线杆时,他这才不好意思地笑了笑离去。

他找对象也是因祸得福。

他的妻子任丽珍,是焦化厂配煤车间的一名皮带机操作工。一天,正值任丽珍当班,当她检查机器走到配煤皮带的头部时,好像听到了一丝异常的声响。高度的责任心促使她侧耳细听,却又听不见声音了。

正在这个当儿,分配到煤车间的见习技术员谭进正好经过,任丽珍便将情况告知。

谭进一听,立即爬上皮带机头轮,仔细地凝听起来。

那声音似有似无,不一会儿,又响起来了,一会儿,又没了,过了一会儿,又响了起来。

经过仔细凝听,谭进记起了曾在课堂上学过的机械摩擦的道理,他判定,是皮带机的头轮出了问题。

“小任,你听,这声音似有似无,”谭进十分认真地说,“就像是轴承出了问题的声音,这会影响皮带机的正常运行。你记下来,马上报告上去,安排维修。”

“嗯。”任丽珍点头应道。她对这位见习技术员的判断充满了信任。

就在任丽珍仰头凝望的一瞬间,一个戏剧性场面发生了:谭进从皮带机头轮下来,他眼睛不好使,误把任丽珍伸出的一只脚当作了可以踩踏的一个物件,往下一蹦,只听哎哟一声,任丽珍被重重地踩倒了。谭进一见,赶紧上前扶起,连声说:“对不起,对不起,我把你的脚当成踏板了。”

却说任丽珍忍着疼痛,红着脸,一边抚摸着受伤的脚,一边答着说:“不碍事,你眼睛不好,不怪你。”

第二天,谭进关心着皮带机头轮的情况,又来查看,只见车间的赵主任亲自坐镇,带领着一班维修人员正在对皮带机头轮进行维修呢。

谭进扫了一眼,没发现任丽珍,就疑惑不解地问赵主任:“赵主任,这头轮是昨天发现的问题,小任汇报后才决定维修的吗？怎么不见小任呢?”

“小伙子,”车间赵主任笑眯眯地看着这个他喜爱的青年大学生,有意促成他与任丽珍的“一脚之缘”,便颇有些深意地说,“你一脚把人家踩成了病号子,在宿舍里休息呢,还不赶快去看看人家。”

原来,任丽珍的脚被谭进踩着了后,当时还并不觉着异样,待到她将皮带机头轮的情况汇报以后,才感到脚肿了起来。一会儿,就疼痛得有点受不了了。当她来到厂医务室时,脚已经肿得脱不下鞋子了。护士用剪子将鞋子剪烂脱下,才发现任丽珍的脚已经肿得不能碰了。

却说任丽珍在厂医务室里包扎以后,医生给她开出了病假条,叮嘱她休息一周,说一周以后才能恢复。

任丽珍本来是不想耽误工作的,可无奈,肿胀的脚不听使唤,只得躺在宿舍里休养了。

事情汇报到了车间以后,正中车间赵主任的下怀,他十分喜欢谭进这个新来的大学生,对他的工作十分肯定,正想给他张罗终身大事呢,没想到老天竟给了他一个契机,于是,便出现了上面的一幕。

这谭进却是个老实人,他听了赵主任的话以后,顿时觉得是自己的过失伤害了人家,心里颇觉得过意不去。于是,他选了一个时间,特意去商店挑选了几样新鲜水果,拎着去了任丽珍的宿舍探望。

“请问,任丽珍同志住这儿吗?”

这是谭进第一次去女同志的房间，他敲着门，不由得脸上就透起了红。

“谁呀？屋里没有老虎，”一个声音从屋里传了出来，“进来吧。”

这是与任丽珍同宿舍的女伴的声音。推开门，谭进发现，这位女同志正在端着一杯水前往任丽珍的床前。

谭进见任丽珍伤得很重，很不好意思地说：“对不起，任丽珍同志，我不是有意的，没想到让你受这么大的痛苦，实在是抱歉，抱歉。”

“哟，就这么一句抱歉就结了？”任丽珍宿舍的女同伴是个性格十分泼辣的姑娘，见来探望的是谭进，就有心促成这段因伤而起的姻缘，她笑着说，“记住，以后常来看看。你来喂她水，我还要去食堂打饭给她吃呢。”

说完，那个姑娘就真的拿起饭盒，撂下端到床前的那杯水，笑着出门去了。

姑娘出门以后，谭进红着脸，动也不是，不动也不是，尴尬地站在原地。他还是第一次与女同志在这样的场合下单独相处。

任丽珍一见这情景，扑哧一声笑了，温柔地说道：“坐吧，小谭，别站着了，看你工作上挺细心的，这会子怎么连坐也不敢？”

谭进在任丽珍的主动引导下，才勉强地开始了行动。他一面再三地道歉，一面又一再希望她能原谅自己的冒失。

“傻子，难道你就不能说点别的？”任丽珍见谭进光顾着道歉，开始在心底里喜欢起这个纯粹、诚实的书呆子来，便主动递话给谭进，“比如，谈谈你到我们厂以后的工作与生活。”

谈起焦化厂后的工作与生活，谭进顿时变得不再拘谨，他无比深情地一笑说：“要说起来焦化厂后的工作与生活，那可真是一个说不尽的话题。从大学毕业后来焦化厂，感觉进了一个更大的课堂，这里有那么多实践经验丰富的工人师傅，有我梦想的火热的战斗生活，有我追求的实现梦想的战场。我整天关注着全厂各个岗位，在学习与思考，有不少的心得与体会。我觉得，有不少的地方似乎有必要改进，比如，我们的熄焦方式。现在是水熄焦，也就是湿熄焦，一车红焦开进熄焦炉，水一淋，顿时白雾翻腾，弄得整个厂区像下小雨似的。不但烟尘雾气太多，而且也带来污染。记得上大学时，书本上曾提到过先进的干熄焦方法，我就想，若是有一天能把我们的熄焦方式改成这个办法就好了。”

“你想得太好了！”任丽珍不由得听得入了神，她想象着干熄焦以后的厂区环境，鼓励谭进说，“好好朝着这个方向努力啊，其他的事我会帮助你搞好的。”

“没什么事，也就是生活上的吃喝拉撒。”谭进说，“我还不至于连自己的生活都管不好。”

这个谭进啊,姑娘的心他不懂。任丽珍已经暗示他了,然而,老实木讷的谭进却没往这方面想。任丽珍只好把话说得更明白了:“这么说,你是嫌弃我了,不肯做我的男朋友?”任丽珍说这话时,脸红得像熟透了的苹果。

“不不不,我是不敢想。”谭进连忙表示说,“这种事情怎么能随随便便就定下呢。”

任丽珍不由得郑重表态:“行不行,你看着办吧。”

还说什么呢?人家姑娘已经首先把丘比特之箭给射出了,谭进激动得连忙说:“你真好,真好,小任。”

就这样,小伙子顺利收获了爱情,也得到了任丽珍的百般呵护和帮助,对他的生活,给予无微不至的关怀。

任丽珍是这样说的,也是这样做的。有一次,单位里发,发到谭进时,这谭进却发了愁:这鹅体形硕大,不好拿,硬绑吧,他又不忍心。想了一会,他来了个怪招,将鹅放到地上,解开原来捆着的翅膀与双脚,牵着鹅的翅膀,踉跄地走起路来。

旁边发鹅的人看到这般情形,不由得扑哧一声笑了起来,笑得发颤:“真是个书呆子,哪有这么牵着鹅走路的?”

正笑着,只见不远处走来了任丽珍。她一把抓住鹅子,一边假装数落谭进道:“我就担心鹅你不会拿,怕你出洋相,果真就出洋相了。”

面对着笑得发颤的那位工友,任丽珍善意地说了一句:“你也是,不说帮帮他,反而光顾笑了。”

谭进这个书呆子,生活中还有些事会令人捧腹大笑。比如他上厕所忘了拿纸,就一直在那里闷着,直到任丽珍半小时以后催他出来,他才蹦出一句:“没有纸。”弄得任丽珍哭笑不得,连忙送过去两张便纸才结束了他漫长的如厕时间。

然而,就是这个书呆子,有点像提出哥德巴赫猜想的陈景润,在技术创新的路上,却走得十分出色。

面对着焦化厂的熄焦方式的落后,他大胆地思索,运用他初步学习的一点知识,勇敢地提出改变这种落后的熄焦方式。他还独立思考,初步设计出一套干熄焦炉的图纸,其中有许多独立的、切合实际的理念。

他的这一套独立设计的图纸,经过广泛地征求意见后,上报公司的有关部门。当时正逢济南钢铁公司的焦化厂新引进的、我国第一套干熄焦炉装置准备上马之际。为此,江南钢铁公司党委与钢铁设计研究院吸收谭进作为考察团一名成员,前往济钢考察。赴济钢考察回来后,谭进更有了干熄焦成功的把握,并进一步修改图纸。江南钢铁公司的干熄焦工程终于上马建设了,于第二年就胜利地实现了干熄焦。

干熄焦工程,改变了焦化厂的厂容厂貌,谭进没有闲着,又在焦化生产的污水问题上动起了脑筋。

原来,焦化厂的污水问题由来已久。煤气洗涤用水、焦油生产过程中的含酸废水、硫酸车间的工业废水的处理等问题,是焦化生产过程中的一大难题。

谭进乘着科学发展观的东风,在上第一期污水处理的工程时,他就在思考,如何才能更好地保证污水处理的质量,怎样才能更好地去除苯酚?

当然,科学探索的道路是不平坦的,就在齐宏图与小甘一道踏上访问谭进的道路之时,谭进还在苦苦地思索,在废水池边徘徊。

齐宏图与小甘一起,来到焦化厂以后,在办公室里没有寻见谭进,赵厂长抱歉地对齐宏图说:“哎哟,不巧了,谭进同志刚才还在办公室里,这会儿,大概是又到下面去了,八成是在废水池边转悠。要不,我让人去喊他回来见个面?”

“不了,”齐宏图摆摆手说,“我们这趟来,本身就是来参观学习的,谭进同志这会儿肯定是在动脑筋,我们就不打扰他了。小甘,走,咱们到废水池边看看去。”

果然,在废水池边,他们看见了谭进。不过,齐宏图没有让小甘去惊动谭进。

谭进大约是在思索一个什么问题,只见他深深地陷在自己的思索中。他一会儿弯下腰去,一会儿伸出一个指头,蘸了点水,在自己的嘴里吮着,皱着眉摇了摇头。

齐宏图没有惊动谭进,只是小声地对小甘说:“走吧,小甘,我们这趟算没白来,我亲眼看见了谭进同志一心埋在工作里的样子。祝福谭进同志,盼望他早日取得焦化污水处理的新突破。”

废水池边,齐宏图举起手摇了摇,只当是与谭进同志打了招呼,然后与小甘一起钻进车里,悄无声息地消失在林荫深处……

十六

齐宏图参观完焦化厂出来,余兴未尽,他对小甘说:“今天还早,我们不如驱车去参观另一个点,冷轧薄板厂。”

小甘面对齐宏图的提议,为难地说:“齐老,参观冷轧薄板厂是明天的计划,我们今天去参观,是不是有点提前了,就怕没有人接待呀。”

“不怕,”齐宏图说道,“我们来参观,本来就是学习嘛,通知他们接待,也只不过是为了有个碰头的时间。我们现在去,他们有时间,我们就谈一谈,没有时间,我们就像访问谭进同志一样,来个不打扰,不就行了吗?”

几句话,说得小甘没了词。于是,他们驱车前往冷轧薄板厂。

冷轧薄板厂与焦化厂只隔着几分钟的车程,很快便望见了它的厂房。

原来,冷轧薄板厂是江南钢铁公司的大手笔,是江南钢铁公司股票上市之后第一个大项目。公司花费上百亿元,从国外引进卡罗尔·纳塞尔卷取机,建设国内第一流的冷轧落板线。其厂房就有几千平方米,是江南钢铁公司最现代化的企业。

到达冷轧薄板厂,齐宏图与小甘直奔高大的厂房。他们知道,要想找到卢刚毅厂长,在厂长办公室,是根本找不到他的,最可能找到他的地方是生产现场。他常说,轧机是他的生命,和工人群众在一块,是战胜一切困难,夺取一切胜利的最可靠的保证。

在现场,他有一个临时休息和办公的地方,就在工人休息室的隔壁。平时,为了不打扰他工作,工友们都自觉地、轻手轻脚地进来,生怕弄出一点响动惊动了他。

卢刚毅厂长在担任冷轧薄板厂厂长前,是机修车间主任。他推行设备零故障管理,创造并执行了一整套设备零故障管理的规章制度,使设备的故障停机时间下降百分之七十,提高了设备的作业率。他开展"以修利废"为中心的降本工作,通过合理组织、统筹安排、修旧利废等举措年节约额度达两百万元以上,备件、材料费每年节约达五百万元以上;开发了汽车板、硅钢板、if 钢板等多种高附加值、高技术含量的产品,填补了江南钢铁公司乃至国内空白;积极降本增效,提高轧机轴承使用寿命和酸轧机组成材率,每年降本增效约七百万元;吨钢损耗也达到全国先进水平。

他关心大家,心里始终装着职工利益。在车间管理上创造性地推出了"冷轧车间绩效管理体系",从安全、生产、质量、设备、成本、贯材、劳动纪律等八个方面进行综合管理,形成良好的团队合作氛围。面对金融危机,他带领职工深挖降本潜力,职工的收入不仅没有减少,反而比前一年的人均收入增加了约百分之十。他带领的冷轧车间多次被评为先进集体。

从 2002 年 2 月起,他接下了冷轧薄板厂厂长这副重担,带领一支从未接触过冷轧工艺的队伍,去驾驭一条世界一流的生产线。他上任的第一件事就是对职工进行全方位的培训。他明白,团队的智慧和力量是完成任务的关键所在。他带领职工白天调试,晚上培训、消化、总结,经过十个昼夜的顽强拼搏,就从外方手中接过了生产指挥权。白天在外方专家的指导下调试,晚上就自己单独指挥生产,将白天所学细细消化,对调试过程中发现的设备运转问题及时发现及时解决,使职工们很快就掌握了生产工艺要领,很快就完成了 0.3 毫米厚度、1575 毫米宽度的薄板生产设计的极限轧制,比原计划提前了两个月投产,填补了江南钢铁公司冷轧生产的空白。投产半年就实现了冷轧生产线的快速量产,创下了多项国际、国内先进纪录,产生的经济效益约占整个江南钢铁公司经济效益的百分之五十,使冷轧薄板线成为整个江南钢铁公司和江南市一个亮丽的工业生产的窗口。

冷轧现场的整条线都是新技术。为了掌握它,卢刚毅半年多一直滚在现场,吃在现场,终于摸出了一条驾驭它的方法。在临近整条生产线开机的那次淬炼中,卷取轨出现故障,他沉重冷静,毅然冒着危险排除了故障,赢得了外方专家的称赞,也赢得了热负荷试车的全面成功。在热负荷试车成功后,他又率领职工们对卡罗塞尔卷取机出现的问题进行了细致分析和大胆改造,使之在今后的生产中再也没出现问题,得到了外方专家的高度认可。

为了提高轧机轴承寿命和酸轧轨组成材率,卢刚毅蹲在酸轧槽旁细心观察,发现钢板通过时,酸轧槽的一面由于酸位过低,不能有效地通过。经测算,他提出增加酸液的加入量。但外方专家一致反对,坚持不让改动,说这是外方的生产经验的总结,要改动,出现后果概不负责。卢刚毅顶住压力,以事实为根据,果断地增加了酸液的加入量,果然成功提高了轧机轴承寿命和酸轧轨组成材率。终于,在铁一般的事实面前,外方专家不得不认可。

在卢刚毅的办公室,还有许多关于冷轧薄板生产的技术书籍,在繁忙的生产管理中,卢刚毅总是挤出时间,学习再学习,关注着冷轧薄板生产的最前沿技术,以刻苦勤奋为基础,在技术的领域里遨游。他主持开展了一系列技术攻关的战斗,先后完成了带钢表面质量的乳化液技术攻关、减少带钢轧制厚度不符的技术攻关、活套摆动门轴承座频繁损坏的技术攻关等多项攻关,均取得明显的效果。在冷轧生产中,轧机内断带一直是个令人头疼的、难以解决的技术难题,是直接影响产量的关键,断一次带就要影响生产十六个小时以上。他啃起了这块硬骨头,经过一年多时间的不懈努力,他终于摸索出了其中的奥秘,制定了一套行之有效的预防程序,使江南钢铁公司的冷轧落板生产控制断带技术达到了国际一流水平。卢刚毅自信地说,我们就是要形成自己的特色技术,要有自己的自主生产知识产权。

卢刚毅同志的团队精神,一直坚持到现在。每到冷轧薄板厂大中修的日子,卢刚毅同志都是身体力行,坚持亲自动手,亲手参与一些关键部位的实际操作,这几乎形成了一个惯例。一些关键部位检修好了,又是卢刚毅亲自下令,实行检修后的开机程序。

齐宏图与小甘这次提前来到冷轧薄板厂参观,正碰上一个特殊的日子:冷轧薄板厂的又一个大中修后开机的日子。

大中修后的现场,是一派崭新气象。薄板轧机一改往日脏兮兮的形象,干净整洁地伫立在那儿;卡罗尔·纳塞尔卷取机也以崭新的姿态,准备着迎接新的冷轧卷。

卢刚毅身穿工作服,头戴一顶安全帽,在厂部值班总长的陪同下,正从卷取机的机架下钻出,他检查每一个细节,不放过任何一点瑕疵。

照惯例,下面就该是他发布开机命令的时间了。

值班总长拿出了对讲机,对着对讲机发布准备开机的命令:“一分钟准备。”

卢刚毅在这一刹那，做出了一个令人震撼的动作，只见他不慌不忙地解开穿着的工作服，从脖子上取下一个闪亮的军号，“嘀嘀嗒，嗒嗒嘀”地吹奏起军号来。虽然不怎么专业，但那嘹亮的号角声，却一下子令人热血沸腾起来。

这是冷轧薄板厂特有的景象，他们的厂长卢刚毅有一把烈士留下的军号，每当大中修后准备开机的时候，卢刚毅就会拿出它来，吹上一段冲锋号，既是对烈士的怀念，更是对今天事业进取的动员令。

还记得在第一次吹响这个军号的时候，那时的卢刚毅只是当作工作累了之后的一种休息，但当军号被吹响以后，他发现职工们的面貌都不一样了，个个精神振奋、摩拳擦掌，一副即将奔赶战场的模样。受此启发，卢刚毅干脆就把它变成了一个惯例：每一次大中修之后即将开机的时候，卢刚毅就拿起它，吹响向新的战斗发起冲锋的战斗号角。

齐宏图听得呆了，他觉得，这样的大业号角，实在是太奇妙了，“嘀嘀嗒，嗒嗒嘀”，这在战场上吹响的冲锋号，今天听起来，竟是那样亲切，鼓舞着我们的士气，一往无前地攻克前进路上的壁垒。

“妙，实在太妙了。”齐宏图惊叹道。

冷轧薄板线开启了，各个部位都正常运转。

直到这时，卢刚毅才悄悄松了口气。他到各岗位去检查了一番后，回到了他设在现场的办公室，用起了工作餐。

十七

“你好，卢厂长。吃工作餐哪？”

正当卢刚毅打开盒饭，准备用工作餐的时候，青年干部小甘领着齐宏图出现在卢刚毅的面前。

“我来介绍一下，这位是齐宏图同志。齐宏图同志是钢铁战线的老模范，当过党的‘十大’代表、‘十大’主席团成员，做出过中型高炉上料自动化革新、治流沙等重要贡献，曾经当过江南钢铁公司副经理等职务。这次来参观访问，是回娘家来了，是公司党委书记岑启航同志亲自安排的。”青年干部小甘说。

“欢迎欢迎，”卢刚毅厂长热情地站起身欢迎道，“怎么，还没吃饭吧？我让隔壁的师傅替你们买份盒饭去。”

“不了，我们参观访问完之后回去吃，”齐宏图推辞道，“不耽误。”

“哪有空肚子谈事情的？”卢刚毅笑着答道，“我让隔壁师傅们替你们打盒饭来，也不麻烦嘛，正好我们可以边吃边谈，我也常常这样‘宴请’客人。”

“那，好吧。”齐宏图见推辞不掉，也就答应了，“那就恭敬不如从命了。”

于是，卢刚毅起身去隔壁让工人师傅去食堂打饭。这会儿，小甘已经给齐宏图倒了开水，齐宏图与小甘一直等着卢刚毅把饭吃完。不一会，隔壁工人师傅便把盒饭买来，还不错，有鱼有肉，足可以填饱齐宏图和小甘的肚子了。

吃完饭，齐宏图首先发问道：“请问卢厂长，你是怎么想起用这吹号角的办法来指挥生产的呢？”

“这个事吧，说来话长了。”卢刚毅娓娓地说了起来，他还不曾将埋藏于他心底的关于他的烈士祖辈的故事说出来，今天齐宏图发问，又有点时间，他就把话匣子打开了，“我的祖父叫卢满音，父亲叫卢洪涛。祖父是我们人民解放军的一名号兵，在 1948 年的淮海战役中牺牲，留下这把军号。父亲在祖父牺牲时还未成年。后来，部队的同志把军号的故事讲给我父亲听了。我父亲后来一直珍藏着这把军号，直到 2000 年父亲病故前，他把军号郑重地交给了我。”

看来，这是个颇有故事性的话题，齐宏图听着这个开场白，就有点急于想探求故事的全部了，他瞪着一双饱经风霜的眼睛，有点迫不及待地说道：“看来，这把军号的故事不同寻常，卢厂长，你就快一点给我们讲吧。”

“其实，这把军号的故事并不复杂，关键是它所体现的精神。”卢刚毅回应着齐宏图的话，“我家在河北，在抗日战争中属于晋冀鲁豫解放区。我家是穷苦人家，八路军开进我们村的时候我的祖父才刚结婚。从此，我们那里成了抗日根据地，参军、当八路，成了青年人的追求。我祖父由于长得比较矮小，参军后，被分配在了司号员的身边。但我祖父却闹着要到部队的第一线去当一名战士。

“八路军的连队指导员耐心地开导说，小同志，你觉得当号兵不过瘾，不能与敌人厮杀吗？我祖父回答说，指导员，我是穷苦孩子出身，别看我长得个子矮，我的心里却对旧社会有滔天的仇恨，我要亲手与敌人搏斗，把旧社会彻底埋葬掉。指导员笑着说，你知道号兵的作用吗？你所跟的司号员是个与敌人厮杀受了重伤但不放弃军号的优秀司号兵，他的事迹曾在军区办的小报上登过。你说，像这样的司号员不值得你跟着他战斗吗？指导员的话震撼了我祖父，我祖父从此开始爱上了司号员这个岗位。在长期的革命斗争中，我祖父跟随部队南征北战，英勇杀敌，直到淮海战役开始，我祖父英勇战死为止。”

说到这里，卢刚毅的眼睛里含满了泪水，他以十分沉痛的声音继续说：“那是在淮海战役进行到第三阶段的时候，我祖父原先跟着的那位司号员早已经英勇牺牲，他的牺牲留给我祖父一种永远忘不了的精神：那就是作为司号员，永远应该以身士卒，以一往无前的战斗姿态去认真对待每一场战斗。就在全线发动反击，对敌人实行总冲锋的时候，我的祖父一马当先，以嘹亮的冲锋号吹响了向敌人发起总攻击的命令。就在这时，一个敌军的连长向我祖父射出了罪恶的子弹。冲锋号被暂时打断了，鲜血从我祖父的身上喷涌出来，我祖父摇晃了一下身体，忍住剧痛，用尽平生力气又一次吹响了冲锋号，鼓舞着我方部队去夺取最后的胜利。当战友们扶起已倒在血泊中的祖父时，祖父只提了一个要求：留下这把军号，给他的后人，以继承他的遗志，向着旧社会发起最后的冲锋。祖父牺牲以后，组织上根据他的遗愿，将军号留给了我的父亲，军号就成了我们家的传家宝。"

"这是无数革命先烈给我们留下的宝贵遗产。"听到这里，齐宏图不由得想起自己的父亲齐传亮，及谢辉、秦大川等千千万万的革命先烈，更觉得今天的革命成果来之不易，不由得感叹道，"我们这些活着的革命后代们，应该懂得珍惜。"

卢刚毅接过齐宏图的话题，继续说道："祖父牺牲后，组织上找到了我的家乡，将烈士的遗物交给了我父亲卢洪涛。当时，我父亲还在家乡参加儿童团。后来，他参加了工作，在首都钢铁公司一直工作到去世。我父亲去世前，把祖父遗留下的这把军号交到了我的手上，对我说，孩子，这是你祖父留下的，我们要把它世世代代传下去，永远当作与一个个障碍做斗争的进军号，让它世世代代传下去。"

说到这里，卢刚毅厂长神色庄重地顿了顿，然后继续说道："起先，我接过军号时，只是用崇敬的心情来对待它的，工作累了的时候，拿出来吹两声提提神。没想到，这一吹倒不打紧，军号声像 剂兴奋剂，使周围的人全部提起神来。受了这个启发，以后每到大中修后开轧机时，我就拿它来吹一吹，用来给我们的钢铁事业加劲。"

"太好了！"齐宏图拍手称赞，"用军号来鼓舞工人们的士气，怪不得您能带领您的团队创造江南钢铁公司百分之五十的经济效益，这里面蕴藏了一股为祖国的钢铁大业前赴后继的不懈的动力。"

"您过奖了。"

"卢厂长，您别谦虚了。"齐宏图进一步说，"今天我来参观，是我退休以后的第一次，您让我看到了国有企业奋发向上的精神风貌。我相信，凭着这股子精神，我们的国家一定会越来越强盛，越来越好。我的女儿正在自己创业，我现在是代表民营企业在说话，我相信，只要我们共同努力，把这种大业号角的精神给发扬光大，形成'国'进'民'也进的氛围，那么，就是什么力量也阻挡不了我们前进的。"

"说得好！"卢刚毅兴奋地附和道，"您说的'国'进'民'也进的氛围，一定能在我们祖国的大地上变成现实。"

"好，这次参观让我受益匪浅，"齐宏图起身告辞，"我回去一定努力把这种精神在我女儿的企业里发扬光大，让它在我们的企业里生根发芽。”

“互相学习，互相学习。”卢刚毅谦虚地站起来拱手相送。

“当然，还不止这一次参观，”齐宏图补充说，“比如还有对H型钢厂的参观，焦化厂谭进同志的事迹，都对我触动很大。但这些参观的总结就是一条，就是要把一切精力都用在祖国的钢铁事业上，去夺取新的胜利。走，小甘，咱们的参观到此算告一段落了，我们抓紧回去，赶紧总结这些先进经验。”

“哎。”陪同的小甘兴奋地答道。

十八

2008年，真是一个不平常的年份。

这一年，中国将举办奥运会。这是一个中国人民期盼了百年的日子，中国举办奥运会，将圆中华民族的百年奥运梦。

然而，从年初开始，一场百年未遇的低温冰冻灾害席卷了南方大地。

5月12日，四川汶川发生八级特大地震灾害，地震波震撼了大半个中国大地。一时间，房屋倒塌，生灵涂炭，受灾群众达几百万人。

党中央、国务院在第一时间发布命令，抗震救灾，救援生命，在全国掀起了轰轰烈烈的抗震救灾的热潮。

8月8日，奥运会如期举办，中国敞开了她博大的胸怀，迎接全世界的万余名运动健儿，举办了历史上最成功的一次奥运会。

紧接着，中国航天也高奏凯歌。9月25日，“神州七号”顺利升空，将航天英雄翟志刚等三人送入太空，并首次实现航天员的太空行走。

2008年的这一系列大事、喜事，注定了这一年是不平凡的一年。

齐宏图在参观一系列的工厂，会见卢刚毅等一系列的模范人物之后，把这些模范人物的先进事迹迅速带回到齐瑞芬的工厂，开展了“学英雄，赶先进，把各项工作做得好上加好”的热火朝天的活动，掀起了齐瑞芬工厂的新一轮学劳模的高潮。

从2008年到2010年，前后一共三年的时间，齐宏图在正常帮助齐瑞芬工作的同时，还先后帮助她做了三件大事，为提高职工的法制意识和改善企业的文化环境，做出了不可磨灭的贡献。

第一件大事，是在齐瑞芬的企业里建立工会组织，把职工组织在一起，为进一步加强职工队伍的建设并加强职工的法律意识，以法来维护广大打工者的利益，铺就了一个良好的平台。

早在2007年,齐宏图看到报纸上登出有私营企业建立工会的报道,就想到要建立工会了。但建立工会后干什么,他还没有一个明确的概念。直到有一次,在真空炉的旁边,有一个声音在说:"市场上的可控硅产品的价格在涨,而我们的工资却一直没有涨,什么时候找老板谈谈,咱们的工资也能和市场挂钩就好了。"

"说得好!"冷不防,齐宏图叫起好来,"毕红霞,你敢不敢带这个头?"

说这话的叫毕红霞,是真空炉生产厂的新职工,这时被齐宏图点了名,她先是不好意思地吐了吐舌头,但接着就大大方方地说:"我不过随口说说,还没真的想要找老板谈呢。"

"我有个想法,"没想到,齐宏图认真说起来,"咱们私营企业也没个工会组织,我就想建立个工会组织,要把广大的职工群众组织起来,为他们说话,替他们撑腰,这也是团结广大工人群众的一条重要通道。"

"什么,您要建立工会组织?"毕红霞有点不相信自己的耳朵,"还有私营老板主动和自己过不去的?建立工会组织,就意味着要代表工人群众的利益,去和老板谈判,要求增加工资。这不是自己给自己找麻烦吗?"

"从长远来讲,这正是稳定劳资关系的一个重要手段。"齐宏图认真地说,"我们现在创立私营经济,其本质是搞活经济,本身是不存在剥削的。所以,有工会代表工人群众和老板谈判,是促进共同利益的一个重要手段。"

"嗯,我懂了。"毕红霞说,"如果大伙选我,我就来和老板谈。"

就这样,经齐宏图提议,毕红霞成了齐瑞芬企业的第一届工会委员会的负责人,并代表职工与齐瑞芬进行了几轮会谈,最终达成协议:职工的工资随着劳动效率的递增而增加。

工会组织建立以后,四川汶川"五一二"地震发生了,工会立即组织抗震救灾的献爱心活动,发动工人们义务捐款,再和工厂的献爱心款结合在一起,一共捐献了二十五万元。

这还仅仅是开始。

十九

2008年6月,江南市关心下一代工作委员会增补齐宏图为委员。多了一个职务,便多了一份牵挂。

2008年9月25日,"神七"飞天,举国欢腾。

然而,在这举国大庆的日子里,齐宏图想到了支教,想到了培养科技人才必须从娃娃抓起。

百年大计，教育为本，党中央早就做出了科教兴国的战略决策，目前的关键是落实。

“神七”飞天，漫步太空，在这高科技领域我们国家已经占了一席之地，然而，科学的登攀是永无止境的，如同报刊上所热炒的，我们国家何时才能向世界贡献一个爱因斯坦?

齐宏图每每想到这些，就感觉有些坐不住了，他觉得必须以自己的微薄之力，为国家和未来做一点事。

做什么呢？他选择了帮助贫困学子这条道路。

建希望小学吧，根据自己的经济实力，他觉得还达不到。以自己和齐瑞芬集团的实力，不如就来个常年捐助贫困学子吧。

他选择了四十名中小学生、二十名在校大学生作为资助对象。中小学生每人每月发放生活费，在校大学生每学期补助两千元。

这些品学兼优的学子们在得到齐宏图和齐瑞芬企业的资助后，不再担忧基本的生活所需，一心一意地在学业上前进，都取得了不错的成绩。

2010 年 4 月青海玉树发生地震，紧接着又发生甘肃舟曲泥石流灾害。

在重大的自然灾害面前，全国人民表现了大爱无疆的高尚精神，一方有难，八方支援，各种救灾物资、救灾人员赶赴现场，进行救援。

在随后的日子里，中央电视台举办了支援青海玉树、舟曲抗震救灾的大型义演募捐活动，齐宏图率齐瑞芬捐款五十万元。

齐宏图等人的爱心救助款，通过民政部门，及时地捐给了玉树、舟曲等受灾地区，为灾区人民献上了一份大写的爱心。

三件事体现了齐宏图的追求，也赢得了广大工人群众的爱戴。

2008 年至 2010 年这三年，是不平凡的三年。正是在这三年，见证了齐宏图一心追求光明、严于律己的光辉品质，见证了他为国家、民族孜孜不倦的奋斗。

二十

2011 年的农历八月十五日，一桩噩耗震惊了整个江南市：

在该市文联工作的丛悦，也就是我们曾在前文中提到的，H 型钢厂的先进人物诸葛凯隆的密友——曾写信给诸葛凯隆，邀他来 H 型钢工作的那个丛悦，在中秋节的夜里，为着研究李白，为着体验李白酒醉之后捞江月的情怀，在驾车前去江边的路上，为救落水女学生，而不幸英勇牺牲。

李白，是我国历史上最伟大的一位浪漫主义诗人，而大江之东的江南市，正是李白漂泊一生的终老之地。据考，李白的祖籍为甘肃的成纪。隋末时，其族人蒙难，嫡居条支，远离故土的母亲把他生在了碎叶城。五岁时，在马背上摇过了童年的李白把一双脚落定于四川江油。二十五岁时，真正为自己的命运当家做主的李白把第一个家安在湖北安陆白兆山下。其后命运安排他又以不同的形势在河南、山东、南京、安徽等地生活和寓居。

李白一生藐视权贵，以酒月为伴，以不肯折腰而闻名天下。酒的主要化学成分是乙醇，能舒经活络，促进血液循环，摄入过量会使大脑抑制功能减弱，显示出较长时间的兴奋现象，所以才有了“酒助英雄胆”的说法。就李白的许多诗句看，诗人倘若喝得适量，酒入微醺，诗胆开张，这时真的是“口吐天上文”“诗才比天高”。

“一风三日吹倒山，白浪高于瓦官阁。”
“长风吹月渡海来，遥劝仙人一杯酒。”
“待吾尽节报明主，然后相携卧白云。”
“巴陵无限酒，醉杀洞庭秋。”
“尧祠笑杀五湖水，至今憔悴空荷花。”
“人游月边去，舟在空中行。”
“黄河捧土尚可塞，北风雨雪恨难裁。”
“明月不归陈碧海，白云愁色满苍梧。”
“请君试问东流水，别意与之谁短长。”
“梦绕边成月，心飞故国楼。”

读着这些诗句，有一种奇妙的感觉从中而来，“句从天上落，人从帝分来”，看来虽然酒本身不能给诗人创作灵感，但它却在“酒后竞风采，三杯弄宝刀”的癫狂中放大了诗人的诗胆。

李白一生不得志，最后，当他的诗歌人生耗尽了最后的灵感、才华和豪情后，李白的人生开始走向没落。他终于在一个月夜，将酒樽一掷，借着酒力一跃，入水捉月去了。

为了继承和发扬中华民族光辉灿烂的文化，李白最后投江捉月的所在地江南市当仁不让，自 1987 年成立了李白研究会，使这座江南诗城从此多了一份责任，一份传承中华文明的历史责任，也因此多了一张亮丽的名片。

从悦来江南工作后，很自然地成了李白研究的中坚和骨干。

他从2005年以后，先后撰写了二十多篇学术文章，发表在《李白研究》的文集上。从历史到当代，从悦较为全面地深入探讨了李白研究的各个领域，取得了较好的学术成果。

这年的农历八月十五，一个决定像磁石一样吸引着他，让他一个人驾着车，来到大江边。

他要自己一个人弃车登船，去体验李白的博大胸怀。他要去探求在月圆之夜在舟上饮酒的李白为什么最终毅然决然地一跃而入大江？

从悦有个幸福的家，他的妻子杜虹是他的大学同学。从悦来江南工作时，妻子也一道来到了江南，在江南市文联的《采石》文艺刊物担任编辑。他们的独生女儿从馨聪明、可爱，正在读小学六年级，明年就将小学毕业。

美满的生活更加激发了从悦更高的人生追求，他常常对妻子和女儿说："我们越是生活得幸福，就越要关心我们周边的人，积极献身祖国和人民，只有这样，才能说我们不忘本啊。"

从悦是这样说的，也是这样做的。

他热心江南市的发展，当得知江南钢铁公司H型钢厂急需诸葛凯隆这样的人才时，他热情地写信给自己的密友，邀他前来江南钢铁公司工作。

2010年，江南市发生一起火灾，有三个年轻的消防战士为抢救国家财产而英勇地献出了自己年轻的生命。从悦带头给烈士送花圈，敬挽联，给烈士家属送款捐物，以表达他对牺牲的年轻战士的哀悼。

他有时刻为祖国和人民献出生命的思想基础。在三个消防战士牺牲之后，夫妻俩有一次讨论在目前的形势下，如何更好地宣传革命英雄主义的话题时，从悦说："谁说和平时期没有了炮火硝烟？我们面前就有这样的例子。我们的三个年轻的消防战士就为了保卫国家财产而献出了生命。不宣传革命的英雄主义，危急时，谁来保卫我们的国家，谁来保卫我们的人民？还有，即使看似没有危险的工作，要想做好它，有时也是需要用生命做代价的。"

"别唬人，什么工作看似没有危险，却需要用生命做代价？"妻子对丈夫的话有些不以为然。没想到，这却成了从悦诀别妻子前的最后一次谈话。

农历八月十五这天，从悦一早就起来了，他为中秋节准备好了丰盛的饮食，还特意买了精美的月饼，把家里里外外给收拾了一遍。直到妻子和女儿满身大汗地从外面打完羽毛球回来，从悦笑嘻嘻地端出他早已准备好的小笼汤包和牛奶、鸡蛋、油条、豆浆等丰盛的早餐。

因为是中秋节，女儿和妻子都放假，吃完早餐后一家三口还高高兴兴地去商场逛了逛，女儿还要求爸爸给买了礼物——一个好看的大熊猫毛绒玩具。

下午，一家人包饺子，其乐融融。吃完饺子，已近傍晚，丛悦拿出早已准备好的江南市新建的东升大剧院的两张票子，对女儿丛馨说："馨馨，晚上的赏月就免了，我准备了东升大剧院的戏票，你和妈妈看演出去。今天是中秋节，东升大剧院特意请了著名歌唱家蒋大为、刘和刚、刘媛媛、卞晓珍等人来江南市演出。"

"啊啊，咱们去看演出啰，"女儿丛馨拍着小手，愉快地叫道，"爸爸、妈妈一块去看演出啰。"

丛悦这时便哄着女儿道："馨馨，爸爸还要工作，你和妈妈看演出去，爸爸就不陪你们了。"

"不嘛，你一年到头就是工作，也不陪陪我们，"丛馨噘着小嘴道，"今天难得是中秋节，还不陪陪我们？"

见状，妻子也笑着哄女儿道："爸爸真的有工作，好宝贝，听话。"

原来，趁着八月十五日中秋节的月圆之夜，去实地体验一下李白水中捞月的心情是他们夫妻在节前就商量好了的，以便在下一期的《李白研究》上刊出丛悦的学术研究文章。

小丛馨没办法了，但还是依依不舍地叮嘱着："爸爸你去吧，小心走好，一定早点回来啊。"

"放心吧。"丛悦笑着回答道。

告别妻子和女儿，丛悦驾驶着车，一路风驰电掣地向着长江边驶来。

就在车子即将驶至江边时，丛悦突然看见路上站着一个年幼的女学生，正解开脖子上的红领巾当旗帜在挥舞，大声喊道："叔叔停车，停车，赶、赶紧，救人——"

"什么？"丛悦见此情景，不由得慌忙停下车问道，"救人？救什么人？"

原来，在距此不远处有个村庄，叫高粱村。这个拦路呼救的小女孩今年十岁，名叫高燕，今年刚上四年级。她有一个同学，名叫梁红，也是十岁。两个小女孩早早就约定，要在今年的月圆之夜去锁溪河边看月亮。就在约半个小时前，两名小女孩相跟着向锁溪河边走去。在快到锁溪河时，见岸边有一座隆起的小丘，高燕兴奋地走在前面，蹦蹦跳跳地爬了上去。对着锁溪河，高燕见一轮明月倒映在水中，圆圆的，在水中泛着涟漪，光灿灿的，十分美丽，她就对跟在身后的梁红说："梁红，快点嘛，上来上来，水里有一个光灿灿的月亮，好美呀。"

"哎。"梁红答应着加快了脚步，向着小丘攀登而上。

"不好——"梁红突然大喊一声。

原来，由于跑得急，没留神脚下，梁红在小丘边一处比较陡峭的地方一滑，骨碌碌地就滚下了河。

见梁红滚落下河，高燕慌了，梁红在水中扑通扑通地挣扎，高燕急得大声喊救人。无奈正值中秋赏月之际，人们都在家中呢，高燕叫了数声也无人回应，她只得急急地飞奔至河边的公路，挥舞着红领巾，大声喊叫着救人。

无奈公路上也不见往来车辆。五六分钟后，高燕才终于等到了丛悦。

"叔叔快救、救人！我的一个同学叫梁红，来江边看月亮，落水了！"高燕带着哭声说，"我叫高燕，来此喊人已经有五六分钟了。"

听完高燕的诉说，丛悦立刻下车，他跟着高燕，深一脚浅一脚地往出事地点赶。

这真是对人的一个考验啊，丛悦的水性并不好，只是在游泳池里扑通过几下子，但是碰上这样人命关天的事救人要紧，他毫不迟疑地来到河边。高燕给丛悦指了梁红落水的地方，只见水面上时不时地往上冒起衣服的一角，说明落水者体力不支，已经快沉入水下了。面对着这突如其来的危急情况，丛悦义无反顾，坚决地纵身一跳，向着小女孩梁红的方向游去。

丛悦下水后，很快找到了梁红。但营救落水者是一件非常危险的事，因为落水的人在极度恐慌的状态下，感觉有人来救她了，便会紧紧地抓着不放，也不管抓着什么地方。

恰恰丛悦的水性并不好，而梁红又死死抓着他的一只胳膊，使得丛悦用不上劲，几经沉浮，耗尽了力气，才终于将梁红给送到了岸边。

到岸边后，丛悦用尽最后一点力量，将小梁红托上岸，但脚底一滑，小梁红又滑了下来。见状，小高燕紧紧地拉着小梁红，几经折腾，终于将小梁红给救上岸。但此时的丛悦，已经再没有一点力气了，他见小梁红已安全获救，心头已再没有负担，脚下一松，沉入了水底。

"叔叔，叔叔，你还没有留下名字呀——"小高燕见状，哭喊着。

小梁红被救上岸后，张开嘴，大口大口地吐着水，直到把喝下的水吐尽，已暂时没有了生命危险，她虚弱地躺着，用稚嫩的声音说："高、高燕，你、你快去喊人，我已经，没事了。"

小高燕于是揉着哭红的眼睛，答应着说："嗯，那你好好躺着，我、我去叫人。"小高燕于是飞快地朝村子跑去。

正在这时，迎面碰上了前来寻找她们的两位父亲，高燕上前哭着简短地说了事情的经过。

高父当机立断，说道："梁哥，你跟高燕一起去救小梁红，我这就回村上去喊人，去打捞那位救命恩人。”

于是，高父回村上去，立即喊来村子上的男人，拿着渔网等工具，浩浩荡荡地奔向出事地点。

梁父跟着高燕来到梁红面前，弯下腰去，背起小梁红，对高燕说：“高燕，你在这儿等着，我先背梁红去医院了。”

却说高燕等了没几分钟，就见来了村里的叔叔、伯伯们，大家用渔网等工具沿着锁溪河打捞，还有几个水性好的直接下水去摸，也没摸着。

大家都用悲痛的声音呼喊着：“恩人啊，好人哪，你去哪儿了呀？”

二十二

却说丛悦的尸体究竟去哪儿了呢？原来，是顺江而下，飘向了该市江中心的玉黄洲。

尸体经过两天的浸泡，已经胀大了，被滚滚东去的江水送到了玉黄洲的岸边。在农历的八月十七早上八点多，有一个家住洲上的小姑娘提着篮子一早去洲边挑野菜，突然看见一个尸体在漂浮，吓得野菜也不挑了，及时回来报了警。

派出所的民警很快来到洲边将尸体打捞上来，经上报后认定，此尸体正是见义勇为的丛悦。

消息传出，震动了整个江南市，人们争相拥向殡仪馆，为着是能最后看上一眼烈士的仪容，祝烈士一路走好，送烈士最后一程。

两天后，烈士追悼会举行，整个殡仪馆成了送葬群众的海洋，就连连接市殡仪馆与东阳山陵园的高速公路上、高速公路出入口至陵园的路上，都挤满了送葬的群众。人们摆鲜花，设路祭，江南市人民对他们的英雄表现出了令人感动的送别之情。

就在送别烈士的时候，却另外又出现了令人感动的一幕。齐宏图因为一年前查出患有高血压、糖尿病，并于当天身体感觉不适，就委托齐瑞芬代为送别，并交代说，在为烈士送别的时候，别忘了浩浩，也就是他的大孙子齐浩。因为在昨天，浩浩还和他通了电话，强调说，他也要来送葬，并且特意嘱咐了，他没有车子，请爷爷来山区里接他。

齐建国被政府枪毙后，齐浩一直跟着杨凤玲。杨凤玲起先一直单身带着齐浩与父母一起生活。几年后，杨有才老汉因病去世，杨凤玲便更吃力了。自从农村实行家庭联产承包责任制以后，种地便各家归各家了，田地里所有的农活都落在杨凤玲单薄的肩膀上。

如此，又过了两年，便有人劝杨凤玲：“凤玲啊，我看你一人也不容易，还是找个人帮帮你吧。”

听了这样的话，杨凤玲并没有立即行动，她还是在坚守着她的信条：我爱过，是个有过爱情的女人，我要用我的力量，把浩浩给拉扯大。

当时，齐宏图、党久霞几次送钱给杨凤玲，杨凤玲都不肯接受。

杨凤玲品格影响了齐浩，小小的齐浩在心里萌生了一个坚强的信念，一切都要靠自己，要自强自立，不做伸手派，尽管爷爷、姑姑很有钱。

齐浩上学以后，他的班主任王丰立，是个很有些思想的教师。他把农村的教育事业作为他献身的事业，以至于耽误了自己的婚姻大事，至今还是一个人默默地战斗在农村教育战线。

齐浩上学后，有一次小齐浩回家帮母亲做家务而耽误了该做的作业，这引起了王老师家访的愿望。没想到，只因这一次家访，王老师与杨凤玲之间，竟擦出了爱情的火花。

“哎哟，这不是浩浩的班主任吗？”杨凤玲正在院中洗衣服，浩浩说班主任来了，杨凤玲便赶忙搓着手站起来，俊俏的脸上挂满歉意的笑容，不好意思地欢迎道，“不好意思，不知您来，屋里乱，您随便找个地方坐下吧。”

王丰立见杨凤玲待人接物十分得体，心中升起一股欢喜之情，不由得说道：“浩浩的家庭作业总是不能及时完成，是不是家里有什么困难哪？”

“这个，唉……”杨凤玲见提起这个问题，欲言又止，“我以后不让孩子耽误作业就是了。”

王丰立见杨凤玲似乎有什么难言之隐，就说：“孩子的教育不是一朝一夕的事，需要家庭与学校的配合，我们对您的情况不了解，怎么能配合好孩子的教育呢？”

杨凤玲见王老师这么说，这才打开尘封的话匣，将浩浩的身世一五一十地照直说了。

“那您这么多年来，就没有想过再找一个？”王丰立听了杨凤玲的介绍，似有所动地问。

“唉，像我们这样的人，怎么好拖累别人呢？再说，我也原本打算就这样过一辈子算了的。”

王丰立似有深意地撂下一句话：“只要你对自己有信心，会有看中你、来陪你挑起生活担子的人的。”

从此，王丰立便隔三岔五地老往杨凤玲这里跑，但杨凤玲的态度一直不明朗。直到有一次，杨凤玲患急性肺炎，高烧得厉害，王丰立见后，一把扶起烧得迷迷糊糊的杨凤玲，背着就往乡村卫生院跑。

在乡村卫生院,值班的医生问王丰立:"你是她什么人?怎么烧成这样才送来?"

"我、我是她爱人。"王丰立结结巴巴地说,"请问,病人有危险吗?"

"危险还不至于,"值班医生说,"不过,她这次起病急,病情发展得快,再晚点送来就不好说了。"

杨凤玲的病很快就治疗好了,从此,王丰立便不再让杨凤玲单独支撑整个家,与杨凤玲正式结合了。

王丰立与杨凤玲结婚后,也生育了一个男孩,如今,也已经有十多岁了。

诚如在前文中介绍的,王丰立是个很有思想的教师,他与杨凤玲结合以后,对齐浩视为己出,并对他施以良好的影响与启蒙。

齐浩在他和杨凤玲的共同教育下,成长为一个很有出息的教育工作者,并有了一般人难以达到的思想高度。

对于自己的出身,齐浩有一个正确的认识,他说,我是齐建国的儿子,我的父亲因为违犯国法受到了应有的惩罚,这要在以前,我就是个"可以教育好的子女",是要被视为政治上不可靠的。但是,自从改革开放以来,特别是胡锦涛总书记提出了和谐社会的思想以后,我不但不受到歧视,反而成了一名人民教师,受到了人民的尊敬。

在怎样看待祖父齐宏图与姑姑齐瑞芬共同创造的几个亿的资产问题上,照一般世俗的看法,怎么的总应该有齐浩的一份吧?然而,齐浩的态度却是,尽管祖父和姑姑创造了几个亿的资产,但那是别人创造的财富,与自己并没有关系。姑姑齐瑞芬曾几次向齐浩表示,希望他进入自己的企业,将来也好接班,但齐浩却坚定地表示,自己已经选择了人民教师的职业,他要献身于这个崇高的职业。

多么高尚的情操啊,这不能不令人对齐浩这个小伙子刮目相看。

在得知丛悦见义勇为牺牲后,与爷爷齐宏图通电话时,齐浩表达了自己对烈士的崇敬,坚持要来参加送葬仪式。由于山区远离市殡仪馆与东阳山陵园,齐浩不得不求助于爷爷,让爷爷或姑姑开车来接。

丛悦的葬礼隆重而简朴,人们虔诚地表示对烈士的哀悼,希望烈士一路走好。

送葬的人潮陆续散去时,齐瑞芬的手机突然响了起来:"喂,是妈妈。怎么了?"

原来,电话是党久霞打来的,齐宏图突然感觉身体不适,已经送到了医院,医生诊断为脑溢血前兆,严重脑梗死。好在及时送到了医院,生命暂时没有危险,但是需要马上住院治疗。

此时齐宏图正挂着盐水瓶躺在医院的病床上。

"爷爷,"齐浩难过地走向爷爷,眼眶里溢出泪花,"您老人家怎么了?怎么就生病躺在医院里了?"

"傻孩子,"齐宏图躺在病床上,慈爱地回答说,"人吃五谷杂粮,哪有一辈子不生病的?"

一句话,说得在场的党久霞、齐瑞芬和齐浩都难过得眼泪直在眼眶里打转。

"好了,别难过了。"齐宏图这时忽然来了精神,继续着刚才的话题,进一步说了一番意味深长的话,"我这一辈子,也算是活得无怨无悔了。记得我60年代读苏联小说,奥斯特洛夫斯基有段著名的话,他说,'人最宝贵的东西是生命,生命对人来说只有一次,因此,人的一生应当这样度过:当一个人回首往事时,不因虚度年华而悔恨,也不因碌碌无为而羞愧'。我是一个被党从日寇的祭炉场上救下的苦孩子,党培养了我,使我成了全国劳模和党的'十大'代表。我的一生都奉献给了祖国的钢铁事业,亲历了祖国钢铁神话的实现之路。今天,我们的事业是永葆青春的,我们的祖国正蒸蒸日上,和谐社会到处是一派兴旺发达的景象,我们还有什么不满足的?我们取得的每一个成绩,都将写在祖国发展的历史上,我们能不感到无限幸福,无比光荣吗?"

"就你闲不住,"党久霞这时上前,整理了一下吊针的管路,没好气地说了一句,"你能不能让孙子的耳朵清静点?"

齐宏图见说,停住了刚才的话,说:"孙子来看我,我感到高兴嘛。"说着,心满意足地笑了,笑得是那样真诚、灿烂与坦然……

二十三

2013年3月28日到来了。

对于齐瑞芬来说,这是个特殊的日子。

以习近平同志为核心的十八届中央委员会已于2012年的11月中旬正式接班,正率领着中国人民前进在实现中华民族伟大复兴的康庄大道上。

习近平同志接班后,一项项改革,一项项措施,正在有条不紊地推进着。新一届人大第一次会议,也将开幕。

齐瑞芬于这届人大代表的选举中,由于工作成绩突出,为人坦荡诚信,而获得了选区广大人民群众的一致认可,经提名并经选举,最终她成为新一届全国人民代表大会的代表。

齐瑞芬的企业,经过江南钢铁公司股票的注资,近两年已发展成为钢城的一家集矿渣处理、电气设备与平板电脑生产于一体的颇具规模的民营企业,年工业产值超过三点二五亿元,成了远近闻名的一家民营企业。

在成绩面前,齐瑞芬始终保持着清醒的头脑,不骄不躁,与时俱进,并不是躺在已经取得的成绩上安享成功，而是把目光投向发展的未来，投向国际市场，投向高端的机器人制造行业，去赢得新的辉煌。前不久，他们成功开发出一款产品——挖掘机器人。她和她的企业作为发起方，联络了台湾的一些机器人制造商，准备召开海峡两岸机器人制造联谊会，共商海峡两岸机器人制造的发展蓝图。

在平常的工作中，她总是很忙，没有多少时间去陪伴已躺在病床上的父亲。这一天，齐瑞芬就要去省城与全省的人大代表集结，一起飞去北京，去参加新一届的人民代表大会。出发前齐瑞芬特意来看望齐宏图，并向齐宏图告别，看看临行前他还有什么嘱咐。

其实，在齐瑞芬和齐宏图这一对父女看来，已经没有更多的话需要交代了，因为，齐宏图已经用毕生的精力和言传身教，为党和人民培养了齐瑞芬这样优秀的民营企业家。

就在齐宏图这一次患心脑血管疾病刚住进医院的时候，以为自己快不行了，他望着齐瑞芬和党久霞，艰难但坦然地说："你、你们，不要，太难过了，人总是要死的……国家兴旺了，发展了，就是我的最大追求。"

"爸。"

齐瑞芬紧紧地握住齐宏图的手，一声亲切的"爸"叫过，千言万语再也说不出半句，眼泪像断了线的珍珠，扑簌簌地滚落下来。她声音哽咽地说："爸，您多保重，女儿于明天就要去集合，去参加新一届的全国人民代表大会。爸，您毕生深明大义，恕女儿忠孝不能两全，女儿我不孝了。"

齐宏图见了齐瑞芬，开心地笑了。他已不能开口说话，便示意党久霞拿笔和纸，他要写几句话，给女儿送别。

党久霞明白了齐宏图的用意，便取了一支笔和书写板，铺了一张纸，递给齐宏图。

齐宏图接过笔纸和书写板，吃力地在床上写下了"好好开会，不要牵挂我"几个字，递给齐瑞芬。

齐瑞芬用双手捧过，读了，像往常一样万般感激和亲切地叫了声："爸。"便再也说不出话了。

自古忠孝不能两全，就这样，齐瑞芬告别了父亲和母亲，于翌日到达合肥，去履行新一届人民代表大会代表的崇高义务与神圣权利了，她将为实现伟大的中国梦而继续创造新的辉煌。